TIEF AM GRUND DES SEES

Tina Schlegel war Regieassistentin, Drehbuchautorin und Redakteurin, bevor sie als freiberufliche Kulturjournalistin u. a. für die Süddeutsche Zeitung und die Münchner Abendzeitung arbeitete. Seit 2012 schreibt sie für die Augsburger Allgemeine über Kunst, Theater und Musik und lebt mit ihrer Familie am Niederrhein und im Unterallgäu.

Dieses Buch ist ein Roman. Handlungen und Personen sind frei erfunden. Ähnlichkeiten mit lebenden oder toten Personen sind nicht gewollt und rein zufällig.

TINA SCHLEGEL

TIEF AM GRUND DES SEES

Bodensee Krimi

emons:

Bibliografische Information der Deutschen Nationalbibliothek
Die Deutsche Nationalbibliothek verzeichnet diese Publikation in der Deutschen Nationalbibliografie; detaillierte bibliografische Daten sind im Internet über http://dnb.d-nb.de abrufbar.

MIX
Papier | Fördert gute Waldnutzung
FSC® C083411

Umschlagmotiv: Philip Mckay/Arcangel.com
Umschlaggestaltung: Nina Schäfer, nach einem Konzept von Leonardo Magrelli und Nina Schäfer
Umsetzung: Tobias Doetsch
Gestaltung Innenteil: DÜDE Satz und Grafik, Odenthal
Lektorat: Lothar Strüh
Druck und Bindung: CPI – Clausen & Bosse, Leck
Printed in Germany 2022
ISBN 978-3-7408-1586-8
Bodensee Krimi
Originalausgabe

Dieser Roman wurde gefördert im Rahmen des Stipendienprogramms der VG WORT in NEUSTART KULTUR der Beauftragten der Bundesregierung für Kultur und Medien.

VG WORT
NEU START KULTUR
Die Beauftragte der Bundesregierung für Kultur und Medien

Für meine Familie

Vom Untergang

Dunkelheit wird sein,
Wo warmes Licht einst war.
Taubheit gräbt sich ein
In hoffnungsvolles Denken.

Skelette schwimmen ans Ufer,
Enden als Treibholz im Sand.
Beständig höhlt das Wasser
Der nackten Steine kalte Haut.

Kein Atem mehr, kein Taumel,
Doch haucht im Vorübergleiten
Ein Fisch sein stummes Lebewohl –
Dort, tief am Grund des Sees.

Prolog

Dunkelheit umgab ihn. Er schloss die Augen und wurde eins mit ihr. Für einen kurzen Moment nur auf der Suche nach dem Geräusch, das ihn verführt hatte zu bleiben.

Wo kam es her? Wo ist es hin?

Etwas Verbotenes zu tun war ungewohnt. Sein Körper brauchte eine Weile, sich in diesem neuen Gefühl zurechtzufinden. Er lauschte, um sicherzugehen, dass er allein war. Und wegen dieser anderen Sache.

Bedächtig lief er durch den dunklen Flur. Die Dielen knarrten, sein Fuß stieß gegen etwas, Licht aber wollte er nicht – die Dunkelheit war sein sicherer Raum, das Warme, das ihn barg, nicht das Bedrohliche. Er liebte die Dunkelheit. Bisweilen glaubte er, die Augen einer Katze zu haben. Die Augen und die Fähigkeit zu schleichen. Um Bäume, Büsche und Häuserecken, eins mit der Einsamkeit der Nacht. So elegant und weich, so beharrlich, so weise, so still und langmütig, so stellte er sich das vor, immer wenn er träumte, ein anderer zu sein. In den langen Stunden der Dunkelheit, in denen er wach lag. Auf der Lauer. Wie eine Katze. Den Mond anheulen, aber nein, halt, das waren die Wölfe, nicht die Katzen.

Noch lieber hätte er sich manchmal wie ein Wolf gefühlt, der war mächtiger, aber Wölfe, so hatte er einmal gelesen, Wölfe waren soziale Wesen, Rudeltiere überdies. Ein Rudeltier, nein, das war er nicht. Rudel machten ihm Angst, die Enge, die gelegentlichen und unabsichtlichen Berührungen der Körper beim Laufen. Allein der Gedanke daran ließ ihn frösteln. Also wie eine Katze. Geschmeidig, elegant, mutig und allein. Lautlos wie ein Schatten. Und niemand, der Fragen stellte. Einsamkeit war so sicher wie die Nacht.

Aber dann kam die dunkle Seite der Katze zum Vorschein, die er nicht mochte. Dieses unbestechliche Talent, sich anzupirschen. Nicht nur an seine Opfer. Von gnadenloser Geduld beseelt und auf den richtigen Moment wartend. Die Beute im Visier, schließlich zwischen den Pfoten, eiskalt. Zusehen, wie das Opfer sich wand, wie es hoffte zu entkommen. Wie lächerlich sie war, diese Hoffnung. Wie lächerlich sie überhaupt war, die Hoffnung.

Er wusste ohnehin nicht, was das sein sollte. Rund zweihundert Millionen Vögel starben jedes Jahr in Deutschland in den Pranken von Katzen. Das hatte er im Fernsehen gehört, als der Naturschutzbund über das Artensterben sprach. Die Katze, dieser dem Mensch so lieb gewordene Schmusetiger, war im Freien eine wahre Bestie, die ganze Arten auslöschte. Ironie des Schicksals, hatte er gedacht, holte sich der Mensch also seinen eigenen Untergang aufs Sofa, obwohl: Wer brauchte schon die Singvögel im Garten? Der Mensch hatte ja auch die Hoffnung, dass das auf ewig so weiterging mit dem Wunsch nach Haustieren, obwohl sie in tödlicher Mission durch sein Umfeld tobten. Hoffnung war also das Verdrängen der Realität.

Wie er. Er mochte Katzen, Tiere überhaupt. Sie waren nie aufdringlich, nie bestimmend, und so verdrängte er die meiste Zeit, so gut es ging, der Katzen finstere Seele. Wieder berührte sein Fuß etwas, er schob es zur Seite, erkannte, dass es ein Kinderschuh war. Er hielt einen Moment ganz ruhig den Fuß in der Luft, obwohl das unbequem war, seltsam berührt von dem winzigen Schuh.

Da. Da war es wieder. Dieses leise Geräusch bahnte sich seinen Weg durch das schweigsame Haus. Er lauschte. Es kam von oben. Zart und zaghaft und ängstlich zugleich. Stille. Er wartete. Da war es schon wieder. Ein ungeheuer zierliches Fiepen, hilfesuchend, verzweifelt legte es sich in die Nacht.

Ihm wurde plötzlich heiß, zunächst um den Hals, dann schrittweise sich von dort ausbreitend auch um die Schultern, den Rücken hinab bis in seinen Unterleib. Die Angst in dieser zaghaften Stimme erregte ihn. Als hätte das Verbotene nun eine Stimme. Vorsichtig schritt er die Treppe nach oben, in der Mitte knarzte das Brett, es klang, als bräche es jetzt gerade von dem Baum, dem es gestohlen wurde. Seine Hand fuhr über das glatt gegriffene Holzgeländer nach oben.

Wieder dieser kleine Laut, leiser war er geworden, noch zaghafter, als wäre er unsicher, ob es überhaupt Sinn machte. Es klang wie ein Baby. Die Erregung ließ ihn vibrieren. Das Verbotene wurde immer abwegiger, immer verheißungsvoller zugleich.

Oben angekommen, lauschte er angestrengt in die Stille hinein. Nichts. Er sah sich um, versuchte sich zu orientieren, beschwor die Katzenaugen in sich. Vier Türen gingen von dem Flur ab, eine stand offen und zeigte im Mondlicht ein rot gefliestes Badezimmer, drei weitere waren angelehnt. Er entschied sich für die mittlere, eine alte Tür aus Eichenholz, darauf waren bunte Buchstaben geklebt, ein Jungenname, dahinter ein Kinderzimmer mit Dachschrägen.

Als er eintrat, zögerlich, zitternd, überwältigt von einem unbekannten Gefühl, hörte er es wieder, inzwischen näher und aufgeregter als zuvor: ein verzweifeltes Fiepen, jetzt auch ein Scharren. Das Geräusch rüttelte an ihm, hob an zu einem wütenden und mutigen, ja todesmutigen Pfeifen, kratzte an der Dunkelheit und trampelte durch seine Gedanken.

Er überwand sich und griff nach der Wand rechts von der Tür. Tastend fand er nach wenigen Sekunden den Lichtschalter. Das grelle Licht schmerzte zunächst in seinen Augen. Von wegen Katzenaugen. Er rieb sich darüber, dann drehte er sich um und zuckte zusammen. Vor ihm stand, die kleinen Pfötchen um das Gitter seines Käfigs geklammert, ein Meerschweinchen. Das schwarz-braun-weiße Fell war lang und wechselte auf dem Kopf die Richtung, sodass es aussah, als hätte ihm jemand eine Frisur gemacht. Hungrig sah es ihn mit seinen großen Knopfaugen an, piepste noch einmal, schnupperte.

Er war wie gelähmt, unfähig, dem Blick des kleinen Wesens auszuweichen. Neben dem Käfig stand eine Packung mit Futter. Er holte einen grünen Kringel heraus und hielt ihn dem Tierchen hin. Gierig schnappte es den Leckerbissen und kitzelte dabei seinen Finger. Ein Lächeln huschte über seine Lippen. Schließlich schüttete er das Futter in den Napf und beobachtete, wie das kleine Tier sich darauf stürzte. Verstohlen sah es immer wieder zu ihm. Schließlich kam ein zweites aus dem Holzhäuschen, es war von einem schönen hellen Braun. In andächtiger Einheit saßen sie neben dem kleinen Napf und knabberten an den grünen Kringeln.

Eine Erinnerung huschte vorbei, ließ ihn beben, und er wusste nicht, woher sie gekommen war. Etwas Warmes umspülte ihn, und für einen Augenblick hatte er Angst, dass er sich in die Hose gemacht hatte. Und das in deinem Alter, hörte er die Stimme des Großvaters. Besorgt griff er sich zwischen die Beine und stellte erleichtert fest, dass sein Schritt trocken war.

Dankbar sahen die Tiere ihn an. Er war ihr Retter.

Gnade.

Dankbarkeit war eine Gnade – die Antwort auf Güte.

Damit hatte er nicht gerechnet.

Teil 1

Alte Wunden

1

Paul Sito saß auf der Bank mit Blick rüber auf die Altstadt. Das Musikerviertel im Rücken, das Inselhotel im rechten Augenwinkel, fixierte er ein kleines Boot auf dem Wasser. Zeus und Streuner liefen am Ufer des Bodensees auf und ab und tauchten immer mal die Nase ins Wasser. Leise plätscherte der See hier ans Ufer, keine Spuren mehr von dem Unwetter der vergangenen Tage in sich tragend.

Sito sah auf die Uhr. Es schien, als versetze sein Freund ihn. Das war ungewöhnlich. Er holte zum wiederholten Mal sein Smartphone hervor, scrollte durch seine Nachrichten, sah auch auf seinem Diensthandy nach, wobei das eher unwahrscheinlich war. Nichts, keine Nachricht.

Das Boot auf dem Wasser schaukelte unvermittelt, beinahe konnte man meinen, der See habe die Erinnerung an den Sturm doch noch gespeichert und werde all die angestaute Energie nur stückweise wieder los. Auch Sito hatte das Gefühl, in ihm wabere der See ruhelos weiter. Drei Tage lang hatte es gedonnert und gestürmt, eine Windhose war über die Reichenau gefegt und hatte dort und in der Waldsiedlung für erheblichen Schaden gesorgt, die Dammstraße war noch immer gesperrt wegen Überflutung, zwei Bäume waren umgestürzt und blockierten außerdem den einzigen Zufahrtsweg zur Insel.

Die Menschen wurden vom Wasser aus versorgt. Der See hatte sich von seiner gefährlichen Seite gezeigt, etliche Boote waren in Seenot geraten, von zwei Menschen fehlte weiterhin jede Spur, und die Hoffnungen, sie noch lebend wiederzufinden, hatten sich zerschlagen. War dem Freund etwas zugestoßen? Sito überlegte, wann er ihn das letzte Mal gesprochen hatte – wann hatten sie dieses Treffen vereinbart? Vor dem Sturm?

Zeus bellte einen Schwan an, der daraufhin bedrohlich nahe ans Ufer kam und sich aufrichtete. Auch der weiße Schäferhund schien das zu begreifen und trat umgehend den Rückzug an, beeindruckt von dem größer werdenden, fauchenden Vogel. Mit ein paar Schritten Abstand widmete er sich einem Ast, der am Boden lag, als wäre nichts gewesen. Sito musste lächeln. Hunde hatten ein besonderes Talent, von interessiert auf völlig unbeteiligt umzuschwenken. Hätte er gekonnt, so hätte Zeus gewiss gepfiffen. Der Schwan schwamm mit aufgeplustertem Federkleid davon, den Blick noch eine trotzige kleine Weile grimmig auf die Hunde gerichtet.

»Na dann«, sagte Sito laut, klopfte sich auf die Schenkel und erhob sich.

»He, alter Freund, nicht so schnell.«

Überrascht sah Sito zur Seite und lachte erfreut. »Du kommst spät«, stellte er fest.

Heinrich Wint nickte. »Tut mir leid, ich hätte mich gemeldet, aber der Akku war leer.« Er hob die Schultern. »Ich werd mich nicht mehr daran gewöhnen, ständige Erreichbarkeit zu garantieren.«

»Dass du noch kommst und auch davon ausgehst, ich könnte nach einer Stunde noch da sein, ist ja schon allerhand.« Sito umarmte seinen Freund.

»Ich war mir sicher.« Wint ließ sich neben Sito auf die Bank nieder, blinzelte in die Novembersonne und begrüßte die Hunde, die beide zu ihm gerannt kamen. »Jungs, was ist los? So lange haben wir uns nicht gesehen? Und ich hab euch gar nichts mitgebracht.«

»Gut so, die werden so als Allianz manchmal echt lästig«, scherzte Sito und stupste Zeus sanft zur Seite. »Wie geht's dir? Was macht die Schulter?«

Wint verdrehte die Augen. »Dieser dusselige Schuss, ich kann es noch immer nicht fassen. Jedes Mal wenn das Wetter sich ändert, erinnert meine Schulter mich an diesen verdammten Tag im letzten Herbst.« Wints Miene verfinsterte sich.

Sito musterte seinen Freund. Er wusste, wie dieser Tag an ihm nagte, diese Niederlage, die dem Sieg an die Seite gestellt war, diese Demütigung. Auch er dachte jeden Tag daran, es war unlöschbar in seine Erinnerung eingebrannt. »Ich habe bislang keine Idee, Heinrich, tut mir leid. Aber ich verspreche dir, dass ich das nicht aus den Augen verliere.«

»Ein Jahr ist es her, ein Jahr. Ich könnte kotzen, ehrlich. Wenn er im Fernsehen auftaucht, dann springe ich fast hinein.«

»Ich weiß«, sagte Sito leise.

»Wir werden ihn kriegen«, Wint nickte in die Ferne, »wir werden ihn kriegen, verlass dich darauf. Und wenn es das Letzte ist, was ich tun werde.«

Sito erschrak ob der Entschlossenheit seines Freundes, sagte aber nichts. »Wie macht sich der Ruhestand?«, fragte er stattdessen.

Wint lachte auf. »Langweilig.«

»Du wolltest doch unbedingt einen ruhigen Abend«, sagte Sito behutsam.

»Ruhestand ist eine innere Angelegenheit, Paul, das geht nur, wenn draußen alles in Ordnung ist.«

»Die Welt da draußen wird nie in Ordnung sein.«

»Eben«, entgegnete Wint, ohne zu zögern.

Sito kratzte sich an der Stirn. »Heinrich, willst du mir etwas Bestimmtes sagen? Ich habe irgendwie das Gefühl, dass ...«

Wint sah ihn lange an, dann ließ er den Kopf hängen. »So geht es einfach nicht weiter, Paul.« Seine Stimme klang ungewohnt brüchig. »So geht das einfach nicht.«

»Was geht nicht weiter?«

Wint schüttelte den Kopf und winkte ab. »Ich hab im Moment andere Sorgen«, erklärte er ausweichend.

»Also? Was ist los?«

»Christine.«

Sito legte den Kopf in den Nacken. »Heinrich, du verspätest dich um eine Stunde, ich weiß vom ersten Moment an, dass du mir etwas sagen willst – meinst du, es wäre möglich, dass ich dir nicht jeden Wurm aus der Nase ziehen muss?«

Wint drehte sich abrupt zur Seite, sah Sito in die Augen, dann musste er lauthals loslachen. Er lachte so laut, als entlade sich darin der ganze aufgestaute Ärger.

Ein Sturm, dachte Sito umgehend, da braut sich ein Sturm zusammen wie dieses Unwetter letzte Woche über dem See.

Schließlich klopfte Wint sich auf die Oberschenkel, um sich Einhalt zu gebieten. »Du hast ja so recht, Paul, entschuldige bitte. Christine hat gestern angerufen. Da hat sich wohl im Netz einiges gegen sie gerichtet und über ihr entladen, ein Shitstorm wegen der letzten Pressekonferenz. Nicht schön.«

»Aber sie sitzt beim LKA in Stuttgart, die werden ja wohl Mittel und Wege haben, ihre Mitarbeiter vor so was zu schützen, oder nicht?«

»Du kennst ja Christine. Bevor sie einen Vorgesetzten um Hilfe bittet, macht sie lieber drei Nachtschichten.«

Sito kramte in seiner Tasche nach der Tüte mit den Hundesnacks und raschelte damit. Sofort kamen die Hunde angelaufen und setzten sich in freudiger Erwartung vor die Bank. »Du wärst also froh, wenn ich Karl auf die Sache ansetze?«

Wint nickte. »So war es gedacht.« Er sah zu den Hunden. »Fürs Fressen machen die auch einen Purzelbaum, oder?«

2

»Schatz? Bist du da?« Helen lief mit ihren Einkaufstaschen in die Küche und wuchtete sie auf die Ablage, auf der noch die Reste des Frühstücks lagen. Im ersten Moment wollte sie einen wütenden Schrei durch das Haus jagen, dann aber musste sie lächeln. Ihr Mann nutzte die Zeit gewiss nicht, um Fußball zu schauen, das wusste sie, auch, dass er später die Küche wieder aufräumen würde, wenn er das Abendessen gekocht hatte für sie und ihre drei Kinder. »Schatz? Zwerge? Wo seid ihr?« Sie trat auf den Flur und lauschte. Nichts. »Piept einmal. Mama ist zurück«, rief sie und schlich ins Wohnzimmer, jederzeit mit einem Angriff rechnend.

»Aaaaah«, schrie es von links und von rechts, und dann stürmten zwei Kinder auf sie zu und klammerten sich an ihre Beine, um sie festzuhalten. »Gefangen!«

Ihr Mann Robert kam auf allen vieren hinter dem Vorhang hervor, ein Tuch um die Stirn gebunden und eine Feder angesteckt. Mühsam rappelte er sich auf, klopfte sich den Staub von den Hosenbeinen und grinste seine Frau verlegen an. »Hallo, Schatz«, sagte er und schob dabei das Baby, das er in der Bauchtasche trug, auf die Seite, um seine Frau zu küssen. »Die Küche, ich weiß, aber die Indianer warten einfach nicht mit dem Angriff.«

Die kleinen Häuptlinge lachten und klatschten begeistert in die Hände.

Helen fuhr erst ihrem Mann und dann den beiden Kindern durch die Haare. Sie hatte unverschämtes Glück. Eine Dreiviertelstunde später waren die Jungs und auch sie frisch geduscht, und ihr Mann hatte den Tisch gedeckt. Spaghetti standen dampfend darauf, daneben ein Topf mit Tomatensoße, eine Schale mit frischen Kräutern für die Erwachsenen und eine Schüssel Salat.

Das Baby, ihr kleines Mädchen, lag schlafend im Stubenwagen. Sie könnte das alles nicht so gut wie ihr Mann, sie hatte längst nicht seine Geduld.

Robert kam mit zwei großbauchigen Gläsern Rotwein aus der Küche. Er sah gut aus, der Vollbart stand ihm ausgezeichnet, die Haare waren lang und dicht, und Helen freute sich jetzt schon darauf, wenn die Kinder im Bett waren und sie beide zusammen auf dem Sofa saßen und Musik hörten.

»Wie war es bei der Arbeit?«, fragte Robert.

»Anstrengend«, sagte Helen und schlürfte die Spaghetti um die Wette mit ihrem Sohn. »Die Zahlen müssten besser sein, sagen die Chefs aus Frankreich, die Zahlen können nicht besser sein, sage ich. Es sei denn, man würde ins Personal investieren. Die haben uns bei den Verhandlungen eiskalt angelogen.«

»Mama, los, nimm noch Spaghetti. Das war so lustig«, bat

Ben, ihr jüngerer Sohn, und fügte hinzu: »Aber denen zeigst du es doch, oder?«

Helen beugte sich nach vorn und sah ihm tief in die Augen. »Mich lügt keiner an, das weißt du doch!«

Ben zuckte zusammen, dann lachte er und holte schnell noch eine Portion Spaghetti mit dem Plastiklöffel. Auf dem Weg zum Mund landete die Hälfte auf dem abwischbaren Set, auf dem der Bär, der Tiger und die lustige Tigerente von Janosch fröhlich über eine Wiese spazierten. »Ups«, sagte der Junge und lachte erst Mama, dann Papa unschuldig an.

»Mann, Ben«, schimpfte der größere Bruder Jonas, der gerade in die Schule gekommen war. »Du lernst das nie!«

»Na, na«, tadelte Robert. »Du konntest auch nicht von klein auf fehlerfrei essen, und ich erinnere gern an das Eis vom Nachmittag.«

»Oh«, machte Helen mit gespieltem Ernst. »Es gab heute schon Eis?«

Jonas senkte den Blick und grummelte in seine Nudelportion. Ben lachte mit tomatenverschmiertem Mund.

Eine Stunde später war der Familienzauber vorbei. Die Kinder lagen in ihren Betten, und Robert und Helen saßen auf dem Sofa mit der Flasche Wein und einer alten Platte von den Doors. Helen hatte ihre Füße angezogen und lehnte seitlich auf einem großen Kissen. »Ich bin dir wirklich dankbar«, sagte sie leise und hielt ihrem Mann ihr Glas hin.

»Das sagst du viel zu oft. Wir hatten das doch besprochen, und ich bin gern zu Hause, das weißt du.«

»Hast du heute denn auch was für dich machen können?«, fragte Helen und schenkte ihnen beiden noch einmal nach.

»Ja, natürlich«, sagte er, »ich hab zwei Seiten geschrieben und ein paar Skizzen gemacht. Wirklich, Schatz, hör auf, dir Sorgen zu machen.« Er stand auf, ging in die Küche und kam wenig später mit einem Zeitungsausschnitt zurück. »Schau mal, klingt das nicht gut?«

Helen nahm den Zeitungsausschnitt und studierte ihn. Ein

warmes Gefühl breitete sich in ihr aus, denn ja, er hatte recht, das klang wirklich sehr gut.

3

Sito lief, gefolgt von den beiden Hunden, über den Benediktinerplatz und betrat das Polizeipräsidium. Zeus und Streuner trotteten brav neben ihm her. Am Boden sah man, dass es Herbst war, zahlreiche bunte Blätter tummelten sich dort, wölbten sich in Braun, Orange und Ocker über den Weg. Fußspuren zeugten von regem Betrieb an diesem Montag, dem ersten Tag nach den Herbstferien. Obwohl es erst November war, stand in manchen Ecken schon Adventsdekoration. Sito wusste, dass auch Miriam gedanklich in den Startlöchern saß, um ihr gemeinsames Haus in Egg weihnachtlich zu dekorieren.

Irgendwie war er angesichts der beiden blinkenden Hirsche in seinem Blickfeld erleichtert, dass Miriam gerade in Italien bei ihren Eltern war. Bald würde Sito seinen langjährigen Freund Friedrich, Miriams Vater, wiedersehen, denn zu Weihnachten wollte auch er gemeinsam mit Miriam und den Hunden nach Italien reisen. Aber noch fühlte sich in Sito nichts nach Weihnachten und schon gar nicht nach Verreisen an. Nicht nur der Ruhestand war an inneren Frieden gebunden, das Verreisen ebenso, und die Welt würde nie eine solche Ordnung erreichen, die es Sito ermöglichte, zur Ruhe zu kommen. Da ging es ihm wie Heinrich Wint. Die beiden kannten einander noch nicht, Friedrich und Heinrich, der ehemalige Polizeipräsident und der ehemalige LKA-Beamte, doch Sito hoffte, dass sich das einmal ändern ließe.

Er durchschritt das große Gebäude, in dem tausendsiebenhundert Menschen beschäftigt waren, und grüßte im Vorbeigehen einige Kollegen. Er wollte umgehend in die Kriminalinspektion 5, wo Karl Zimmermann als Leiter der Abteilung für Internetkriminalität saß. Cybercrime und digitale Spuren nannte man das. Es war Montagnachmittag, und Sito hoffte, den Kollegen dennoch anzutreffen. Bei Karl war das immer ein Glücksspiel, nicht weil er unzuverlässig war, sondern weil er und sein Team verstärkt zu Nachtzeiten arbeiteten, wenn im Netz viel Bewegung war, wobei Sito oft den Eindruck hatte, dass Karl beinahe rund um die Uhr im Einsatz war. Er hatte bislang nicht herausgefunden, was der persönliche Antrieb von Karl Zimmermann war. Doch jeder, der hier zu den treibenden Kräften gehörte, hatte eine eigene Geschichte und Motivation, dessen war sich Sito sicher.

Das Gespräch mit Wint ließ ihm keine Ruhe. Mit gemischten Gefühlen hatte er sich vorhin am See verabschiedet, wohl wissend, dass es in Wint brodelte, und er hatte Sorge, dass er diesem wachsenden Zorn nicht mehr lange würde Einhalt gebieten können.

»Hast du nicht auch manchmal das Gefühl, dass das alles keinen Sinn mehr macht?«, hatte er gefragt.

»Heinrich, wir geben jeden Tag unser Bestes, um den Sinn wiederherzustellen. Nur weil es einmal nicht funktioniert, heißt das doch nicht –«

Er war ihm barsch ins Wort gefallen. Es ging nicht darum, dass es einmal nicht funktionierte, es ging darum, dass da etwas Finsteres aus der Welt hervorbrach, etwas, das sie längst schon nicht mehr im Griff hatten. Sito wusste, worum es Wint ging, keine Frage.

Der letzte Herbst hatte ihnen allen vor Augen geführt, was sich da zusammenbraute – am rechten Rand, im Netz, in den sozialen Medien. Ein weltweites Terrornetz im Untergrund, hübsch und vermeintlich harmlos präsentiert in rechten Parteien, die weltweit in der Politik mitmischten. Inzwischen ließen sich immer mehr Menschen auch aus der Mitte von dieser vorgespielten Harmlosigkeit blenden, die Menge war so groß geworden, dass die Mitläufer gar nicht mehr sahen, wem sie da hinterherrannten – doch ganz vorn an diesem Mob wehte immer noch das Hakenkreuz.

Sito wusste um die Gefahr, er wusste, wo das Übel bekämpft werden musste, und er wartete geduldig wie ein Raubtier, um endlich zuschlagen zu können. Aber Wint musste die Beine stillhalten, sonst würde der Freund alles durcheinanderbringen.

Karl Zimmermann stand am Sideboard mit dem Kaffeeautomaten. Ein großes und gewiss teures Gerät von Saeco, das sich durchaus lohnte, hatte der ehemalige Hacker betont, denn hier würden zunächst die Bohnen frisch gemahlen und garantierten immer hervorragenden Kaffeegeschmack per Knopfdruck.

»Auch einen, Paul?«, fragte Karl, ohne sich umzudrehen.

Sito lachte. »Womit hab ich mich verraten?«

Karl drehte sich um und zeigte mit beiden Fingern auf die Hunde. »Ich riech die Viecher gegen den Wind. Zumal sie heute nass sind.«

»Entschuldige.« Sito ließ Zeus und Streuner in einer Ecke Platz machen und setzte sich an Karls Tisch. Eine zweite Tasse stand bereits in der Maschine und landete wenig später vor Sito. Das Aroma hüllte ihn angenehm ein.

»Die Jungs können sich ruhig frei bewegen, stört mich nicht. Ich hab sogar was für sie.« Karl wühlte in seiner Schublade und hielt zwei Hundeknochen in die Luft. »Na los, holt sie euch!« Acht Pfoten jagten über den Fußboden. »Hey, immer sachte, was denn los? Gibt's zu Hause nichts?« Er lachte. »Bevor du fragst: Es läuft schleppend. Wir sind dran, wir basteln an Identitäten, aber es wird schwieriger, die Aufnahmebedingungen für die entsprechenden Gruppierungen werden strenger, sie sind gewarnt, und das ist nicht gut, Paul. Gar nicht gut.« Karl trank einen Schluck und sah gedankenverloren den Hunden beim Kauen zu. Er wirkte müde, erschöpft mit einer Spur Resignation.

»Wir haben Zeit, Karl, mach dich nicht verrückt.«

Karl schüttelte den Kopf. »Ich weiß nicht, ob wir Zeit haben. Weißt du, manchmal sehne ich mich nach meinem Job als Hacker zurück, ein einfaches Ziel, überschaubar und begrenzt, inzwischen arbeite ich permanent ins Blaue hinein, nie scheint es ein Ende zu geben. Ich komme mir vor wie Sisyphus. Immer wenn wir einen Ring ausheben, lachen die und bauen drei neue.«

Sito schluckte, nach Wint nun auch Karl. War er denn der Einzige, der noch Hoffnung hatte? Ausgerechnet er?

Karl ließ seine Finger knacken und grinste Sito schief an. »Ich weiß, Paul, du bist ein hoffnungsloser Optimist. Eigentlich bist du sogar der Utopist unter uns, nicht wahr? Du denkst, alles wird irgendwann gut.«

Die Narbe an seiner Schläfe schmerzte, reflexartig strich sich Sito mit der linken Hand darüber, versuchte zu beruhigen, was doch nur ein Phantomschmerz war.

»Was ist das mit der Narbe da? Hast nie erzählt, woher die kommt«, stellte Karl fest und suchte in seiner Schublade nach etwas. Triumphierend hielt er zwei Schokoriegel in die Luft, was die Hunde dazu veranlasste, erneut auf einen Knochen zu hoffen und sich neben Karls Tisch in Position zu bringen.

»Ein Fisch war schuld«, antwortete Sito wahrheitsgemäß.

Karl stutzte, dann lachte er schallend los. Er lachte schrill und laut und ließ sich in seinen Sessel zurückfallen. Die ganze Anspannung schien sich dank des »Fisches« in einem einzigen großen Lachanfall zu entladen, was Sito an seine Begegnung mit Wint erinnerte. Der Sturm, er hatte sie alle im Griff.

»Der war gut, Paul, der war richtig gut«, sagte Karl, als er sich wieder gefangen hatte. »Weshalb bist du eigentlich hier?«

»Wint. Er wird unruhig.«

»Das ist er schon lange.«

»Jetzt kommt noch die Sorge um eine Freundin hinzu.«

»Wint hat Freunde? Sogar eine Freundin?«, sagte Karl zwinkernd.

»Eine Kollegin und ja, auch eine Freundin, mehr weiß ich nicht. Außerdem bin ich ja auch mit Heinrich befreundet.«

»Eben«, sagte Karl, als wäre damit alles gesagt.

»Christine Fané ist zum LKA Stuttgart gewechselt. Sie hat dort kürzlich eine Pressekonferenz gegeben, es ging um Gewalt gegen Frauen in der Öffentlichkeit, um diese Journalistin, die außerdem Migrationshintergrund hat. Du kennst die Geschichte. Das war übel. Seitdem steht nun auch Christine im Rampenlicht und muss sich einiges anhören. Auf jeden Fall ist Heinrich in Sorge, und ich denke nicht, dass er zur Übertreibung neigt.«

Karl hatte die Augenbrauen hochgezogen, seit das Wort »LKA« gefallen war. »Beim LKA? Und ihr kommt zu mir?«

»Nun ja, Karl, du und ich wissen, wie das mit dem Vertrauen funktioniert, nicht wahr?« Sito lächelte. »Wieso ›ihr‹?«

»Ach, egal. Seit letztem Herbst weiß ich das auf jeden Fall. Seit der ganzen Scheiße mit der NSU 2.0 ebenso.« Karl rollte mit seinem Bürostuhl näher an seinen Tisch heran, stützte sich darauf und beugte sich vor, die Schokoriegel lagen unangerührt vor ihm auf dem Tisch. »Ich soll der Sache also unauffällig nachgehen?«

»Zumindest mal einen Blick darauf werfen und vielleicht –«

»Du hast vermutlich keine Ahnung, welche Kräfte da aktiv sind, die Rechtsradikalen haben sehr illustre Untergruppierungen und Paralleluniversen hervorgebracht, einige davon hassen vor allem Frauen. Ich könnte mir vorstellen, dass wir auf so etwas stoßen. Ich kann dir da eine Aufstellung zukommen lassen, vor allem im Hinblick auf eure Freundin. Wie hieß sie gleich?«

»Christine Fané. Wir hätten sie gern bei uns gehabt, aber sie hat sich für Stuttgart entschieden.«

»Ja, ich erinnere mich.« Karl riss sich einen Schokoriegel auf. »Na also, doch wieder ein konkretes Ziel. Aber sei nicht enttäuscht, wenn dir das alles nicht gefallen wird.«

»Es gefällt mir jetzt schon nicht, dass es da eine Welt gibt, die nicht sichtbar ist und Böses im Schilde führt.«

4

Roman Enzig reihte die Vanillekipferl vor sich auf. Drei Stück waren übrig. Die leere Dose stand etwas weiter rechts auf dem

Schreibtisch vor ihm, der Tee stand links daneben. Er widerstand dem Drang, die Tasse mit der Dose auf eine Höhe zu bringen. Seit einigen Wochen stellte er diesen Tick an sich fest, und er gefiel ihm überhaupt nicht, dabei war er nicht schwer zu erklären: Kontrollverlust auf der einen Seite, Suche nach Kontrolle auf der anderen. Grob gesagt, er war ein wenig ins Ungleichgewicht geraten.

Das Baby forderte ihn doch mehr als gedacht. Und das neue Buchprojekt ebenfalls. Schon wieder hatte er nicht Nein sagen können, allerdings brannte ihm dieses Thema einfach auch unter den Nägeln. »Wege aus der Radikalisierung«.

Weshalb radikalisieren sich Menschen überhaupt? Welche Bedeutung kommt hier den sozialen Medien zu, und wie können Gesetzgeber und Bildungseinrichtungen darauf reagieren? Einerseits war es wissenschaftlich ausgesprochen spannend, andererseits wollte Enzig sich allmählich nicht mehr damit beschäftigen und jede Nacht schlecht schlafen. Seit Monaten traf er sich nun mit einem der Täter aus ihrem letzten großen Fall, einem jungen Mann, Student, aus wohlhabendem Haus, der, ohne es zu merken, instrumentalisiert worden war und tatsächlich zur Waffe gegriffen hatte.

Dass jeder Bürger nach einem empfundenen Unrecht zu einem Täter aufgebaut werden konnte, war ein furchteinflößender Gedanke. Die klassischen Motivationen für Täter, ein Verbrechen zu begehen, wie Eifersucht und Habgier schienen immer unbedeutender zu werden. Die Bereitschaft, an Verschwörungstheorien zu glauben, nahm parallel rasant zu, weil das Netz grade hierfür eine ideale Verbreitungsplattform bot: ein regelfreier Raum, eine hohe Verbreitungsgeschwindigkeit und keine Überprüfbarkeit des Wahrheitsgehaltes. Die Kombination aus beiden Entwicklungen war beängstigend.

Ein Bellen vor seiner Tür ließ ihn aufschrecken. Es klopfte dreimal.

»Komm rein, Paul«, sagte Roman und schob nun doch die Tasse an den korrekten Platz. Sein linkes Augenlid zuckte.

Die Hunde kamen zuerst, ihnen folgend Paul Sito und der Duft nach frischem Kaffee.

»Oh, das ist aber nett«, sagte Roman, als Sito ihm eine Tasse neben die Kekse stellte.

»Deine ist ja bestimmt noch kaputt, oder?« Sito setzte sich und zeigte auf die leere Keksdose. »Jedes Jahr früher, wie? Dass Anna trotz des Babys zum Backen kommt.«

»Ich hab noch drei, magst du einen?«

»Nein, mir reicht Kaffee. Ich hab Heinrich getroffen. Und Karl.«

»Aha. Und?«

»Nichts Neues, wir drehen uns im Kreis, und Heinrich entwickelt sich zu einem unkalkulierbaren Teamplayer, fürchte ich.«

»Hm.« Enzig hing noch seinen Gedanken über Täter und ihre Motivation und über empfundenes Unrecht nach.

»Was ist?«

»Ungerechtigkeit ist schwer zu ertragen.«

»Das stimmt, Roman, das stimmt, daher kämpfen wir ja auch dagegen an.«

»Ich weiß nicht recht, ich hab das Gefühl, dass wir immer weniger gegen die Ungerechtigkeiten tun können, die die Menschen so empfinden da draußen.«

Sito sah zu dem Aktenberg und dem Flipchart. »Der alte Fall?«

Enzig nickte. »Weißt du, manchmal frage ich mich, wofür ich einen Mord begehen würde. Nein, schau nicht so, ich mein das ganz ernst. Du und ich, wir haben doch sehr klare Überzeugungen, wir glauben doch, dass wir auf der richtigen Seite stehen, dass es genau diese Überzeugungen sind, für die es sich lohnt, sein Leben einzusetzen. Aber damals, vor einem Jahr, als ich … also, die Wahrheit ist, da gab es so einen Moment, da hätte ich –«

»Das ist eine Notwehrsituation«, wandte Sito ein und umschloss seine Tasse mit beiden Händen.

»Nein, das meine ich doch nicht. Natürlich rechtfertigt Notwehr vieles. Ich meine, ich wusste so klar, wer böse und wer gut ist, ich hab mir vorgestellt, wie ich das Böse systematisch zerstöre, nicht um mich zu verteidigen, einfach um auch Böses zu tun. Es war wie ein Akt der Selbstbefreiung, der Erlösung. Das ist die Wahrheit, mit der ich seitdem leben muss.«

»Wahrheiten ändern sich«, sagte Sito leise. »Du träumst noch immer davon?«

Enzig nickte. Schnell griff er nach einem Keks und schob ihn in den Mund. Die beiden übrig gebliebenen richtete er wieder symmetrisch vor sich aus. Er sah, dass Sito seine Hände beobachtete, zog sie zurück, wusste, dass es zu spät und er durchschaut war. »Es ist nicht so, wie du denkst. Ich hab mich schon im Auge.«

Sito lachte. »Du weißt, dass das nicht geht.«

»Ja, ja, der psychologische Dienst hat mich im Auge, ist aber nicht so einfach, als Psychologe einem Kollegen gegenüber ehrlich zu sein. Irgendwie hofft man immer auf eine Überraschung und hat dann auch die schon Kilometer im Voraus durchschaut.«

»Ich hab es Heinrich ebenfalls gesagt, und Karl, am Ende wird die Gerechtigkeit siegen. Und dann könnt ihr beide wieder ruhig schlafen. Es wird nicht jeder zu einem Mörder, Roman, nicht jeder. Wir sind hier für rund neunhunderttausend Menschen zuständig, und die meisten sind gewiss sehr anständig.«

Enzig lachte laut auf. »Dass du dieses Wort benutzt, ›anständig‹, wer sagt das heute noch? Was ist schon Anstand? Eine Bürgerpflicht? Ein grundsätzlicher Wunsch des Menschen, sich sozialverträglich zu verhalten? Mitmenschlichkeit? Ich weiß nicht«, er nahm den nächsten Keks, »ich glaub, die Menschen halten sich an Regeln, um keinen Ärger zu haben, eher aus Bequemlichkeit als aus Überzeugung. Das bedeutet aber auch, dass sie sich viel schneller angegriffen und ungerecht behandelt fühlen, weil ihnen die innerste Überzeugung fehlt und weil sie sich einfach zu wichtig nehmen.«

Es klopfte, und Rosa Eckert, die Sekretärin in ihrer Abteilung, kam herein. »Wir haben einen Toten, unten am Rhein bei der FH.«

Enzig sah zu Sito. »Bestimmt ein Springer, das hört auch nie auf.«

5

Sechs Komma vier Millimeter waren die Gitterstäbe auseinander. Das sollte die Schädlinge abhalten. Erst letzte Woche hatte er eine Waldspitzmaus entdeckt, die für allerhand Unordnung gesorgt hatte. Den ganzen Tag hatte er benötigt, sich von dieser Unerhörtheit zu erholen. Chaos war dafür da, ausgesperrt zu werden, es war nicht Teil des geordneten Lebens. Wenn das Chaos Einzug hielt, dann war das geordnete Leben krank. Da gab es keine Ausnahmen: Chaos konnte nur in ein krankes System eindringen.

Ein Volk starb, wenn es in Unordnung geriet, wenn der Feind es von innen heraus auffraß. Die Varroamilbe etwa war so ein Feind, in den siebziger Jahren unabsichtlich nach Europa importiert, fraß und mordete sie sich durch die europäischen Bienenvölker. Eine grausame Tatsache, der jedes Jahr unzählige Völker zum Opfer fielen. Hundertfünfzigtausend in etwa.

Er schüttelte sich gegen die Kälte. Vor der nächsten Behandlung seiner Völker graute ihm bereits, aber es half nichts, die Prozedur mit Oxalsäure musste jedes Jahr wiederholt werden. Sechzigprozentige Ameisensäure, eingeflößt mit einem Nassenheider-Verdunster.

Er installierte das Mäusegitter und hoffte, dass sich nicht trotzdem ein sehr kleines Exemplar einer Waldspitzmaus hindurchschmuggelte. Das Gift der Bienen konnte ihr nämlich nichts anhaben, die Mäuse indessen zerstörten die Waben.

Gerade einmal zehn Kilogramm Honig hatten sie in der letzten Saison ernten können. Zehn Kilogramm! Das war nicht einmal ein Drittel der sonst üblichen Menge. Die Völker waren krank, geschwächt, und er war wütend und zur hilflosen Beobachtung verdammt. So stand er mit dem zweiten Käfig in der Hand und betrachtete die Behausungen seiner Bienenvölker.

Stundenlang könnte er ihnen zusehen, wie sie ein und aus flogen, wie sie ihren Rhythmus hielten, ihre Richtung, ihre Orientierung. Stundenlang genoss er die Tatsache, dass er über sie zu herrschen vermochte, dass es *seine* Völker waren, die er hegte und pflegte, beschützte vor dem Feind, denen er jene Ordnung bot, die sie brauchten, um ihm mit Honig zu danken. Sie taten es nicht freiwillig, dessen war er sich bewusst, aber sie waren Nutznießer seiner Fürsorge. Es hatte einige Jahre gedauert, sich all das Wissen anzueignen, das einen guten Imker ausmachte, aber wenn er etwas hatte hier draußen, dann war es Zeit. Zeit und Ruhe.

Neben dem Bienenstock lagen tote Bienen, zahlreiche. Das war nicht gut.

Unordnung. Chaos. Untergang.

6

Seit ihrer Gründung im Jahr 1906 hatte die Fachhochschule in Konstanz schon eine bewegte Geschichte hinter sich. Schön gelegen in der Altstadt am Rheinufer, war sie nicht nur wegen ihrer Studiengänge verlockend, sondern gewiss auch wegen der Aussicht auf den Fluss, der allerdings schon einige Opfer gefordert hatte. Die Rheinbrücke für Fahrräder, die die Altstadt mit dem Stadtteil Petershausen verband, hundertsechzig Meter quer über den Seerhein, war immer wieder die Attraktion für Brückenspringer. Im Sommer kamen wagemutige Badegäste, nachts Angetrunkene von den Studenten- und Wohnheimpartys. Es war nicht offiziell verboten für die Badegäste, gleichwohl war es gefährlich, wenn die Springer mit knapp fünfzig Kilometer pro Stunde in den Fluss eintauchten, vor allem, wenn sie angetrunken und leichtsinnig waren. Im November kamen schlicht auch jene hinzu, die sich in den Tod stürzten. Es war der Monat mit der höchsten Suizidrate. Die Wahrscheinlichkeit sprach im Moment also für diese letzte Variante.

Marc Busch war auf dem Parkplatz vor dem Präsidium zu Sito und Enzig gestoßen, jetzt liefen sie gemeinsam von der Schottenstraße ans Ufer. Kollegen hatten den Fundort abgesperrt, einige Schaulustige tummelten sich an dem rot-weißen Absperrband. Drüben strahlte der Herosé-Park in den Resten herbstlicher Farben, die in der Sonne leuchteten. Auf der Brücke suchten Beamte von der Kriminaltechnik nach Spuren des Opfers.

»Gibt es denn Zeugen, dass einer gesprungen ist letzte Nacht? Ist ja nicht gerade Badewetter«, sagte Marc Busch und zog den Reißverschluss seiner Jacke zu.

Sito schüttelte den Kopf. »Ich weiß es nicht. Ich weiß noch gar nichts.« Sie liefen zu dem abgesperrten Areal, wo der Rechtsmediziner Dr. Samuel Parson auf sie wartete. Er hob den Kopf und nickte ihnen lächelnd zu.

»Paul, es braucht echt ein Verbrechen, dass wir uns wiedersehen, Himmel! Grüß dich, Marc.«

»Tut mir leid, Samuel, aber du kennst mich doch. Was haben wir?«

»Einen Beifang.« Parson begab sich wieder zu dem Opfer in die Hocke. »Anfang zwanzig. Sturz aus hoher Höhe, eventuell von der Rheinbrücke. Dein Kollege hier meinte, ein Fischerboot habe ihn entdeckt und mit ans Ufer gezogen.«

Sito sah zur Brücke hin. »Wie soll das denn gehen? Wir haben Nachmittag, und auch wenn es November ist, fahren da sicher weit über tausend Radler über die Brücke. Und da soll einer gesprungen sein?«

Busch zuckte mit den Schultern. »Kümmert doch keinen, oder?«

Parson folgte dem Blick der beiden, dann schnippte er mit den Fingern, um ihre Aufmerksamkeit einzufordern. »Möglich ist bestimmt alles, aber der junge Mann ist schon länger tot, wahrscheinlich seit letzter Nacht. Ich nehme an, dass er nachts in den Rhein gestürzt ist.«

»Dann aber nicht von dieser Brücke oder weshalb sollte er nicht abgetrieben worden sein?«, erkundigte sich Sito.

Parson hob die Augenbrauen. »Du bist phantasielos heute, Paul, und grüblerisch, das sehe ich. Das Fischerboot war am frühen Morgen unterwegs, der Beifang wurde aber erst später entdeckt oder gemeldet.«

Sito brauchte einen Moment. »Es ist Schonzeit, nicht wahr? Die Fische haben Schonzeit.«

»So ist es. Und wenn du mich fragst, dann sollten sie für eine ganze Weile das ganze Jahr Schonzeit haben. Der See ist bald leer.«

»Ich nehme an, du kannst noch nicht sagen, ob er freiwillig gesprungen ist?«

»Nein, Paul, natürlich nicht, aber wir nehmen ihn mit rüber nach Singen. Eine Sache vielleicht noch, hier sind auffällig viele Narben, die nicht vom Sturz kommen, sind eher älter. Schau mal, hier im Gesicht.«

»Eine schlagende Verbindung vielleicht«, sagte Busch.

»Auch nicht auszurotten«, sagte Sito müde.

7

Der Parkplatz der Mainau war gut gefüllt. Vor ihnen stand ein Bus mit weiteren Touristen für einen Spaziergang über die Blumeninsel. Sie schloss kurz die Augen und tauchte ein in die Erinnerungen, die sie mit diesem beliebten Ausflugsziel verband, sofort hatte sie den Duft der Apothekerrose in der Nase, ihre Lieblingssorte, doch auch die rund fünfhundert anderen Sorten, die sich dort an der Promenade tummelten, waren betörend. Und am Ende der Blütehochzeit würde die schönste von ihnen zur Blumenkönigin gewählt. Schon länger waren sie nicht auf der Insel gewesen, jetzt bekam sie Lust auf einen Spaziergang.

»Mama, da waren doch die Schmetterlinge«, kam es prompt von der Rückbank.

Helen sah ihren Mann an, der grinste.

»Ich will zu den Schmetterwingen«, piepste prompt auch der Kleine. »Schmetterwinge, Schmetterwinge, Schmetterwinge.«

»Wir können heute nicht auf die Insel, aber wir machen das bald, versprochen«, erklärte sie den Jungs und schaute zu ihrem Mann. »Vielleicht wohnen wir bald schon nicht mehr so weit entfernt, das wäre doch toll. Vielleicht gibt es sogar eine Jahreskarte, dann können wir da öfter –«

»Schatz, immer langsam. Wir schauen uns das alles erst einmal in Ruhe an, okay?«

Sie seufzte und ließ ihren Blick hinüber zum Eingang auf die Mainau schweifen. Doch der Bus verdeckte im nächsten Moment ihre Sicht.

Im letzten Herbst waren sie da gewesen, zweimal. Ein Besuch mit ihren Eltern, einer mit seiner Schwester und beide Male hatten sie richtig Glück mit dem Wetter gehabt – es war nicht so überlaufen gewesen wie im Sommer, dennoch so schön, dass sie in T-Shirts am Ufer entlangschlendern und die Kinder Eis essen konnten. Im Sommer würden die Kinder am See ihre Schuhe ausziehen und ins Wasser springen, da war sie sich sicher. Sie hätte Wechselsocken in ihrer Tasche und würde immer wieder eine der Flaschen aus ihren Rucksäcken zaubern, weil immer eins der Kinder Durst hätte.

Die Rosen dufteten in ihren Gedanken, obwohl sie die Rosenwochen auf der Mainau noch nicht erlebt hatte, doch kannte sie den einen besonderen Duft sehr genau. Im Herbst prahlte die Insel mit Dahlienfeldern, über zehntausend Dahlienbüsche mit herrlich großen Blüten, Dahlien, so weit das Auge reichte, in allen Farben. Die Schmetterlinge im Tropenhaus hatten den Kindern natürlich besonders gut gefallen. Sie flatterten umher, nippten an den aufgestellten Orangenscheiben und boten sich als wunderschönes Fotomotiv an. Ihrem Sohn hatte sich einer sogar auf den Kopf gesetzt, das fand er erst lustig, dann aber gruselig, als die kleinen Füße sich auf ihm bewegt hatten und das Flattertier nicht mehr hatte weichen wollen.

»Und hier links geht es zur Universität«, sagte ihr Mann und legte ihr die rechte Hand auf den Schenkel.

Sie wusste, dass oberhalb der Mainau die Universität von Konstanz war. Lang, lang war es her.

»An der Uni haben eure Mutter und ich …«

»Euch kennengelernt«, vollendete ihr Ältester den Satz. »Wissen wir, Papa.«

Sie lachte. Eine glückliche Familie. So sah sie aus. Und das Baby schlief in seinem Maxi-Cosi.

Zehn Minuten später bogen sie inmitten der Ortschaft Litzelstetten nach links ab und fuhren den Berg hinauf. Von oben hatte man einen wunderschönen Blick auf den See. Der Ort hörte an dieser Stelle auf, doch die Adresse, die sie suchten, lag ein wenig außerhalb. Er hatte an der Kreuzung angehalten, versicherte sich, dass sie auf dem richtigen Weg waren, lachte sie an. Sie streichelte ihm über die Wange, warf einen flüchtigen Blick zum Ort, der unter ihnen lag. »Schön so im Nirgendwo«, flüsterte sie.

Robert nickte. »Nun denn, auf ins Abenteuer.«

8

Sito lief mit Enzig hinüber zu den Wohnheimen. Einige Beamte hatten bereits angefangen, die Bewohner zu befragen. Sie zeigten Fotos vom Opfer. Wenn sie kein Glück hatten, dann würden sie den Rest des Tages mit den Befragungen verbringen ohne einen Erkenntnisgewinn. Am Wochenende hatte keine Party stattgefunden, bislang hatte auch niemand den jungen Mann als vermisst gemeldet.

»Müssen wir von einem Tötungsdelikt ausgehen?«, erkundigte sich Marc Busch.

Sito zuckte die Schultern und beobachtete eine Gruppe von Männern bei ihren Booten. »Das wird uns erst Samuel mit Sicherheit sagen können. Was machen die da?«

»Ihre Boote winterfest?«

»Ich könnte wetten, dass einer von denen heute Morgen draußen war. Komm mit, Marc.«

Sie gingen wieder runter ans Ufer und stellten sich zu den Männern.

»Was ist denn da los?«, fragte der eine unwirsch.

»Haben Sie den Mann aus dem Rhein gefischt?«, entgegnete Sito.

»Einen Mann aus dem Fluss?« Der Mann rieb sich über das vom Wetter und vielleicht auch Alkohol gezeichnete Gesicht. »Davon weiß ich nichts.«

»Und Sie?«, fragte Busch und schaute die anderen der Reihe nach an.

»Den hat uns einer da hingelegt.«

»Ach«, Sito sah sich erstaunt um, »ich dachte, er sei von einem Angler aus dem Rhein gefischt worden.« Sito wartete einen Moment, doch die Männer blieben verstockt. »Hören Sie, uns geht es nicht darum, Ihnen Schwierigkeiten zu machen, weil Sie im November angeln, obwohl Schonzeit ist. Aber jemand hat einen Toten gemeldet und gesagt, er sei ein Fischer hier am Rhein. Wir wüssten nur gern, wann er den Toten gefunden hat und wo genau und ob er sonst noch etwas gesehen hat.«

Die fünf Männer wirkten nicht nur wortkarg, sie waren geradezu feindselig. Sito musterte sie, stieß auf Misstrauen bei den einen und Ärger bei den anderen und wunderte sich, dass hier Fronten verhärtet schienen, ohne dass er sich einer Schuld bewusst war.

»Wir wollen einfach keinen Ärger hier«, sagte der eine.

»Nicht das auch noch. Wir haben echt genug Ärger«, bestätigte ein Zweiter.

»Die Fische sind so gut wie weg, und die Naturschützer haben immer noch nicht genug.«

»Wovon sollen wir denn noch leben?«

»Dann das Nachtangelverbot, die Schonzeit, ständig die Attacken auf unser Vereinsheim. Wir haben echt genug«, ereiferten sie sich im Wechsel. Nur einer war stumm geblieben. Hager und mit hängenden Schultern stand er vor ihnen. Sito ging zu ihm.

»Es war sicher ein Schock, als Sie den Toten im Netz gefunden haben, nicht wahr?«

Der schmächtige Mann schluckte und presste sich die Hand vor den Mund.

»Du musst gar nichts sagen«, sagte ein großer, kräftiger Mann, der den größten Redeanteil bislang hatte. Er stemmte jetzt die Hände in die Hüften und baute sich vor Sito auf. »Wir müssen alle überhaupt nichts sagen.«

»Jetzt reicht es aber.« Busch zog seinen Ausweis aus der Tasche, hielt ihn hoch und drängte sich zwischen Sito und das Schwergewicht. »Wir wollen Ihnen keinen Ärger wegen irgendwelcher Angelzüge machen, stattdessen wollen wir einfach unsere Arbeit erledigen. Der junge Mann ist vielleicht Opfer eines Verbrechens geworden. Ich hab jetzt keine Lust mehr auf dieses Geplänkel.«

Sito sah überrascht zur Seite. So vehement kannte er seinen Kollegen gar nicht. Erst Heinrich, jetzt Marc. Es lag offenbar tatsächlich etwas in der Luft, schwelte unter der Oberfläche und wartete nur auf ein passendes Ventil.

»Ich war es«, sagte jener, den Sito direkt angesprochen hatte. Er hatte also die richtigen Schlüsse gezogen. »Ich bin am frühen Morgen raus und hab die Netze eingeholt. Erst am Ufer hab ich dann gesehen, dass da ein Mensch drinhing. Ich hab dann, ich weiß auch nicht, ich bin am Ufer entlang und hab auf die anderen gewartet, und dann haben wir erst mal überlegt, was wir machen.«

»Der war schon tot. Wir haben ihn nur rausgeschnitten und abgelegt. Und dann angerufen«, bestätigte ein anderer.

»Ihnen ist schon klar, dass uns wertvolle Zeit verloren gegangen ist, oder?«, fragte Busch.

»Wie viel Zeit ist denn vergangen, bis Sie angerufen haben?«

Die Männer tauschten Blicke. »Ein paar Stunden.«

»Wir dachten, das ist bestimmt ein Student, einer, der gesprungen ist und sich verschätzt hat.«

»Das kann ja auch noch sein, wir –« Sito stockte. Etwas an der Art, wie der Mann seinen Satz formuliert hatte, störte ihn. »Was meinen Sie damit, Sie dachten, es sei ein Student.«

Der hagere Mann erschrak sichtlich und sah die anderen schuldbewusst an.

»Was lässt Sie jetzt glauben, dass Ihre erste Einschätzung falsch war?«, hakte Sito nach.

Der Mann ließ den Kopf hängen und hielt sich die Hände vors Gesicht.

»Mann, haben Sie sich den mal angesehen? Den Rücken, mein ich?«

9

Am nächsten Tag saßen Sito und Busch in Enzigs Büro und warteten auf Samuel Parson. Er hatte eine Videoschaltung versprochen, sobald er Zeit dazu fand. Nach ihrem Gespräch mit den Fischern am Vortag hatte Sito umgehend seinen Freund in der Gerichtsmedizin Singen angerufen und gebeten, sich den Toten aus dem Rhein vorrangig anzusehen, wenigstens für eine erste Einschätzung.

»Dieses Theater wegen der Schonzeit der Fische, das gibt es doch nicht.« Busch ärgerte sich immer noch.

»Die Fischer haben ja nicht nur wegen der Schonzeit zu kämpfen«, versuchte Enzig den Kollegen zu beruhigen. »Sie sagen, dass die Fangquoten immer geringer werden, weil das Wasser zu sauber ist. Und dann noch die Kormorane, die den

Bestand jedes Jahr verkleinern und nicht abgeschossen werden dürfen. Das Nachtangelverbot, die Schonzeit, die haben einfach Angst um ihre Existenz.«

Busch und Sito tauschten einen Blick.

»Roman, bist du unter die Anwälte gegangen?«, fragte Sito mit hochgezogenen Augenbrauen.

»Nee«, Enzig verdrehte die Augen, »aber das ist nun mal … ach, ist ja auch egal. Meinetwegen braucht es keinen Fisch aus dem Bodensee. Für mich braucht es überhaupt keinen Fisch.«

»Wie auch immer, wir haben einen jungen toten Mann, der den Fischern einen gehörigen Schreck eingejagt hat. Wenn ihr mich fragt, dann hatte der vielleicht auch Schiss, dass sein Netz schuld am Tod des Mannes war? Das kann doch auch noch sein, oder?«, fragte Busch.

Sito nickte. »Sicherlich. Wir werden ja gleich von Samuel hören, was so verwirrend war.«

»Wie konnten die eigentlich den Rücken sehen?«, fragte Enzig und blickte von Busch zu Sito. »Der war doch bekleidet, oder?«

»Stimmt«, entgegnete Sito. »Gute Frage. Vielleicht haben sie ihn aus dem Netz –«

Es klingelte, und Enzig schaltete auf die Videoübertragung. An der Wand erschien Samuel Parson aus seinem Sektionszimmer, einem hell ausgeleuchteten Kellerraum im Krankenhaus in Singen. Parson mochte sein Reich dort unten, ein separater Ausgang ermöglichte es ihm, in den Garten der Klinik zu gehen, ohne dafür durch das halbe Krankenhaus laufen zu müssen.

»Eure Zeugen gaben euch den Hinweis auf den Rücken, nicht wahr? Vermutlich machten sie die Entdeckung, als sie ihn aus dem Netz befreien mussten.« Parson machte eine Pause und sah dabei in die Kamera, auf die Zustimmung wartend, dann fuhr er fort. »Der Körper des jungen Mannes weist zahlreiche Verletzungen auf, angefangen von alten Brüchen, Schnittverletzungen bis hin zu Narben.«

»Misshandlung?«, fragte Enzig.

Parson nickte, den Blick auf seine Unterlagen geheftet. Seine

Stirn lag in tiefen Falten. »Sieht leider so aus. Ja. Die Brüche sind aus der Kindheit. Neben diesen älteren Verletzungen finden sich auch Spuren am Hinterkopf, die auf stumpfe Gewalteinwirkung schließen lassen. Im Wasser war er höchstens ein paar Stunden.«

»Okay, Samuel, dann haben wir also einen ermordeten jungen Mann, sehe ich das richtig?«, fragte Sito.

Parson nickte stumm.

»Hast du schon eine Todesursache für uns?«

Jetzt schüttelte der Rechtsmediziner den Kopf. »Nein, Paul, noch nicht. Ich wollte euch nur diesen ersten Zwischenstand geben. Ich brauch noch ein wenig für die genaue Todesursache. Wasser verwischt ja immer die Spuren, dann kommen noch jene Verletzungen hinzu, die durch den Aufprall – Du weißt ja, Ertrinken als Todesursache ist für uns aus pathologischer Sicht tatsächlich immer eine heikle Sache, so schnell geht das nicht.« Er kratzte sich an der Stirn und sah zu dem Opfer auf dem Sektionstisch, der hell erleuchtet in der Mitte des Gewölbekellers stand.

Sito fröstelte, schon zu oft hatte er dort gestanden, seinem Freund zugehört, versucht, sich innerlich von dem Leiden des Opfers zu lösen. Wenn Enzig dabei war, dann war es noch schlimmer, dann fühlte er auch dessen Unbehagen mehr als deutlich.

»Ich kann euch aber sagen, dass wir kein typisches Ertrinken haben, dafür sind die Zeichen zu gering ausgeprägt.«

»Es gibt aber Zeichen von Ertrinken?«, hakte Busch nach.

Parson fuhr sich über seinen kahlen Kopf. »So wollte ich das nicht sagen, wir müssen das erst noch genau untersuchen. Ihr wisst doch, dass wir zwischen typischem und atypischem Ertrinken unterscheiden müssen und dass die Zeichen dementsprechend auch nur sehr schwach bis gar nicht vorhanden sein können.« Parson massierte seine Hände und sah sich um. »Ist irgendwie kalt heute hier unten. Wenn ich mich mal nicht melde, dann bin ich hier eingefroren. Keine Ahnung, ob die Heizkosten sparen wollen und meinen, dass es hier unten weniger Leute stört.« Parson hob die Hand. »Sagt jetzt nichts Falsches, ich möchte genauso wenig wie ihr bei der Arbeit frieren. Also, zurück zu dem jungen Mann. Wir suchen nach Paltauf-Flecken und Wydler-Zeichen, beides Fehlanzeige bislang. Dennoch kann ich Ertrinken als Todesursache nicht ausschließen, möglich wäre also, dass er bereits bewusstlos war, als er ins Wasser geworfen wurde.«

»Geworfen?«, fragten Sito und Enzig gleichzeitig.

Parson stutzte. »Ich dachte, das sei eine gesicherte Information, ich meine, der Sturz von der Brücke. Die Verletzungen zumindest würden passen, aber wenn nicht, dann werde ich das auch genauer in Augenschein nehmen. Möglich ist auch, dass er bei dem Aufprall auf dem Wasser bewusstlos wurde.«

Parson verabschiedete sich, Sito, Enzig und Busch blieben zurück.

»Also kein Springer«, sagte Busch.

Sito stand auf und trat ans Fenster. »So oder so, wir haben einen Toten mit einer langen Geschichte, und wir haben diesen verdammten November. Ich hab immer das Gefühl, dass mit dem Nebel auch mehr Düsternis aufsteigt.«

Er öffnete das Fenster und beugte sich vor. Tief inhalierte er die feuchtkalte Luft, die dem sonnigen Montag gefolgt war. Es roch nach einer Mischung aus Rauch und See, und er erinnerte sich, dass der Begriff »Seerauch« zu einem dieser besonderen Wetterphänomene am Bodensee zählte. Aber ob man ihn auch riechen konnte?

»Hm, eigenartig«, sagte da Enzig, der neben ihn getreten war und nach draußen auf die Auffahrt blickte. »Riecht irgendwie verbrannt.«

Seerauch, kalte Luft auf warmem Wasser. Nein, mit Verbrennung hatte das nichts zu tun. Vielleicht brannte gerade tatsächlich irgendwo im Haus etwas an.

10

Karl Zimmermann ließ seine Finger knacken. Ein Geräusch, mit dem er viele Kollegen zusammenzucken ließ, Paul Sito etwa, das wusste er, aber es geschah inzwischen ganz unbewusst – und viel zu oft. Ein Zeichen, dass er unruhig war. Wer Zeit hat, soll sich eine halbe Stunde am Tag für sich nehmen, wer keine Zeit hat, eine ganze Stunde, so der Spruch, den ein Freund ihm geschrieben hatte vor ein paar Tagen, kurz nachdem sie sich auf ein Bier im Brauhaus in der Altstadt getroffen hatten. Er sähe schlecht aus, hatte der Freund angemerkt.

Kein Wunder, dachte Zimmermann und rieb sich über das Gesicht. Seit Wochen schlief er nur sporadisch, unabhängig von Tages- oder Nachtzeiten. Er ging ins Büro, wenn es Nacht wurde, und ging nach Hause, wenn der Parkplatz vor dem Präsidium sich am Morgen gerade zu füllen begann. Seit Wochen missachtete er die Grundregel – sich nicht zu lange in entsprechenden Foren aufzuhalten. Seine Finger zuckten wieder, und er ballte wütend die Fäuste, als er es merkte.

Karl Zimmermann arbeitete seit einigen Jahren für die Polizei Konstanz in der Abteilung für Cybercrime und digitale Spuren, davor war er selbst Hacker gewesen. Er glaubte zwar, nicht so wirklich verbrecherisch tätig gewesen zu sein, war aber auch weit entfernt von einer weißen Weste. Inzwischen war das anders. Er könnte, wenn er wollte, in jedes System der Welt einsteigen, Angebote kamen immer wieder, wenngleich das natürlich keiner wusste bei der Polizei, aber inzwischen hatte er sich in eine ganz andere Sache verbissen, an welcher er gerade zu scheitern drohte: die Beobachtung, Unterwanderung und im besten Fall Zerschlagung rechter Netzwerke. Nach den Ereignissen im letzten Herbst, als Konstanz einmal kräftig durchgeschüttelt worden war und als Stadt noch immer nicht zu der Unbeschwertheit zurückgefunden hatte, die sie einst zu einem Lieblingsreiseziel im Süden Deutschlands gemacht hatte – *the easy way of life* am See –, schlief Zimmermann mit einem einzigen Ziel ein und wachte mit demselben auf, nämlich die Übeltäter zu überführen. Doch genau das war das Problem.

Zimmermann hatte sein Team mehr als verdoppelt. Zu seinem Bestandsteam kamen etliche, die er selbst rekrutiert hatte. Man ließ ihm da freie Hand. Die Kollegen Johannes Goffer und Martin Kaiser unterstützten ihn wie angekündigt, hatten aber gar nicht den nötigen Einblick. Der harte Kern um Zimmermann herum führte seit knapp einem Jahr ein Doppelleben, eines in der Realität, eines in der virtuellen Welt. Sie alle hatten sich mehrere Identitäten im Netz zugelegt und versucht, sich Zutritt zu verschiedenen rechtsradikalen Portalen zu verschaffen, etwa dem »Reconquista Germanica«. Dort trieben Trolle ihr Unwesen, organisierten sich in sogenannten Hater-Communitys, um in den sozialen Netzwerken ausgewählte Menschen einzuschüchtern.

Der Hass war gut organisiert und nahm deutlich zu, vor allem jener gegen Frauen in der Öffentlichkeit wie etwa bei den Incel-Gruppierungen. Mordaufrufe, Vergewaltigungsphantasien mit übelstem Vokabular waren an der Tagesordnung und trafen Frauen in der Politik, in den Medien, Frauen mit Migrationshintergrund, die offen Kritik an antiquierten Gesellschaftsbildern oder einem überholten Religionsverständnis äußerten, und Frauen im Allgemeinen, die in der Öffentlichkeit ihre Meinung vertraten und Gehör fanden, eben Frauen, die sich in der nach wie vor männlich dominierten Welt behaupteten. Und das war sie eben nach wie vor: eine männlich dominierte Welt. Das musste man sich immer wieder vor Augen führen, auch wenn man sich so weit davon entfernt glaubte wie Zimmermann während seiner Recherchen. Die Realität war indessen eine andere. Ob man wollte oder nicht, als Mann profitierte man von der Welt, wie sie war, stellte er bitter fest.

Wer außerdem wie Zimmermann und seine Leute Mitglied in einer entsprechenden Organisation werden wollte, musste einen »einwandfreien« Lebenslauf vorweisen und sich als aktives Mitglied behaupten. Es gab Aufnahmebedingungen und Aufnahmerituale, man brauchte einen rechtsradikalen Lebenslauf und musste durch »angemessenes« Verhalten auffallen. Sie spielten für ihre falsche Identität also böser Nazi, Hater, Rassist, Frauenhasser, virtueller Vergewaltiger und gingen gegen ihre Opfer in den sozialen Netzwerken vor, um sich in den regionalen oder überregionalen Bündnissen emporzuarbeiten. Nicht jeder konnte das, nicht jeder hielt das lange durch, daher gab es strenge Regeln, wie weit man gehen durfte, wann es zu viel wurde.

Er traf sich seit geraumer Zeit mit Heinrich Wint, der sich in diese Thematik einarbeiten wollte. Zimmermann spürte, dass auch Wint sich zunehmend radikalisierte. Es war schlicht die Hilflosigkeit angesichts dieser im Verborgenen wachsenden Gewalt – die man weder verstand noch kontrollieren konnte. Die Zeit des Dialogs, die Zeit der Vernunft waren eindeutig zu Ende. Mit der Einbindung Sitos hatte Wint nun also auch einen offizielleren Weg gewählt. Weshalb?

Zimmermann stand auf und drückte auf den Knopf seiner schwarzen Saeco, Kaffee, immer frisch, das war schon etwas wert. Aber laut war sie, erst beim Mahlvorgang, dann beim Brühvorgang. Während er wartete, schüttete er sich Cola aus einer großen Flasche in ein Glas und leerte es auf einen Zug. Es schmeckte nicht, aber es gab ihm das Gefühl, wach zu sein. Er hatte sich an diesem Tag an einem Hassmob gegen eine Frau beteiligt, er hatte gespürt, wie die Gegenwehr schwand, wie die Angst in ihrem Opfer wuchs. Und am liebsten wäre er in die virtuelle Welt gestiegen und hätte die anderen Jungs einfach am Kragen gepackt, um ihnen links und rechts eine Ohrfeige zu verpassen, dass ihnen buchstäblich Hören und Sehen verging. Er ballte die Faust, starrte auf die Lichter auf der Maschine und drückte den passenden Knopf für eine doppelte Tasse Kaffee.

Das Schlimmste aber war, dass er allmählich Sorge hatte, schizophren zu werden, die Rollen, sie vermischten sich, trieben ihn zu Gewaltphantasien, zwar nicht gegen die ausgewiesenen Opfer, dafür in immer radikalerem Maße gegen die Täter.

Er widerstand dem Impuls, seine Finger abermals knacken zu lassen, griff stattdessen nach seiner Lieblingstasse, schwarz und groß wie die Nacht. Schmeichelnd breitete sich das Aroma des frischen Kaffees von seiner Tasse nach oben aus, aber auch das konnte die Sorge nicht vertreiben. Sie machte ihn ganz verrückt, und sie betraf nicht nur ihn selbst, sie galt auch seinem kompletten Team. Die Ohnmacht ließ sie Sachen denken, die sie noch vor einigen Monaten nicht für möglich gehalten hätten.

Und allmählich gesellte sich zu dieser Sorge noch ein weiteres Problem: diese Welt hinter der Welt, dieses Spiel mit doppeltem, nein, dreifachem Boden, wo jeder jeden beobachtete, ohne zu wissen, wer ihm da gegenüberstand. Er hatte es nicht einmal Sito erzählt, doch neben seinem offiziellen Team bei der Polizei hatte Zimmermann auch eine Handvoll eigene Leute eingeschleust, fünf Menschen, die er aus ganz unterschiedlichen Gründen hatte akquirieren können. Zimmermann schluckte gegen das schwere Gefühl im Magen an, er hatte den Überblick verloren, über sich und über jene feinen Grenzen zwischen der virtuellen und der realen Welt.

11

Die Einfahrt schlängelte sich unter hübschen Birken dahin, die Sonne leuchtete durch die Blätter, in denen der Herbst sein Gesicht zeigte. Sie liebte Birken schon immer und wollte es gern als gutes Zeichen sehen, als Omen, hier am richtigen Ort angekommen zu sein. Sie spürte, dass ihr Mann ihr zuzwinkerte, und fühlte eine Welle des Glücks in sich. Wir machen das Richtige, sagte eine Stimme in ihr. Die Kinder lachten auf der Rückbank und zeigten auf die Weide, wo Kühe grasten. Pferde sollte es auch geben, so viel Idylle tat direkt weh.

Der Hof zeigte sich bei diesem goldenen Licht in einer bestechenden Ordentlichkeit. Links und rechts von der Einfahrt standen große Blumentöpfe mit Rosenbüschen und Lavendel. Ein Schild am Torbogen verwies auf heimischen Honig und die Eier, die man kaufen konnte. Natur pur und ein Leben im Einklang mit den Mitmenschen und der Natur, ein Ausstieg, wenn auch nur ein kleiner, irgendwo hinter Litzelstetten.

»So schön«, seufzte sie.

Sie fuhren auf den Hof und hielten an, als ein Hund auf das Auto zugestürmt kam. Er bellte. Als ein Pfiff ertönte, bremste er mitten im Lauf und blieb stehen. Auf ein »Sitz!« setzte er sich und blickte um sich. Zwei Männer kamen aus dem Haus, ein älterer und ein jüngerer. Der ältere winkte, lief zu dem Hund und streichelte ihm über den Kopf.

Sie stiegen aus, die Kinder rannten zu den Hühnern, die frei über den Hof liefen. Sie kamen nicht auf den ersten Pfiff zurück, sondern warteten drei Rufe ab. Innerlich musste Helen grinsen, Jungs eben, dachte sie, keine dressierten Hunde, manchmal einfach mit zu viel Energie im kleinen Körper.

»Guten Tag, herzlich willkommen. Sie möchten sich den Hof ansehen?«

Sie nahm ihren Mann an der Hand und nickte. Sie würden einen Teil des Hofes bewohnen, neben zwei anderen Familien, die hier lebten, Hof und Garten könnten sie gemeinsam nutzen, man war füreinander da, hatte Tiere und so viel Verantwortung, wie man eben gern tragen wollte.

Die Besichtigung verlief so, wie sie sich das vorgestellt hatte. Die Räume waren einfach eingerichtet, aber gemütlich mit viel Holz. Sie plauderten über die Kinder, das Baby auf ihrem Arm, ihren Job und die Tatsache, dass er Hausmann war, um seiner Frau die Karriere zu ermöglichen. Schließlich kamen die Frauen des Hauses hinzu. So standen sie gemeinsam in dem Eingangsbereich, musterten einander, lächelten und wussten schließlich nichts mehr zu sagen. Es war auf einen Schlag merkwürdig still, das Scharren der Hühner verklungen, das Tapsen des Hundes auf dem Holzboden hatte sich entfernt, die Kinder schwiegen.

Ein Abtasten des Gegenübers und immer wieder der Blick der jüngeren Hausherrin auf das Baby auf ihrem Arm.

Helen zog die kleine Mütze weiter über den Kopf ihres Kindes, drückte es an sich, hätte es am liebsten geweckt, damit es weinte und sie einen Grund hatten, sich aus dieser Runde zu befreien. Sie hätte selbst nicht erklären können, wann die Situation sich gewandelt hatte, aber mit einem Mal fühlte sie sich unwohl. Sah nicht mehr die Schönheit dieser abgeschiedenen Lage, die Idylle mit den Kühen und Hühnern im Hof, sie sah nicht mehr das Leben in der Natur und im Einklang mit seiner Umwelt. Mit einem Mal sah sie Einsamkeit, eine geradezu beklemmende Ordnung auf diesem Hof, einen Hund, der auf Knopfdruck reagierte wie ein Zinnsoldat, Frauen, die neben ihren Männern wie Schatten wirkten, musternde Blicke auf ihrem Mann, dem Hausmann, und auf sich, der Karrierefrau.

So standen sie dort im Hof vor dem Eingang zu dem möglichen neuen Zuhause, und sie war überwältigt von dieser Gedankenflut. Schon wog sie die Strecke zum Auto ab, stellte sich die Flucht vor, das Rennen zum Auto, das Starten des Motors, wenn dieser beim ersten Mal nicht ansprang, die schreienden Kinder. Sie lachte nervös und etwas zu schrill auf. Wie absurd das war, wie absurd dieses Schweigen zwischen ihnen.

»Wollen wir noch einen Kuchen zusammen essen?«, fragte die ältere Frau und sah ihren Mann fragend an. Der schien zu zögern, einen Moment nur, dann klatschte er in die Hände, und sie zuckte zusammen. Das Geräusch schien über den ganzen Hof zu hallen. Eine Gänsehaut überzog ihren Rücken.

»So machen wir das. Wir essen jetzt noch einen Kuchen zusammen. Meine Frau backt ganz hervorragend. Kommen Sie mit.«

Sie lächelte ihrem Mann zu, hilfesuchend, hoffte, er würde absagen, weil sie ja noch einen Termin und den Rückweg vor sich hätten und das Baby … Sie sagte nichts. Ihr Mann lachte, sein Gesicht wirkte entspannt, nichts verriet, dass ihm ähnliche Gedanken durch den Kopf gegangen waren wie ihr.

Diese beklemmende Stille auf dem Hof. Weshalb war ihr die nicht sofort aufgefallen? Sie sah sich um, während die anderen schon zum Haupthaus gingen. Ihre beiden Söhne liefen schweigend, jedoch vergnügt hopsend mit der Aussicht auf Kuchen neben dem Vater, die Frauen des Hauses neben ihren Männern. Vater und Sohn hatten denselben Gang, etwas ausladend, den rechten Fuß mehr nach außen gestellt als den linken. Ihr fiel auf, wie groß und kräftig der junge Mann war, größer und kräftiger als der Vater, obgleich er so lief, als gelte es, gerade das zu verbergen.

Helen blieb zurück, blickte von außen auf sich und diese Szene, fragte sich, was ihr Problem war, fuhr sich durch die Haare und lachte wieder verlegen. An der schönen dunkelgrünen Eingangstür blieben alle stehen und sahen sich nach ihr um.

»Kommst du, Liebling?«, rief ihr Mann, und ihr kleiner Sohn hob die Hand und winkte. »Komm, Mama, ich mag Kuchen.«

Sie nickte, sah, dass alle auf ihren kleinen Sohn starrten und die jüngere der beiden Frauen die Arme enger um ihren Körper schlang. Aber vielleicht bildete sie sich das nur ein. Sie nickte, schob ihrem Baby noch einmal das winzige rosafarbene Mützchen über den Kopf und lief zum Haus. Erst als sich die dunkelgrüne Tür hinter ihr schloss, fiel ihr ein, was auf dem Hof fehlte: Kinder.

12

Sito hatte das Material von Karl Zimmermann auf seinem Schreibtisch. Er hatte angekündigt, dass ihm das Ganze nicht gefallen würde, aber das war weit untertrieben. Nach dem letzten Herbst hätte Sito am liebsten jene Welt aus den Untiefen des Netzes ausgeklammert, sie zu einer Unterwelt erklärt, die man langfristig am besten mit Ignoranz strafen konnte. Leider aber fand diese Unterwelt immer häufiger einen Zugang in die reale Welt. Mehr noch, bisweilen schien es so, als würde die Unterwelt daran glauben, die herrschenden Verhältnisse einfach umkehren zu können.

»Es ist nicht so, wie es auf den ersten Blick scheint. Hass ist besser organisiert als Verständigung, das ist im Netz leider so. Das habt ihr im letzten Herbst ja gemerkt«, hatte Zimmermann ihm gesagt, als er die Dokumente vorbeigebracht hatte.

Der letzte Herbst. Alle sprachen sie davon, und der Satz war zu einem geflügelten Wort geworden – für Verlust und Schmerz und eine große Niederlage. Vor allem sein Freund Heinrich Wint litt darunter. *Es ist nicht so, wie es auf den ersten Blick scheint … Nichts ist einfach so, wie es scheint.*

Sito schob die Unterlagen von sich weg und stand auf. Mit einer Tasse Tee stellte er sich an das Fenster. Sein Magen schmerzte seit einigen Tagen und weckte ungute Erinnerungen. Überhaupt musste er in letzter Zeit öfter an einen anderen Herbst denken, an diesen einsamen Hof, das Kellerverlies, wo er mit Miriam gesessen hatte, schwer verwundet, ratlos und hoffnungslos. Immer wieder holte ihn die Erinnerung ein, weckte ihn mitten in der Nacht auf, schlich sich in seine Träume, reichte ihm mit düsterer Bitterkeit die Hand zum Tanz, und immer wieder sah er sein Gesicht, als das Messer in diese zarte Haut am Hals …

Es klopfte, und Enzig kam ins Zimmer.

»Du hast mir Unterlagen von Karl zukommen lassen. Was genau soll ich damit anfangen?«, fragte der große, schlanke Mann. Dabei hingen seine Arme am Körper herab, als gehörten sie nicht dazu. Würde Sito Enzig nicht besser kennen, würde er nach wie vor denken, er sei in gewisser Hinsicht hilflos, dabei war Enzig alles andere als das. Man unterschätzte ihn viel zu oft.

»Erklär mir, was mit den Menschen los ist«, sagte Sito.

»Herrje, Paul, was soll ich sagen? Die Welt wird für manche einfach immer undurchsichtiger, immer komplexer, sie kommen da nicht mit, fühlen sich abgehängt, aus ganz verschiedenen

Gründen. Demütigung, die sich wiederholt. Das Netz bietet die Möglichkeit, sich anonym zu verknüpfen, die Einsamkeit zu überwinden, auf andere Opfer zu treffen. In dem speziellen Fall der Incels begann das Ganze ja sogar als ein eigentlich gutes Projekt.«

»Hab ich gelesen. Männer, die nicht an Frauen herankamen, sollten sich über ihre Schüchternheit austauschen. Es sollte eine Selbsthilfegruppe sein«, sagte Sito und beobachtete die sich verdichtende Luft vor seinem Fenster. Ihm war, als könnte er zusehen, wie der Nebel sich ausbreitete. Unfassbar, wie sich die Empfindung änderte von einem Tag auf den anderen. Gestern noch mit einem Hauch von goldenem Herbst, heute schon beginnender Winter.

»Exakt. Es war als Selbsthilfegruppe gedacht, gewann dann aber zunehmend an Radikalität. Die Männer boten einander nicht Unterstützung zur Überwindung ihrer eigenen Schwäche, sondern suchten die Schuld bei den Frauen und bestärkten sich gegenseitig in ihrem Hass. Und mittlerweile geht es nicht mehr um Schüchternheit, nicht mehr um Beziehungssorgen, plötzlich hatten sie einen Schuldigen gefunden, für so vieles. Ich weiß, dass sich derzeit eine ganze Reihe von Beobachtern und Sozialforschern mit diesem Themenkomplex auseinandersetzen, der weltweit immer mehr zunimmt.«

Enzig holte sich einen Tee und stellte sich neben Sito. »Das Problem ist, dass man nicht genau zurückverfolgen kann, wie diese Dynamik ihren Lauf genommen hat, wer wann die Gruppe zu Hatern umgepolt hat. Womöglich aber«, er trank einen Schluck und hielt die warme Tasse mit beiden Händen umschlossen, »ist das ganz von selbst passiert. Sie stacheln sich gegenseitig auf, Frauen sind an allem schuld, an ihrem Unglück, an der Gesellschaft, die aus den Fugen geraten ist, das veränderte Frauenbild hat überhaupt erst dazu geführt, dass es Opfer wie sie gibt. Das Ganze wird auf unangenehme Weise vom Rechtsradikalismus durchzogen und auch gepusht, da es dieselben Wurzeln hat.«

Sito nickte bedächtig und starrte gedankenverloren nach draußen. »Fahr fort, Roman.«

Enzig zuckte die Schultern. »Das Phänomen ist leider nicht ganz neu. Als das Netzwerkdurchsetzungsgesetz 2020 reformiert wurde, kritisierten schon verschiedene Frauenvereinigungen, etwa der Juristinnenbund, dass dieser Bereich, die organisierte digitale Gewalt gegen Frauen, darin komplett untergeht. Weshalb landet es jetzt auf unserem Tisch?«

Sito sah zur Seite. »Christine wird gestalkt, und Heinrich macht sich Sorgen.«

»Unsere Christine? Christine Fané? Ich dachte, die ist inzwischen in Stuttgart.«

»Stimmt. Aber Karl hat seine Fühler ja überall. Ich hatte ihn gebeten, in den einschlägigen Foren mal zu überprüfen, ob sie in deren Visier geraten ist.«

»Oh, verstehe.« Enzig rückte seine Brille zurecht. »Und? Ist sie?«, fragte er hellhörig.

Sito starrte in seine leere Teetasse. »Ich weiß es nicht. Karl hat mir erst einmal dieses Material zukommen lassen, damit ich weiß, worum es eventuell geht.«

Enzig lief zum Tisch und starrte auf die Unterlagen, die auch bei ihm lagen. Er fischte eine Akte heraus. »Die Incels«, sagte er und hielt Sito die Akte hin. »*Involuntary celibates*, die unfreiwillig zölibatär Lebenden. Meiner Meinung nach sind die brandgefährlich, das empfundene Unrecht ist bei ihnen besonders hoch. Hinzu kommen die«, er sah wieder suchend auf den Tisch, »diversen anderen sogenannten Männerrechtsbewegungen, die sich aktiv gegen den Feminismus richten. Allein die Namen und die Aufmachung einiger Seiten sind im Grunde lächerlich, da springen dich die Komplexe der Betroffenen geradezu an, diese verletzte Männlichkeit.«

Enzig deutete einen stummen Aufschrei an und schüttelte sich. »Es ist die Fragilität der eigenen Rolle in der Gesellschaft, die Infragestellung der männlichen Behauptung in der Evolution gewissermaßen, wobei ein Großteil derer die Verletzung in seinem persönlichen Kontext als die zentrale wahrnimmt, will heißen, ich traue den meisten keine komplexe Denkweise zu.«

Enzig hielt inne, dann lächelte er und holte tief Luft. »Du merkst schon, das Thema bringt mich sofort auf die Palme. Das ist immer so ein Punkt, an dem ich mich echt für meine Geschlechtsgenossen schäme. Dennoch etabliert sich das Ding immer weiter und ist gewiss auch ein Grund für die hartnäckige Verteidigung so mancher Chefetage.«

Enzig legte die Akten wieder zurück auf den Tisch. »Ich hoffe, dass Christine nichts damit zu tun hat. In beinahe allen Gruppierungen schlummert der rechtsradikale Geist, denn beide werden aus denselben Überzeugungen genährt. Und den Incels werden inzwischen eine Reihe von gewalttätigen Übergriffen zugeordnet, seit der Amokfahrt von Toronto 2018 laufen diese Gewalttaten bereits unter Terror. Und wenn du mich fragst, werden weitere folgen.«

Sito nickte. »Ich fürchte, dass Heinrich genau darauf baut.«

Enzig stutzte, ließ seinen Blick über die Akten wandern, dann sah er hinüber zu Sito. »Du meinst, er hofft, hier einen neuen Ansatz zu finden für unsern alten Fall? Wie sollte er denn auf die Verknüpfung kommen?«

Sito lachte. »Na hör mal, bevor er mich um Hilfe bittet, hat er sicher selbst schon intensiv recherchiert. Und mit der Entscheidung des Verwaltungsgerichts in Köln, die gesamte Partei als Verdachtsfall behandeln zu dürfen, diesen salonschleichenden Fischkopf also unter Beobachtung zu stellen, ist er seinem Ziel gewiss ein bisschen näher gerückt.«

Das Telefon klingelte. Sito hörte zu, dann nickte er. »Wir kommen.« An Enzig gewandt, fügte er hinzu: »Wir müssen uns noch einmal in Ruhe darüber unterhalten, am besten mit Heinrich. Und mit Karl Zimmermann. Aber jetzt haben wir anderes zu tun.«

13

Das Musikerviertel weckte bei Sito gemischte Gefühle. Miriams Eltern, die Familie Kerler, hatten hier ihr Haus. Als sie vorbeifuhren, erinnerte sich Sito an einen seiner letzten Besuche bei Friedrich Kerler, als dieser noch der Polizeichef und sein Vorgesetzter gewesen war, vor allem aber der Vater von Miriam. Dass Sito sich ausgerechnet in sie verlieben würde, obwohl so vieles dagegensprach, hatte die Freundschaft durchaus auf eine Probe gestellt. Überdies hatte sich Friedrich Kerler in einem Fall viel zu weit aus dem Fenster gelehnt, was sie beide beinahe mit dem Leben bezahlt hätten. Doch all das schien in weiter Ferne wie aus einer anderen Zeit – ganz so wie seine Alpträume. Und das war gut so. Beruhigend auch, zu wissen, dass sich Miriams Eltern derzeit gewiss mit ihrer Tochter über einen weiteren sonnigen Tag in der Toskana freuten, während er, Sito, hier am Bodensee durch den Nebel fuhr. Dennoch, den Nebel konnte er besser ertragen. Er passte zu seinen Gedanken.

»Wann kommt Miriam eigentlich zurück?«, fragte prompt Enzig in diesem Moment.

»Ich hab ihr Fotos vom Wetter geschickt, da hat sie gesagt, sie bleibt lieber noch ein wenig bei ihren Eltern.« Er grinste Enzig an. »Nein, Spaß beiseite, sie kommt spätestens Mitte November zurück.«

»Mitte November, okay, immerhin. Das ist ja bald. Dann können wir uns am Wochenende mal wieder treffen?«

»Gern. Machen wir.« Sito zeigte nach vorn auf die Fahrzeuge der Kollegen. »Da sind wir schon.«

Sie stiegen aus, zogen beide den Reißverschluss ihrer jeweiligen Jacke zu und gingen zu dem Haus, zu dem sie gerufen worden waren. Zwei Beamte sprachen mit den Nachbarn, einer kam ihnen entgegen.

»Gut, dass Sie kommen, das ist wirklich merkwürdig.«

»Worum geht es denn?«, fragte Sito und sah zu dem hübschen Einfamilienhaus hinüber. Die Rollläden waren offen, die

Pflanzen in den Kübeln am Hauseingang gaben ein trauriges Bild ab. Die Zeitungen quollen aus dem Briefkasten, Laub hatte den Fußabstreifer zugedeckt.

»Hier wohnt die Familie Gottlieb. Ihre Nachbarn haben sie als vermisst gemeldet.«

»Aha, und weiter? Das fällt ja nicht in unseren Zuständigkeitsbereich«, sagte Sito und blickte sich fragend um.

»Nein, das wissen wir natürlich. Eigentlich wollten wir auch lediglich die Vermisstenstelle informieren, aber dann waren wir im Haus.«

Sito und Enzig folgten dem Blick des Beamten, der trüb aussah. »Kinder?«, fragte Sito.

Der Beamte nickte. »Drei. Noch ganz klein.«

Enzig rieb sich über den Mund und trat unruhig von einem Bein auf das andere. »Wovon reden wir? Haben Sie Opfer gefunden?«

Der Beamte schüttelte den Kopf. »Das nicht. Aber kommen Sie doch einfach mit.«

In dem Haus hing ein Geruch nach abgestandener Luft, es wirkte alt und verlassen. Im Flur standen Schuhe achtlos durcheinandergewirbelt, eine Jacke lag am Boden. Sie war winzig klein. Die Holzdielen zogen sich durch den ganzen Flur und trugen die Spuren vieler Schritte, die immer denselben Weg gegangen waren. Auch die Treppe nach oben war in der Mitte leicht gewölbt und dunkel verfärbt. Das Geländer war ganz glatt. Lebensspuren, dachte Sito und folgte dem Beamten. Noch immer hatte er keine Idee, weshalb sie hierherbestellt worden waren.

»Hier herein«, sagte der Beamte und öffnete eine Tür im oberen Stock. Dahinter befand sich ein Kinderzimmer. Bunte Wimpel über dem Bett, Dinosaurieraufkleber an der Wand. Ein blauer Teppich mit Sternen und einige Lego-Fahrzeuge. Sito sah sich um, dann erweckte ein Geräusch seine Aufmerksamkeit, ein leises Fiepen. »Oh«, er deutete mit dem Kopf auf den Käfig, »jetzt sagen Sie nicht, dass wir wegen denen hier sind.« Er tauschte einen Blick mit Enzig.

»Doch«, sagte der Beamte, »in gewisser Weise schon.«

Sito lächelte, lief hinüber zu dem Käfig, suchte auf dem Tischchen daneben nach Futter, streifte sich Einweghandschuhe über, um keine Spuren zu zerstören, und reichte dann einen kleinen grünen Ring aus der Packung durch die Käfigtür. Das Meerschweinchen kam angerannt und streckte sich seiner Hand entgegen, während das andere aus der Deckung einer Holzhütte laut pfiff. »Meerschweinchen unterhalten sich richtig, und sie rufen nach Futter, wenn es nicht schnell genug geht, wusstest du das, Roman?« Sito streichelte das knabbernde Tier und legte dem schüchterneren einen Kringel vor das Tor.

»Also? Was ist passiert?«, fragte Sito.

»Wir erhielten die Vermisstenmeldung. Die Nachbarn sagten, dass sie zunächst nicht so drauf geachtet haben, weil ja Herbstferien waren und sich vielleicht die anderen Nachbarn um die Tiere kümmern sollten. Die haben sich wohl immer abgewechselt.«

»Aha. Und weiter?«

»Nun, jetzt sind die Ferien vorbei, und die Gottliebs sind nicht zurückgekehrt.«

Sito runzelte die Stirn. Er sah wieder zu den Meerschweinchen hin, dann zurück zu dem Beamten. »Aber die Tiere sehen versorgt aus. Wer hat sich denn nun um die Tiere gekümmert?«

Der Beamte nickte vehement, als würde er sich freuen, dass sie nun des Pudels Kern gefunden hatten. »Das ist es ja gerade. Keiner der Nachbarn hat die Tiere versorgt, und keiner weiß, wohin die Gottliebs verschwunden sind.« Er verschränkte die Arme. »Deswegen sind Sie hier.«

»Sonst irgendein Anhaltspunkt für Gewalt? Einbruchspuren? Wie sind Sie eigentlich ins Haus gekommen?«

»Die Nachbarn haben einen Schlüssel.«

Enzig sah sich um, lief zu dem kleinen Kindertisch, auf dem ein paar bekritzelte Zettel lagen, die Filzstifte lagen noch passend dazu, der rote ohne Deckel. »Drei kleine Kinder, sagten Sie?«

»Ja.« Er blätterte in seinem Notizbuch, grinste verlegen, als er aufblickte. »Ich steh nicht so auf die neumodischen Dinger, ich mach das eben noch oldschool«, erklärte er, während er weiter nach der gewünschten Information suchte. »Jetzt hab ich es. Eins kam gerade in die Schule, das andere ist im Kindergarten.«

»Und dort wusste auch keiner Bescheid?« Enzig blätterte durch die Zeichnungen vor sich auf dem Kindertisch. Die Dinosaurier wurden immer besser.

»Nein. Die Kinder waren für die Ferienzeit nicht abgemeldet, aber das Team sah während der Ferien keinen Anlass, Alarm zu schlagen.«

»Gibt es Grund zu der Annahme, dass hier ein Verbrechen vorliegt? Haben die Nachbarn etwas Derartiges erwähnt?«, erkundigte sich Sito und holte noch einmal kleine grüne Kringel aus der Packung, auf der glückliche Nagetiere zu sehen waren.

»Nun ja, das nicht direkt, aber jemand muss ja die Meerschweinchen versorgt haben, und dieser Jemand war immerhin so vorsichtig, dass er in der ganzen Zeit kein einziges Mal gesehen wurde. Das fand ich schon merkwürdig.«

Sito nickte. »Was meinst du, Roman?«

»Hier wurde nichts gepackt. Die Familie ist nicht verreist. Alles steht zumindest in diesem Raum so da, als würden sie gleich wieder zurückkommen.«

»Ist unten auch so. Da war sogar alles vorbereitet fürs Abendbrot.«

»Sie verließen also das Haus, um zeitnah wiederzukommen. Wann?«

»Laut Nachbarn schon vor den Ferien. Seitdem wurden sie nicht mehr gesehen.«

»Okay, dann bestellen wir die Spurensicherung«, sagte Sito und hob noch einmal den Karton mit dem Meerschweinchenfutter an. Wieder ertönte ein lautes, dieses Mal sogar empörtes Pfeifen. Er schüttete die Kringel in den Käfig und stellte die Packung zurück, dann griff er an eine Seite des Käfigs. »Hilfst du mir eben, Roman?«

»Wobei?«

»Na, ich will den Käfig nach unten bringen. Wir können sie ja wohl kaum hierlassen.« Er hielt inne. »Sprachen Sie vorhin nicht von *drei* Kindern?«

Der Beamte fuhr sich mit der Hand über den Nacken und räusperte sich. »Das dritte Kind ist noch ein Baby.«

14

Der Tote aus dem Rhein hatte keine Ausweisdokumente, doch einige Studenten aus dem Wohnheim nahe dem Fundort hatten am Vortag zumindest angegeben, sein Gesicht schon einmal gesehen zu haben, ein Student meinte, sich an den Namen »Nick« erinnern zu können. Die »Soko Nick« saß gerade zur Besprechung im Konferenzraum.

»Wir haben einen Toten, der um die zwanzig Jahre alt ist.« Auf dem großen Bildschirm an der Wand war ein Foto des jungen Mannes zu sehen. Sito klickte auf seinem Laptop weiter. »Er weist laut unserem Rechtsmediziner zahlreiche alte Verletzungen auf.«

»Wie alt sind die jüngsten Verletzungen?«, erkundigte sich Marc Busch, ein dunkelgrünes Notizbuch aufgeschlagen vor sich auf dem Tisch. Auch er war da eher oldschool unterwegs. Sito hatte sich längst an die Notizen in seinem Smartphone gewöhnt, manchmal diktierte er seine Gedanken und staunte später, wie anders das Denken strukturiert war, wenn man redete, statt zu schreiben.

»Dr. Parson meinte, dass er auch neue Verletzungen hatte, eine Schnittverletzung am Arm beispielsweise sowie Verletzungen am Kopf. Er ist sich auch sicher, dass das Opfer noch gelebt hat, als es im Rhein landete, allerdings war es mit großer Wahrscheinlichkeit bewusstlos, denn es fehlen die typischen Anzeichen fürs Ertrinken.«

»Er hat sich also nicht gewehrt«, stellte Busch fest und fügte hinzu: »Gegen das Ertrinken, meinte ich.«

»Wir warten jetzt auf weitere Rückmeldungen von den Befragungen. Immerhin war der Tote auf dem FH-Gelände unterwegs und dort auch als Nick bekannt. Wir können also davon ausgehen, dass wir im Laufe des Tages die Identität unseres Opfers haben.« Sito beugte sich zu seinem Laptop und suchte nach einer anderen Datei. »Außerdem haben wir seit heute einen zweiten Fall.« An der Wand erschien das Foto einer Familie, Vater, Mutter, zwei Kinder. »Die Familie ist seit zwölf Tagen spurlos verschwunden. Inzwischen mit einem Baby. Das fehlt auf dem Foto noch.«

»Irgendwelche Hinweise auf einen Zusammenhang?«, fragte Enzig und kaute auf dem Bügel seiner Brille. Diese Eigenheit ist neu, dachte Sito.

»Sollen die Fälle zusammenhängen?«, fragte Busch, bevor Sito antworten konnte.

»Nein, dafür gibt es keinen Anhaltspunkt. Eine zeitliche Nähe besteht auch nur für das Auffinden des Toten und die Feststellung, dass die Familie verschwunden ist. Im Fall der Gottliebs suchen wir im persönlichen Umfeld nach Hinweisen, weshalb sie abgetaucht sein könnten. Ein Zusammenhang könnte überhaupt erst sichtbar werden, wenn wir wissen, wer dieser Nick war.«

»Bleibt das Rätsel mit den Meerschweinchen.« Busch schrieb, während er das sagte, jetzt blickte er auf: »Wo sind die überhaupt?«

»Bei mir. Ich hab sie mitgenommen«, erklärte Sito und lächelte. »Die Hunde sind begeistert.«

»Oh.« Busch hob die Augenbrauen. »Ein neuer Zug an dir. Steht dir gut.«

»Was meinst du?«, fragte Sito.

Busch und Enzig sahen einander an und lachten.

»Er meint, dass du scherzt«, erklärte Enzig.

Sito nickte. »Es war ernst gemeint. Und ja, bleibt die Frage nach den Meerschweinchen. Keiner der Nachbarn hat jemanden gesehen, das heißt, derjenige, der die Tiere versorgt hat, kam wohl nachts. Wir werden einen Antrag für eine Verkehrsabfrage stellen für die letzten Tage, vielleicht haben wir Glück. Das Haus wird natürlich beobachtet, aber dort war und ist heute so viel Wirbel, das wäre schon ein besonderer Zufall, wenn das unbemerkt geblieben wäre. Außerdem warten wir auf die Spurenauswertung. Ein Verwandter«, Sito blätterte in den Unterlagen auf seinem Schreibtisch, »der Bruder des vermissten Familienvaters, kommt vorbei und sieht nach, ob etwas fehlt. Er hat zumindest schon einmal bestätigt, dass die Familie keine Urlaubspläne hatte. Er ist sehr besorgt.«

»Wir müssen also von einem Verbrechen ausgehen?«, fragte Busch.

»Ich fürchte schon.«

»Dann bleibt nur der Täter als Futterlieferant für die Meerschweinchen.« Busch machte sich weiter Notizen und schüttelte nachdenklich den Kopf. »Oder ein Mitwisser. Auf jeden Fall ist das sehr merkwürdig.«

»Roman? Was meinst du dazu?«, fragte Sito und klickte auf seinem Laptop durch die Bildergalerie aus dem Haus der Gottliebs. An der Wand erschienen Fotos von Familienausflügen, der Spielplatz auf der Mainau, die große Sphinx aus Sand, einige Kinder davor, die Frau auf einer Bank, Fotos vom Wohnzimmer, das so einladend dekoriert war, dass man glauben konnte, die Familie trete jeden Moment in das Bild hinein. Küche, Kinderzimmer, Badezimmer, alles voller Leben und doch desselben beraubt.

Roman Enzig folgte in Gedanken den Bildern durch das Haus. Dort entdeckte er keinerlei Hinweis, weder auf Gewalt noch auf ein absichtliches Verschwinden. »Zumindest bin ich mir sicher, dass die Familie nicht überfallen wurde, bei vier Menschen hätte einer auf jeden Fall eine Spur hinterlassen, ein umgeworfenes Möbelstück, eine kaputte Vase, irgendetwas. Hier jedoch war der Tisch für später gedeckt, das Spiel liegen gelassen, der Kühlschrank gefüllt. Wenn sie aber nicht zu Hause überfallen wurden, dann geschah das woanders und höchstwahrscheinlich nicht zufällig.«

»Wegen der Tiere?«, fragte Sito.

»Wegen der Tiere. Der Täter muss davon gewusst haben. Bedenklicher finde ich, dass ihm die Tiere nicht egal sind, die Menschen, zumindest die Angehörigen, aber schon.«

Es war einen Moment lang still. Sito dachte über die Meerschweinchen nach, über Mitleid und Gnade und darüber, wie die Vernunft da vielleicht hineinspielte. »Gut«, sagte er schließlich und nickte Enzig zu. »Dann machen wir uns das zunutze.«

»Wie meinst du das?«, fragte Enzig.

»Wir geben eine Anzeige auf. Für Meerschweinchen, die in Not geraten sind. Wir schreiben es so, dass derjenige seine Tiere wiedererkennt. Könnte das klappen?«

»Einen Versuch ist es allemal wert.«

15

Der Polizeipräsident Simon Jäger sah fröhlich aus, als Sito sein Zimmer betrat. Er stand an seinem Schreibtisch, lächelte breit und rieb sich die Hände. »Ich bin Großvater geworden«, sagte er.

»Schön, meinen Glückwunsch«, sagte Sito und stellte sich an den großen, den Raum beherrschenden Schreibtisch aus Mahagoni.

Jäger wedelte mit den Händen durch die Luft, als würde er Schmetterlinge fangen. »Dass mich das so freut, also, Paul, wir kennen uns jetzt ja schon eine Weile, du weißt, dass ich eigentlich, na ja, ich freu mich einfach sehr. Das ist, als ob plötzlich die ganze Welt wieder einen hübschen und sichtbaren Sinn –«

»Das verstehe ich doch.«

»Wir feiern das, in Ordnung? Irgendwann die Tage gehen wir auf ein Feierabendbier.«

»Gern.«

Sie standen einander gegenüber, und während der Raum zwischen ihnen noch von der Freude Jägers erfüllt schien, wucherte das Unbehagen Sitos durch die Stille. Jägers breites Strahlen wurde enger, schließlich räusperte er sich.

»Du wolltest mit mir reden?«

Sito nickte und deutete zum Konferenztisch. »Wollen wir uns setzen?«

Jäger lüpfte die Augenbrauen. »So ernst?«

»Kann sein.«

Als sie am Tisch saßen, schlug Jäger die Beine übereinander und lehnte sich zurück. »Geht es um den Toten im Rhein?«

»Ich möchte vorab betonen, dass es sich nicht um ein dienstliches, sondern ein vertrauliches Gespräch handelt«, sagte Sito und wartete einen Augenblick, bis Jäger mit gerunzelter Stirn nickte und ihm ein Zeichen gab fortzufahren.

»Ich habe Sorge, dass unser ehemaliger Kollege Heinrich Wint in eine Sache geraten sein könnte, in die auch Karl Zimmermann verwickelt ist.«

Jäger breitete verständnislos die Hände aus. »Ich fürchte, ich kann nicht folgen, du musst schon konkreter werden.«

»Konkreter? Himmel, Simon, das ist nicht ganz leicht. Wir alle wollen uns nicht damit zufriedengeben, wie es letzten Herbst ausging, aber mittlerweile ist ein Jahr vergangen, und vielleicht müssen wir einfach nach vorn schauen. Ich denke, manchen hier fällt das nicht so leicht.« Sito ließ den Kopf hängen. Er wusste selbst nicht, was er sich von dem Gespräch mit Jäger erhoffte. Rückendeckung?

Postwendend kam Jägers Reaktion: »Und was willst du nun von mir? Was kann ich tun?«

»Ich hab mir überlegt, dass Heinrich eingebunden werden sollte, hier, bei uns. Die Pensionierung lässt ihn irgendwie –« Sito schluckte. Wenn Heinrich wüsste, was er hier versuchte, nämlich den Freund auf charmante und diskrete Weise ein wenig unter Kontrolle zu bringen, hätten sie gewiss ein großes Problem. »Es ist so, dass er mich um Hilfe gebeten hat, aber das hat er nur getan, um mich abzuspeisen. Es ist, sagen wir mal, ich sehe nur die Spitze des Eisbergs. So zumindest empfinde ich das.«

»Du machst dir also ehrlich Sorgen? Und was hat das mit Herrn Zimmermann zu tun?«

»Nun, ich hab gehört, dass die beiden sich treffen. Nicht privat. Wint recherchiert, Zimmermann hilft ihm. In welche Richtung das geht, weißt du so gut wie ich.«

Jäger holte tief Luft und ließ seinen Blick durch sein Büro schweifen. An der Luftaufnahme des Polizeipräsidiums blieb er hängen. »Die alten Zeiten sind schon so lange vorbei, dass es wehtut, nicht wahr?«

Sitos Stimme kratzte, als er antwortete. »Kann ja alles wieder werden. Im Moment allerdings sind wir wie paralysiert.«

»Was schlägst du vor? Brauchst du mehr Leute für dein Team?«

»Nein, nicht mehr. Nur einen. Heinrich Wint als Berater für den Vermisstenfall. Das passt in sein Spezialgebiet, zumindest so ungefähr. Könntest du das regeln?«

16

Der Mohnkuchen schmeckte hervorragend, der Honig mache es aus, erzählte die jüngere der beiden Frauen, der Honig aus eigener Produktion. In den richtig guten Erntejahren könnten sie sogar Hotels hier am Bodensee beliefern. Sie sah voller Stolz ihren Mann an, der den Blick an seinen Vater weitergab.

»Bienen sind faszinierende Tiere«, begann dieser, »sie führen ein beständiges Leben, sind perfekt organisiert, folgen klaren Regeln, sind effektiv und effizient. Ihr Leben ist vollkommen der Effizienz untergeordnet.« Er lachte. »Es gibt kein Chaos«, sagte er und zwinkerte den Kindern zu. »Wollt ihr mal in einen Bienenstock schauen?«

»Au ja, oh ja, dürfen wir, Mama?«, kam es unisono von den beiden Jungs.

Helen hob die Schultern. »Warum nicht?«

»Das hier ist die sogenannte Beute«, erklärte er und zeigte auf den Bienenstock. »So nennt man die Behausung der Bienen. Darin sind die Waben, die man auch Gewirke nennt –«

»Da sind die Bienen und der Honig drinnen«, rief ihr Jüngster aufgeregt dazwischen.

Der alte Mann nickte und lächelte. Er tätschelte ihrem Sohn den Kopf. »Das stimmt. In so einer Beute lebt ein Bienenvolk. Das sind über fünfzigtausend Bienen, es können sogar achtzigtausend Bienen werden. Wisst ihr, wie groß die Zahl ist?«

Helen beobachtete ihren kleinen Sohn, der ganz große Augen machte. Ihr größerer Sohn schien zu überlegen.

»Das sind ganz schön viele«, sagte er andächtig.

»Ja, das sind ganz schön viele«, bestätigte der alte Mann. »Und obwohl es so viele Bienen sind, die zu einem Volk gehören, haben sie keinen Streit, sie fliegen auch nicht gegeneinander, wenn sie ihre Beute verlassen oder wieder hineinfliegen. Sie sind hervorragend organisiert, denn jede von diesen zigtausend Bienen erfüllt eine Aufgabe in ihrem Leben. Ist das nicht großartig?« Er sah lächelnd von einem der Jungs zum anderen, wartete, bis beide nickten, dann hob er den Blick und richtete ihn direkt auf Helen.

Sie zuckte zusammen, etwas in seinen Augen war merkwürdig, als wäre er weit weg in seinen Gedanken. So kalt, dass auch sie für einen Moment fröstelte und sich schnell die Arme um den Körper schlang.

»Wird langsam doch frisch hier draußen«, sagte sie und rieb sich die Arme.

»Findest du, Mama?«

»Ach nee, sag nicht, dass wir schon losmüssen. Das ist so schön, was der Opa erzählt.«

»Wir können auch mal in einen solchen Bienenstock schauen. Wisst ihr, was eine Königin ist?«

»Die Frau vom König in einem Schloss«, posaunte wieder ihr Jüngster.

»Aber wenn die Mama friert«, sagte der Mann und warf ihr einen unschuldigen Blick zu.

Helen winkte ab. »Geht schon«, sagte sie und legte ihre Hände auf die Schultern ihrer Jungen. Sie wusste nicht, weshalb, aber ihr war, als müsste sie den Kontakt herstellen und behaupten. Schlimm genug, dass sie ihr Baby bei ihrem Mann in der Stube gelassen hatte, obwohl ihre Gastgeberin immer wieder auf das Baby gestarrt und angeboten hatte, es auf den Arm zu nehmen – um Helen zu entlasten –, dabei war das Baby keine Last, niemals. Auch die Schwiegertochter könne es gern einmal halten und wiegen. Sie würde nie arbeiten gehen, wenn sie so ein hübsches Baby hätte, hatte sie gesagt und Helen mitfühlend angesehen, als wäre es nicht Helens eigener Wunsch. Das Baby. Helen überkam ein Gefühl, als würde sie jemand unter Wasser drücken. Sie waren hier draußen, so weit weg vom nächsten Dorf, so schien ihr jetzt, und die Idylle zerbrach erneut zu einem Schmerz der Einsamkeit. Sie wollte nichts über Bienenvölker und Königinnen hören, sie wollte plötzlich gar nicht mehr hier sein.

»Die Bienenkönigin ist das einzige Tier im Stock, das für Nachwuchs sorgen kann. Sie sorgt auch dafür, dass sich alle gut verstehen und sich an die Regeln halten.«

»Sie ist die Chefin«, sagte ihr größerer Sohn und lachte. Er lehnte sich an sie. »Wie Mama bei uns.«

Helen durchlief wieder ein frostiger Schauer. Sie spürte, dass er sie anstarrte, dieser andere fremde Mann, doch wagte sie nicht, ihn ebenfalls anzusehen.

»Vielleicht ist das so«, sagte er mit seiner tiefen Stimme. »Neben der Bienenkönigin gibt es noch Drohnen und Arbeiterinnen.«

Die Kinder kicherten.

»Die Drohnen befruchten die Eier, das ist ihre Aufgabe, danach sterben sie. Die Arbeiterinnen haben ganz viele verschiedene Aufgaben, manche sind wie die Dienerinnen in einem Palast für die Königin.«

Helen sagte sich immer wieder, dass ihr Unterbewusstsein ihr einen bösen Streich spielte, dass sie maßlos übertrieb, wenn sie voller Angst an ihr Baby im Innern des Hofes dachte und sich kaum noch traute aufzusehen. Sie schalt sich eine Idiotin, vor diesem netten alten Mann Angst zu haben, der Bienen züchtete und mit seinem Sohn und den beiden Frauen hier in dieser Abgeschiedenheit ein paar Tiere hielt. Er war die Harmlosigkeit in Person. Sie atmete tief ein und aus.

Gerade als sie lächelnd seinen Blick suchen wollte, fuhr er fort: »Die Königin sorgt dafür, dass alles gut organisiert ist und das Volk überlebt, aber sie stellt keine Ansprüche. Sie erfüllt nur ihre Aufgabe und legt die Eier, und nach drei Jahren wird sie ersetzt. Alles zum Wohle des Volkes.«

Jetzt trafen sich ihre Blicke.

»Was passiert mit der Königin?«, fragte ihr Jüngster.

Ohne den Blick von Helen zu nehmen, antwortete der Mann: »Ich hole sie aus dem Stock und ersetze sie durch eine neue Königin.« Er sah zu den Jungs und legte ihnen großväterlich je eine Hand auf den Kopf. »Und schon sind alle Kinder wieder glücklich.«

»Was passiert mit der alten Königin?«, fragte ihr größerer Sohn, und in seiner Stimme schwang neben Neugier auch Entsetzen mit.

»Ich zertrete sie.«

»Du machst sie tot?«, fragte der Kleine erschrocken.

Der alte Mann nickte. »Manchmal gibt es leider keine andere Möglichkeit, um das Überleben eines Volkes zu sichern. Eine schwache Königin bringt keine gesunden Nachkommen mehr hervor. Ich töte sie, um neues Leben zu sichern, versteht ihr? Es geht schnell.«

Die letzten Sätze hatte er in Helens Richtung gesprochen. Am liebsten hätte sie geschrien. *Mein Baby, wo ist mein Baby?*

17

Die »Soko Nick« für den Toten im Rhein leitete Marc Busch, doch inzwischen war eine zweite Soko eingerichtet worden: Um die verschwundene Familie sollte sich Johannes Goffer kümmern, der sich in dem vergangenen Jahr sehr verändert hatte, durchaus zu seinem Vorteil. Jedenfalls hatte Sito ihn mehr und mehr schätzen gelernt.

Überhaupt hatte Sito den Eindruck, dass darin zumindest ein positiver Effekt der dramatischen Entwicklungen im letzten Herbst lag – sie alle hatten sich grundlegenden Fragen gegenüber positionieren müssen. Ein wenig war das so, als müsste man den eigenen Wertemesser neu justieren, sich einmal kräftig schütteln und neu einrichten. Die Reset-Taste drücken.

Goffer hatte angefangen, sich für sein Umfeld zu interessieren, für Geschichte und Architektur, Sito hatte das einmal mit Samuel Parson besprochen, und beide waren sie zu dem Schluss gelangt, dass es die Suche nach Dingen war, die Bestand hatten. Goffer fügte sich auf jeden Fall gut in den engsten Kreis und nahm die Herausforderung wohlwollend an.

Solange sie noch keinen Hinweis darauf hatten, dass die Fälle vielleicht doch zusammenhingen, arbeiteten die Teams eigenverantwortlich und würden Sito Bericht erstatten. Roman Enzig würde sie je nach Bedarf unterstützen. Sito wartete gerade auf die ersten Rückmeldungen. Und auf Heinrich Wint. Er war gespannt, was der gleich zu dem Angebot sagen würde.

Busch meldete sich per Telefon, er war auf dem Weg zu Parson in die Pathologie. Neue Informationen zur Identität des jungen Mannes gab es nicht, allerdings hatte sich der Name Nick noch einmal bestätigt wie auch die Tatsache, dass er in einem der Wohnheime öfter gesehen worden war. Ein Bewohner schien er indessen nicht gewesen zu sein. Die Hoffnung, bald mehr über diesen Nick zu erfahren, ruhte neben den Befragungen auch auf ihren Aufrufen in verschiedenen Zeitungen und im Fernsehen.

Busch schlug ein Treffen am Abend in der Altstadt vor, vielleicht sogar zum Abendessen. Dann könnte auch Roman Enzig mitkommen, und sie drei wären einmal wieder zusammen.

Noch vor drei Jahren wäre Sito jedem privaten Treffen aus dem Weg gegangen, inzwischen hatten die schweren Fälle sie zusammengeschweißt, und Sito hatte gleichzeitig erkannt, dass nicht nur Loyalität und Kollegialität ein gutes Team ausmachten, sondern auch persönliche Nähe und Vertrauen.

Johannes Goffer kam, kurz nachdem Sito aufgelegt hatte, und setzte sich stöhnend und schwerfällig ihm gegenüber.

»Was ist los?«, fragte Sito.

»Rücken. Der scheiß Ischiasnerv.« Goffer stützte sich mit einer Hand an der Lehne ab und saß zur linken Seite geneigt.

»Weshalb bist du nicht krankgemeldet?«

»Und dann? Lass ich den Schmerz im Büro?«

Sito lachte. »Nein, vermutlich nicht. Tabletten?«

»Hab ich.« Er hob kurz die linke Hand. »Moment. Geht gleich.« Er hielt die Luft an, dann blies er sie nach und nach aus. »Die Familie wurde am letzten Schultag das letzte Mal gesehen. Sie sind am Freitag gegen vierzehn Uhr losgefahren, alle zusammen.« Goffer blätterte einarmig in seinem Notizbuch, stöhnte wieder und versuchte dann, sich doch aufrecht und gerade hinzusetzen.

»Das sieht ehrlich nicht gut aus«, sagte Sito. »Ich kenne eine gute Osteopathin. Ich such dir nachher die Nummer raus, okay?«

»Mal sehen. Osteopathie ist ja so eine Sache, aber jetzt ist wohl auch schon egal.«

»Kannst mir vertrauen.« Sito schrieb eine Nummer auf einen Zettel und schob ihn über den Tisch.

»Hm. Also, sie sind alle zusammen losgefahren. Offenbar gut gelaunt. Es war ein schöner Herbsttag. Davon abgesehen haben wir in der Wohnung Hinweise auf einige Streitereien gefunden.«

»Die da wären?«

»Es gab einen Nachbarschaftsstreit, klassisch. Diese Nachbarn, die zur Nordseite liegen, haben aber auch mit ihrer anderen Seite Krach und mit den gegenüberliegenden auch. Scheinen echte Stinkstiefel zu sein.«

»Okay. Weswegen streitet man sich denn in der Gegend?«

Goffer lachte auf, doch es klang eher bitter. »Winterdienst, Bäume, Katzen, die in Gärten machen, Hunde, die bellen, und, halt dich fest, wegen der Parkplätze.«

»Was? Das ist ein Scherz, oder?«

»Nee, die streiten, weil vor ihrem Garten niemand parken soll, die Nachbarn aber mal Gäste hatten und die dann dort standen.«

»Und worum geht es mit der Familie, die wir suchen? Den Gottliebs?«

»Auch klassisch. Die Kinder. Die Jungs sind wohl zu laut gewesen.«

»Oh herrje. Hast du schon mit den Idioten gesprochen?«

»Hab ich, aber nur kurz und da noch nicht wissend, dass die Hobbystreiter sind. Trotzdem fand ich sie sofort unsympathisch. Ich würde heute Nachmittag noch einmal hinfahren und ihnen auf den Zahn fühlen, aber ich kann mir nicht vorstellen, dass uns das weiterhilft.«

»Was haben die Gottliebs beruflich gemacht?«

»Nun ja, das könnte spannender sein. Herr Gottlieb war Biologe, ist aber seit einiger Zeit Hausmann. Davor hat er in einem der Labore gearbeitet, die, mir fällt der Name nicht ein, draußen im Industriegebiet, die hässlichen Bunker dort. Er ist seit vier Jahren zu Hause.«

»Respekt«, sagte Sito anerkennend. »Gewiss nicht leicht, auch nicht in der heutigen Zeit, aber für uns wohl eher keine Spur. Und Frau Gottlieb?«

»Die war Richterin am Landgericht.«

»Okay, das ist vielleicht ein Ansatz. Seid ihr schon dran? Hatte sie dort Urlaub angemeldet, oder weshalb kam von dort keine Vermisstenanzeige?«

Goffer seufzte. »Das ist das Problem. Sie hatte tatsächlich

Urlaub angemeldet, noch zwei Tage sogar. Es besteht also auch die Möglichkeit, dass die Gottliebs im Urlaub –«

Sito winkte ab. »Niemals. So hätte die Familie nicht ihr Haus verlassen. Ich bin mir sicher, dass an jenem Freitag etwas passiert sein muss.«

»Aber nichts, das die Familie ins Krankenhaus gebracht hätte. Wir haben in großem Radius gesucht. Sie sind wie vom Erdboden verschluckt.«

18

Sito saß über den Akten, die Goffer ihm dagelassen hatte. Die Spurensicherung hatte Fotos von dem Haus zusammengestellt, hinzu kamen die Protokolle der ersten Befragungen der Nachbarn, jenes von dem Bruder stand noch aus. Sito sah eine ganz normale Familie. Sie waren beliebt bei den Nachbarn außer jenem, der jedoch mit allen im Streit lag. Sie hatten gute Jobs, teilten sich die Erziehung der Kinder, waren in verschiedenen Vereinen aktiv, der Mann war im Ruderclub von Konstanz, sie spielte Tennis, wie aktiv, das würden die Kollegen noch erfragen. Aber selbst wenn es dort Feindseligkeiten in den Freizeitaktivitäten gab – war das ein Grund, eine ganze Familie verschwinden zu lassen? Sicher nicht.

Auf einem Foto erkannte Sito das Sideboard, auf dem die Meerschweinchen gestanden hatten, die nun sein Haus in Egg bewohnten. Gewiss hatten sie die Möhren und Apfelscheiben vom Morgen schon wieder aufgegessen. Es waren possierliche Tiere, und sie waren immer hungrig. Als er am Abend mit Miriam telefoniert und ihr von den beiden erzählt hatte, hatten sie prompt gepfiffen, als wollten sie ihren Teil zu der Geschichte beitragen.

Miriam war betroffen von dem Schicksal der Familie, aber erfreut über die neuen Mitbewohner. Sie hatte als Kind auch schon einmal Meerschweinchen gehabt und diese sehr geliebt. Doch die Freude über die Erinnerung an die Nagetiere währte nur kurz, auch sie hatte von Christines Problem gehört, und aus ihrer Sicht klang es sogar dramatischer, als Wint es geschildert hatte. »Sie hat wirklich Angst, Paul, Angst, auf die Straße zu gehen.«

Sito starrte vor sich hin. Er bekam dieses Bild in seinem Kopf nicht zusammen, die starke, selbstbewusste Christine, wie er sie in Erinnerung hatte, und eine Christine, die Angst hatte, das Haus zu verlassen. Wie konnte so etwas in so kurzer Zeit passieren? Hatte sich Heinrich deshalb in diese Welt eingearbeitet, um das zu begreifen?

Sito massierte sich die Schläfen, hinter denen es zu pochen begann. Sein Blick wanderte über den Schreibtisch hin zu den Fotos, die in der linken Ecke standen – Miriam mit den Hunden –, und davor lagen zwei Steine, einer für Pollux, einer für Janina. Er nahm sie immer mal mit zum Grab von Janina und tauschte sie aus, denn auch auf dem Kreuz am Grab von Janina lagen immer Steine. Ein Ritual. Es gab eine Handvoll Rituale in Sitos Leben, die sich gerade vor seinem inneren Auge aufreihten wie eine hübsche Perlenkette, Erinnerungsperlen, an denen man sich durch die Gegenwart hangelte, um sie in die Zukunft hinüberzuretten. Eines hatte er viel zu lange vernachlässigt.

Mit seiner Jacke über dem Arm verließ er sein Büro und wenig später das Präsidium in Richtung Rhein. Die Luft hatte merklich abgekühlt. Die lauen sommerlichen Herbsttage neigten sich dem Ende, wobei es für November immer noch ungewöhnlich mild war. Sito kam am Sol vorbei, einem vegetarischen Restaurant, und umgehend fiel ihm ein, dass er heute noch nicht einmal gefrühstückt hatte. Kurzerhand betrat er die Caffebar und stellte sich vor die Tafel mit den Tagesgerichten für den Mittwoch. Wenig später verließ er das schöne blaue Haus mit einem Falafelburger mit Sesamsoße in der Hand und erwischte gerade noch den letzten Moment der Grünphase an der Fußgängerampel rüber zum Flussufer.

Es war noch mitten am Nachmittag, gleichwohl lag ein grauer

Schleier in der Luft, und Nebel stieg vom Wasser über dem Herosé-Park auf. Nur noch wenige Blätter zierten die Baumkronen, die meisten waren schon kahle Gerippe, die Vorboten des kargen Winterbildes, das sie die nächsten Monate begleiten würde. Wenn der Herbst seine Farbenpracht verlor, dann stieg in Sito die Melancholie auf wie Rauch aus erloschenem Feuer, man konnte es nicht verhindern. Der Herbst war wie die Dämmerung der Zeit, in Konstanz und rund um den Bodensee war dies buchstäblich mit dem Grau des Nebels verknüpft.

Der Burger verströmte sein Aroma, und schon im Gehen begann Sito zu essen. Er hatte nun richtig Hunger und war froh, dass er sich auf den Weg gemacht hatte. Er war auch froh über sein Ziel, über diese spontane Entscheidung.

Auf der anderen Rheinseite lief er am Ufer entlang in Richtung Altstadt. Wenige Minuten später erreichte er die Niederburg, das älteste Viertel in der Altstadt von Konstanz. Hier fand er sein Ziel, das er so lange nicht besucht hatte: das Kloster Zoffingen, in dem seit dem 13. Jahrhundert Dominikanerinnen lebten. Eine von ihnen war Schwester Raphaela. Seit Jahren besuchte Sito sie immer wieder, vor allem dann, wenn er innere Klarheit suchte. Er hoffte, dass sie Zeit für ihn hatte. Sie war eine der letzten Nonnen vor Ort, sie hatte die siebenhundertfünfzigjährige Jubiläumsfeier organisiert und kämpfte seitdem um den Fortbestand des Klosters. Und sie war eine Ruhespenderin.

Sito trat durch das Tor und ließ das Leben auf der Brückengasse hinter sich. Es war magisch, wie der Eintritt in eine eigene Welt. Im Innenhof trotzten Rosenbüsche der Jahreszeit und genossen den windgeschützten Platz. Die Ruhe in sich aufsaugend, setzte Sito sich auf eine Bank, lange musste er nicht warten.

»Paul, das ist aber eine schöne Überraschung«, sagte eine näher kommende Stimme, und im nächsten Moment setzte sich Schwester Raphaela neben ihn. »Wir haben uns lange nicht gesehen.«

»Ich weiß. Heute war es Zeit.«

Sie lächelte. »Die Rosen geben nicht auf.«

»Hab ich gesehen. Ihr gebt auch nicht auf, oder?«

Sie lachte laut auf. »Ich kenne das Wort nicht. Aufgeben bedeutet ja auch immer, dass man sich selbst nicht mehr ernst nimmt, oder? Man nimmt sich und seine Wünsche und Ziele nicht mehr ernst, wenn man aufgibt, das kommt also nicht in Frage.«

Sito nickte. Er wusste, weshalb er hier war. »Es sind schwierige Zeiten. Wir kommen nicht zur Ruhe. Ich hab das Gefühl, dass wir alle einem Phantom hinterherjagen.«

»Na, ich weiß nicht, ob ›Phantom‹ das richtige Wort ist.«

»Nein?« Sito sah verwundert zur Seite.

Schwester Raphaela zwinkerte. »Vielleicht sind es eher Dämonen.« Sie tippte Sito gegen die Brust. »Und da hat jeder seine eigenen.«

Sito zog eine Schnute und kratzte sich über den Nasenrücken. »Also wenn ich es nicht besser wüsste, dann würde ich denken, dass du dich ein wenig lustig machst.«

Sie schüttelte den Kopf. »Aber nein, Paul, das ist absurd. Ich weiß, dass es ernst ist, wenn du den Weg zu mir findest. Ich denke, es hat mit der Familie zu tun, die verschwunden ist. Und mit dem toten Jungen.«

»Ja, hat es wahrscheinlich. Und mit Freunden, die Angst haben.«

»Ich habe das sehr ernst gemeint. Ich glaube nicht, dass ihr gegen ein Phantom, also gegen ein gemeinsames, ankämpft. Ihr kämpft alle gegen eure eigenen Dämonen.«

»Also jeder für sich?«

Sie zuckte mit den Schultern. »Wenn ihr euch nicht zusammentut, dann ja.«

Sito spürte, dass ihn etwas auf die Bank drückte. Machtvoll lag es auf ihm, ließ ihn kleiner werden, tiefer sinken. Die Augenlider wurden ihm schwer, als hätte er einen Schlaftrunk zu sich genommen. *Die eigenen Dämonen, jeder für sich, allein …* Die Worte hallten in ihm nach. »Das darf nicht passieren«, sagte er leise.

»Es ist normal und menschlich, fürchte ich«, sagte Schwester

Raphaela. »Vor allem nach dem, was ihr erlebt habt. Dein Freund war übrigens einmal bei mir.«

»Wer? Heinrich?«, fragte Sito ungläubig.

»Nein«, antwortete sie, »so hieß er nicht.« Sie hob die rechte Hand. »Sehr groß war er und schlank. Seine Frau hatte ein Baby auf dem Arm. Sie waren hier, und er fragte nach mir, und dann haben wir uns unterhalten.«

Sito kam aus dem Staunen nicht heraus. Enzig war mit Anna hierhergekommen und hatte ihm nichts davon erzählt. Aber das war gut. Enzig suchte nach Lösungen für sich. Er nickte. »Roman Enzig«, sagte er.

»Genau«, freute sich Schwester Raphaela. »Er ist sehr nett, so ein lieber und offener Mensch. Und ein guter Freund, nicht wahr?«

Wieder nickte Sito. Er sollte das mehr zu schätzen wissen.

»Weißt du, ich fürchte, dass diese Dämonen euch mehr beschäftigen als die Ereignisse der Gegenwart.«

»Du meinst, sie trüben unseren Blick?«

Sie hob die Schultern. »Du wirst es mir sagen, wenn es nicht so ist.«

Sito schwieg und betrachtete die Rosen.

»Es ist eine späte Sorte, es ist nicht so verwunderlich, dass sie noch blühen. Es entspricht eher ihrer Natur. Aber schön ist es trotzdem, in ihnen ein Aufbäumen gegen den Lauf der Zeit zu sehen. Von solchen Anblicken zehren wir ja. Von den kleinen Wundern. Manche Menschen schaffen in ihrem Umfeld solche Möglichkeiten, das sind dann geplante Überraschungen gewissermaßen. Sie versuchen sich selbst zu überlisten. Es ist schön, wenn das klappt.« Sie schwieg einen Moment, dann sah sie Sito mit ihren gütigen Augen an und fügte hinzu: »Wie geht es eigentlich Miriam?«

Auf dem Rückweg zum Präsidium dachte Sito über den warnenden Ton in Schwester Raphaelas Worten nach und über den Triumph der späten Rosen. Miriams Lachen, ihre Leichtigkeit und Fröhlichkeit drängten in ihm nach oben. Miriam, die seit zwei Jahren in seinem Leben war. Bisweilen verunsicherte ihn der Gegensatz zwischen dieser Unbeschwertheit und ihrer beider Vergangenheit, aber anscheinend war das Miriams Weg, damit umzugehen, den Dämonen zu trotzen. Er lernte jeden Tag dazu. Und immer seltener dachte er an seine Frau und all die wunden Punkte in seinem Leben, dafür öfter an die Menschen in seiner Gegenwart.

Was war mit den Gottliebs passiert? Was war ihnen an dem Freitag vor den Ferien zugestoßen, dass sie nicht heimgekehrt waren? Ein Jogger rannte durch sein Blickfeld, grüßte auf seiner Höhe, dann verschwand er.

Aufmerksamkeit.

Wodurch hatte die Familie Aufmerksamkeit erregt? Die Tat musste geplant gewesen sein, der Täter musste gewusst haben, dass die Frau Urlaub beantragt hatte, dass das Verschwinden erst verspätet auffallen würde. Der oder die Täter hatten einen Vorsprung, über eine Woche hatten sie Zeit gehabt, die Spuren zu verwischen, und hatten dennoch welche gelegt: Jemand hatte die Meerschweinchen gefüttert. Überhaupt war die Sache dadurch erst brisant geworden.

Sito wählte die Nummer von Johannes Goffer.

»Haben wir was über Veranstaltungen für Kinder gefunden an dem besagten Freitag?«

Goffer kaute auf etwas. »Hm, du meinst«, er schluckte, »entschuldige, du meinst eine Veranstaltung, wo der Täter die Familie entdeckt haben könnte?«

»Ja. Ich hab mir überlegt, dass der Täter eigentlich nur die Kinder als Druckmittel braucht, dann hat er die Familie auch im Griff.«

»Da reicht sogar eines der Kinder«, brummte Goffer. »Wir suchen gleich mal, ob wir etwas finden.«

»Habt ihr das mit der Anzeige für die Meerschweinchen schon hinbekommen?«

Ein undeutliches »Ja« kam zur Antwort.

»Gut. Leite mir die Anzeige bitte weiter. Außerdem möchte ich wissen, wer von der Familie wo und wie im Netz postet. Vielleicht finden wir dort auch einen Ansatz.«

Goffer stöhnte. »Ernsthaft? Das Netz muss doch nicht bei jedem Fall –«

»Ich weiß, Johannes, die sozialen Medien nerven uns alle und sind wie ein Minenfeld, aber wir müssen das abklären. Es muss ja eine Verbindung zwischen der Familie und den Tätern geben. Und das Netz ist eben ein Sammelbecken für alle möglichen Kontakte.«

»Weiß ich doch. Können wir nachher mit Karl klären. Der Bruder des Familienvaters ist auch gerade gekommen. Bist du im Haus? Kommst du gleich dazu?«

Sito warf einen Blick über den Rhein, der unter grauen Schwaden lag, und verabschiedete sich von dem Bild. »Ich bin in zehn Minuten bei dir.«

»In fünfzehn reicht auch«, sagte Goffer und biss wieder in etwas. Es knirschte. »Hab heut einen Bärenhunger. Das liegt bestimmt am beginnenden Winter«, er lachte, »mein Körper will zur Sicherheit Winterspeck anlegen.«

Sito lachte ebenfalls und zog aus seiner Manteltasche die Verpackung seines Mittagessens hervor. In wenigen Metern Entfernung fand er einen Mülleimer. Als er die Packung hineinwerfen wollte, sah er dort einen Flyer des Archäologischen Landesmuseums, das gleich um die Ecke war, und einen Stadtführer von Konstanz. Da hatte jemand wohl keine Lust mehr auf den Rundgang gehabt. Merkwürdig, dachte Sito. Überhaupt wurden die Menschen um ihn herum immer merkwürdiger.

19

Warme Luft empfing sie, als sie in die Stube stürmte. Sie hatte ihre Kinder an die Hand genommen und war einfach losgerannt.

Der Hausherr hatte ihr hinterhergerufen, dass es noch viel zu erzählen gebe über seine Bienen. Erstaunt klang er, dass sie die Flucht ergriffen hatte, vielleicht erstaunt über ihren Mut, ihn dort stehen zu lassen. Doch die Jungs wollten nicht weg.

»Mama, was soll das?«

»Mama, du tust mir weh, lass mich doch los.«

Sie hatte einfach die Tür aufgerissen, den Hund ignoriert, der bellend angelaufen kam, sie wollte nur zu ihrem Baby und zu ihrem Mann. Da stand sie, zwei unglückliche Jungs an je einer Hand, außer Atem, hinter sich das Bellen des Hundes und die Rufe des Hausherrn, die näher kamen. Am Tisch überraschte Gesichter. Robert stand auf und kam zu ihr herüber.

»Was ist denn los, mein Schatz? Du bist ganz blass.«

»Wo ist mein Baby?«, rief sie, drückte Robert zur Seite und lief zu dem Tisch, wo nur die ältere Frau saß.

»Hier«, kam eine leise Stimme aus einer Ecke des Raumes.

Helen fuhr herum. Dort saß sie. Die junge Frau hatte ihr Baby auf dem Arm und wiegte es. Es schlief seelenruhig, und jetzt hörte Helen auch, dass es glücklich gurgelnde Geräusche von sich gab.

»Was ist denn mit dir?«, fragte Robert, kam auf sie zu und griff nach ihrem Arm.

»Meine Geschichte von den Bienen hat Ihre Frau wohl erschreckt«, kam es von der Tür.

Helen fuhr herum. Dort stand er im Türrahmen, ein großer, kräftiger Mann, dessen Gesicht ein Lächeln trug, doch seine ganze Körperhaltung signalisierte ihr das Gegenteil. Er hatte die Gesichtszüge eines Mannes, der schlechte Nachrichten brachte und daran Gefallen fand. Helen hatte einmal eine Geschichte gelesen über einen jungen Soldaten, der im Zweiten Weltkrieg hingerichtet worden war, weil er desertieren wollte. Man brachte die letzten Dinge des Toten der Mutter und überreichte ihr dabei auch die Rechnung für die Hinrichtung. Es gab Männer, die sich freiwillig anboten, genau solche Nachrichten zu überbringen …

»Ach, sie hat bestimmt Sehnsucht nach ihrer süßen Tochter gehabt«, sagte seine Frau und hielt eine Kuchenschaufel mit einem Stück Mohnkuchen in die Höhe. »Kommen Sie, essen Sie doch noch ein Stück Kuchen mit uns. Wir haben ja noch gar nicht alles besprochen.« Sie nickte in Roberts Richtung. »Aber ich denke, wir werden gute Nachbarn.«

»Nein«, schrie Helen. »Nein, Robert. Ich will bitte gehen.« Sie lief hinüber zu dem Sessel und riss der jungen Frau ihr Baby aus dem Arm. Wütend fing ihre Tochter an zu schreien.

Die Frau im Sessel zuckte zusammen. »Oh nein, sehen Sie, was Sie angerichtet haben?«

Helen eilte zu ihrem Mann. »Ich will gehen. Jetzt, auf der Stelle. Nimm die Jungs –«

»Helen, könntest du dich bitte beruhigen? Wir wollten gerade den Vertrag … Was ist denn eigentlich los?«

»Ihre Frau wirkt ein wenig überspannt. Vielleicht braucht sie Urlaub?« Die ältere Frau kniff die Augen zusammen, und alles an ihr zeigte den Unmut über Helens Verhalten. »Ich verstehe die Frauen von heute nicht, weshalb lässt man seine Kinder überhaupt allein? Und dann immer gestresst und –«

»Jetzt machen Sie aber mal einen Punkt«, fuhr Robert nun dazwischen und packte ihre Sachen zusammen.

Die Frau im Hintergrund fing an zu weinen. Als Helen mit ihrer kleinen Tochter auf dem Arm zum Ausgang lief, wurde ihr bewusst, dass sich neben den alten Hausherrn dessen Sohn gestellt hatte. Sie standen dort nebeneinander und versperrten den Weg nach draußen. Sie sah sich um, ob auch ihr Mann das gesehen hatte. Er hatte es gesehen, wirkte mit einem Mal nervös, sah zu ihr, dann zu den beiden Frauen, dann wieder nach vorn. Mit zitternden Händen schob er seine Brille zurecht.

»Das ist ja lächerlich«, murmelte Helen und lief aufrecht auf den Ausgang zu. Das Baby auf ihrem Arm weinte, ihr kleiner Sohn, den Robert an der Hand hatte, fing nun ebenfalls an zu weinen. Die beiden Männer wichen nicht von der Stelle.

»Gehen Sie bitte zur Seite, meine Frau und ich möchten

hinaus«, sagte Robert, doch Helen hörte die Unsicherheit in seiner Stimme.

Sie stand jetzt genau vor den beiden Männern, sie roch ihren Atem, etwas, das an Holz erinnerte. Der Hund bellte hinter ihnen. »Bitte«, sagte sie flehend, »lassen Sie uns gehen.«

Plötzlich schrie die Frau, die vorhin das Baby in den Schlaf gewiegt hatte. Gewiss hat sie auch gesungen, dachte Helen, das mochte ihre Tochter immer sehr. *Mochte, ich rede schon in der Vergangenheitsform.*

Was sie schrie, traf Helen mitten ins Herz: »Ich will das Baby!«

Die Zeit gefror in diesem Moment. Helen drückte ihr Baby an sich und küsste es auf den Kopf. Sie sah zur Seite zu ihrem Mann und las in seinen Augen, dass auch er verstanden hatte, was hier passierte. Sie betrachtete ihre beiden Jungs, bedachte sie in Gedanken jeweils mit einem Kuss, erinnerte sich an den nur wenige Stunden alten Wunsch, die Schmetterlinge auf der Mainau zu besuchen. Wären sie nur dorthin gegangen. Sie atmete den Duft des kalten Wassers, das noch Sonne in sich trug und doch vom Herbst schon kündete, sie atmete den Duft der späten Rosen, der welkenden Blumen, der Blätter, die bunt und nass am Boden lagen. Irgendwo lag ein Duft nach frisch gebackenem Kuchen. Richtig, dachte sie, wir haben Mohnkuchen gegessen. Mit Honig. Von den eigenen Bienen. Sie erinnerte sich an ihre Jungs, die sie als Indianer gefangen genommen hatten. Das Baby, ihr kleines Mädchen, das an ihrer Brust hing und trank, dieser verstohlene glückselige Blick eines so winzigen Menschen, der der Güte seiner Umwelt vollkommen ausgeliefert war. Glück war immer auch von Güte abhängig, von der Güte der anderen. Ohne Güte kein Glück, keine Seligkeit, weder die des Glückes noch die der Rührung.

Sie sah die junge Frau des Hofes mit dem Baby in dem Sessel, die Einsamkeit dort drüben in der warmen Stube, die haltlose Einsamkeit auf diesem Hof inmitten der Idylle und trotz der Tiere und der zwei Generationen, die hier lebten. Jeder wirkte einsam und die Frauen verbittert in ihrer Einsamkeit. Oder täuschte sie sich? Würden sie gleich einfach zu ihrem Auto laufen und zurückfahren? Vorbei an der Mainau und dort den Feierabendtarif nutzen und eine Runde über die Blumeninsel drehen?

Die Königin. Sie wurde ausgetauscht, wenn sie nicht mehr in der Lage war, ihr Volk zu vermehren. *Ich töte sie.* Und dann wurde eine neue eingeführt, eine, die das Volk erhielt.

»Robert«, flüsterte sie, und Tränen liefen ihr über die Wange. »Ich liebe dich«, formten ihre Lippen, doch kein Wort verließ mehr ihren Mund. Das Baby schrie nicht mehr, die Kinder schwiegen, der Hund war verstummt.

Nie mehr würden sie diesen Hof verlassen, das begriff Helen in diesem Augenblick, und dieser Augenblick, so war ihr, dauerte eine Ewigkeit. Dann wurde es um sie herum schwarz und kalt.

Teil 2

Wahrheiten

1

Hanno Gottlieb war ein sportlich aussehender Mann Anfang vierzig. Er hatte seinen Bruder seit einem Monat nicht gesehen, da er in Stuttgart arbeitete und lebte. Mit einer Frau und einem Sohn. Sie hatten im Schnitt alle zwei Wochen telefoniert und sich auch mindestens einmal im Monat getroffen, da sie Jungs im selben Alter hatten – beide waren gerade in die Schule gekommen und verstanden sich nach Aussage von Hanno Gottlieb ausgezeichnet. Er war sehr besorgt um seinen Bruder, der nie einfach verschwinden würde. Er hatte sich auch schon gewundert, dass sie die Herbstferien ohne ein Treffen hatten verstreichen lassen. Nein, an Feinde könnte er nicht glauben, sein Bruder war Hausmann, welche Art von Feinden sollte man sich da machen?

»Aber es gab einen Nachbarschaftsstreit, nicht wahr?«, fragte Johannes Goffer, doch hatte er nicht die Hoffnung, hier auf einer Spur zu sein. Das Verschwinden der Gottliebs wurde immer mysteriöser.

»Ja.« Hanno Gottlieb fuhr sich durch sein volles dunkles Haar.

Goffer seufzte innerlich. Seine Haare begannen von der Stirn her auszugehen, und er ärgerte sich darüber jeden Morgen, wenn er in den Spiegel blickte. »Hat Ihr Bruder darüber gesprochen?«

»Na ja, das war dieser lächerliche Scheiffele oder so.« Gottlieb verdrehte die Augen. »Der hat mit allen Streit wegen allen möglichen Dingen. Der streitet einfach gern, rennt dann zu seinem Anwalt, aber da kam nie etwas heraus. Jeder geht ihm aus dem Weg, also jeder in der Straße. Haben Sie den denn in Verdacht?«

»In Verdacht weswegen?«, hakte Goffer nach, gleichwohl wusste er, dass diese Verhörtaktik, den anderen wegen eines vermeintlichen Versprechers aus der Reserve zu locken, hier überhaupt nicht zog.

»Na, dass er was mit dem Verschwinden meines Bruders zu tun haben könnte«, erwiderte Gottlieb unbefangen.

Johannes Goffer schüttelte den Kopf, stand auf und ging hinüber zur Kaffeemaschine. »Möchten Sie auch einen? Du, Paul?«, fragte er und griff bereits zu einer weiteren Tasse.

Sito, der die ganze Zeit schweigend danebengesessen hatte, hob abwehrend die Hände und beugte sich dann nach vorn zu Hanno Gottlieb.

»Wir befragen den Nachbarn, weil wir natürlich jedem Indiz und jeder Spur nachgehen müssen. Wir befragen auch die Arbeitgeber Ihrer Schwägerin und die ehemaligen Arbeitgeber Ihres Bruders. War die Familie im Netz aktiv? Soziale Medien? Irgendwelche Interessen, die vielleicht –« Sito hielt inne, dann fügte er hinzu: »Wie formuliert man das am besten?«

Gottlieb sah von Sito zu Goffer, der ihm gerade die Tasse reichte, dann lachte er verlegen. »Sie möchten wissen, ob mein Bruder ein dunkles Geheimnis hatte? Eine Geliebte, verbotene sexuelle Interessen oder so etwas? Ist es das?«

Sito zuckte mit den Schultern, Goffer indessen nickte.

»Wissen Sie, im Moment würde uns einfach alles weiterhelfen. Wir glauben nicht, dass Ihr Bruder mit Frau und drei kleinen Kindern einfach freiwillig abgetaucht ist. Ergo muss es einen Grund dafür geben, der in der Regel nicht unbedingt ein fröhlicher Grund ist. Wir fürchten weiter, dass derjenige, der die Meerschweinchen versorgt hat, auch mit dem Verschwinden Ihres Bruders zu tun hat, daher gehen wir von einem Verbrechen aus.« Goffer trank seinen Kaffee, der nicht schmeckte. Zu bitter, irgendwie alt. Vermutlich war Sito deshalb mit nur einer Tasse zufrieden gewesen. Er beschloss, das Pulver auszutauschen, besser noch, er sollte sich endlich eine neue Maschine zulegen.

Gottlieb winkte ab. Mit hängendem Kopf fügte er hinzu: »Das versteh ich doch, aber es gibt da nichts. Mein Bruder ist grundehrlich, vor allem aber sehr verliebt in seine Frau und seine Kids. Er ist gern Hausmann. Sie haben eine wirklich gute Ehe.« Er blickte auf und lächelte hilflos. »Ich hab ihn beneidet um das Leben, das er führt, obwohl er Hausmann ist und viele das nicht verstehen.«

»Und er hätte Ihnen erzählt, wenn es da eine dunkle Seite gibt?«, fragte Sito.

»Ganz sicher«, kam es, ohne zu zögern, von Gottlieb zurück. Für eine Weile war es ruhig im Zimmer, dann fragte er: »Was soll ich denn jetzt machen?«

»Wäre gut, wenn Sie sich zur Verfügung halten. Wir müssen uns das Leben Ihres Bruders und das seiner Familie näher ansehen und möchten Sie fragen können, wenn etwas unklar ist«, formulierte Goffer so umsichtig wie möglich. In Wirklichkeit wusste er, dass sie nun jedes Stückchen im Leben der Gottliebs umkrempeln mussten, Schränke, Briefe, Privatsachen. Dinge, die man nicht machen wollte und doch tun musste, um einen Anhaltspunkt zu bekommen. »Ansonsten sind wir fertig so weit, oder, Paul? Hast du noch Fragen?«

Sito schüttelte den Kopf.

Gottlieb stellte die Kaffeetasse ab, an der er sich die ganze Zeit über festgehalten hatte, und stand auf. »Bitte finden Sie meinen Bruder und seine Familie. Wenn ich irgendetwas tun kann, dann will ich so gut es geht helfen«, sagte er und reichte beiden die Hand. Er war schon an der Tür, da blieb er stehen und wandte sich um. »Eine Sache ist da noch, ich weiß nicht, ob es eine Rolle spielt«, begann er und legte den Kopf leicht schräg.

Er sieht so viel jünger aus als ich, schoss es Goffer durch den Kopf. »Was denn? Im Moment ist für uns noch alles wichtig.«

»Also, das Baby, es war meiner Schwägerin etwas zu eng geworden in dem Haus. Aber sie liebten das Haus.« Lächelnd hob er die Schultern. »Mein Bruder ist ein Romantiker. Er hat in diesem Haus ganz viel gebastelt für seine Familie. Er wollte da eigentlich bleiben, aber er konnte seiner Frau auch keinen

Wunsch abschlagen. Und in der Tat wurde es jetzt mit drei Kindern etwas eng.«

Goffer und Sito blieben zurück. Schweigend saßen sie in dem Raum mit nur einem Fenster in Richtung Norden. Goffer war meistens zufrieden damit, jetzt störte es ihn plötzlich, und er wusste nicht, weshalb. Ihm war, als würde eine düstere Wolke in dem Zimmer hängen, als wäre das Fenster zu klein, um richtig zu lüften, als wären sie eingesperrt. »Wir haben überhaupt keinen Anhaltspunkt bis jetzt«, sagte er vor sich hin. Als Sito nicht reagierte, suchte er dessen Blick. »Paul?«

Sito starrte zu dem Fenster. Goffer hätte gern den Grund dafür gewusst.

»Die Meerschweinchen sind eine Spur. Außerdem hat jeder irgendein Geheimnis«, antwortete Sito nüchtern.

»Du auch?« Goffer lachte selbstgefällig, schluckte sein Lachen aber umgehend hinunter, als Sito ihm in die Augen sah. Er räusperte sich: »Entschuldige, das war unangemessen.«

Sito winkte ab. »Kein Problem. Natürlich hab ich auch meine Geheimnisse. Wichtiger ist jedoch, dass wir die unserer Opfer herausfinden. Ich glaube nicht, dass ein Täter gleich fünf Menschen über einen längeren Zeitpunkt versteckt halten kann und will. In der Regel haben solche Täter ja ein besonderes Interesse.«

»Solche Täter? An was denkst du?«, fragte Goffer und ahnte im selben Moment, dass ihm die Antwort sein Büro noch kleiner erscheinen lassen würde.

»Es geht vielleicht um Sadismus und sexualisierte Gewalt.«

2

Marc Busch saß gedankenverloren an seinem Schreibtisch in seiner Wohnung in Petershausen. Als er vor zehn Jahren hier eingezogen war, hatte er gedacht, die Zwei-Zimmer-Wohnung mit den beiden Rundbalkonen in Richtung Ost und West sei nur eine

Übergangslösung, bis er etwas Besseres gefunden hatte. Andererseits war der Weg zum Präsidium kurz, ein Einkaufsladen und ein Bäcker lagen innerhalb von hundert Metern Umkreis, und auch in die Altstadt konnte er bequem radeln. Der Wohnblock war noch relativ jung, es gab einen Aufzug für die vier Stockwerke, und die Markgrafenstraße hatte an dieser Stelle schon eine einheitliche Ansicht. Auch waren die Rundbalkone sehr praktisch und sonnenverwöhnt, zumindest für ihn im obersten Stock. Da fand die Sonne den ganzen Tag ihren Weg zu ihm.

Gewöhnungsbedürftig waren bisweilen die Busfahrten mit der 6er-Linie in die Stadt. Weiter außerhalb gab es das Zentrum für Psychiatrie Reichenau, dort saßen neben Schwerverbrechern auch psychisch Kranke, die Ausgang hatten, und hin und wieder kam es dann zu sonderbaren Begegnungen im Bus. Wer darüber Bescheid wusste, dachte sich nichts weiter dabei, für alle anderen konnte es gewiss verstörend sein. Einmal hatte jemand auf der ganzen Fahrt davon erzählt, dass er gern Hühnchen hätte, schöne knackige Hühnchen, die er dann schlachten wollte. Das war für die anderen Mitreisenden alles andere als vertrauenerweckend gewesen, und Busch hatte sich bereitgehalten. Doch es waren freilich die Harmlosen, die allein mit dem Bus in die Stadt fahren durften.

Auch dort hatte er bereits nachgefragt, ob jemand abgängig war. In den Medien gab es ein Foto von Nick, es war nur eine Frage der Zeit, bis er Antworten erhalten würde, da war Busch sich sicher, doch die Zeit bis zu den ersten brauchbaren Hinweisen kam ihm stets ungeheuer lang vor. Die Fingerabdrücke hatten leider nichts ergeben, erkennungsdienstlich erfasst war das Opfer offenkundig nicht. Längst waren die Nachbarländer Österreich und Schweiz informiert. Schließlich würden sie die DNA speichern, sobald das möglich war, doch ein DNA-Abgleich über Landesgrenzen hinaus dauerte in der Regel noch wesentlich länger. Es konnte Monate dauern, überdies musste es ja irgendeinen Anhaltspunkt geben, andere Akten zu öffnen, denn noch immer waren nicht alle Akten digitalisiert.

Irgendwo stand nun eine Wohnung leer, ein WG-Zimmer blieb unbenutzt, ein Auto oder ein Fahrrad unbeachtet ... Busch hielt inne. Das war vielleicht keine schlechte Idee. Zumindest ein abgestelltes Auto würde ihnen schon weiterhelfen.

Er zog sich an und lief die Markgrafenstraße entlang bis auf Höhe der Rheinbrücke und von dort hinüber in den Altstadtteil Paradies. Auf der Mitte der Brücke hielt er an, beugte sich über das Geländer, sah in das tiefe Schwarz des Seerheins und stellte sich vor, hier hinunterzuspringen. Im Sommer machten die Leute das freiwillig und aus Vergnügen. Links lag das Rheinbad, Menschen drängten sich dort auf den Stufen und den Wiesen, wenn die Hitze über die Stadt hereinbrach und den Menschen immer ein paar Grade mehr als im Rest von Deutschland brachte. Rechts lagen der Stadtteil Paradies, die Fachhochschule und das Schänzle, das im Sommer ebenfalls ein beliebter Ort für abendliche Treffen war, ein Picknick mit Wein oder einfach als Rückzug aus dem Trubel der Altstadt.

Konstanz war im Sommer nichts für Ruhesuchende und Gemütlichkeitsliebhaber. Konstanz war turbulent und lebhaft und leider auch überlaufen. Die schöne Altstadt lockte genauso wie die Tatsache, dass es hier immer einen Tick günstiger war als bei den Schweizer Nachbarn. Busch war darüber ebenso wenig erfreut wie die meisten einheimischen Konstanzer, wenn sie nicht Besitzer eines der Läden in der Innenstadt waren. Im Herbst und Winter wurde es ruhiger, der Nebel schreckte die Touristen ab, die Selbstmordrate ging in die Höhe.

Hier irgendwo war der Mann über das Geländer gestiegen oder geworfen worden. Noch war Dr. Parson sich in dem Punkt nicht sicher, trotz der jüngeren Verletzungen. Busch wusste, dass es schwer sein würde, hier hundertprozentige Gewissheit zu erlangen. Wenn er freiwillig gesprungen war, dann war er mit diesem Vorhaben hierhergekommen. Von woher? Busch sah sich um und lief in Richtung Stadt. Dort besah er sich die Räder und Autos, die in der Umgebung standen. War ein Wagen sichtbar schon länger nicht bewegt worden? Mehr Laub auf dem

Dach und weniger unter dem Auto? Busch bückte sich bei jedem Fahrzeug und fand tatsächlich zwei Wagen, die komplett saubere Straßen unter sich hatten. Er notierte die Nummernschilder und bat um eine Halterabfrage. Anschließend schlenderte er hinüber zu den Wohnheimen der FH. Bei den Fahrradständern traf er eine Gruppe Studierender.

»Haben Sie einen Moment für mich?«, fragte er und hielt seinen Ausweis hoch.

Die drei Männer und zwei Frauen nickten.

»Geht es um den Toten?«, fragte einer.

Busch nickte. »Wir wissen noch immer nicht, wer der Mann war. Er war so alt wie Sie und soll angeblich Nick geheißen haben. Ich kann nicht verstehen, dass niemand ihn vermisst.« Busch suchte auf seinem Smartphone ein Foto und hielt es in die Runde. »Er sah doch umgänglich aus.«

Die fünf betrachteten das Foto, sahen einander an, zuckten die Schultern.

»Tut mir leid«, sagte die Rothaarige. »Ich hab den noch nie gesehen. Aber es hängt ja auch schon ein Foto mit Beschreibung in den Wohnheimen. Da kommen also bestimmt noch Leute auf Sie zu.«

»Vielleicht war er noch nicht lange hier«, gab einer der jungen Männer zu bedenken.

»Würde es denn auffallen, wenn hier ein Fahrzeug nicht mehr bewegt würde?«, fragte Busch und sah auf den Parkplatz.

Die Rothaarige folgte seinem Blick. »Weiß nicht. Hier bei den Fahrrädern sicher nicht, bei den Autos schon eher. Das sollte der Hausmeister aber besser wissen.«

»Gute Idee«, sagte Busch und bedankte sich. Anschließend schlenderte er über den Parkplatz und betrat das Wohnheim, wo das Büro der Verwaltung zu finden war.

Dem Hausmeister war kein Auto aufgefallen, auch kein Fahrrad, allerdings etwas anderes.

»Weshalb haben Sie das nicht gleich bei unserem ersten Gespräch erwähnt?«, fragte Marc Busch.

»Na ja.« Der kräftige Mann, auf dessen Schädel sich noch tapfer ein paar übrig gebliebene Haarbüschel hielten, hatte eine ungesund dunkle Gesichtsfarbe. »Ich war mir nicht so sicher, aber in den letzten Tagen, wo ich immer das Foto hier sehe, da kam halt doch so ein Fetzen Erinnerung.« Er grinste. »Ich hoff jetzt natürlich, dass ich mir des ned nur einbilde. Das passiert ja auch oft, dass man dann so sehr sucht im Kopf, dass man es bald selbst glaubt.«

Busch wusste, dass das passieren konnte, dennoch war er jetzt ungeduldiger als angemessen. »Also, was machen wir jetzt mit Ihrer Erinnerung?«, fragte er.

»Ich glaub, der Mann war öfters nachts im Computerraum. Da zocken die Jungs, ganz selten auch Mädels. Die verbringen da ganze Nächte und manche sogar auch Tage. Im Keller. Wie Kellerasseln. Ganz bleich sind die von der vielen Zockerei ohne Sonne. Ich glaub, der war nie droben in der Cafeteria mit den anderen.« Der Mann wischte sich über die dunkelrote Stirn, wo sich Schweißperlen gesammelt hatten, obwohl es im Flur eher kühl war. »Bevor Sie fragen: Jetzt ist da niemand. Tags machen wir auch mal zu, sonst verhungert uns da noch einer.«

Mit einer düsteren Ahnung verließ Busch das Gebäude und lief zurück zur Rheinbrücke. Ein paar Radler kamen ihm entgegen, lachend, gewiss auf dem Weg in eines der schönen Cafés in der Altstadt. Konstanz war eine immerwährende Verlockung mit seinen vielen Kneipen, Cafés und Restaurants.

Wenn ihr Opfer ein Zocker war, dann erklärte es zumindest, weshalb ihn niemand aus dem Leben am Tage vermisste. Busch sollte sich also in jenes andere Leben mischen, jenes Leben bei Nacht, in dunklen Räumen und Kellern. Er hasste dieses Leben abseits des Lichts, und das nicht nur, weil es auch ihn an ihren letzten Fall erinnerte, sondern vor allem, weil er sich da selbst für anfällig hielt.

3

Es roch wie in einem Krankenhaus, steril, nach einem scharfen Desinfektionsmittel, nach Zitrone. Eine Lampe blinkte, ein Kabel hing in ihrem Sichtfeld. Etwas surrte. Zunächst dachte sie an den Drucker, den sie im Büro hatten. Ihre Augen fielen zu, und das Surren wurde lauter, beharrlicher. Es klang wie ein Generator.

Ihr war übel. Mühsam öffnete sie wieder die Augen, bemerkte, dass sie auf einer Matratze lag. Ein Schmerz überzog ihren Hinterkopf und schlängelte sich den Nacken nach unten. Wieder surrte es, und ihr wurde bewusst, dass es ein neues Surren war, eines, das das andere abgelöst zu haben schien. Bienen, schoss es ihr durch den Kopf. Bienen. Irgendeine Erinnerung flatterte vor ihrem inneren Auge vorbei, aber sie wusste nicht, was für eine. Schwerfällig richtete sie sich auf, rieb sich über das Gesicht, sah an sich hinab. Sie trug eine schwarze Jogginghose, darüber einen weißen Wollpullover. Beides hatte sie noch nie gesehen. Sie tastete die Kleidung ab, fühlte, was sie darunter trug, erkannte beides nicht. Sie blickte nach hinten, auch das Bettzeug hatte sie noch nie gesehen. Beige mit hässlichem Blumenmuster. Rau fühlte es sich an, im Leintuch war ein Loch direkt unter ihrem Kopfkissen, die Matratze darunter schimmerte gelblich hindurch. Ekel überkam sie, die Übelkeit wurde heftiger und ließ sie würgen. Hatte man ihr Drogen verabreicht? Alles in ihr drehte sich.

Sie zwang sich, ruhig zu atmen. Vorsichtig ließ sie ihren Blick nach vorn gleiten. Ihr war, als hänge sie in einer Zeitlupe, als sei ihr ganzer Körper, wenn nicht gelähmt, so doch gefangen in quälender Langsamkeit.

Der Raum, in dem sie sich befand, war ungefähr fünfzehn Quadratmeter groß und fensterlos. Boden und Wände waren flaschengrün gestrichen. In einer Ecke stand ein Tisch mit einem Stuhl, darauf eine Vase mit einem Plastikblumenstrauß. Daneben ein kleines Regal mit einem Wasserkocher und einem Korb voller Knäckebrot. In den Fächern darunter lagen Zeitschriften.

Es gab eine Küchenzeile mit Waschbecken, einem Oberschrank und einem Kühlschrank sowie einem Herd mit zwei Platten. Die Fronten waren hellgrün mit einer grauen Resopalarbeitsfläche.

Gegenüber davon gab es einen Vorhang mit bunten Blumen darauf, und dass an dem Haken daneben ein großes Handtuch hing, ließ sie vermuten, dass sich dahinter so etwas wie ein winziges Bad verbarg. Nicht weit von ihr stand ein Sessel mit einem Tisch, das dunkle Holzregal, von ihr aus gesehen dahinter, enthielt mehrere Bücher. Den Betonboden bedeckten verschiedene Teppiche mit und ohne Muster, hässlich und mit Flecken.

Jetzt sprang das Surren wieder an. Es war tatsächlich ein Generator, der einen kühlen Luftstrom mit sich brachte.

Helen streckte den Kopf in die Höhe und sog die Luft ein, dann ließ sie den Kopf in den Nacken sinken und starrte an die Decke: Der grün gestrichene Beton vom Boden und von den Wänden setzte sich dort fort. Helen sah sich weiter um. Lediglich neben dem Bücherregal waren die Umrisse einer Tür zu sehen, allerdings ohne Klinke.

Es hatte eine gefühlte Ewigkeit gedauert vom Erwachen über das Erkunden des Raumes bis hin zu diesem Moment, doch jetzt war er da – nackte Panik ergriff sie. Helen sprang auf, rannte zu der Tür und hämmerte dagegen. Sie schrie, spürte, dass ihre Beine schwach wurden, und sank an der Tür auf die Knie. Ihr Schreien blieb in diesem Raum und kam als Echo aus allen Ecken zurück. Es drang in ihre Ohren, schmerzte sie so sehr, dass sie erneut schrie und sich dann die Ohren zuhielt. Sie versuchte noch einmal, sich aufzurichten und an der Tür zu zerren, sie quetschte die Finger in die erkennbaren Ritzen, die die Tür umrahmten, sie hämmerte wieder dagegen und schrie um Hilfe, doch abermals wurden ihre Beine zu schwach und versagten ihr den Dienst.

Sie sank zusammen und lehnte sich mit dem Rücken an die Tür, die keine Tür für sie war. Sie war gefangen in einem grünen Raum ohne Fenster. Während sie dort saß und sich wieder umblickte, sah sie einen großen Schrank, der so eingebaut war, dass sie ihn zunächst für einen Teil der Wand gehalten hatte. In der Wandfarbe gestrichen, fiel er nur auf den zweiten Blick auf durch die kleinen Metallgriffe, die die Schranktüren kennzeichneten. Sie atmete tief durch, um sich zu beruhigen und Kraft zu schöpfen für den Weg bis zu einem der Griffe. Schließlich stellte sie sich auf alle viere und verharrte einen Moment in dieser Haltung. Das Blut schoss ihr in den Kopf und verursachte einen Schwindel. Schwerfällig richtete sie sich auf, stand taumelnd da, blieb aber aufrecht.

Die wenigen Schritte kamen ihr vor wie ein langer Fußmarsch bei großer Hitze. Dann stand sie vor dem Schrank und streckte die Hand nach dem ersten Griff aus. Sie zog daran, es quietschte, als die Tür aufging. Lebensmittel, vom Boden bis zur Decke. Helen kämpfte gegen den heftigen Strudel in ihrem Kopf, der die Wände um sie herum ins Wanken brachte, gegen den Atem, der stoßweise durch ihren Körper jagte. Sie griff nach der nächsten Tür und öffnete sie: Wieder gab sie den Blick auf Vorräte frei. Weit über zwei Meter vom Boden bis unter die Decke, Konserven mit Tomaten, Erbsen, Mohrrüben, Essiggurken, Sauerkraut. Nudeln, Salz und Reis. Apfelmus, Kekse, Knäckebrot, Zwieback. Marmelade, Schokolade, Mehl und Milch. Riesige Wasserflaschen, Toilettenpapier, Handtücher, Seifen. Helen riss die nächsten Türen auf, immer schneller, und stand vor immer mehr Vorräten, einer Kiste mit Arzneimitteln, einer Gasmaske, Kerzen, Feuerzeugen, Tee, Kaffee.

Sie schrie auf, taumelte nun rückwärts, suchte Halt und fand gerade noch rechtzeitig den Weg zur Matratze, wo sie sich hilflos fallen ließ und ihren Kopf im Kissen verbarg. Ein süßlicher Geruch drang in ihre Nase, süß wie … Sie hielt inne in ihrem verzweifelten Weinen. *Süß wie Honig.* Sie erinnerte sich. Er hatte ihnen seine Bienen gezeigt. Die Geschichte der Königin. Herausgenommen aus dem Volk. Getötet zum Wohle des Fortbestandes des Volkes.

Die Königin war sie.

4

Wint zog seine Mütze über die Ohren und rieb seine Hände aneinander. »Wo ist die Vernunft hin? Wieso können wir nicht mehr auf die Vernunft als Grundlage von Gerechtigkeit bauen? Das ist doch unser Problem heutzutage, wir haben einfach keine gemeinsame Grundlage mehr, um miteinander klarzukommen.«

Sito blickte sich suchend um, anschließend klopfte er gegen seine Manteltasche. Ein Rascheln ertönte im Gebüsch hinter ihnen. »Zeus, Streuner. Hierher!« Sie waren seit über einer Stunde mit den Hunden durch den Wald rund um die Katharinenhöhe gelaufen. Auf der Lichtung bei einem nahezu verlassenen Spielplatz hatten sie angehalten, noch immer schweigend und jeder in seiner eigenen Erinnerung. Sito hatte einfach gewartet, irgendwann, so wusste er, würde das Feuerwerk losbrechen, das so sichtbar in seinem Freund loderte. Jetzt war es also endlich so weit, doch Sito wartete weiter. Er betrachtete in aller Ruhe die einsame Familie, die dort mit ihren Kindern bei dem Klettergerüst stand, sah zu dem einsamen Hof, der früher so mystisch gewirkt hatte, als die Lichtung auf der Katharinenhöhe nur der Erinnerung an die Mainau gehörte und nicht als Ausflugsziel für die ganze Stadt gedient hatte. Die Eroberung der Natur durch den Menschen ist auch immer ein Zurückdrängen aller Geheimnisse in den Orten. Der Mensch machte sie einfach platt.

»Ich verstehe es doch auch nicht«, sagte er daher und staunte, dass Wints Gedanken so nahtlos in seine passten, obgleich sie aus einer ganz anderen Richtung kamen. Bezeichnend irgendwie. Und genauso fuhr er fort: »Der Mensch hat alle Freiheiten, vernünftig zu handeln, aber er kann mit dieser Verantwortung einfach nicht umgehen, Heinrich. Als würde die ganze Zeit eine zerstörerische Kraft in ihm wüten. Das ist unser Schicksal.« Dämonen, dachte er, sie sind immer da.

Die Hunde rannten um sie herum, bellten fröhlich, genossen

ihre Freiheiten, die Sito ihnen gern ließ. Und plötzlich dachte Sito an Pollux, seinen früheren Hund. Wie ein sorgsam verwahrtes Andenken war das Bild plötzlich aus seinem Versteck gepurzelt. Er erschrak über die Heftigkeit und Klarheit dieses Bildes.

»Vielleicht ist es von der Natur schlicht so gewollt, dass der Mensch diese Kraft in sich trägt. Dass wir alle irgendwann doch Böses tun«, spekulierte Wint in dieses Bild hinein.

»Sag das nicht, Heinrich, bitte, sag das nicht.« Sito sah, wie der Nebel die andere Seite der Lichtung verschluckte, sich darüber hinweg auf sie zufraß. Es war Mittwochnachmittag, und der Nebel würde nun jeden Tag früher aufsteigen, bis er irgendwann den ganzen Tag beherrschte, irgendwann Mitte November war es gewiss so weit. Wie ein gieriges fremdes Wesen bahnte er sich seinen Weg durch die Sichtbarkeit der Welt. Vielleicht war es besser, wenn es schnell ginge, schnell sollte alles verschwinden. Vielleicht war es besser, wenn Miriam bald zurückkam. Und Wint wieder in die Spur fand. So brachte sein Freund ihn lediglich auf trübe Gedanken.

Die Familie flüchtete, dann waren sie allein. Doch wieder mystisch. Lag die Mystik vor allem in der Einsamkeit?

»Apropos etwas nicht sagen. Du hältst mich wohl für sehr naiv?« Wint kickte mit dem Fuß einen Stein vom Weg in die Büsche.

Sito streichelte Zeus etwas länger als nötig, dann sah er auf und traf auf die funkelnden Augen seines Freundes. Es war töricht anzunehmen, dass Wint den Braten nicht zehn Meter gegen den Wind gerochen hatte. Es war ebenso töricht zu glauben, dass er selbst je frei wäre von diesen düsteren Gedanken. Auch Miriam konnte ihn nicht auf Dauer retten.

»Ich seh schon, du wirst nicht versuchen, es zu leugnen. Du steckst hinter der Einladung von Jäger, mich an dem aktuellen Fall als Berater zu beteiligen.«

Sito zog eine Grimasse. »Weshalb sollte ich das leugnen? Ich brauche Unterstützung, Roman ist mit seinem Buch beschäftigt, und du bist ein guter Mann vor Ort für so eine Sache. Das ist alles.«

»Das ist alles?« Wint lachte. Viel zu laut und schrill. Er klopfte sich sogar auf die Schenkel und beugte sich vor, dann hustete er heftig. »Lassen wir das Geplänkel, Paul. Du machst dir Sorgen, dass ich aus der Spur laufe, und willst auf Nummer sicher gehen, indem du mich wieder in dieses Regelwerk hier einbindest, hab ich recht?«

Sito legte Wint eine Hand auf den Arm. »Heinrich, es ist mir egal, wie du es siehst, aber ich werde nicht zulassen, dass du aus Frust dein Leben ruinierst wegen dieser Vollidioten da draußen, verstanden? Ich sorge dafür, dass du vernünftig bleibst, ganz einfach. Vernunft ist das Einzige, woran wir uns halten sollten. Wenigstens wir. Verstehst du? Und Christine kannst du von hier aus auch eher helfen. Karl ist schon dran. Du kannst ihn konsultieren.« Sito zog die Augenbrauen hoch. »Jetzt auch offiziell.«

Wint nickte und sah auf die Lichtung hinaus, wo nur noch grauer Dunst war. Sito folgte seinem Blick. Es roch wieder nach kaltem Rauch, das war eigenartig, als wüte ein kaltes Feuer irgendwo, unsichtbar, irgendwo in der Tiefe des Sees, der ihrer aller Leben bestimmte. *Er tötet uns von innen heraus, schleichend, aber stetig. Am tiefen Grund des Sees liegen all unsere dunklen Geheimnisse und schicken uns regelmäßig Grüße, greifen mit ihren Fangarmen nach uns. Herrgott, ich will diese Gedanken nicht mehr denken.* Sito schloss die Augen.

»Aber wenn es doch keine Rolle spielt«, begann Wint, ohne seinen Freund anzusehen, »ob vernünftig oder nicht, ob gerecht oder nicht, wenn doch nur das Ergebnis zählt, ganz unabhängig von individuellem Empfinden und Rechtsstaatlichkeit?«

Sito schüttelte vehement den Kopf. Er wusste, wie es um Heinrich stand, er wusste, welche Zerreißprobe in ihm wütete. Seine Narbe schmerzte, so viele Bilder rasten vor seinem inneren Auge vorbei, seine Frau Janina, sein Vater mit dem Messer, der Fisch, der auf dem Boden zappelte, dieses zuckende Sterben, das Messer an seiner Schläfe, in seiner Hand. Nichts würde verschwinden, nichts vom Nebel genommen werden. Alles war immer da und bestimmte seine Vorstellung von Gerechtigkeit, und nein, das konnte er dem Freund nicht sagen. »Das stimmt ja so nicht. Das Recht sichert uns doch eine ganze Menge. Und vieles ist doch auch gerecht, zumindest der Versuch, Gerechtigkeit zu gewährleisten oder wiederherzustellen. Es gibt uns Sicherheit, Vertrauen in die Ordnung. Das Problem ist doch im Moment viel eher, dass uns die Grundlage dafür wegrutscht, also die Überzeugung, die ethische Haltung in uns.«

Die Hand des Vaters war ausgerutscht und hatte ihn im Gesicht getroffen. Der Fisch starb nicht durch die Hand mit dem Messer. Der andere Mensch aber starb durch die Hand, *seine* Hand, und das Messer. Wie durch Butter war es durch die Haut und den Körper geglitten, und Sito hatte gestaunt und sich im selben Moment an den Fisch erinnert. War es nicht seltsam, dass die Erinnerungen sich derart vermischten, überlappten? Der Rausch in ihm, wie zu wildes Wasser, aufwühlend, er war wie von Sinnen gewesen, hatte nicht aufhören können, wollte …

»Manchmal bin sogar ich schon so weit, dass ich mir eine Religion wünsche, verstehst du? Eine allumfassende Religion, die uns alle an die Hand nimmt. Verbindlichkeit, eine Geisteshaltung«, sagte Wint in Sitos Erinnerungsflut hinein, die ihn beinahe wegspülte.

»Eine, die dir gefällt, nehme ich an.« Sito lächelte, dankbar für den Strohhalm, der ihm da gereicht wurde, nur raus aus dieser anderen Welt, die versenkt im See viel besser aufgehoben war.

Wint sah zur Seite und lächelte ebenfalls. »Selbstverständlich, wohin kämen wir denn sonst? Sollen wir den Drecksnazis das Feld überlassen?«

»Wie kommst du denn jetzt auf die?«, fragte Sito. »Religion ist doch nicht politisch.«

»Oh doch, im Grunde dreht sich alles genau darum, und das weißt du. Weil wir die Dreckseinstellungen nie richtig ausgemerzt haben, weil die Grenzen seit Ewigkeiten nicht klar gezogen wurden, weil wir in der Erziehung versagen und rücksichtslose Vollidioten heranziehen, weil wir Kapitalistenarschlöcher anhimmeln und Wettkampf und Leistung statt Solidarität anbeten, daher stehen wir beide jetzt hier und denken, es wäre besser, das Recht außen vor zu lassen und die Gerechtigkeit selbst in die Hand zu nehmen.«

Wint sah sich um, als hätte er plötzlich Sorge, sie könnten belauscht werden. »Paul, der Wurzel allen Übels wirst du nicht mehr Herr werden, dafür ist es zu spät, die anderen sind zu viele und zu gut organisiert.« Nun legte Wint Sito eine Hand auf die Schulter. »Du brauchst das auch nicht einzuräumen, ich weiß, dass wir im Herzen gleich ticken.«

»Und jetzt?«, fragte Sito. Die Hände in seinen Manteltaschen ballten sich unwillkürlich zu Fäusten.

»Wir müssen genau ein Gebot befolgen: Wenn sich die Möglichkeit zum Handeln bietet, dann müssen wir handeln. Wir haben keine Zeit, auf Vernunft zu warten oder zu hoffen. Wir sind in einer Zeit, die bedingungsloses Handeln fordert.«

»Ohne Rücksicht auf Verluste?«, fragte Sito, und seine Stimme verriet, dass er die Antwort nicht nur kannte, sondern längst verinnerlicht hatte.

»Soll ich dir etwas sagen, Paul?« Wint ging in die Hocke und streichelte Zeus. »Unser größter Verlust im Leben hat längst stattgefunden.« Er tippte sich gegen den Kopf. »Hier ist nur noch Angst vor möglichen Verlusten. Deswegen können wir überhaupt keine freien Entscheidungen mehr treffen.«

Sie standen dort umzingelt von Nebel und ihren Gedanken, und Sito hatte das Gefühl, ihre Worte würden unsichtbare Weichen für ihrer beider Leben stellen.

Sito startete einen letzten Versuch. »Heinrich, wir sind die Guten. Der größte Verlust wird sein, wenn wir das nicht mehr von uns behaupten können.«

5

Das Gespräch mit den Kollegen von Frau Gottlieb am Landgericht in Konstanz hatte Bestürzung und Verständnislosigkeit über das Verschwinden der Familie hervorgebracht, ansonsten waren hier nach erstem Anschein keine brauchbaren Hinweise.

Goffer hatte sich die Fälle zeigen lassen, mit denen die Richterin zu tun hatte, allerdings konnte sich keiner vorstellen, dass es mit ihrer Arbeit zusammenhing, immerhin war die komplette Familie verschwunden und nicht nur Frau Gottlieb oder »nur« eines der Kinder. Ein Racheakt gegen eine Zivilrichterin war daher nicht plausibel. Darüber hinaus war sie beliebt, galt als sehr besonnen und umsichtig sowohl im Umgang mit ihren Kollegen als auch mit den Menschen, die ihr vor Gericht gegenübersaßen. Frau Gottlieb erfuhr größten Respekt, dass sie Familie und Beruf unter einen Hut brachte. Sie hatte in Konstanz studiert, hier das Repetitorium besucht, das Referendariat absolviert, sie war eine Richterin aus der Region, aus eigenen Reihen sozusagen. Von irgendwelchen Streitereien, auch solchen privater Natur, wusste niemand bei Gericht. Ihre Kinder waren wohlerzogen, beim letzten Sommerfest waren sie alle zusammen dabei gewesen, als der Präsident des Landgerichts in den Ruhestand verabschiedet worden war. Auch hier wusste man, dass die Familie sich für ihre Karriere entschieden hatte, ein Richter aus der Jugendkammer hatte an dieser Stelle betont, dass er das für sehr vernünftig gehalten habe, vernünftig und lobenswert, da sie zu den Jahrgangsbesten beim Examen gehört hatte.

Die Vernunft war die eine Sache, hatte Goffer gedacht, es dann auch umzusetzen war sicherlich eine Nummer für sich. Er war sich nicht sicher, ob er gern Hausmann wäre, wenn er Kinder hätte. Nein, eher nicht. Für die Gottliebs war es aber nach Aussage aller Nachbarn und der Kollegen hier am Landgericht kein Problem. Nur wer konnte schon so genau in einen Menschen hineinschauen? Die laufenden Fälle von Richterin

Gottlieb wurden vorerst neu terminiert, sofern dies machbar war, andernfalls umverteilt.

Goffer schritt durch das altehrwürdige Gebäude, das Anfang des 14. Jahrhunderts zum ersten Mal Erwähnung fand. Früher hatte Goffer sich nichts aus Geschichte gemacht, nichts aus alten Gemäuern, aus Bildern und schon gar nicht aus Jahreszahlen. Inzwischen änderte sich das, er hatte allerdings keine Erklärung dafür. Lag es an seinem eigenen Alter? Auf jeden Fall blieb er immer häufiger an einem Haus in der Altstadt stehen und studierte entweder die Jahreszahl oder die Tafel, die die Geschichte des Hauses erzählte. Von dem schönen dreistöckigen Gebäude, in welchem seit Mitte des 19. Jahrhunderts das Gericht tagte – zunächst als Hofgericht, dann als Landgericht –, wusste er, dass es ein Domherrenhof gewesen war, den Jakob Blarer Anfang des 17. Jahrhunderts umgebaut hatte.

Goffer verließ das Gebäude und drehte sich um. Sein Wissen war noch nicht üppig, gleichwohl freute er sich darüber. Das Gerichtsgebäude erinnerte ihn an das Polizeipräsidium, das ebenfalls in einem historischen Gemäuer untergebracht war, einer Kaserne von 1875, die in das benachbarte ehemalige Klosterareal von Petershausen integriert worden war. Beide Gebäude, das Landgericht wie das Polizeipräsidium, machten einen ausgesprochen herrschaftlichen Eindruck, es fühlte sich gut an, dort seinen Arbeitsplatz zu haben.

Goffer erinnerte sich noch an 2014, als Konstanz den Sitz des Präsidiums übernommen hatte, und an 2017, als die Verlegung gedroht hatte, und das, obwohl das Dachgeschoss in dem denkmalgeschützten Gebäude aufwendig saniert worden war. Goffer schmunzelte, während er seinen Gedanken nachhing und sich dessen bewusst wurde, dass das vielleicht auch ein Grund war, weshalb er angefangen hatte, sich mit der Geschichte der Gebäude der Stadt auseinanderzusetzen – er war stolz auf seine Arbeitsstätte.

Wenig später stand er schon auf dem Benediktinerplatz vor dem Polizeipräsidium, zwar ohne neue Erkenntnisse, aber voller

Tatendrang. In einer Viertelstunde würde die Konferenz beginnen, die Sito einberufen hatte, die letzte an diesem vollgepackten Mittwoch. Dort wäre auch Heinrich Wint mit dabei, und vielleicht waren die Kollegen inzwischen schon weiter. Marc Busch kam mit dem Fahrrad auf den Parkplatz, stieg schwungvoll ab und lief mit schnellen Schritten auf ihn zu.

»Johannes, warte. Sind wir schon zu spät?«

»Kein Stress«, beschwichtigte Goffer den Kollegen. »Ich komme eben vom Landgericht. Wo warst du?«

»Noch mal bei den Wohnheimen. Ich kann nicht verstehen – Was grinst du denn so? Ist Weihnachten?«, fragte Busch.

Goffer lachte und fuhr sich mit beiden Händen über seinen Kopf und die weniger werdenden Haare. »Quatsch. Ich dachte grad nur, dass wir hier echt in einem schönen Haus arbeiten.«

Busch sah sich um, dann zu Goffer. »Ja, und?«

»Nichts und. Einfach so. Das Landgericht, das hier, das ist schon was wert.«

Busch zog die Augenbrauen hoch. »Die Arbeit mit Paul färbt eindeutig ab. Der hat es auch immer mit Gebäuden, obwohl der hat es eigentlich eher mit Tatträumen, eben mit so einem Gespür für Sonderbares. Ach«, Busch fuhr sich über den Nacken, »ist ja auch egal. Ich hab vielleicht was Interessantes, was den Toten im Rhein angeht. Lass uns mal los.« Busch sperrte sein Fahrrad ab und lief auf das Gebäude zu. Vor den Stufen hielt er inne und sah nach oben. »Könnte in der Tat schlimmer sein.«

6

Zeus winselte plötzlich los, nicht laut, aber doch so unerwartet und durchdringend, dass sich alle an dem langen Konferenztisch umsahen. Als klar war, dass der weiße Schäferhund von Paul Sito schlief und offenbar träumte, lachten einige. Auch Streuner war hochgeschreckt, betrachtete seinen schlafenden

Freund, blickte einmal in die Runde, gähnte herzhaft und legte sich dann wieder hin.

»Beneidenswert«, murmelte Wint, dann sah er zurück auf die Blätter, die vor ihm lagen.

Sitos Blick hing etwas länger an seinem Hund. Ob er wohl manchmal von dem Überfall träumte?

»Paul, hast du Karl heute schon gesehen? Ich würde das wirklich gern überprüfen und jemanden dorthin schicken, der mit den Leuten ins Gespräch kommt«, sagte Marc Busch.

»Natürlich, das sollten wir umgehend organisieren. Karl kommt später. Er hat mit Sicherheit Jungs, die dafür in Frage kommen. Weshalb ist der Hausmeister erst heute damit rausgerückt? Hat denn die Halterabfrage der beiden Fahrzeuge etwas ergeben?«

Busch schüttelte den Kopf. »Beide Fahrzeughalter waren zu Hause und quicklebendig, einfach nicht unterwegs mit ihren Autos. Leider Fehlanzeige.«

»Immerhin einen Versuch wert«, kommentierte Goffer, der selbst überhaupt nichts vorzuweisen hatte.

»Habt ihr inzwischen ein ausreichend großes Team, Johannes und Marc?«

»Wird«, antwortete Goffer knapp, und Busch nickte einfach.

»Was macht der Rücken?«

»Die Tabletten wirken«, antwortete Goffer. »Ich muss nur regelmäßig nachlegen.«

Sito betrachtete jeden Einzelnen. Sie traten auf der Stelle, das war immer schlecht, im Moment vor allem für die Familie, aber auch für die Teams. Ein Tag voller Arbeit mit wenigen Ergebnissen. »Was ist noch offen?«, fragte er.

Goffer blätterte durch sein Notizbuch. »Die Befragung des Querulanten-Nachbarn, die Befragung der ehemaligen Arbeitskollegen von Herrn Gottlieb und«, Goffer hob seinen Blick und klappte sein Notizbuch demonstrativ zu, »der mögliche Auftritt der Familie in den sozialen Medien.«

Wint stöhnte und kratzte sich am Kopf. Wie seit geraumer

Zeit trug er auch an diesem Tag eine dünne Mütze. Noch immer hatte Sito das Geheimnis nicht gelüftet, vermutete aber, dass schlicht der Verlust der Haare Wint dazu veranlasste.

»Ich weiß, Heinrich, ein lästiges Thema.«

»Das mein ich gar nicht«, sagte Wint. »Im Gegenteil. Ich las hier gerade über diesen Nick. Und Marc hat vorhin erzählt, dass es eine neue, vage Spur gibt in die Computerszene eines Wohnheims. Wie wahrscheinlich ist es, dass wir die Identität auf diesem Weg herausfinden?«

»Irgendwann finden wir sie so oder so heraus, auf welchem Weg auch immer«, sagte Goffer verständnislos und versuchte, sich auf seinem Stuhl aufzurichten.

»Sicher?«, hakte Wint nach.

»Worauf willst du hinaus?«, erkundigte sich Sito.

Wint beugte sich vor und verschränkte die Arme. »Ganz einfach. Ein junger Mann springt von einer Brücke oder wird dort hinuntergestoßen, ohne dass es jemand merkt. Wie wahrscheinlich ist das?«

»Unwahrscheinlich«, sagte Goffer.

»Und weiter?«, fragte Sito.

»Eine Familie verschwindet spurlos. Wie wahrscheinlich ist das?«

Sito winkte ab. »So kommen wir nicht weiter. Die Verknüpfung von Wahrscheinlichkeiten ist schon gefährlich für Ermittlungen, die von Unwahrscheinlichkeiten aber erst recht.«

Wint lachte und hob die Hand zum Einwand. »So war das nicht gemeint. Ich habe nicht gesagt, dass die Fälle zusammenhängen. Ich meinte nur, dass es zu beiden Fällen vielleicht denselben Zugang gibt, und der liegt gewiss nicht in unserem Alltag, den wir tagtäglich sehen, sondern in dieser beschissenen anderen Welt.« Er sah sich um. »Wo bleibt dieser Karl Zimmermann zum Kuckuck?«

»Wir müssen jetzt aber auch nicht ständig das Unheil im Internet sehen«, beschwerte sich Busch und verschränkte die Arme.

»Nicht das Unheil, aber die Erklärung für Dinge, die im Alltag einfach keine logische Erklärung finden. Im Netz ist alles möglich, da verlieben sich auch Menschen in erfundene Persönlichkeiten. Und es verknüpfen sich Dinge unter einer Oberfläche, durch die man nicht auf den ersten Blick sehen kann.«

Sito dachte an seine Gedanken auf der Katharinenhöhe, am tiefen Grund des Sees ... Geheimnisse ...

»Himmel, Heinrich, das hilft uns –«, ereiferte sich Busch, doch Sito unterbrach ihn.

»Wir müssen jetzt nicht streiten«, sagte er. Er griff nach dem Telefon, um noch einmal bei Zimmermann anzurufen, als die Tür aufging und Karl endlich hereinkam.

»Sorry, Leute, ich hatte noch ein wichtiges Treffen. Es ist etwas passiert.« Er wirkte atemlos, als er sich auf den freien Stuhl neben Marc Busch fallen ließ. Er blickte auf, einmal in die Runde, dann zu Sito. »Engster Kreis, alle anderen raus.«

»Was ist los?«, fragte Sito und machte ein Zeichen, dass die Kollegen den Raum verlassen sollten. Zurück blieben er selbst, Heinrich Wint, Johannes Goffer und Marc Busch.

»Großer Mist ist passiert. Glaube ich zumindest. Großer Mist.« Zimmermann holte tief Luft. »Ich habe einen Mann verloren.«

»Bitte was?« Sito hob fragend die Hände in die Höhe.

»Einer meiner Leute ist verschwunden.«

»Ein Kollege wird vermisst?«, hakte Goffer erschrocken nach und dachte an seinen Kollegen und Freund Martin Kaiser, den er diese Woche noch nicht gesehen hatte.

Zimmermann warf Wint einen kurzen Blick zu, dann ließ er den Kopf auf die Brust sinken. Irgendetwas an seiner Haltung beunruhigte Sito.

»Karl?«, fragte er behutsam.

Zimmermann stöhnte leise. Mit hängenden Schultern sagte er: »Ich hab auch eigene Leute.«

7

Sie wusste nicht, wie viele Tage vergangen waren, sie hatte sie mehr oder weniger in einem Dämmerzustand verbracht. Sie war immer wieder eingeschlafen auf dieser Matratze in dem grünen Raum mit Vorräten für Jahre. Sie hatte beim Aufwachen den Geruch erkannt, und umgehend war die kurze Hoffnung, alles wäre nur ein Alptraum gewesen, zerplatzt. Sie hatte die durch einen Vorhang abgeteilte Toilette widerwillig benutzt und Angst gehabt, dabei beobachtet zu werden. Sie hatte trockenes Knäckebrot gegessen und eine der Wasserflaschen geöffnet. Gefühlt hatte sie schon einige Kilo verloren, die Jogginghose rutschte inzwischen über ihre Hüften nach unten. Ihre Haare waren fettig und hingen ihr in Strähnen ins Gesicht. Sie roch ihren eigenen Schweiß. Es war ihr egal. In dem Moment, als sie begriffen hatte, dass sie nicht tot war, sondern am Leben und gefangen gehalten wurde, hatte sie nur eins denken können: Wo sind meine Kinder?

In schwachen Momenten überkam sie Zorn auf ihren Mann Robert, wie er das alles hatte zulassen können, weshalb er sie nicht verteidigt hatte, sie und die Kinder. Doch dann wurde ihr klar, dass sie überhaupt nicht wusste, was genau passiert war. Sie hatte nur dieses Bild vor ihrem geistigen Auge, wie er verzweifelt dort in der Stube vor den beiden Männern gestanden hatte, als auch ihm klar geworden war, dass sie hier nicht mehr wegkamen. Sie erinnerte sich an seine Angst. Hatte er versucht, ihr zu helfen? Hatte er sich für die Kinder eingesetzt? War er für sie gestorben? Robert, ich liebe dich, verzeih mir meine Wut, dachte sie dann und weinte.

Als sie sich ein wenig wacher im Kopf fühlte, begann sie, ihre Situation zu analysieren. Wo war sie? Was war passiert, und weshalb war sie hier gefangen? War ihre Familie noch am Leben? Weshalb hatte sich hier jemand mit so vielen Vorräten eingedeckt? Helen wusste, dass es die sogenannten Prepper gab. Die machten einen Sport daraus, sich für den Ernstfall – einen atomaren Notfall, Stromausfall, sonst eine Katastrophe – vorzubereiten, um im Ausnahmezustand noch lange zu überleben. Es gab Internetseiten dafür, Bücher darüber, »How to prepare …«, genau daher stammte auch die Bezeichnung. Sie wusste auch, dass es in Deutschland eine Unterwanderung der Szene durch rechtsextreme Gruppierungen gab, durch Reichsbürger etwa. Aber was hatte sie damit zu tun? Gar nichts. Dennoch war sie anscheinend in die Vorratskammer eines Preppers geraten.

Der Bienenzüchter? Diese beschissene Familie, die sie nicht mehr gehen ließ? Sie wollten meine Kinder, dachte Helen. *Sie wollten meine Kinder!*

Helen legte sich wieder auf die Matratze und rief sich die Stube in Erinnerung, den Moment, als sie von plötzlicher Panik erfasst flüchten wollte und der Hausherr und sein Sohn ihnen den Weg versperrten, als mit einem Mal alles still war. Hatte er sie niedergeschlagen? Sie konnte sich nicht erinnern, fand auch keine Verletzung an ihrem Körper. Die Kinder. Wo waren sie?

Je länger Helen darüber nachdachte, desto wahrscheinlicher schien ihr, dass das alles einem Plan gefolgt war. Dass es von Anfang an um ihre Kinder gegangen war, dass ihr Gefühl, etwas sei merkwürdig auf diesem Hof, an dieser befremdlichen Idylle und diesem Mehr-Generationen-Haus ohne Kinder, sie nicht getrogen hatte. Die junge Frau mit *ihrem* Baby im Arm, sie hatte sich aufgedrängt, ihr das Baby weggenommen. Helen schluckte. Ihr kleines Mädchen. Ihr Herz krampfte sich zusammen, nahm ihr die Luft zum Atmen. Nicht, Helen, sagte sie zu sich, nicht wieder in Panik verfallen, denk nach, denk nach, denk nach …

Orientiere dich. Wo bist du? Ihre letzte Erinnerung war der Purren, oberhalb von Litzelstetten, von dort über den Bodanrück. Wo konnte ihr Versteck liegen? Gab es hier verlassene Höfe, Hütten? Aber die Wände in ihrem Versteck waren gemauert. Wie wahrscheinlich war es, dass sie gefunden wurde? Wie groß war das Gelände? Über hundert Quadratkilometer. Und es war ja nicht einmal gesagt, dass sie in der Region geblieben war. Sie hatte einen Blackout gehabt. Vielleicht hatte man sie ganz woanders hingebracht. Das Geräusch, das an einen Generator erinnerte, sprang wieder an, und plötzlich überlief sie ein eisiger Schauer: War dies ein unterirdischer Kerker?

Sie stemmte sich vom Boden hoch und lief die Wände ab. Sie klopfte überall dagegen, doch es klang immer gleich, lediglich an der Tür war der Klang ein anderer.

Ich bin in meinem Sarg, ich bin lebendig in meinem Sarg, dachte Helen und zitterte am ganzen Leib. Ein Weinkrampf bahnte sich seinen erbarmungslosen Weg durch ihren Körper und schüttelte sie. Bitte beruhige dich, sagte sie zu sich, bitte, lass mich aus diesem Alptraum aufwachen.

Man würde nach ihnen suchen. Schon längst. Die Nachbarn vermissten sie, die Kollegen. Man würde längst nach ihnen suchen, und sie musste jetzt die Nerven behalten. Überdies: Die Menschen auf diesem Hof mochten ihre Kinder, die Frauen auf jeden Fall. Sie würden auf sie achtgeben, bis man sie hier wieder befreite. Irgendwann musste jemand kommen, dann würde Helen die Nerven behalten und diesen jemand in ein Gespräch verwickeln, an sein Mitgefühl appellieren, wenn das nicht half, ihn überwältigen und flüchten. Sie musste die Nerven behalten, sich fit halten, geistig und körperlich. Sie durfte nicht durchdrehen, nicht vor Angst, nicht vor Sorgen.

Sei tapfer, Helen. Sie werden dich finden! Sie werden uns finden und alle retten!

Irgendwann muss jemand kommen! Und dann …

Sie sah zu der Tür ohne Klinke, der Tür in die Freiheit, zu ihrer Familie und nickte sich zu. Irgendwann musste diese Tür aufgehen, dann würde sie wissen, worum es hier ging. Man konnte sie schließlich nicht ewig sich selbst überlassen.

So stand sie mitten in diesem grünen Raum und fühlte einen Hauch von Mut und Zuversicht. Langsam wanderten ihre Augen weg von der Tür, hin zu dem Bücherregal. Sie drehte sich dem Blick folgend hinüber zu der Küche und dem Vorhang, der ein Badezimmer verdeckte, und schließlich zu dem überdimensionierten Vorratsschrank. Ihre Augen weiteten sich, und dann versagten ihre Beine. Sie sanken buchstäblich in die Tiefe und rissen sie mit sich. Schmerzvoll schlug sie am Boden auf. Es musste niemand kommen. Niemand musste kommen, denn sie war hier für eine lange, für eine sehr lange Zeit versorgt …

8

Nach einer nahezu schlaflosen Nacht saß Sito am Donnerstagmorgen in seinem Büro und beobachtete Heinrich Wint, der vor ihm auf und ab ging. Wint und Zimmermann hatten ihn am Vorabend kalt erwischt. Damit hatte Sito nicht gerechnet. Er war wie vor den Kopf gestoßen gewesen und hatte eine Weile gebraucht, bis er begriff, dass es auch gekränkte Eitelkeit war. Er war der Einzelkämpfer, derjenige, der das Recht beugte, wenn es sein musste, weil Gerechtigkeit eben einem höheren Sinn folgte, das war schon immer so, das machte ihn zu dem besonderen Ermittler, der er seit Jahren zu sein glaubte. Hatte er sich vor einiger Zeit noch darüber gefreut, dass er auch wieder ein Privatleben hatte und sein Beruf nicht mehr Berufung war, sondern eine Aufgabe, die er zu erfüllen hatte, so fühlte er sich jetzt wie ausgehöhlt. Und war gleichzeitig wütend über sich, denn nichts verabscheute er mehr als Eitelkeiten.

»Lass es dir doch erklären, Paul«, begann Heinrich und stützte sich auf Sitos Schreibtisch.

»Ich glaube, ihr habt letzte Nacht schon genug erklärt«, entgegnete Sito mürrisch.

Wint stand aufrecht vor ihm, stemmte jetzt die Arme in die Hüften und grinste ihn unverhohlen an. »Na komm, das passt jetzt aber nicht zu dir. Und ist auch unangemessen.«

»Was meinst du?«

»Beleidigt sein.«

Sito schüttelte vehement den Kopf. Sein Stuhl quietschte, als er ruckartig von seinem Tisch zurückfuhr und aufstand. Er lief hinüber zu dem Sideboard, auf dem seine Kaffeemaschine stand, und setzte ganz altmodisch mit Filter und Pulver Kaffee auf. »Gut, zugegeben, ich bin enttäuscht, dass ihr das hinter meinem Rücken getan habt. Offenbar ja schon einige Zeit. Aber ich bin nicht beleidigt. Vor allem ist jetzt wichtig, dass Zimmermann seine Leute überprüft und absichert. Stell dir vor, die sind alle aufgeflogen, dann haben wir hier bald noch mehr Tote.«

Wint steuerte auf das Sofa zu und setzte sich. »Für mich bitte mit Milch und Zucker.«

Überrascht sah Sito zu seinem Freund. »Seit wann das denn?«

„Ein Versuch.« Wint klopfte sich auf den Bauch. „Ich vertrag ihn sonst nicht mehr.«

»Aha. Und Tee ist keine Option?«

Wint tippte sich gegen die Stirn. »Ohne Kaffee geht da nichts.«

Wenig später setzte sich Sito Wint gegenüber und reichte ihm seine Tasse. »Wenn ich das richtig verstanden habe, dann versucht ihr beide seit geraumer Zeit, mit eigenen Leuten die Hintermänner vom letzten Herbst zu finden? Und du bist selbst im Netz aktiv?«

Zögerlich wiegte Wint den Kopf. »Nicht direkt, also ich im Netz. Das liegt mir nicht. Ich hab es versucht, aber vor allem versuche ich, die Abläufe im Netz und in den Organisationen und Netzwerken überhaupt zu verstehen. Ich versuche zu verstehen, wie sich die rechte Szene organisiert, wie es sein kann, dass sich diese Netzwerke bis in den Bundestag verstricken und die noch nicht einmal einen Hehl daraus machen, wenn Frau Weidel etwa in diesem ›Institut für Staatspolitik‹ spricht. Diese offene Bekundung der Rechtsextremität ist ein Affront, und wir nehmen ihn hin.«

Wint trank, räusperte sich und fuhr fort: »Ich reg mich schon wieder auf, bringt aber nichts. Wir sehen ja nur die Spitze vom Eisberg. Alles andere findet in diesem Scheißnetz statt. Daher häng ich an Karl und seinen Leuten. Die versuchen gewissermaßen eine Strukturanalyse. Und daher war es wichtig, zusätzliche Kräfte zu mobilisieren.«

Sito nickte. »Das verstehe ich doch, aber weshalb nicht mit mir abgesprochen?«

Wint grinste breit, dann zwinkerte er. »Weil du mir misstraust.«

»Ach, Heinrich, das ist doch Quatsch. Ich misstraue dir nicht. Mir missfällt aber auch deine Radikalisierung.«

»Du lügst, Paul. Du belügst vor allem dich selbst. Du bist im Grunde deines Herzens wesentlich radikaler als ich. Das weiß ich, und du weißt, dass ich das weiß. Also blicken wir jetzt einfach voran, einverstanden?«

»Weshalb hast du mich denn dann auf Christine angesetzt?«

Wint zuckte mit den Schultern. »Schlechtes Gewissen. Ich dachte, allmählich wird es Zeit, dich wieder zu involvieren.«

Sito öffnete den Mund, sagte aber nichts mehr und holte stattdessen tief Luft. Streiten brachte sie nicht weiter. »Wenn Karl gleich kommt, dann wissen wir hoffentlich schon mehr über unseren Toten. Wie ich ihn kenne, hat er die Nacht wieder durchgearbeitet. Ich akzeptiere, dass ›seine‹ Leute in Deckung bleiben, das ist in Ordnung. Ich bete wirklich, dass ihr kein Leck habt, dass wir nicht bald das ganze Team von Karl beerdigen müssen. Das würde auch die Arbeit von fast zwei Jahren ruinieren, wenn ich das richtig verstanden habe.«

Sito fuhr sich mit beiden Händen über sein Gesicht. Wenigstens war dieses beschämende Gefühl der Eitelkeit restlos verschwunden und der Sorge gewichen.

»Paul, ich halte dich für einen großartigen Ermittler, einen besonderen Menschen obendrein und für einen meiner ganz wenigen Freunde. Das war nicht der Grund, weshalb ich dich da raushalten wollte.«

»Sondern?«, fragte Sito und sah Wint abwartend an.

Eine Stille legte sich zwischen die beiden, und Sito beließ es dabei. Es wäre auch zu keiner Antwort mehr gekommen, denn hinter ihnen wurde die Tür aufgestoßen, und Karl Zimmermann kam herein. Er wirkte hektisch und sah blass aus. »Jetzt ist es amtlich. Unser Nick war mein Mann.«

»Verdammt!«, brummte Wint. »Wer wusste das jetzt?«

»Einer meiner Leute hat ihn erkannt, er war wie gesagt ohnehin misstrauisch geworden, weil ein Treffen nicht zustande kam.«

»Wir haben also einen toten Hacker, der sich für die Polizei in ein rechtes Netzwerk eingeschleust hat. Wer ist er, und weshalb haben wir nichts über ihn herausgefunden?«

Zimmermann stand hilflos mitten im Zimmer und hob beide Arme in die Luft. Seine Haare ragten zerzaust in alle Richtungen, und Sito wurde bewusst, dass Zimmermann das sehr naheging. »Was ist, Karl?«, hakte er nach.

»Er nannte sich Nick. Das ist alles, was wir über ihn haben. Sieht danach aus, als hätte es diesen jungen Mann nur im Netz gegeben.«

9

Auf dem Weg zu seinem Büro wählte Goffer die Nummer von Martin Kaiser. Der meldete sich nach dem achten Klingeln, als Goffer schon hatte auflegen wollen, hustend und mit kratziger Stimme.

»Oh Himmel, klingst du scheiße«, sagte Goffer und war erleichtert. Zimmermann hatte zwar schnell aufgeklärt, um wen es bei dem vermissten »Kollegen« ging, dennoch war Goffer bewusst geworden, dass er seit Tagen nicht nach seinem Kollegen und Partner gesehen hatte. »Du bist krank?«

»Wie klingt's denn?«, scherzte Kaiser. »Grippe. Hat mich voll erwischt. Bin krankgeschrieben bis nächste Woche. Was gibt's?«

»Ich war in Sorge. Wollte nur hören, wie es dir geht. Jetzt bin ich beruhigt. Nur Schnupfen.« Goffer lachte und wünschte gute Besserung.

Er bog um die Ecke und hörte plötzlich ein Krachen, dann flog eine Tür unsanft ins Schloss, und ein Beamter kam auf den

Flur gelaufen, wutschnaubend. »Der Typ dreht gleich durch und ich auch. So ein Vollpfosten.«

»Was ist denn los?«

»Na, der Nachbar von den Gottliebs. Der spinnt vollkommen. Will uns jetzt verklagen, weil wir ihn ausspionieren und von der bösen Regierung sind und überhaupt …« Er ließ den Finger neben seinem Kopf kreisen. »Ich halte solche Idioten einfach nicht aus. Wittern überall eine Verschwörung und begreifen nicht, dass die in ihrem eigenen Kopf die größte ist.«

Goffer seufzte und legte dem jungen Beamten eine Hand auf die Schulter. »Holen Sie sich einen Kaffee und sagen Sie Hauptkommissar Sito Bescheid, was hier los war. Ich übernehm das gleich. Ein Protokoll wird erstellt?«

»Befragung ohne Video, rein informativ.«

»Aha, okay.« Wieder polterte es. »Was macht der Typ da drin?«

»Er schlägt gegen die Aktenschränke.«

»Mit dem Kopf?«

»Schön wär's.«

Goffer ging in den Raum. Vor ihm stand ein hagerer, großer Mann mit verkniffenem Gesichtsausdruck. Eine Brille mit einem dünnen silbernen Rand saß auf seiner Nase, rote Punkte der Aufregung zierten seine Wangen. Die grauen Haare waren ein wenig durcheinandergeraten, offenbarten aber noch den akkuraten Charakter des Mannes. »Herr Wilbert Scheiffele?«, fragte Goffer und streckte dem anderen die Hand entgegen.

Der Mann nickte, verschränkte die Arme und schniefte, um seiner offenkundigen Ablehnung Ausdruck zu verleihen.

»Setzen Sie sich doch. Mein Kollege meinte, es hätte ein Missverständnis gegeben?«

»Missverständnis? Pah«, ereiferte sich Scheiffele und machte einen schnellen Schritt auf Goffer zu. Mit dem Zeigefinger tippte er ihm gegen die Brust. »Ich kenne Leute wie Sie. Systemtreue Soldaten. Sie tun alles, um uns dranzukriegen. Dazu ist Ihnen jedes Mittel recht.«

Goffer machte einen bedächtigen Schritt zurück, ohne diesen

Übergriff zu kommentieren, und setzte sich an den Tisch. Anschließend streckte er die Hände zu einer einladenden Geste aus. »Wie gesagt, ein Missverständnis. Setzen Sie sich doch, und wir reden.«

Scheiffeles Augenbrauen zogen sich zusammen. Das Misstrauen fiel ihm aus dem Gesicht, und Goffer musste sich sehr zusammenreißen, um den Schein der Freundlichkeit zu wahren. Schließlich setzte sich der andere, verschränkte aber sofort wieder die Arme. »Sie können mir gar nichts«, brummte er.

»Wir wollen Ihnen gar nichts«, begann Goffer. »Damit fing das Missverständnis schon mal an.«

In diesem Moment kam Sito herein.

»Guten Tag, Herr Scheiffele«, sagte er und setzte sich dazu. »Ich bin hier der Dienststellenleiter und zu Ihrer Sicherheit da, damit alles korrekt abläuft. Das ist ja bestimmt in Ihrem Sinne, nicht wahr?«

Sito war augenscheinlich vorbereitet. Scheiffele sah von Goffer zu Sito und wieder zurück, dann nickte er.

»Gut«, begann Goffer. »Herr Scheiffele, wir wollten von Ihnen eigentlich nur etwas über Ihre Nachbarn, die Gottliebs, erfahren. Die Familie, die verschwunden ist. Weil«, Goffer beugte sich ein wenig nach vorn, »alle reden nur in den höchsten Tönen von denen, aber Sie und ich wissen ja, dass die Menschen nicht immer ehrlich sind und dass jeder, wirklich jeder, seine Geheimnisse hat.« Goffer grinste und zwinkerte.

Scheiffele wirkte einerseits pikiert, er rümpfte sogar die Nase; andererseits hatte Goffer ihn auch an jenem Punkt berührt, der ihn sichtlich erreichte. »Natürlich lügen die Menschen.«

»Welche?«, fragte Sito.

»Die Nachbarn, alle. Die haben sich verbündet gegen mich. Die sind die Guten, und ich bin der Böse. Das ist so praktisch. Nur weil ich nicht alles mit mir machen lasse und nicht immer freundliche Lügen erzähle über Gott und die Welt.«

»Und alle haben ihre Geheimnisse, nur über die redet keiner, oder?«, versuchte es Goffer wieder.

Jetzt beugte sich Scheiffele vor und stützte seine verschränkten Arme auf dem Tisch auf. Misstrauisch sah er nach links und rechts, als wären weitere Personen in den Raum eingedrungen. Er sah auch an die Decke und nickte in Richtung der Kamera: »Ist die noch aus?«

»Selbstverständlich«, sagte Sito. »Sie sind hier nicht als Verdächtiger in einer Straftat, wir wollen nur mit Ihnen reden.«

Scheiffele nickte. »Also gut, dann bring ich Sie mal auf den neuesten Stand. Die Frau Hemmerle aus der Nummer 17, das hübsche Haus am Anfang der Straße, die hat einen Geliebten, den trifft sie, wenn ihr Mann bei der Arbeit ist. Egon Schmidt geht heimlich spielen, das ist der dicke, unauffällige Mann aus der 19. Bei den Fallers wird gestritten, dass sich die Balken biegen, dann biegen sich die Balken, wenn sie es im Wohnzimmer treiben. Mit Licht. Und ehrlich gesagt kann ich mir nicht vorstellen, dass es Frau Faller auch Spaß bringt. Die denkt nämlich lieber an einen anderen, dem sie schöne Augen macht. Hauptsache, man hat mich als großes Feindbild.« Scheiffele verdrehte die Augen. »Ich sag Ihnen mal was, die Menschen sind alle verlogen, die wollen alle einfach nur reibungslos durch ihr Leben kommen. Ich scheue keine Konflikte, ich scheue auch nicht die Wahrheit, und deswegen hassen die mich.«

»Was ist denn mit den Gottliebs?«

»Der ist Hausmann«, brummte Scheiffele.

»Ist mir bekannt«, entgegnete Sito ruhig.

»Ein Versager, wenn Sie mich fragen. Die Frau hat Erfolg am Gericht, die kann noch aufsteigen und hat einen Putzmann daheim. Da braucht es jetzt nicht viel Phantasie, dass die längst einen anderen hat.«

»Meinen Sie?«, fragte Goffer. »Oder wissen Sie das?«

»Nee, die ist clever genug, das woanders zu machen. Geht daheim ja auch nicht. Aber haben Sie sich mal den jüngeren Sohn angesehen? Der sieht seinem Vater so gar nicht ähnlich. Also wenn Sie mich fragen, dann hat die sich schon länger anderweitig orientiert.«

»Und was ist mit Ihren Streitereien?«

Scheiffele wedelte mit der Hand durch die Luft, als müsste er einen ganzen Fliegenschwarm vertreiben. »Diese Bälger sind rücksichtslose Schreihälse. Und die kümmern sich null um den Garten, das geht einfach nicht. Das war alles.«

»Das war alles? Kindergeschrei und Bäume?«, hakte Goffer nach.

»Ich habe Rechte. Weshalb sollte ich darauf verzichten, nur weil ein Mann mit seiner Hausfrauenrolle überfordert und die Frau karrieregeil ist?«

Goffer warf Sito einen hilfesuchenden Blick zu.

»Sie finden es nicht gut, dass sich die Geschlechterrollen verändern?«, fragte Sito.

Scheiffele lachte lauf auf. »Die verändern sich nicht, Mann, machen Sie die Augen auf. Wie sollen sich die Geschlechterrollen verändern? Noch kriegen die Frauen die Kinder, und das wird sich nie ändern, und irgendwie glaub ich ja auch, dass die Natur sich dabei etwas gedacht hat.«

»Also?«

»Die modernen Menschen versuchen krampfhaft, etwas zu ändern, was sich nicht ändern lässt, ganz einfach. Daher ist das Leben so kompliziert geworden.«

»Fühlen Sie sich bedroht von solchen Menschen?«

»Solchen Menschen? Bedroht? Ich? Aber selbstverständlich!«, ereiferte sich Scheiffele. »Die Gesellschaft als Ganzes, ach, was rede ich, das Volk als Ganzes ist bedroht. Wir sterben aus.«

»Irgendwann sicherlich«, brummte Goffer, dem es nicht mehr gelang, freundliche Offenheit zu vermitteln.

»Herr Scheiffele, was denken Sie denn, ist mit den Gottliebs passiert?«

Wilbert Scheiffele legte den Kopf schief. »Was ich denke?«

»Ja, was Sie persönlich denken.«

Goffer beobachtete gespannt, wie sich Sito und Scheiffele gegenübersaßen und taxierten. Scheiffele wich dem Blick zuerst aus.

»Keine Ahnung. Ich bin nicht traurig, dass die weg sind. Es ist einfach unnatürlich, das muss ich nicht vor der Haustür haben.« Er lehnte sich wieder zurück und verschränkte die Arme.

»Haben Sie nicht das Gefühl, dass Sie mit dieser Meinung recht alleine dastehen?«, fragte jetzt Goffer, der dem anderen am liebsten eine Ohrfeige verpasst hätte. Irgendwie wollte er sich wenigstens diesen kleinen Triumph verschaffen.

Scheiffeles Gesicht hellte sich auf, und er lachte breit. »Ihr Ahnungslosen. Ich allein? Immer mehr begreifen, dass die Dinge gerade gehörig aus dem Ruder laufen.« Er hielt den Zeigefinger in die Höhe und fügte hinzu: »Ich sag Ihnen was, wir werden immer mehr.« Er sah siegessicher von einem zum anderen, dann zeigte er mit dem Finger auf sie und fügte abschätzig hinzu: »Und Sie beide können daran nichts mehr ändern.«

10

Roman Enzig hatte über eine Stunde zugehört, was Sito und Goffer ihm über die beiden Fälle und die neuesten Entwicklungen erzählt hatten. Vor allem die Vernehmung des Nachbarn, Wilbert Scheiffele, hatte den beiden zugesetzt. Enzig wusste, dass man Gefahr lief, selbst Opfer des Verschwörungsgedankens zu werden, denn letztendlich konnte man den Vorwurf, Teil einer Verschwörung zu sein, nur dadurch entkräften, indem man den anderen denselben Vorwurf machte. Es war kafkaesk und doch unumgänglich. Den entscheidenden Vorteil konnte man nur durch Vernunft und Fakten erzielen. Für sich selbst, für die anderen längst nicht mehr. Das Krankheitsbild, das sich zunehmend verbreitete, war nur sehr schwer zu durchbrechen. Oft reichte das erfahrene Unrecht bis in die Kindheit zurück und wurde, gekoppelt mit antrainierten Ängsten, zu einer Sammelgrube für allerlei Unsinn, vor dem man auch noch Angst haben konnte. Im Moment sah Enzig, was es mit seinen Kollegen machte. Es schürte Angst, Angst vor der Radikalität.

Goffer ballte die Fäuste. »Wenn ich mir vorstelle, dass dieser Typ jetzt zu Hause am Esstisch sitzt und triumphiert.«

Sito schüttelte den Kopf. »Das denke ich nicht. Der ist zerfressen von Misstrauen. Der kann nicht triumphieren, oder, Roman?«

»Nun, wenn er triumphiert, dann nur darüber, dass er Zweifel in euch gesät hat, aber nicht aus Freude über sein Leben. Habt ihr ihm zu Hause schon einen Besuch abgestattet?«

Goffer schnaubte. »Das Haus ist eine Festung. Er kam uns entgegen und folgte dann bereitwillig. Wir haben keine Handhabe, sein Haus auf den Kopf zu stellen. Wieso?«

»Ich denke, man würde dort eventuell auf einiges stoßen. Vielleicht sogar auf Material, wie es gerade erst auf deinem Schreibtisch gelandet ist. Von Karl, nicht wahr?«

Sito nickte und fügte erklärend an Goffer gerichtet hinzu: »Wint hatte mich um einen Gefallen gebeten, wegen einer früheren Kollegin, die im Netz bedroht wird. Es geht um Gruppierungen, die Frauenhass als Sport betreiben, um es mal unangemessen salopp zu formulieren, du verstehst?«

Goffer starrte Sito an, sah abrupt zur Seite und dann wieder zurück zu Sito. »Was ich vor allem verstehe, Paul, ist die Tatsache, dass hier jeder sein eigenes Süppchen kocht. Was soll das?«

Sito hob abwehrend die Hände. »Das hast du jetzt falsch verstanden. Dass das vielleicht etwas mit dem Fall zu tun hat, ist zufällig. Ich wollte mir nur einen Überblick verschaffen, wie der Stand der Dinge ist.«

»Aha«, sagte Goffer. »Und nun glaubt ihr, dass eine solche Gruppierung die Familie Gottlieb entführt hat? Weil die Frau erfolgreich war?« Goffer sah von Enzig zu Sito. »So blöd kann doch niemand sein, oder?«

Enzig atmete tief ein und aus und reichte Goffer ein paar bedruckte Seiten. »Ich fürchte, doch. Es ist eine ernst zu nehmende und wachsende Gruppierung. Eine kleine Kostprobe hat euch dieser Scheiffele gegeben.«

»Karl sitzt schon am Rechner und sucht nach den Gottliebs im Netz. Irgendetwas finden wir da bestimmt.«

Goffer überflog die Seiten von Enzig. »Frauen sind an allem schuld? Aha, das wird alles immer absurder.«

»Und gewaltbereiter«, ergänzte Enzig und deutete auf die Seiten. »Lies weiter.«

Goffers Augen weiteten sich. »Es gibt eine Todesliste für Frauen, die in der Öffentlichkeit stehen?«

Sito nickte. »So, das war der Zusammenhang mit Christine Fané, der ehemaligen Kollegin Wints aus Gaienhofen. Sie ist inzwischen beim LKA in Stuttgart, was nicht verhindert, dass sie Morddrohungen erhält. Du kannst dir später einen Eindruck verschaffen, wenn du auf ihr Facebook-Profil gehst.«

»Wieso betreibt die eines?«, fragte Goffer.

»Weil sie Beauftragte für sexualisierte Gewalt gegen Frauen ist und dazu in der Öffentlichkeit Stellung bezieht, Johannes. Davon abgesehen, weshalb sollte sie sich rechtfertigen müssen, wo doch jeder männliche Kollege das ebenfalls macht?«

»Du etwa?«, hakte Goffer nach.

»Leute, beruhigt euch«, versuchte Enzig zu beschwichtigen. »Öffentlichkeit ist wichtig heutzutage. Wir haben auch einen Facebook-Auftritt. Und zu manchen Themen ist eine öffentliche Haltung unverzichtbar. Belassen wir es dabei.«

»Ich meinte doch nur, weshalb pausiert Fané nicht einfach?«, fragte Goffer.

»Sie will ihre Arbeit machen, herrje, weshalb soll sie sich zurückziehen?«, entgegnete Sito, sah dann aber zu Enzig und hob entschuldigend die Hände. »Sorry, das sollte jetzt nicht derart genervt klingen. Also, es ging darum, dass Zimmermann in den einschlägigen Gruppierungen checkt, ob Fané deren Aufmerksamkeit erregt hat oder ob es die ganz normalen Idioten sind.«

Goffer legte die Stirn in Falten und kratzte sich am Kinn.

»Jetzt dämmert es mir. Bei diesen inoffiziellen Ermittlungen von Zimmermann ist aufgefallen, dass einer seiner Leute verschwunden ist? Dieser Nick? Den es überhaupt nicht gibt?«

»So ist es«, sagte Sito. »Karl ist schon dran und versucht die Spuren von Nick zurückzuverfolgen. Er muss ja auch ein reales Leben gehabt haben.«

Goffer ließ sich in seinen Sessel zurücksinken. »Und unsere Familie? Die hat rein zufällig so einen gestörten Scheiffele in der Nachbarschaft?« Er lachte schrill auf. »Das könnt ihr mir doch nicht erzählen.«

»Machen wir ja auch gar nicht«, sagte Enzig schnell. »Ich möchte euch nur bitten, keine voreiligen Schlüsse zu ziehen. Die Dinge sind sehr komplex und nicht –«

»Johannes«, begann Sito, »wie schaffen wir es, dass wir in Scheiffeles Haus kommen?«

»Red ich chinesisch, oder was?«, ärgerte sich Enzig und ließ den Kugelschreiber in seiner Hand klicken. »Lasst doch Zimmermann erst einmal nach seinem Nick suchen und konzentriert ihr euch darauf, die Familie zu finden.«

Sito sah Goffer herausfordernd an.

Goffer überlegte noch, dann hellte sich sein Gesicht auf, und er grinste siegessicher. »Ganz einfach. Wir betrachten die Welt einmal aus seinen Augen.«

11

Fünf Leute beschäftigten sich mit Nicks Profilen im Netz, manche waren nur zu erahnen, gleichwohl mussten sie ihnen nachgehen. Sprachanalyseprogramme arbeiteten auf Hochtouren, versuchten Übereinstimmungen zu finden, um weitere potenzielle Profile und somit Spuren von Nick zu entdecken. Neben den Profilen in den rechtsradikalen Netzwerken, von denen Zimmermann wusste, gab es noch eine Reihe anderer. Parallel kontaktierte Zimmermann alle, die ihm einfielen, die vielleicht etwas wussten über jenen Nick, den er vor einem knappen Jahr angeworben hatte, weil er ihm und einem Freund im Netz aufgefallen war.

Nick hatte sich damals in einem Forum bewegt, das sich mit der Geschichte der Bunker aus dem Zweiten Weltkrieg beschäftigte. Dieser Freund hatte aber auch nicht mehr Informationen, als man im Netz fand. Zimmermann ließ seine Finger knacken, sogar einige Male hintereinander, die Nervosität war kaum auszuhalten, denn nebenher bediente er seine eigenen Fakeprofile, die man nicht einfach mal ein paar Tage ohne Erklärung ruhen lassen konnte, und versuchte außerdem sicherzustellen, dass sein Team in den rechten Netzwerken nicht aufgeflogen war.

Sein Freund konnte ihn zumindest hinsichtlich der anderen Kollegen beruhigen, während er selbst sich aktuell im *inner circle* der Rechtsrockszene bewegte und mit einem der führenden Köpfe die Konzerte im nächsten Frühjahr plante.

Schizophrenie 2.0. Von ihm versprach sich Zimmermann einiges. Gewiss, der Verfassungsschutz arbeitete auch daran, aber so nah dran war bislang seines Wissens niemand. Blieb zu hoffen, dass dieser Freund nicht übergelaufen und inzwischen ein Doppelspion war und Karl Zimmermann längst auf einer Abschussliste stand. An manchen düsteren Tagen hielt er in der Tat alles für möglich. Dann trank er drei Bier und spülte die Angst hinunter zugunsten einer zynischen Gleichgültigkeit und sagte sich, dass der Freund ein Freund war, und Freunden durfte man nicht misstrauen. Woher aber kam dieser Nick? Und weshalb war er tot? Eines konnte Zimmermann sicher ausschließen: Suizid. Nick war mit seiner Arbeit mittendrin gewesen, das war eindeutig, selbst wenn sie noch nicht alle Profile des jungen Mannes entlarvt hatten.

»Was machen wir jetzt?«, fragte Peter, ein ebenfalls noch sehr junger Mann mit langen dunklen Locken und weißer, sehr heller Haut. »Wer soll die Accounts übernehmen? Und welche vor allem?«

Diese Frage stellte sich Zimmermann seit Stunden. Was sollten sie tun? Wenn jemand die Accounts weiterführte und der oder die Mörder das mitbekamen, dann war klar, dass das Profil ein Fake war, schlimmer noch, dann stand der Verdacht im Raum, hinter dem Fakeprofil stehe ein Spion. Dann brachte er sein Team vermutlich erst recht in Gefahr. Andernfalls verlor er eine wichtige Spur, wenn dieser Nick nun ein für alle Mal von der virtuellen Bühne verschwand.

»Karl, ich will nicht drängen, aber die Accounts ruhen jetzt schon den dritten Tag, auf jeden Fall zu lange.« Peter holte sich eine Zigarette aus der Schachtel in seiner Brusttasche und steckte sie sich in den Mund. »Ich geh mal 'ne Runde raus. Wenn ich zurück bin, brauch ich eine Entscheidung.«

Zimmermann ließ sich auf seinen Sessel fallen und starrte auf die Monitore vor sich. Dieser ganze Scheiß, dachte er, ich will das nicht mehr, ich hab so die Nase voll! Wie kann ein Mensch nicht vorhanden sein? Es gab Meldepflicht, Schulpflicht, Freunde, Wohnungen, Autos. Das konnte doch nicht wahr sein! Zimmermann klopfte wütend auf seinen Schreibtisch, wenn er daran dachte, dass er Profihacker war. Kein Mensch konnte vor ihm abtauchen, der einmal in der Welt war. Zur Geburt bekam man seine Steuernummer, zumindest hier in Deutschland, und Nick war definitiv ein Muttersprachler gewesen.

Wie also war das zu erklären? Wie, wann und wo war er abgetaucht? Alle Adressen, die er genannt hatte, waren falsch. Internet nutzte er an öffentlichen Plätzen, etwa in dem Kellerraum der FH, das hatte Marc Busch inzwischen auch herausgefunden. Dort hatte er zwar Kontakt zu anderen Studenten, aber keinen privaten Austausch. Ein Eigenbrötler, der mit niemandem zu tun haben wollte. Aber immer höflich. Sie hätten ihn gar nicht gleich erkannt, in den Räumen war es ja immer dunkel, hatten sie Busch erklärt. Die Sprachanalyse hatte ergeben, dass Nick aus dem süddeutschen Raum stammte, die Rechtsmedizin attestierte ihm ein Alter zwischen achtzehn und zweiundzwanzig. Ein hochbegabter junger Mann, der seit Jahren keine Spuren hinterlassen hatte oder einfach nicht vermisst wurde, was unwahrscheinlich war. Sitos Frage nach seinem Geständnis hämmerte noch in seinem Kopf: »Weshalb lässt du Leute für dich arbeiten, von denen du nichts weißt? Das ist unverantwortlich, Karl!«

»Der Verfassungsschutz –«, hatte er schwach eine Verteidigung begonnen und erklären wollen, dass es durchaus nicht ungewöhnlich war. Doch angesichts von Sitos missbilligendem Blick hatte er sich selbst unterbrochen. Sito hatte recht. Er war verantwortlich für seine Leute, vor allem, wenn sie so jung waren. Er schickte seine Leute ins Feuer und wusste, dass dieses Feuer alles verschlang, wenn es das wollte. Wenn sein Freund in der Szene der Rechtsrocker aufflog, dann war er ein toter Mann. Da gab es nichts schönzureden. Jeder Kontakt zwischen ihnen beiden war überaus gefährlich.

Wie tauchte man ab? Aus dem Abfalleimer lugte noch die Zeitung vom Vortag hervor. »Toter aus dem Rhein gibt weiter Rätsel auf«, stand dort und: »Noch immer konnte die Identität des jungen Mannes, der am Montag aus dem Rhein auf Höhe der Fahrradbrücke geborgen wurde, nicht geklärt werden. Die Polizei bittet um Mithilfe.«

Peter kam zurück und mit ihm eine Welle kalten Rauchs. »Niklas Sperling. Souterrainwohnung in Wollmatingen, nahe dem Wollmatinger Ried«, sagte er unaufgeregt. »Der Vermieter hat sich gemeldet. War aber eine Schwarzvermietung, daher hat er auch gezögert und nun doch Schiss gekriegt, dass wir ihn auftreiben. Er wusste auch, dass hin und wieder eine Frau kam, die wohl älter aussah als dieser Niklas, daher war ihm das aufgefallen.«

»Was?« Zimmermann sprang aus seinem Stuhl auf. »Das sagst du einfach so? Ist schon jemand dorthin unterwegs?«

Peter zuckte die Schultern. »Ich geh davon aus. Kam grad als Nachricht an uns von Marc Busch. Du müsstest das auch erhalten haben.«

Zimmermann rollte mit seinem Stuhl an den Tisch, auf dem

seine Bildschirme standen, und fing eifrig an zu tippen. »Eine Frau«, murmelte er vor sich hin. »Die sollen ein Phantombild machen mit dem Vermieter. Hat das schon jemand in die Wege geleitet?«

»Bestimmt. Was den Namen angeht – du kannst dir die Mühe sparen. Ich hab das sofort gecheckt. Es hilft uns nicht weiter. Es gibt keinen Niklas Sperling.«

12

»Alle zwei bis drei Jahre muss die Königin in einem Volk erneuert werden, dann ist sie nicht mehr leistungsstark genug, um genügend Eier zu legen. Aus den befruchteten Eiern schlüpfen Arbeitsbienen, aus den unbefruchteten schlüpfen die Drohnen, die dann dafür verantwortlich sind, die Königin zu befruchten. Nach ungefähr zehn Tage beginnt bereits die Jagd auf die Königin – der Hochzeitsflug. Tausende von Drohnen auch aus anderen Völkern lauern der Dame ihres Herzens auf, nur zehn bis fünfzehn werden Erfolg haben. Wenn die Drohnen ihre Pflicht erfüllt haben, sterben sie. Der Lauf der Dinge, der Kreislauf des Lebens, im Bienenvolk ist das Gesetz der Natur von einer unüberwindbaren Kompromisslosigkeit und Härte gekennzeichnet. Keine Ausnahmen, keine Gnade.«

Keine Gnade.

Der Briefbogen hatte einfach auf dem Tisch gelegen. Sie war derart erschrocken, dass sie sich abwenden musste, um wieder zu einem ruhigen Atem zu finden. Aufgewühlt war sie in ihrem Gefängnis auf und ab gelaufen und hatte überlegt, was das bedeutete. Jemand war hier gewesen, in ihrem Raum, unbemerkt. Er hatte etwas auf den Tisch gelegt. Die grünen Wände schienen auf sie zuzuwandern, als würde der Raum von außen zusammengedrückt. Es hatte gedauert, bis sie sich überwinden konnte, sich dem Tisch mit dem Papier zu nähern. Zitternd hatte sie es in den

Händen gehalten und gelesen. Ihr schwindelte. Eine Unterschrift sicherte das Überleben. Angeblich.

Keine Gnade.

Aus purer Verzweiflung hatte sie sich einmal Nudeln gekocht, Spaghetti, dazu eine Dose passierte Tomaten, gewürzt mit Salz und Pfeffer, und das Ganze widerwillig gegessen. Die Nudeln waren verkocht, die Soße versalzen. Während sie aß, huschte eine Erinnerung vorbei, ihre beiden Jungs, die die Soße rund um den Mund und um ihre Teller verteilten, der größere, der den kleinen Bruder schimpfte, dass er das wohl nie lerne, und dabei selbst noch ordentlich panschte. Sie sah ihre Kinder dort sitzen, und ein Lächeln zuckte über ihre Mundwinkel. Sie war die glücklichste Frau auf der ganzen Welt gewesen.

Und jetzt so hilflos ausgeliefert. Das Schlimmste aber war die Ungewissheit auf der einen Seite, was mit ihrer Familie passieren würde, und die Gewissheit auf der anderen, dass niemand zu ihr kommen musste, da sie auf lange Zeit versorgt schien. Der Gedanke, dass sie nie wieder hier herauskommen sollte, schnürte ihr die Kehle zu. Sie würgte und musste einige Nudeln in die Toilette spucken, sonst wäre sie daran erstickt.

Sie hatte begonnen, sich Notizen zu machen, um ein Zeitgefühl zu behalten, Abläufe in ihren Tag einzubauen, die es ihr möglich machten, Zeit wahrzunehmen. Es gab keinen Kalender, keine Uhr, nur künstliches Licht. Sie wusste nicht, wann Tag und wann Nacht war, und schlief so schlecht, dass sie keinerlei Rhythmus hatte. Als sie irgendwann aufwachte und Blut zwischen den Beinen sah, wusste sie, dass sie ihre Tage hatte. Das verschaffte ihr einen ungefähren Anhaltspunkt, und sie konnte errechnen, wie lange sie schon hier war.

Sie machte sich Notizen.

Sie weinte, hämmerte wieder gegen diese Tür und schrie um Hilfe. Einmal meinte sie, etwas zu hören.

Sie machte sich Notizen.

Sie weinte, hämmerte wieder gegen die Tür und flehte, dass man ihr endlich sagen sollte, was mit ihr passieren würde.

Sie machte sich Notizen.

Sie weinte, hämmerte wieder gegen die Tür und rief nach ihren Kindern.

Sie unterschrieb den Briefbogen und machte sich Notizen.

Sie duschte das erste, das zweite und das dritte Mal.

Sie weinte und hämmerte nicht mehr.

Sie saß da, in der Mitte des Raumes, und betete. Worte, die ihr fremd waren, doch Halt gaben für die Länge ihres Nachhalls.

Und dann entdeckte sie sie. Eine Kamera. In der Ecke über dem Schrank.

13

Selten hatte sich Enzig derart im Stich gelassen gefühlt. Sito und Goffer hatten ihren Plan, hatten ihre Sicht der Dinge und ließen keinen Zweifel zu, dass sie daran festhalten würden. Komme, was wolle. Enzig war zutiefst darüber erschrocken, mit welcher Entschlossenheit sie vorgingen. Überhaupt galt das für nahezu alle um ihn herum: Er spürte von allen Seiten eine Hartnäckigkeit, die jede Regung der Besonnenheit nahezu ausschloss. Gerade von Sito kannte er eine solche Stimmung nicht. Sito, der doch immer an die Vernunft appellierte. Jetzt wollte er nur eines: sich einer vermeintlichen Verschwörung entgegenstellen.

Und Enzig konnte gar nicht sagen, dass sie nicht alle recht hatten. Dass tatsächlich auch in diesen Fällen das Böse seinen Ursprung in den Bewegungen im Netz hatte, aber es gab noch hundert andere Möglichkeiten, und man sollte zumindest zunächst diese anderen Möglichkeiten außerhalb der virtuellen Realität in Betracht ziehen. Aber Sito und Goffer – und Wint ohnehin – standen noch unter Schock, das wurde Enzig jetzt schmerzlich bewusst, auch dass er dies zu lange unterschätzt hatte. Sie alle waren traumatisiert, und dieser Wilbert Scheiffele war nun das Feindbild, an welchem sie sich aufreiben wollten, er hatte die Büchse der Pandora geöffnet, gerade so weit, dass die Beteiligten das Gefühl hatten, das große Ganze dahinter zu erblicken.

Enzig seufzte, tippte eine Nachricht an seine Frau Anna, die in ihrer gemeinsamen Wohnung im Paradies gerade wahrscheinlich das Baby wiegte und ihm ein Lied sang, damit es einschlief. Später würde Enzig eine Schicht übernehmen, das Kind im Arm halten, wenn es schrie, und mit ihm durch die schöne Altbauwohnung unter dem Dach mit Blick auf die Altstadt laufen. Nach zwei Stunden würde er erschöpft neben Anna sinken und hoffen, Schlaf zu finden, und wieder würde er davon träumen, Geiselnehmern in die Hände zu fallen. Ihre Dämonen hatten sie behalten vom letzten Herbst, jeder bewältigte sie anders. Dass sie sich jetzt auf den kleinsten Strohhalm stürzten, um den letzten Fall irgendwie zu einem erträglichen Abschluss zu bringen und aufzuarbeiten, war im Grunde nicht überraschend. Überraschend war lediglich die Vehemenz.

Es hilft nichts, dachte Enzig, ich muss mich auf meine Aufgaben konzentrieren: Täterprofile. *Weshalb entführt man eine Familie?*

Enzig lief in seinem Zimmer auf und ab, trat immer wieder an sein Flipchart und füllte es mit Informationen. Zwischendurch fotografierte er das entstandene Bild, um es abzuspeichern für spätere Vergleiche, und bastelte dann weiter.

Was hatten sie? Eine Familie mit drei Kindern war verschwunden. Spurlos. Einzige Besonderheit: Er blieb zu Hause, während seine Frau Karriere machte. Wäre ihnen das überhaupt als Besonderheit aufgefallen, oder kam das jetzt nur durch diesen Nachbar, mit dem alle im Clinch lagen? Enzig notierte Wilbert Scheiffele als Ideengeber an den Rand. Doch halt, noch wichtiger war die inhaltliche Überschneidung mit Christine Fané, sagte er sich, auch wenn diese nur dadurch aufgetaucht war, dass Wint Sito um Hilfe gebeten hatte. Enzig notierte auch ihren Namen.

Streit mit dem Nachbarn. Drei Kinder. Und wenn es um die Kinder ging? Es gab keine Veranstaltung, die zu einem zufälligen

Treffen mit dem Täter hätte führen können. Die Kollegen aus Goffers Team hatten großräumig recherchiert. Auf der Mainau hatten sie die Videos aus den Kameras an den Kassen ausgewertet, auch dort war die Familie nicht aufgetaucht. Sie waren in keine Radarfalle geraten, und bislang gab es keine Hinweise, dass ihr Auto irgendwo gesehen wurde, aber das war zumindest noch im Bereich des Möglichen.

Im Netz war nichts zu finden. Frau Gottlieb hatte als Richterin am Landgericht auf einen Auftritt in den sozialen Medien verzichtet, ihr Mann hatte einen Facebook-Account, der lag aber seit vielen Monaten brach und war auch davor nur genutzt worden, um ein paar harmlose Urlaubsbilder und nette Videos zu teilen für eine Handvoll Freunde. Alle konnten realen Personen zugeordnet werden, öffentliche Beiträge gab es nicht. Fotos von den Kindern ebenfalls so gut wie keine, vor allem keine auffälligen. Auch das war eine absolute Sackgasse. *Wie kommt man als Täter an eine Familie?*

Enzig wischte sein Flipchart sauber und begann erneut. Jetzt nur aus Tätersicht.

Ich will eine Familie mit Kindern. Wo finde ich euch? Stehe ich vor den Kindergärten?

Enzig machte sich eine Notiz, jemanden in den Kindergärten anrufen zu lassen. Vielleicht war ihnen etwas aufgefallen.

Veranstaltungen? Gab es nicht, kann ich streichen. Tiere?

Enzig unterstrich »Tiere« und nickte. Tiere waren immer ein Magnet für Kinder. Nächste Notiz. Den Bruder konnte man fragen, vielleicht wusste der, ob die Familie Ausschau nach einer Katze oder einem Hund hielt. So kam man als Täter sehr einfach an potenzielle Opfer und konnte, wenn es nicht passte, diese einfach wieder ziehen lassen.

Potenzielle Opfer. Anzeigen in der Zeitung waren auf jeden Fall eine Möglichkeit. Suchten die Gottliebs vielleicht einen neuen Wagen? Fahrräder? Waren sie bei Kleinanzeigen aktiv?

Viele Fragen, viele Ansätze. Er setzte sich an seinen Schreibtisch und schrieb eine Nachricht an Sito und Goffer mit den ganzen Ideen für weitere Ermittlungen, dann stellte er sich wieder vor sein Flipchart.

Ich habe die Familie, aber mich interessieren nur die Kinder. Was mache ich mit ihnen? Was mit den Eltern?

Enzig hatte plötzlich noch eine andere Idee, die vor allem dadurch genährt wurde, dass die Meerschweinchen der Familie in der Woche versorgt worden waren. Derjenige hatte anscheinend Mitleid mit den kleinen Nagern gehabt. Ein Täter mit Fähigkeit zur Empathie. Vielleicht ging es daher nicht so sehr darum, Böses zu tun, als vielmehr um die Erfüllung eines innigsten Wunsches?

Der Kinderwunsch war bei Frauen etwas Elementares, ja, eigentlich Existenzielles. Viele Frauen fragten sich irgendwann, ob ihr Leben ohne Kinder einen Sinn haben konnte. Bei manchen kam diese Überlegung zu spät, manche glaubten sehr lange, keine Kinder zu wollen, und stellten dann, wenn es biologisch zu spät war, fest, dass der Wunsch geradezu übermächtig wurde. Auch setzte der Wunsch nach Kindern viele Paare derart unter Druck, dass sie scheiterten – bei dem Versuch, aber auch als Paar.

Dass die moderne Gesellschaft Frauen zur Selbstverwirklichung ermutigte, hatte die Schattenseite, dass sich die Frauen entweder für das eine oder für das andere entscheiden mussten oder dass sich beides in die Quere kam. Das wiederum konnte zu einer tiefen Zerrüttung und Verunsicherung bei Frauen und gewiss auch bei Männern führen, wenn auch auf jeweils andere Weise. Früher war das nicht in Frage gestellt worden. Jeder hatte seine scheinbar von der Natur vorgegebene Geschlechterrolle erfüllt, man hatte geheiratet und Kinder in die Welt gesetzt, um die sich dann die Frau kümmerte, während der Mann für den Unterhalt sorgte. Es gab keine Entscheidungsfreiheit, aber dafür war Sinnhaftigkeit gegeben. Sinnhaftigkeit garantierte die Einfachheit des Lebens. Heute war alles komplex, nicht selbstverständlich und auch in gewisser Weise … unnatürlich.

Während Enzig seinen Gedanken freien Lauf ließ, wurde es

draußen dunkel. Es lag weniger an der Uhrzeit als vielmehr an den dichten grauen Novemberwolken, die den Donnerstagnachmittag schon früher in den Abend hinübertrugen. Schließlich musste er die Schreibtischlampe anschalten, eine rote Tizio von Artemide. Edel erleuchtete sie seinen Schreibtisch und das Flipchart dahinter, auf dem einige seiner Gedanken festgehalten waren. »Unnatürlich«, stand da und: »komplex und kompliziert«, »der Sinnhaftigkeit beraubt«, »Verzweiflung«, »Kinderwunsch«. Die Worte drangen wie giftige Pfeile durch den Raum.

Enzig erschrak und presste sich eine Hand auf den Mund. Seine Knie wurden weich, und er musste sich mit einer Hand auf seinem Schreibtisch abstützen, dabei stieß er beinahe seine geliebte Lampe um. Was er dort las, war im Grunde nichts anderes als die Erklärung für die Worte eines Wilbert Scheiffele.

Die Erschütterung durch die Realität war nicht aufzuhalten. Und Enzig begriff, dass man dieser Erschütterung nur mit einer gereiften Geisteshaltung begegnen konnte, diese aber für viele Menschen einfach nicht zugänglich war. Sollte er also Mitleid haben mit den Abtrünnigen? Waren die vermeintlichen Opfer der Aufklärung und der Emanzipation vor allem Opfer mangelnder Bildung? Und woher zum Teufel waren diese Gedanken bei ihm gerade derart flüssig gekommen? Die Gedanken an sich waren ja nicht falsch, aber sie hatten definitiv Schlagseite.

Enzig setzte sich an seinen Schreibtisch und starrte lange in die Leere des Raumes. Als er sich wieder gefangen hatte, konzentrierte er sich auf den Ausgangspunkt seiner Gedanken: der Kinderwunsch. Er kannte einige Fälle, in welchen der Kinderwunsch von Frauen so stark, so beherrschend wurde, dass er sie zu einer Straftat veranlasst hatte. In den meisten Fällen fühlten sich die Frauen sogar im Recht und erklärten ihr Vorgehen etwa damit, dass die richtige Mutter keine gute Mutter sei und sich nicht um ihre Kinder kümmern würde, diese also gar nicht verdient habe. Eine berufstätige Mutter würde da sicher ins Bild von einer »Rabenmutter« passen.

Enzig lehnte sich mit seinem Smartphone zurück und schrieb Sito eine Kurznachricht. »Wir müssen uns dringend unterhalten, Paul.«

14

Sito stand in der Küche und bereitete das Hundefutter zu. Zeus und Streuner saßen hinter ihm, nur scheinbar geduldig, beiden rutschte immer wieder ein Fiepen heraus. Als Sito sich jetzt umdrehte, tänzelte der weiße Schäferhund aufgeregt vor seinen Beinen hin und her, wie jeden Abend, und Streuner heulte wie ein kleiner Wolf. Und wie immer musste Sito lachen.

Die beiden Schüsseln standen keine Minute, dann waren sie leer, und beide Hunde blickten zufrieden zu ihrem Herrchen. Gemeinsam gingen sie ins Wohnzimmer, wo leise Klaviermusik lief und auf dem Couchtisch bereits ein Glas Rotwein stand. Daneben lag das Smartphone von Sito. Er setzte sich auf den Boden und pfiff die Hunde zu sich, die sich sofort an ihn kuschelten, dann wählte er Miriams Nummer. Zwei Tage hatten sie sich nicht gehört, heute waren sie für Facetime verabredet. Es klingelte zweimal, dann erschien Miriam.

»Endlich! Paul, ich freu mich so, dich zu sehen! Wie geht es dir?«

Die alte überschwängliche Miriam. Wie schön. Sie trug ihr Herz und ihre Freude auf der Zunge. »Hallo, Süße! Ebenfalls. Ganz gut so weit.« Er hob das Weinglas und prostete ihr zu, dann wechselte er die Kameraperspektive und zeigte Miriam die beiden Hunde, die sich an seine Beine schmiegten. Als er wieder im Bild war, prostete Miriam mit einem Glas zurück, und ihre Eltern, Friedrich und Irene Kerler, waren kurz zu sehen und winkten. »Wie ist es in der Toskana? Noch immer schön? Wann kommst du zurück?«

Miriam lächelte. »Es ist wunderbar. Ich male immer noch

jeden Tag, werde einfach nicht müde hier. Und meine Eltern sind wirklich sehr süß. – Übermorgen.«

»Bitte was? Sagtest du übermorgen?«, fragte Sito überrascht.

Miriam lachte und strich sich über die langen Haare, die ihr als Pferdeschwanz zusammengebunden über die linke Schulter nach vorn hingen. »Ja, ich sagte übermorgen. Es ist wunderschön hier, aber ich vermisse dich. Ich möchte wieder bei dir sein. Ich kann ja jederzeit wieder zu meinen Eltern. Oder wir machen das einfach demnächst zusammen.«

»Hervorragend. Wann kommst du an?«

»Eigentlich wollte ich dich ja überraschen. Anna hätte mich abgeholt«, sagte Miriam grinsend.

Sito lachte laut los. »Lass mich raten. Du hast es jetzt nicht verschweigen können?«

»Richtig geraten«, sagte Miriam mit erhobenem Zeigefinger. »Ich kann einfach keine Überraschungen für mich behalten. Ich bin um zwanzig Uhr dreißig am Bahnhof in Konstanz. Oh, ich freu mich so.«

Sie plauderte noch eine Viertelstunde über die inspirierende Landschaft rund um Montepulciano, über den guten Wein und das Olivenöl, über Friedrich und Irene, die so glücklich waren in ihrer neuen Heimat, über die Hunde, die Miriam sehr vermisste, und schließlich über die Meerschweinchen, die vorübergehend bei ihnen wohnten, weil sie »Zeugen« in einem neuen Fall von Sito waren. Dann verabschiedeten sie sich, und Sito widmete sich seinem Wein und den Hunden.

Er freute sich auf seine junge Freundin, die seit über einem Jahr bei ihm wohnte. Anfangs hatten sie überlegt, eine Wohnung in der Stadt zu suchen oder ein anderes Haus, aber der Immobilienmarkt in Konstanz war absolut überreizt. Immer mehr Menschen kamen und suchten Wohnraum, immer weniger Platz stand zur Verfügung.

Miriam hatte sich in Sitos altem Bauernhaus in Egg von Anfang an wohlgefühlt, sie wollte dort gar nicht weg. Der Weg zur Uni war kurz, der Weg zum See ebenfalls, und überdies konnte man immer noch in die Stadt radeln. Aufgewachsen war sie im Musikerviertel in einer luxuriösen Villa, die ihre Eltern inzwischen zugunsten eines Hauses in der Toskana verkauft hatten. Sito aber war sich anfangs nicht sicher gewesen, ob er das Haus weiter bewohnen wollte. Er hatte hier auch mit seiner verstorbenen Frau Janina gelebt, in manchen Momenten kam ihm das falsch vor, beinahe wie ein Betrug an Janina, mit der ihn eine lange Geschichte verband.

Die Musik wechselte gerade zu Max Richter, eine melancholische Klaviermelodie, begleitet von Cello und Violine. Sito wusste, die Musik war zu tiefgreifend, zu erschöpfend und zehrend für seinen Geist, dennoch ließ er sie laufen, sich einnehmen, sich durchdringen. Raumfordernd floss sie einmal durch seinen Körper, drückte ihn schwer auf den Boden. Es war, als fessle ihn die Musik, als binde sie seine Kräfte und sporne gleichzeitig seinen Geist an, sich zu wehren. Manchmal saß er so mit Miriam, und sie hielten sich bei der Hand, und dann hatte er das Gefühl, dass die Musik von ihm auch durch sie floss und zurückkam, gesund geworden. Und dachte dabei an Janina, die ihnen zusah beim Glücklichsein.

Die Musik reichte ihm die Hand, sagte: »Steh auf«, und hielt ihn doch zurück. Sie war so ambivalent wie sein Leben, wie er selbst. Und dann kam dieser Heinrich Wint und erinnerte ihn wenig subtil an sein Geheimnis, das er wie einen schweren Rucksack immer bei sich trug, und jeder zweite Tag wurde zu einer Bergwanderung, die immer auch von der Angst geprägt war, es irgendwann einfach nicht mehr zu schaffen. Schuld verschwand nicht mit der Zeit, Schuld war immer da.

Roman Enzig hatte ihn um ein Gespräch gebeten. Sito ahnte schon, worum es gehen würde. Roman Enzig und Heinrich Wint, die beiden, die ihn vermutlich besser kannten als irgendjemand sonst. Außer Miriam. Ob sie Kinder wollte? Sie hatten noch nie darüber gesprochen.

Es klingelte, und Sito sah erstaunt auf die Uhr. Kurz vor zehn. Das war ungewöhnlich spät. Die Hunde stürmten los und bellten laut im Flur. Sito erhob sich, stellte das Weinglas ab und lief zur Tür, an der es eben noch einmal geklingelt hatte. Ungeduld. Er öffnete.

»Roman. Du? So spät noch? Ich dachte, unser Gespräch hätte Zeit bis morgen.«

Enzig hielt eine Flasche Wein in die Höhe und legte grinsend den Kopf schief. »Ich komme in Frieden, einfach so. Darf ich reinkommen?«

Sito trat zur Seite, wies die Hunde zurecht und machte eine einladende Geste. Enzig hängte seinen Mantel an die Garderobe, begrüßte die Hunde und lief zielstrebig in die Küche. Das war schon immer so. Enzig hatte sich in Sitos Haus stets wohlgefühlt. Sito erinnerte sich, begleitet von Max Richters »Infra4«, an die Zeit seiner Krankheit, als seine Freunde ihm geholfen hatten, an den Tag, als er aus der Klinik gekommen war, als Miriam ihm Zeus geschenkt hatte. Enzig war immer dabei gewesen, immer an vorderster Front, hatte immer zu ihm gehalten, obgleich Sito es ihm nicht leicht gemacht hatte. Weshalb?

Aus der Küche rief Enzig: »Wo ist denn der Korkenzieher? Und hast du vielleicht Kauknochen, die ich den Hunden geben könnte? Die lassen mich nicht in Ruhe.«

Sito seufzte. Es sah nicht so aus, als würde er Enzig noch loswerden an diesem Abend. Er ging in die Küche und reichte Enzig den neuen Korkenzieher, den dieser noch nicht kannte.

»Oh, so einen wollte Anna auch. Man muss immer nur in eine Richtung drehen, und dann wandert der Korken mühelos raus. Hat den Miriam ausgesucht?« Enzig hielt den Korkenzieher in der Figur eines lachenden Männchens in die Höhe und zwinkerte.

»Stimmt. Ein Flohmarktfund. Ist von Alessi, daher ungewohnt modern für mich«, sagte Sito und wartete, ob Enzig lachte.

Enzig legte stattdessen den Kopf schief. »Also, Paul, wenn ich es nicht besser wüsste, würde ich denken, dass du in letzter Zeit hin und wieder versuchst, humorig zu sein.«

»Das täuscht. Ich hab mein Glas im Wohnzimmer. Und hier hast du Hundeknochen.«

Sie setzten sich an den quadratischen Esstisch, Enzig verteilte den Wein. »Extra aus der Toskana«, erzählte er, und Sito dachte daran, dass Miriam am übernächsten Tag wieder da wäre. Und fühlte sich plötzlich ganz leicht.

»Roman, bevor du anfängst, wegen vorhin, im Präsidium, es tut mir leid.« Sito hielt Enzig sein Glas hin. »Auf dein Wohl.«

»Auf deines.« Die Gläser klirrten und bekamen unerwartet Gesellschaft von dem Läuten einer Glocke. »Oh, schön, wie verabredet.« Enzig hielt inne, wartete den zehnten Glockenschlag ab und fügte nach einem Schluck hinzu: »Wie früher.«

»Du übertreibst. So lange kennen wir uns noch gar nicht, um von ›früher‹ zu sprechen, Roman. Aber ich freu mich, dass du da bist.«

»Wir kennen uns noch nicht lange, aber das, was wir alles zusammen erlebt haben, reicht für ein ganzes Leben, findest du nicht?«

Sito nickte. »Doch, du hast natürlich recht.«

»Wie geht es dir? Ist es einsam ohne Miriam?«

»Ich hab ja die Hunde«, sagte Sito.

»Und neuerdings ja auch Meerschweinchen«, sagte Enzig und sah sich um.

»Stehen im Arbeitszimmer. Miriam kommt übrigens schon früher zurück.« Sito lächelte und genoss die Freude, die in ihm hochschwappte. »Schon übermorgen.«

»Das ist doch toll! Dann können wir ja tatsächlich bald schon zusammen kochen. Anna stöbert ungewöhnlich oft in Kochbüchern. Aber was tut dir eigentlich leid?«

»Wir haben dich übergangen. Johannes und ich.«

»Ich habe Sorge, dass ihr euch verrennt. Überhaupt bin ich in Sorge. Ich habe das Gefühl, dass wir alle noch unter einem Trauma leiden und dass dieses Trauma auf diese merkwürdigen Fälle seinen Schatten legt.«

»Du hältst uns alle für befangen?«

Enzig rutschte auf seinem Stuhl hin und her. Im Hintergrund quietschte etwas. »Die Meerschweinchen?«, fragte er leise.

Sito nickte und stand auf. »Ich bring ihnen schnell was.« Er verschwand in der Küche, und als er wiederkam, wiederholte er seine Frage.

»Nicht befangen. Aber vielleicht zu verbissen auf der Suche in eine Richtung.« Enzig griff nach der Weinflasche und schenkte ihnen beiden nach. »Versteh mich nicht falsch, Paul, vielleicht kommen auch dieses Mal die bösen Kräfte aus dem Netz, aber das ist nicht gesagt. Ich hab vorhin eine lange Nachricht an das Team geschrieben, du hast das sicher gelesen. Ich war noch im Büro und hab mich mal in verschiedene Theorien eingearbeitet. Im Moment sind schon Kollegen damit beschäftigt, die Zeitungen nach entsprechenden Anzeigen zu durchkämmen. Die Gottliebs hatten den Südkurier abonniert, vielleicht finden wir da einen Hinweis.«

»Ich hab's schon gelesen. Das sind gute Ansätze. Vielleicht hören wir auch endlich was zu dem Wagen der Gottliebs.«

»Genau. Morgen geht sicher etwas voran. Hauptsache, Karl gerät nicht weiter in Schwierigkeiten mit seinen Leuten.«

»Das hoffe ich auch, inständig!«

Wieder piepste es aus dem Nebenzimmer.

Enzig musste lachen. »Noch immer nicht zufrieden?«

Sito stand auf. »Komm mit, wir schauen mal nach ihnen. Vielleicht wollen sie einfach nur Gesellschaft.«

Sito lief, gefolgt von Enzig und den Hunden, in sein Büro. Die Meerschweinchen piepsten und gurrten und rannten ganz aufgeregt durch den Stall. Die Hunde setzten sich davor und beobachteten das wilde Treiben.

»Sind schon possierliche Tierchen«, meinte Enzig und trank einen Schluck.

»Ich bekomm die Vorstellung nicht aus dem Kopf, dass der Täter die Familie entführt und gefangen hält und dann die Tiere versorgt. Weshalb hat er sie nicht einfach bei seinem ersten Besuch mitgenommen?«

Enzig legte die Stirn in Falten. Es vergingen einige Minuten, in denen die beiden auf den Käfig und die Nagetiere starrten, die immer wieder innehielten und ihrerseits ihre Beobachter beäugten. Winzige Knopfaugen, wach und neugierig in die Luft gereckte Nasen.

»Weshalb ist der Täter zurückgekommen?«, fragte Sito unvermittelt.

Enzig sah zur Seite. »Vielleicht war es nicht der Täter, vielleicht war es ein Zeuge, einer, der mitbekommen hat, was passiert ist, der nicht wusste, was er machen sollte.«

»Jemand, der Mitleid hat und keine Hilfe organisieren kann, der aber nicht allzu viel riskiert.«

»Stimmt. Weshalb hätte der Täter zurückkommen und riskieren sollen, dass man ihn für einen Einbrecher hält?«, überlegte Enzig, und wieder legte sich seine Stirn in zahlreiche Falten.

»Ein Kind?«, fragte Sito vorsichtig. »Wäre das möglich?«

Die Falten auf Enzigs Stirn wurden noch tiefer. Langsam schüttelte er den Kopf. »Nein, das glaub ich nicht. Er oder sie muss ja in das Haus gelangt sein.«

»Wer die Familie hat, hat doch auch Schlüssel. Das würde zumindest die Theorie untermauern, dass derjenige, der die Tiere versorgt hat, dem Täter irgendwie nahesteht.«

»Habt ihr das mit der Anzeige für die Tiere gemacht?«

Sito nickte. »Müsste gestern erschienen sein. Vielleicht haben wir Glück. Vielleicht sucht er nach ihnen.«

»Oder sie.«

»Er oder sie. Einen Versuch ist es wert.«

15

Karl Zimmermann saß im Shamrock und wartete auf Marc Busch. Er hatte ihn im Präsidium verpasst und war ihm ohnehin noch ein Bier schuldig, besonders gern in diesem Irish Pub, von wo aus er nur ein paar Schritte nach Hause hinüber in die Wiesenstraße hatte. Außerdem mochte er Stout, das irische Bier, dessen leicht öligen Beigeschmack, wo man wirklich noch das Gefühl hatte, etwas im Mund zu haben, ein fülliges Getränk und nicht diese verwässerte Leichtigkeit mancher deutschen Biersorten. Belgisches Bier trank er auch gern. Er war sogar mal bei einer Bierprobe gewesen, das hatte ihm gefallen.

Auf dem Tisch lagen Flyer mit dem Programm. Donnerstag war Karaoketag, nein, das musste nun nicht sein, aber die Liveband am Samstag klang ganz gut. Die Kellnerin brachte das Guinness.

»Kann ich so einen Flyer mitnehmen?«, fragte er, eigentlich nur, um die hübsche Frau noch eine Weile am Tisch zu behalten. Sie nahm einen der Flyer und reichte ihn rüber.

»Hier, persönlich von mir. Was interessiert Sie denn?«

»Oh weh, seh ich so alt aus?«

»Bitte?«

»Na, dass du mich siezt. Ich bin Karl.«

»Lisa. Karaoke ist immer sehr lustig.«

»Wenn ich singe, wird es eher traurig.«

Sie lachte. »Die Band ist toll.«

»Gut, dann sehen wir uns Samstag.«

»Wer weiß?«, sagte sie und ging lachend davon. Sie gefiel Zimmermann wirklich in ihren schwarzen Jeans und dem kurzen Fransenshirt darüber, lässig, unkompliziert und uneitel. Die Haare waren dunkelblond und geflochten.

»Stör ich?«

Zimmermann blickte auf. Vor ihm stand Marc Busch. »Nee, setz dich. Ich ruf gleich noch einmal die Kellnerin.« Er sah sich um. »Lisa?« Er winkte, und wenig später stand sie schon wieder vor ihm und nahm die Bestellung auf.

»Also, was gibt es Neues?«, fragte Busch.

»Wie es aussieht, sind meine Leute safe, das war mir erst einmal das Wichtigste.«

»Verstehe ich gut. Nicht auszudenken, wenn wir noch weitere Verluste gehabt hätten. Ich hab das Memo gelesen, Niklas Sperling, offenbar ein Phantom.«

»Ich kann es mir nur so erklären, dass er irgendwann absichtlich verschwunden ist und nicht vermisst wird.«

»Ein junger Mann? Warten wir mal die Abfrage bei INPOL ab.«

»Bei INPOL?«, fragte Zimmermann und schüttelte den Kopf. »Da werden die Personalien vermisster Personen seit 1945 gespeichert. Wir haben aber keine Personalien. Zu unserem Nick müsste aus irgendeinem Grund eine DNA oder ein Gebissabdruck oder Fingerabdruck gespeichert worden sein. Den Fingerabdruck hätte der Computer aber schon entdeckt.«

»Es muss doch irgendwo eine Familie zu diesem Nick geben, der war ja fast noch ein Kind.«

»Vielleicht einem Verbrechen –«

Das Guinness wurde vor Busch auf den Tisch gestellt. »Danke für die Einladung.« Er hielt Zimmermann das Glas entgegen.

»Gern. Also, ich hab mir überlegt, dass wir unsere Suchanfragen auch in den Nachbarländern ausdehnen sollten.«

»Ausdehnen? Die Anfrage läuft international, wie du weißt.«

»Ich meinte zeitlich«, erklärte Zimmermann und sah sich suchend im Raum nach Lisa um. Die Tische waren inzwischen alle gefüllt. Gewiss hatte sie viel zu tun, genug Männer waren auch vor Ort, er sollte sich nicht allzu viele Hoffnungen machen, dass er ihr in Erinnerung blieb.

»Wie weit würdest du zurückgehen?«, fragte Busch. »Sie kommt übrigens gerade aus der Küche.«

»Oh, ach so, ja, also ich würde zehn bis zwanzig Jahre zurückgehen. Wie ich das sehe, agierte Nick schon ein paar Jahre trotz seines jungen Alters. Und wir könnten auch die Zahnärzte wegen eines Gebissabgleichs anfragen.«

Busch verdrehte die Augen. »Das ist Sisyphusarbeit, das ist dir schon klar, oder?«

»Klar ist mir das klar. Aber ich kann dir sagen, dass wir morgen nicht plötzlich hundert Anrufe kriegen werden, die euch etwas über diesen Jungen erzählen. Er war komplett in dieser anderen, dunklen Welt. Er hat so viel gearbeitet wie wir. Immerhin wissen wir, dass er aus Süddeutschland stammt.« Zimmermann versenkte seinen Blick in dem Guinness. Die trüben Gedanken des Nachmittags waren wieder da.

»Sorry, ich weiß doch, wie nahe dir das geht. Ich wollte das wirklich nicht herunterspielen. Selbstverständlich leiten wir morgen alle nötigen Schritte ein. Weshalb hat er eigentlich so viel gearbeitet?«

Zimmermann sah erstaunt auf. »Was meinst du?«

»Nun ja, du bist bei der Polizei, es ist dein Job. Andere haben ihre eigene Motivation, aber irgendeine Motivation wird auch dieser Nick gehabt haben, nicht wahr?«

Zimmermann stützte seine Arme auf die Ellbogen und legte sein Gesicht auf die Hände. »Du hast recht, Marc, irgendeine persönliche Motivation muss dahinterstecken.«

»Vielleicht wäre es gut, die herauszufinden.«

Eine halbe Stunde später war Zimmermann auf dem Nachhauseweg. Sie hatten sich noch eine kleine Weile über Belangloses unterhalten, aber in seinem Hinterkopf hatte Zimmermann bereits die Frage hin und her gewälzt: Wo lag die Motivation von Nick? Niemand war in der Lage, diese Arbeit einfach nur als Job zu bewältigen. Man brauchte starke Nerven, eine hohe Einsatzbereitschaft, Mut, Überzeugung, felsenfeste Überzeugungen sogar, sonst wurde man in diesem Strudel mitgerissen. Wo hatte ihn der Freund entdeckt? Auf einer Seite für Bunker aus dem Zweiten Weltkrieg. Zeit, sich diese Seite einmal genauer anzusehen. Vielleicht erfuhr er hier mehr über den Jungen.

16

Der neue Tag begann mit einer Nachricht von Miriam. »Noch einmal schlafen, dann sind wir wieder zusammen.« Ein aufregendes Gefühl der Vorfreude stellte sich bei Sito ein. Da Enzig nach der Flasche Wein mit dem Taxi nach Hause gefahren war, stand Sito dessen Auto zur Verfügung. Das kam ihm ganz gelegen, da musste er nur schnell eine große Runde mit den Hunden gehen. Dafür zog er sich Laufkleidung an, packte sich Kopfhörer auf die Ohren und startete die Eighties-Playlist auf Spotify. Die Hunde kannten den Weg und rannten fröhlich die Straße zum Uferweg hinunter. Zu dieser frühen Uhrzeit noch vor Sonnenaufgang konnte Sito auf eine Leine verzichten, das war ein Luxus – für ihn und für die Hunde. Ein Luxus auch, dass die Sonne wie versprochen um sieben Uhr einundzwanzig aufging.

Etwas über eine Stunde später stand er geduscht im Flur und erklärte den Hunden überflüssigerweise wie jeden Morgen, dass sie nicht aufs Sofa springen sollten. Ihm schien, Streuner lachte ihn unverhohlen an. Dann schrieb er seiner Haushälterin, die sich früher schon um Pollux gekümmert hatte, dass Miriam morgen zurückkomme und sie vielleicht einen Kuchen backen könnte. Frau Anjing Zhao machte das gern für Sito. Die gebürtige Chinesin hatte schon im Restaurant von Sitos Vater gearbeitet. Sie hatte die ihrer Kultur Rechnung tragende höfliche Distanz zu Sito zwar gewahrt, sich aber gleichzeitig nach den vielen Schicksalsschlägen zu einer sehr vertrauensvollen Freundin der Familie entwickelt, die nicht mehr wegzudenken war. Sie kümmerte sich schon seit vielen Jahren um »ihren Paul«, wie sie ihn liebevoll nannte, und natürlich auch um die Hunde.

Sito fuhr mit Enzigs Auto, das ausgesprochen sauber und von einer geradezu peniblen Exaktheit war. Wie in dessen Büro war alles akkurat, die Sonnenbrille neben einem Stift in der Mittelkonsole, eine Packung Reinigungstücher im Seitenfach. Enzigs Ordnungszwang hatte zugenommen, das war Sito schon im Präsidium aufgefallen, wenn er Bücher auch in anderen, fremden Büros auf Kante schob, sofern er glaubte, unbeobachtet zu sein, auch die Stifte sortierte, mal nach Größe, mal nach Farbe, Notizblätter gerade ausrichtete, Kaffeebecher symmetrisch anordnete.

Jeder hatte seine Katalysatoren, um mit Unverarbeitetem fertigzuwerden. Enzig hatte seine Ordnung. Was hatte er?

Vor dem Eingang traf Sito auf Wint. Gemeinsam gingen sie nach drinnen, grüßten an der Information und liefen dann die Treppe nach oben.

»Roman war gestern bei mir«, erzählte Sito.

»Hab ich mir gedacht. Der alte Kauz macht sich Sorgen, nicht wahr?«

Sito lachte ob der Formulierung. »Kauz? Das sind wir ja wohl eher. Und du vor allem. Aber ja, du hast recht.«

»Wird schon. Also das mit Roman wird schon. Er wird seinen Ordnungstick in den Griff bekommen, wirst sehen. Im Moment lenkt seine Sorge um uns ihn vor allem von den eigenen Problemen ab. Glaub ich, also ich bin ja kein Psychologe, aber ich glaub dennoch, dass ich recht habe.« Er sah Sito an und zog dabei die Mundwinkel in die Seite. »Heute kommen wir auf jeden Fall voran. Ich hab das im Blut.«

»Na dann …«

Rosa Eckert kam ihnen entgegengerannt. »Ihr sollt sofort in den Konferenzraum kommen. Es gibt Neuigkeiten.«

Wint sah zu Sito und hob die Arme in die Luft: »Na bitte. Was hab ich gesagt?«

Im Konferenzzimmer waren einige Leute aus Goffers Team, sie hatten also Neuigkeiten zur Familie Gottlieb. Auf dem großen Tisch lagen Zeitungen ausgebreitet, und Sito konnte einige Markierungen entdecken. Goffer sah auf, war aber noch in einem angeregten Gespräch mit einer jungen Kollegin, die fortwährend nickte. Im selben Moment kam auch Enzig in den Raum. Er sah aus, als hätte er überhaupt nicht geschlafen.

»Alles okay?«, raunte Sito ihm zu.

Enzig stöhnte. »Die Kleine hat nicht geschlafen.«

»Gar nicht?«

»Doch«, seufzte Enzig, »bis ich nach Hause kam und seit ich weg bin.«

Sito und Wint, der die Antwort mitbekommen hatte, lachten.

»Armer Roman, aber das wird auch vergehen, wirst sehen, bald schläft die Kleine durch.«

»Kommt ihr mal rüber?«, rief Goffer.

»Was habt ihr entdeckt?«, fragte Sito.

»Wir haben gemacht, was Enzig vorgeschlagen hat. Wir sind die Zeitungen durchgegangen. Im Altpapier bei den Gottliebs haben wir auch noch welche gefunden. Es gab einige Anzeigen mit Tieren, auf einer war ein Kaffeefleck, also stand auf der Seite ein Kaffee, vielleicht nicht achtlos, sondern um die Seite zu studieren. Ein paar Leute telefonieren die Anzeigen schon durch. Da geht es um Hunde und Katzen. Mal sehen.« Goffer trat auf die andere Seite des großen Tisches, ein Kollege musste Platz machen, damit Goffer an die beiden aufgeschlagenen Zeitungen kam. »Aber seht mal hier, das ist vielleicht wesentlich interessanter.« Goffer zeigte auf ein Loch in der Zeitung.

»Da wurde etwas herausgeschnitten?«

»Genau«, sagte Goffer triumphierend.

»Aha, und weiter?« Wint kratzte sich an seinem Kopf, auf dem wie immer eine Mütze saß. Heute war sie grau.

Sito studierte die Seite. »Immobilienangebote«, murmelte er.

»Exakt«, kommentierte Goffer sichtlich zufrieden mit sich.

Sito nickte. »Stimmt. Hanno Gottlieb hat so etwas angedeutet, dass das Haus allmählich zu klein war. Haben wir in den Notizbüchern irgendwelche Kontakte zu Maklern gefunden? Anruflisten? Habt ihr das schon gecheckt?«

»Wird bereits erledigt. Viel wichtiger ist aber doch dies hier.« Goffer zeigte auf die andere Zeitung und eine Anzeige, die rot umrandet war.

Sito, Enzig und Wint lasen, was dort angeboten wurde und was sie auch schon hätten lesen können, hätten die Gottliebs es nicht herausgeschnitten.

»Ein Haus auf dem Land, idyllisch gelegen also. Haben wir dazu schon eine Adresse?«, fragte Sito.

»Noch nicht, aber so schwer kann das nicht sein. Wir haben einen Namen und die Nummer.«

»Gute Arbeit, Johannes.«

Der nickte, dann klingelte sein Smartphone. Während er zuhörte, hellte sich sein Gesicht noch weiter auf, was beinahe unmöglich schien. »Leute, wir haben endlich einen Hinweis. Das Auto wurde gesehen.«

»Wann?«, fragten Enzig und Sito gleichzeitig.

Goffers Freude sank ein wenig in sich zusammen, als ihm bewusst wurde, dass die Information den vorangegangenen Erfolg bereits wieder schmälerte. »Am Freitag vor den Ferien. An der Ampel zur Mainau. Die Familie hatte eine Grünphase beinahe verpasst, weil sie sich geküsst haben. Und dann haben die Kinder von der Rückbank auch noch Faxen gemacht, das hatte sich der Fahrer dahinter gemerkt.«

17

Zimmermann hatte wieder einmal die Nacht durchgearbeitet. Er würde gar keinen normalen Rhythmus mehr hinbekommen, das wurde ihm bewusst, als er morgens um fünf Uhr dreiundzwanzig seine Kaffeemaschine bediente, nachdem er zunächst überlegt hatte, ob es wohl noch die richtige Zeit war, um Wasser für Nudeln aufzusetzen. Wie sollte er jemals eine Beziehung führen können? Wahrscheinlich musste er eine Frau finden, die ebenfalls solch ungewöhnliche Arbeitszeiten hatte, was ihn wiederum an Lisa, die charmante wie souveräne Bedienung im Shamrock, denken ließ. Zu jung, zu hübsch, sagte er sich und wartete auf den Kaffee. Gegen den Hunger mussten zwei Scheiben Knäckebrot genügen, mit Butter wenigstens, aber mehr hatte seine bescheidene Küchenzeile nicht zu bieten.

Immerhin hatte er einiges herausgefunden. Nick hatte sich ungefähr ein Jahr auf verschiedenen Plattformen bewegt, die sich mit der Geschichte der Bunker aus der Nazizeit beschäftigten. Darunter waren wissenschaftliche Seiten von Universitäten ebenso wie Seiten von Fans der Militärgeschichte, aber natürlich auch von Fans der Nazizeit. Es gab allerlei Mythen, von Bunkern, die noch unentdeckt seien, über riesige stadtähnliche Anlagen unter der Erde, die Hitler angelegt habe, um den wichtigen Personen seiner Generation, den »aufrechten Menschen«, eine Zuflucht zu bieten, bis hin zu Forschungsanlagen für Atombomben.

Der größte Bunker Deutschlands befand sich in Bremen-Rekum, er war überdies der zweitgrößte Bunker Europas mit über fünfunddreißigtausend Quadratmetern. Dort sollte ein U-Boot gebaut werden. Doch dazu kam es nie. Zimmermann kratzte sich am Kopf und sah noch Hinweise auf Bunker in der ganzen Welt, auf unterirdische Stadtanlagen in Russland und wer weiß wo noch.

Er klickte weiter und folgte den Spuren von Nick, die sie ihm einwandfrei zuordnen konnten, wodurch er ja auch dem Freund von Zimmermann aufgefallen war. »Brisbane« nannte er sich, wie die Stadt in Australien. Ein Sehnsuchtsort? Zimmermann machte eine schnelle Recherche zu dem Ort, fand aber keine brauchbaren Hinweise. Er würde einen Kollegen darauf ansetzen. Dieser »Brisbane« hatte sich dann auf einer der Seiten zum Schein nach rechts außen orientiert und den Sprung in einige rechtsradikale Netzwerke geschafft, um darüber regelmäßig Bericht an Zimmermann zu erstatten. Im Netz, selbst in diesen dunklen Ecken, beobachtete jeder jeden.

Eines wusste Zimmermann nach dieser Nacht auf jeden Fall: Marc Busch hatte recht behalten, Nick hatte eine hohe persönliche Motivation gehabt, so viel zu arbeiten, und diese Motivation hatte irgendetwas mit der Geschichte der Bunker zu tun. Nur was, das war Zimmermann bislang schleierhaft. Und Nick war tot, sein Geheimnis hatte er womöglich mit in sein nasses Grab genommen.

Mit dem Kaffee setzte Zimmermann sich an seinen Schreibtisch und sah sich in dem kleinen Zimmer um, in dem neben der Pantryküche noch ein alter, verkratzter Holztisch mit zwei Stühlen, eine Plastikpflanze, ein Waschkorb mit Wäsche für den

Keller und sein Schreibtisch samt Stuhl Platz hatten. Ein Fernseher, zwei Monitore, etliche leere Bierflaschen auf dem Boden und ein altes T-Shirt über einem der Stühle. Nein, mit Lebensqualität hatte das nichts zu tun. Wurde Zeit, dass er das in Angriff nahm. Bei Nick Sperling hatte es nicht anders ausgesehen, aber der war auch fast dreißig Jahre jünger gewesen.

In der Wohnung von Nick Sperling wurden zahlreiche Dokumente zu seinen Recherchen gefunden, er hatte sogar einen Ordner angelegt und Karten angefertigt. Zimmermann versuchte, die Aufzeichnungen von Nick mit jenen Informationen zu vergleichen, die er selbst im Netz gefunden hatte. Immer wieder machte er sich Notizen, am Ende hatte er zwei Seiten zusammen, die er den Kollegen präsentieren konnte. Nach rund zehn Stunden intensiver Arbeit und Internetrecherche war er nicht nur todmüde, sondern auch zu dem Schluss gelangt, dass Nick Sperling sich vor allem für die unentdeckten Bunker in Süddeutschland und in der Region um den Bodensee interessiert hatte, hier aber nicht weitergekommen war.

Kurz vor seinem Tod allerdings hatte er mehrere virtuelle Begegnungen mit einem »Bonanza« gehabt, die Zimmermann merkwürdig vorkamen. Einerseits erweckten sie den Eindruck, als würden sich die beiden kennen, andererseits herrschte eine ungewöhnliche Anspannung zwischen ihnen, etwas Lauerndes, das Zimmermann nicht benennen konnte. Die nächste Aufgabe, die er nun seinem Team übergeben würde, war also herauszufinden, wer sich hinter »Bonanza« verbarg. Er selbst würde mit den Digitalforensikern in Stuttgart Kontakt aufnehmen, denn zweifelsohne beobachteten auch die jeden seiner Schritte, ohne zu wissen, wer sich im Einzelnen dahinter verbarg.

Irgendwann, so dachte Zimmermann in besonders zynischen Momenten, gab es keine echten Rechtsradikalen mehr im Netz, sondern nur noch V-Leute, und dennoch ging das Böse weiter, da jeder seine Rolle wahrte. Er musste an Dürrenmatts Theaterstück »Die Physiker« denken. Auch wenn der Vergleich etwas hinkte, so entsprach er doch der Absurdität der virtuellen Gegenwart.

Dürrenmatt hätte gewiss seine zynische Freude daran. Oder halt, eigentlich befanden sie sich in Dürrenmatts »Der Auftrag«. Ja, dachte Zimmermann, inszenierte Kriegsschauplätze zur Aufrechterhaltung der gegenseitigen Beobachtung. Eine Schwere legte sich auf ihn, er hatte viel geschafft, aber jetzt musste er schlafen, wenigstens eine Stunde. Kurz bevor er in den Schlaf fiel, dachte er wieder an Nick.

Er hat nach etwas gesucht, von Anfang an hat er etwas gesucht. Wir mussten ihn gar nicht anwerben, er hat vielleicht gehofft, dass er mit unserer Hilfe weiterkommt.

18

Goffer und Sito standen vor dem Haus von Wilbert Scheiffele. Beide waren sie angespannt, beide wussten sie, dass es jetzt darauf ankam, den Mann, der so gern stritt, in Sicherheit zu wiegen. Sie klingelten. Nach dem zweiten Klingeln öffnete Scheiffele. Er trug eine beige Stoffhose und einen dunkelgrünen Pulli, darüber eine braune Weste. Es sah irgendwie nach Schützenverein aus, fand Sito, wusste aber, dass seine Vorurteile ihm da einen Streich spielen mochten.

»Herr Scheiffele«, begann Goffer und streckte seine Hand aus, »mein Kollege und ich würden uns gern noch einmal mit Ihnen unterhalten. Sie waren tatsächlich der Einzige, der mit ein paar Wahrheiten rausgerückt ist.« Goffer sah sich um und machte ein verächtliches Gesicht. »Ihre Nachbarn sind ganz schön verlogen, die lachen uns ins Gesicht, während sie uns anlügen, da kommen wir nicht weiter.«

Scheiffele sah erstaunt von Goffer zu Sito. Dann verschränkte er die Arme vor der Brust und machte ein überlegenes Gesicht. »Sag ich doch.«

»Es tut uns leid, dass wir Ihnen nicht sofort geglaubt haben«, sagte Sito jetzt und nickte bekräftigend. »Wissen Sie, wir bräuchten viel mehr Leute wie Sie, aufrechte Bürger mit Zivilcourage, auch die Dinge zu sagen, die gerade nicht modern sind.«

»Hört, hört«, entfuhr es Scheiffele. Ein Hauch von Genugtuung huschte über sein Gesicht. »Da sind wir ja einer Meinung. Gibt es was Neues von den Gottliebs? Für die Jungs tut es mir wirklich leid. Aus denen hätte was werden können.«

Goffer räusperte sich. »Darüber würden wir gern mit Ihnen reden. Dürfen wir reinkommen?«

Scheiffele kniff die Augen zusammen. Das Misstrauen stand ihm ins Gesicht geschrieben. »Ungern«, sagte er und machte sich prompt ein wenig breiter.

»Das versteh ich«, sagte Sito leise und mit einem verschwörerischen Unterton, »aber wir sind nicht dienstlich hier.«

»Nicht?«, hakte Scheiffele nach und sah flüchtig in beide Richtungen die Straße hinauf und hinunter.

»Wir würden gern mit Ihnen über diese Wahrheiten sprechen. Sagt Ihnen die Gruppe ›Männer für die neue Zeit‹ etwas?« Sito und Goffer hatten sich nach gründlicher Recherche darauf verständigt, es mit diesem Bluff als Türöffner zu versuchen.

Tatsächlich hellte sich das Gesicht von Wilbert Scheiffele auf. »Na, sapperlot, da bin ich aber platt. Dann sind doch nicht alle dämlich bei der Polizei. Nichts für ungut, aber manchmal kann man schon –«

»Verrückt werden, nicht wahr?«, fragte Goffer und lachte übertrieben. »Aber wissen Sie, wie sich das anfühlt, wenn einem eine Frau als Partner zur Seite gestellt wird? Wie soll die einen raushauen, wenn man in eine Schlägerei gerät? Und wenn man sich beschwert und lieber einen männlichen Partner will, dann ist man ein Sexist. So schaut's nämlich aus. Mit Gerechtigkeit hat das nichts zu tun.« Goffer schaute zu Sito und forderte dessen Bestätigung. »Nicht wahr?«

Sito nickte beklommen und ärgerte sich im selben Moment, dass ihr Team aktuell tatsächlich männerlastig war.

»Dann kommen Sie schon rein, bevor die Nachbarin sich den Hals verrenkt.«

Das Innere des Hauses war irgendwann in den Achtzigern stehen geblieben. Dunkle sechseckige Fliesen im Flur, eine schmiedeeiserne Garderobe. Die offen stehende dunkle Holztür mit Glaseinsatz, der gelblich schimmerte, ließ den Blick auf ein moosgrünes Gäste-WC zu. Es roch muffig, nach altem Holz und wenig frischer Luft. In der Küche rotierte die Dunstabzugshaube. Sito konnte sehen, dass jemand am Herd stand.

»Inge? Kommst du mal? Wir haben Besuch.« Scheiffele blieb am Übergang zum Wohnzimmer stehen und wartete, bis seine Inge zu ihm kam und sich neben ihn stellte. Sito und Goffer tauschten einen verwirrten Blick – auch Inge sah aus, als wäre sie nicht aus dieser Zeit. Sie trug eine Blumenschürze über ihrem langen, engen Cordrock und der weißen Bluse. Ihre Haare waren am Morgen mit Lockenwicklern in Form gelegt worden. Ihr rundliches Gesicht zeigte rote Wangen und ein Grübchen am Kinn. Sie wischte sich die Hände an der Schürze trocken.

»Aber Wilbert, du hast mir gar nicht erzählt, dass wir Besuch bekommen. Was sollen die Herren denn jetzt von mir denken. Möchten Sie einen Kaffee? Ich hab auch Kuchen. Sag, Wilbert, soll ich den Kuchen von gestern aufschneiden? Von den guten Äpfeln aus dem Garten.« Sie wirkte aufrichtig bemüht und freundlich. »Sie hatten doch gewiss noch keine Zeit für Frühstück.«

Sito war ein wenig beschämt.

Scheiffele strahlte sichtbar stolz auf seine Inge, dann nickte er und wischte einmal mit der rechten Hand durch die Luft, als wollte er dem Hofstaat ein Zeichen geben. »So machen wir das, Liebes. Nicht wahr, meine Herren? Ein schönes Stück Kuchen mit eigenen Äpfeln und dazu einen Kaffee. Meine Frau bäckt hervorragend.«

»Daran hab ich keinen Zweifel«, sagte Goffer. »Also ich nehm gern eines.«

»Ich natürlich auch«, schloss sich Sito an und rang sich ehrgeizig ein Lächeln ab.

Während Inge Scheiffele in die Küche hastete und wenig später dort die Teller klapperten, führte Wilbert Scheiffele seine Gäste ins Wohnzimmer, von wo aus man auch in den Garten gelangte. Der etwa dreißig Quadratmeter große Raum wurde auf den ersten Blick von einer rustikalen Schrankwand in mittelbraunem Holz und einem dunkelbraunen Ledersofa dominiert, rechts stand die passende Essgruppe dazu. Die Fensterbänke zur Terrasse hin zierten Orchideen und Blumentöpfe, die wie einfallslose Geschenke aussahen, aber bei Inge noch einen fürsorglichen Platz gefunden hatten. An dem übergroßen Fenster hingen zwei Blumenampeln mit Efeu von der Decke. Zwei Steinengel hielten demütig ihre Köpfe zum Gebet gesenkt. Die Sitzgarnitur auf der Terrasse war vorbildlich eingepackt, der Garten sah gepflegt, aber der Jahreszeit entsprechend aus: braune Blätter und Büsche vor grauer nebliger Luft. Sitos Blick fiel auf die Regalwand voller Bücher, die bis zur Decke reichte. Hinter einer Glastür waren zahlreiche Gläser und einige Fotos ausgestellt.

»Haben Sie Kinder?«, fragte Goffer, der offensichtlich auch bei der Fotosammlung hängen geblieben war.

Scheiffele nickte. »Einen Sohn, Christoph, fünfunddreißig ist er und arbeitet bei der Bank in Villingen-Schwenningen als Berater. An den Wochenenden kommt er uns besuchen. Ist ja nicht weit, und der Kuchen meiner Frau, der ist einfach, also das sag nicht nur ich, spitze ist der, aber das werden Sie ja gleich …« Hinter ihnen deckte Inge den Tisch.

»Sie lesen viel?«, erkundigte sich Sito und studierte die Bücherrücken. Neben vielen Sachbüchern und Biografien standen dort Lexika und Romane, nichts Auffälliges. »Und sogar noch Lexika.«

»Ja, seit ich in Rente bin, hab ich ja Zeit«, sagte er augenzwinkernd. »Ich hab mich ein wenig in die Juristerei eingelesen. Eigentlich bin ich Buchhalter.«

»Von einem stupiden Thema zum nächsten«, scherzte Inge hinter ihnen, und Sito wie auch Goffer drehten sich überrascht um. Sie stand lachend vor ihnen, die Schürze hatte sie abgelegt und deutete auf den Tisch. »Wir könnten, der Kaffee ist auch schon durchgelaufen.«

Der Tisch war mit einem alten Service eingedeckt, viele kleine Blumen prangten auf Tassen und Tellern, umgeben von einem geschwungenen Goldrand. In der Mitte des Tisches thronte der Apfelkuchen in geradezu prahlerischer Schönheit. Müsste man Harmlosigkeit in einem Bild zusammenfassen – hier läge es vor ihnen, dachte Sito. Etwas ungelenk setzte er sich auf einen der Stühle.

Nach dem zweiten Stück lehnte sich Goffer zurück. »Also, Frau Scheiffele, ich muss schon sagen, Sie sind die beste Bäckerin, die ich kenne, da haben Sie wirklich Glück, Herr Scheiffele.«

»Hab ich Ihnen doch gesagt.« Er legte seine Hand auf die Hand seiner Frau. Treuherzig und dankbar sah sie ihn an.

»Ich hab das Backen noch ganz klassisch von meiner Mutter gelernt. Und natürlich in der Schule im Hauswirtschaftsunterricht. Das lernen die Mädchen heute ja gar nicht mehr«, sagte sie.

»Bedauerlich«, sagte Goffer und fischte noch einen letzten Krümel von seinem Teller.

»Mögen Sie doch noch ein Stück?«

Goffer hob abwehrend die Hand. »Ich würde ja wirklich gern, aber ich kann einfach nicht mehr.«

Inge Scheiffele sah von Goffer auf den Kuchen, dann zwinkerte sie: »Ich packe Ihnen noch ein Stück ein, und wenn Ihre Frau das Rezept möchte – fragen Sie mich einfach.« Sie schnitt ein Stück ab und schob es vom übrigen Kuchen weg. »Haben Sie denn schon Spuren von den Gottliebs? Die waren wirklich nett, ich finde es ganz furchtbar, dass sie einfach so verschwinden.«

Sito schüttelte den Kopf. Sie hatten über die Bücher von den Scheiffeles gesprochen, über das mäßige Fernsehprogramm und über die Gleichschaltung der Medien – Herr Wilbert Scheiffele bedauerte sehr, dass weder die Zeitungen noch die Sender ein klares Profil hätten –, über Urlaubspläne und Reiseziele. Dass die Scheiffeles ein Wohnmobil hatten, erfuhren Sito und Goffer ebenfalls. Aufmerksam hatten sie sich durch die Gewohnheiten der Scheiffeles getastet, oft zugestimmt, ihre Rolle gespielt. Wie gut es wäre, würden alle sich wieder etwas mehr trauen, die konservativen Werte zu leben, sich von diesem ständigen Modernisierungsdrang abzuwenden, nicht alles zerstören, was eine gut funktionierende Gesellschaft nun einmal ausmachte, wollte man nicht die Evolution revolutionieren, was ohnehin nicht möglich sei.

»Im Leben geht es darum, die natürlichen und von Gott gewollten Fähigkeiten zu akzeptieren und, so gut es geht, anzuwenden«, behauptete Scheiffele und hatte den Vergleich mit einer Fußballmannschaft gebracht, dass man schließlich den Verteidiger auch nicht im Sturm einsetzen könne. »Männer können nun mal keine Kinder kriegen«, hatte er gesagt und »und sicher nicht so guten Apfelkuchen backen« hinzugefügt und seine Frau wohlwollend angelächelt. Sito fröstelte, konnte er doch in dieser Geste weniger Güte als vielmehr Gönnerhaftes erkennen, obgleich das bestimmt dem Gesamtzusammenhang geschuldet war. Es widerstrebte ihm zutiefst, zu all den Aussagen stumm zu nicken. Konnte man Antifeminist und trotzdem liebevoller und respektvoller Ehemann sein, hatte er sich gefragt und sich selbst die Antwort gegeben: Gewiss, solange die Ehefrau brav ihre Rolle erfüllte.

»Wir tappen da leider noch im Dunkeln, was ungewöhnlich ist«, erklärte Goffer.

»Hm, wir würden wirklich gern helfen«, sagte Inge Scheiffele ernst. »Nicht wahr, Schatz?«

»Hab ich ja schon«, sagte ihr Mann, »also versucht zumindest.« Er stand auf und entschuldigte sich.

Inge sah ihrem Mann nach, dann beugte sie sich nach vorn. »Meine Herren, ich weiß, weshalb Sie da sind, also weshalb Sie wirklich da sind.«

»Was meinen Sie?«, fragte Sito.

»Na, kommen Sie, ich weiß sehr wohl, wie sich mein Mann

manchmal aufführt und wie er nach außen wirkt, aber im Grunde sind wir ganz normale Leute.«

Sito und Goffer tauschten einen Blick.

»Frau Scheiffele, ich weiß nicht, wovon Sie reden, ehrlich«, sagte Goffer, »wir sind hier, weil Ihr Mann ein paar interessante Ansichten hat und wir ihn näher kennenlernen wollten.«

»Wie Sie meinen. Er ist stockkonservativ, keine Frage, aber er ist nicht radikal und schon gar nicht bösartig.«

Sito wunderte sich im Stillen, dass Frau Scheiffele derart vorpreschte. Hatte sie Angst, dass sie unter Verdacht standen? Weshalb verteidigte sie ihren Mann präventiv? »Keine Sorge, wir ermitteln nicht gegen Ihren Mann, falls das –«

Sie fixierte Sito. »Unterschätzen Sie mich nicht. Ich habe Abitur gemacht, und nur weil ich eine gute Ehefrau abgebe und den besten Apfelkuchen backe, heißt das nicht, dass ich hinter dem Mond lebe. Ich habe – Oh, da bist du ja wieder, Wilbert.«

»Hab ich was verpasst? Sie gucken ja so ernst!«

Goffer und Sito winkten ab, und Sito wusste in dem Moment, dass er sich selbst nicht glauben würde.

Wilbert Scheiffele zog eine Schnute, dann legte er seiner Frau die Hände auf die Schultern. »Hast du wieder die Wogen geglättet meinetwegen, Schatz?« Und an seine Gäste gewandt, fügte er hinzu: »Meine Frau bremst mich immer wieder. Ich weiß, dass sie mit meiner Streitlust nicht zufrieden ist, aber ich bin wenigstens ehrlich, sag ich immer.« Er ging an sein Bücherregal und zog einige Bücher hervor, um sie dann wieder zurückzuschieben. »Wo ist es denn?«, murmelte er und freute sich wenig später. »Ah, genau, das hab ich gesucht.« Mit einem Zeitungsausschnitt in der Hand kam er zurück zum Tisch. Er reichte ihn Sito. »Das könnte Sie vielleicht interessieren. Ich hab das komplett vergessen, aber es wird ja demnächst auch wieder aktuell werden.«

Sito und Goffer starrten auf den Zeitungsausschnitt, der schon ein paar Jahre alt war. Darin ging es um einen Mitarbeiter in einem Pharmaunternehmen, den Biologen G., der schwere Anschuldigungen erhob wegen Ungereimtheiten bei Versuchsanordnungen. Der Artikel war vage formuliert, der Verfasser oder die Verfasserin nur mit dem Kürzel genannt. Am Ende hieß es, dass G. und das Unternehmen sich einvernehmlich getrennt hätten und die Ungereimtheiten scheinbar beigelegt worden seien. Ohne Frage hatte derjenige, der den Bericht für den Südkurier geschrieben hatte, seine Zweifel daran.

»G. ist unser Herr Gottlieb?«, fragte Goffer unnötigerweise.

»Weshalb sonst hätte ich Ihnen den Artikel geben sollen?«, entgegnete Scheiffele mit siegessicherer Stimme. »So viel zu dem Thema, er wäre freiwillig Hausmann geworden. Die Dinge haben sich nach außen hin lediglich günstig gefügt, wenn Sie mich fragen.«

»Dich fragt aber keiner, Schatz«, sagte Inge und legte ihrem Mann eine Hand auf den Arm, als wollte sie ihn im Zaum halten.

»Vielleicht doch«, sagte er und sah zu Sito.

»Weshalb wird das Thema jetzt wieder aktuell?«, fragte Sito.

»Weil das Unternehmen mit ebendiesem Medikament auf den Markt will, um das es damals ging«, sagte Scheiffele und platzte beinahe vor Stolz.

19

435 mal 4657 ergibt 2.025.795.

Sein Blick ist vom Vorübergehen der Stäbe so müd geworden …

657 mal 999 ist 656.343.

… dass er nichts mehr hält.
Ihm ist, als ob es tausend Stäbe gäbe
Und hinter tausend Stäben keine Welt.
1244 mal 1244 ist gleich 1.547.536
An keinem wie an einer Heimat hängen.
Zwei Herzen schlagen, ach, in meiner Brust …

Wer die Schönheit angeschaut mit Augen,
Ist dem Tode schon anheim…
Dann geht ein Bild hinein …

Helen hielt inne in der Bewegung. Sie versuchte, sich zu konzentrieren, aber sie brachte das Gedicht von August von Platen nicht mehr zusammen. »Ist dem Tode schon anheimgegeben«, wiederholte sie laut in den Raum, ihre Stimme, die ihr immer fremder vorkam, suchte nach einem Echo und verhallte im Nirgendwo. Und dann rutschte sie doch wieder zu Hesses »Stufen«-Gedicht, das bei höheren Geburtstagen so beliebt war, und Goethes Zeile über die Zerrissenheit, um immer und immer wieder bei Rilkes »Panther« zu landen, dessen letzte Zeile ihr jedes Mal eine Gänsehaut über den Körper jagte. Formvollendeter Untergang. »Und hört im Herzen auf zu sein«, sagte sie laut in den Raum und wusste, was Rilke empfunden hatte. Im Herzen hörte alles zuerst auf, es war die Auskoppelung des Gehirns, das Alter Ego des Geistes, jene kleine geheime Stelle, die weder der Geist noch der Verstand bezwingen konnten. Dort, in diesem kleinen Herzen, das mehr war als ein lebenswichtiges Organ, das die entscheidenden einundzwanzig Gramm der Seele ausmachte, diesen letzten Atem nach dem Tod, hörte das Bild auf zu sein. Es gab keinen treffenderen Ausdruck für die innere Emigration, für dieses Sterben auf Raten.

Helen biss sich auf die Lippen. Denk nach, sagte sie zu sich und schlug sich mit der flachen Hand gegen den Kopf. Denk an August von Platen. An die Schönheit, für die es sich zu sterben lohnte. An Don Carlos von mir aus und seine Geliebte, bloß weg von Rilke. Es war wichtig, im Kopf wach zu bleiben, wichtig, hier drin nicht verrückt zu werden. Irgendwo, so glaubte sie fest, waren ihre Kinder und warteten auf sie. Und daher wollte sie kämpfen, bis auch der letzte Funken Hoffnung verloren war. *Und hört im Herzen auf zu sein …*

»Wer die Schönheit angeschaut mit Augen«, wiederholte sie laut die erste Textzeile des Platen-Gedichts, und dann fiel es ihr wieder ein. Sie nahm eine aufrechte Haltung ein und sprach mit klarer Stimme gegen die Tür und ein verborgenes Publikum dahinter: »Wer die Schönheit angeschaut mit Augen, ist dem Tode schon anheimgegeben. Wird für keinen Dienst auf Erden taugen, und doch wird er vor dem Tode beben, wer die Schönheit angeschaut mit Augen.«

Sie behielt den Kopf oben, kämpfte gegen die Tränen und fühlte doch einen trotzigen Stolz in sich. Sie würde sich nicht aufgeben, sie würde sich nicht unterkriegen lassen. Sie drehte sich zur Seite und rezitierte auch noch Rilkes »Panther«-Gedicht mit dem Blick zur Kamera.

Danach fühlte sie sich wie erschlagen. Sie hatte geturnt, war gehüpft und hatte Liegestütze gemacht, bis sie nass geschwitzt und völlig erschöpft war. Nach der Dusche hatte sie ihren Geist trainiert, sich Rechenaufgaben gestellt und sie im Kopf gelöst und schließlich Gedichte rezitiert. Jetzt aber konnte sie nicht mehr. Sie schlich zu ihrer Matratze und ließ sich fallen.

Minuten später fiel sie in einen unruhigen Schlaf. Sie träumte wie so oft von den Jungs. Sie hatten weiße Anzüge an wie ein Imker und kamen auf sie zu. Sie wollte ihre Kinder umarmen, aber sie konnte sich nicht bewegen. Dann sah sie ihren Mann, doch auch er konnte sich nicht bewegen, er war gefangen in einem Bienenstock.

Helen schreckte hoch. Es war grauenhaft, sich immer wieder in diesen Träumen wiederzufinden. Es war Folter, eine immer wiederkehrende Folter. Schon mehrfach hatte sie überlegt, ob ihr Medikamente verabreicht wurden, solche, die träge machten, die ihr gleichzeitig aber die Möglichkeit nahmen zu schlafen, richtig tief zu schlafen. Medikamente, die sie irgendwann willenlos und seelenlos werden ließen. Aber sie aß nur verpackte Lebensmittel, hauptsächlich Konserven. Wie sollte eine Droge oder ein Medikament zu ihr gelangen? Aber schließlich war auch der Brief zu ihr gelangt, ohne dass sie das gemerkt hatte.

Ich bin allein und werde hier alleine sterben.

Sie konnte nicht einmal mehr weinen. In ihr fühlte es sich an wie nach einem Brand, wenn die Asche erkaltete, wenn nur

Staub zurückblieb von dem Feuer, das von einem Leben hätte erzählen können.

Wieder kämpfte sie dagegen und stachelte sich an, nicht aufzugeben. Jeden Tag aufs Neue.

Und irgendwann zwischen Zahlen und Versen, zwischen Turnübungen und dem immer kritischeren Blick auf das Essen, zuckte sie zusammen. Ein fremdes Geräusch. Sie sah sich hektisch um, was keinen Sinn machte. Sie war allein. Und blieb es. Doch auch das Geräusch war da. Sie hatte es sich nicht eingebildet. Sie lauschte, um einschätzen zu können, woher es kam, und krabbelte dann auf allen vieren zu der Seite des Raumes mit dem Bücherregal. Da. Wieder. Ein Klopfen. Da war ein Klopfen, etwas, das sich dumpf einen Weg in ihre Einsamkeit bahnte. Ein Zeichen aus der Welt. Ein Lebenszeichen. Es gab sie noch, die Welt. Gab es sie noch, die Welt?

Sie zitterte, als sie selbst das erste Mal gegen die Wand klopfte. Kam eine Antwort? Wartete da jemand auf eine Antwort? Fieberhaft blickte sie sich wieder um. Ein Gegenstand wäre besser geeignet, am besten sollte sie gegen eines der Rohre klopfen, Metall auf Metall, das würde besser hallen, sich besser als Klang verbreiten. Sie sprang auf und rannte zur Küchenzeile. Die Müdigkeit war aus ihrem Körper verschwunden. In einer Schublade fand sie, was sie suchte: eine Schöpfkelle. Sie rannte zurück zu dem Bücherregal, setzte sich wieder auf den Boden und legte das rechte Ohr an die Wand. »Bitte, klopf noch einmal. Bitte, Gott, lass dort einen Menschen sein«, flehte Helen und klopfte mit der Schöpfkelle gegen die Wand, dann gegen das Rohr, das sich unweit vom Boden nach oben schlängelte. Es war ein hässliches Geräusch.

Nichts. Stille.

Hatte sie sich das Klopfen doch nur eingebildet? Sie klopfte wieder, wartete. Hatte sie zu lange gezögert?

»Nein«, schrie sie, »bitte geh nicht!«

Sie klopfte wie wild gegen die Wand, schrie immer wieder um Hilfe und den Namen ihrer Lieben.

Nichts. Stille.

Helen überlegte verzweifelt, wie sich Geräusche ihren Weg bahnten, was ein klopfendes Geräusch auslösen könnte. Regen? Ein Steinrutsch? Wo zum Teufel war sie?

Schließlich sank sie in sich zusammen, streckte sich auf dem Boden aus und weinte nun doch.

20

»Wie kann das sein?«, rief Goffer in sein Smartphone. Sein Gesicht war hochrot. Sito hielt Goffer seine Handflächen entgegen und bedeutete ihm, einen Gang zurückzufahren, doch Goffer echauffierte sich weiter. »Wir stehen da wie Idioten, weil du nicht einmal nachgefragt hast! Das ist hundsmiserable Ermittlungsarbeit … Ist mir egal, was die Unternehmensführung gesagt hat, immerhin hat ein Presseheini auch … Ja, das wäre sicher das Beste!«

»Beruhige dich, das war nicht zu erahnen«, sagte Sito, nachdem Goffer das Gespräch beendet hatte. Sie standen vor dem Haus der Gottliebs und warteten dort auf den Bruder Hanno Gottlieb.

»Nicht zu erahnen, das stimmt, aber offenbar auch kein Geheimnis.« Goffers Stimme klang immer noch aufgebracht. »Was, wenn die etwas vertuschen wollen? Im ganz großen Stil?«

»Wie soll das denn gehen? Indem man eine ganze Familie verschwinden lässt?« Sito winkte ab. »Ich halte grundsätzlich vieles für möglich in der Pharmaindustrie, aber allein dieser direkte zeitliche Zusammenhang spricht dagegen. Dass die Gottliebs verschwunden sind, ist eher kontraproduktiv, die Konkurrenz könnte doch ebenfalls auf diesen zurückliegenden Streit stoßen.« Sito sah auf die Uhr. »Wir benötigen da erst einmal mehr Informationen. Wen hast du geschickt?«

»Tim und Struppi in die Firma, die Müller und Simone zur Zeitung.«

Sito schüttelte lachend den Kopf. »Dir ist klar, dass die beiden irgendwann mitkriegen, wie sie genannt werden, oder?«

»Na und? Wer sie sieht, weiß, weshalb.« Goffer kratzte sich am Kinn. »Das gefällt mir alles nicht. Dass dieser Scheiffele uns mit dieser Geschichte überfallen konnte und so kalt erwischt hat. Überhaupt, dass dieser Typ so ist, wie er ist, das ist gelinde gesagt scheiße.«

Erstaunt sah Sito seinem Kollegen ins Gesicht. »Was ist denn los? Vielleicht ist es schlicht so, wie seine Frau sagt: ein Hund, der bellt, aber nicht bösartig ist.«

»Hunde, die bellen, beißen nicht, ich weiß. Manche bellen und lassen dann den Beißern den Vortritt, und die Beißer wiederum brauchen die Beller hinter sich. Das ist ein Teufelskreis, da darf man sich nichts vormachen. Die Beller sind demnach genauso gefährlich, und das weißt du so gut wie ich.«

Sito sagte nichts mehr. Ihm ging Inge Scheiffele nicht aus dem Kopf, ihre Aussage, man solle sie nicht unterschätzen, nur weil sie hier ihre Rolle spielte. Aus den Unterlagen von Zimmermann wusste er, dass auch Frauen die Ansicht vertraten, es wäre besser, zur alten Ordnung zurückzukehren. Auch sie störten sich an der »modernen Frau«, die ihnen allen das Leben schwer machte. Stellten sich mit Rechtsradikalen auf die Straße und grölten frauenfeindliche Parolen, die »falschen« Frauen Vergewaltigung und Tod an den Hals wünschten, brachten jenen »starken« Männern ihre Anerkennung entgegen, von denen die erfolgreichen, also *falschen* Frauen auf übelste Weise im Netz erniedrigt wurden. Alles Beller, doch Sito wusste, dass Goffer recht hatte, wer die Beller nicht bändigte, riskierte, dass die Beißer sich ermutigt fühlten. Das AfD-Phänomen, abgeschliffene, vermeintlich harmlose Parolen für die Masse, die nicht mehr merkte, was sie da bellte.

»Wo bleibt der denn?« Goffer sah sich ungeduldig um.

Sito folgte seinem Blick die Straße nach oben und nach unten, doch noch immer war kein Auto zu sehen. Die Straße wirkte regelrecht verlassen. Ob die Menschen Angst hatten, auch Opfer von Entführern zu werden? Die Angst ließ Menschen ja das Unmöglichste glauben. »Er kommt bestimmt gleich. Wir warten noch gar nicht so lange«, sagte Sito.

Goffer stöhnte. »Ich bin so geladen, ich kann's dir gar nicht sagen. Die Kinder sind heute seit zwei Wochen weg. Am Ende finden wir eine tote Familie, ich seh es kommen, und ich will keine toten Kinder finden, verdammt.«

»Das will keiner von uns«, sagte Sito leise. »Aber wir dürfen nicht die Nerven verlieren, okay? Reicht, dass Wint hier andauernd auf Cowboy macht.«

Goffer streckte seinen Oberkörper in beide Richtungen. »Und dieser Scheißrücken meckert permanent.« Er sah zur Seite. »Willst du meine ehrliche Meinung?«

Sito zog seinen linken Mundwinkel leicht nach oben. »Wahrscheinlich besser nicht.«

Endlich bog ein Wagen in die Straße ein, ein silbergrauer Volvo, der vor ihnen zum Stehen kam. Hanno Gottlieb stieg aus. Er sah übernächtigt aus und entschuldigte sich, dass er so lange gebraucht hatte, aber er habe noch ein geschäftliches Telefonat führen müssen.

»Schon in Ordnung. Wir sind froh, dass Sie überhaupt so schnell kommen konnten. Wir haben ja am Telefon schon erklärt, worum es geht. Wir hätten gern, dass Sie uns bei der Sichtung der beruflichen Unterlagen Ihres Bruders helfen.«

»Kein Problem. Er hat sicher alles im Keller aufbewahrt, dort hat er sich ein kleines Büro eingerichtet, falls er demnächst zur Arbeit zurückkehren würde.« Hanno Gottlieb sperrte die Tür auf, nachdem Goffer das Siegel entfernt hatte. »Ich kann mir gar nicht vorstellen, dass Sie da irgendetwas finden.«

»Wir sind wegen des Rechtsstreites von damals aufmerksam geworden«, begann Goffer.

»Und ehrlich gesagt ein wenig überrascht, dass Sie uns davon nichts erzählt haben«, fügte Sito hinzu.

Hanno Gottlieb blieb abrupt stehen und drehte sich im Flur des Hauses um. »Was meinen Sie? Wegen der Laborarbeit?«

»Was auch immer. Es gab damals einen Streit, und wir hätten das gern erfahren.«

Gottlieb runzelte die Stirn und fuhr sich mehrmals durch die Haare. Er schien nachzudenken, wirkte aber nicht verunsichert, eher erstaunt. »Und jetzt kommen Sie drauf, weil …?«

»Herr Scheiffele war so freundlich«, sagte Goffer spitz.

Hanno Gottlieb stöhnte laut auf. »Dieses alte Schreckgespenst. Mein Bruder hat mir schon von ihm erzählt. Er hielt ihn für hochgradig paranoid, jemand, der überall einen Hinterhalt und eine Verschwörung gegen sich wittert. Widerlicher Typ angeblich. Außerdem soll er die Nachbarn permanent beobachtet und schikaniert haben. Ich würd dem auch Kameras zutrauen. Ständig passte ihm etwas nicht. Und dieser Idiot lästert jetzt über meinen Bruder? Was stimmt denn mit dem nicht?« Gottlieb verschränkte abweisend die Arme.

»Beruhigen Sie sich, so war das gar nicht. Wir haben selbst mitbekommen, dass Herr Scheiffele etwas schwierig in der Nachbarschaft ist. Er hat uns lediglich einen Artikel gegeben. Aber jetzt lassen Sie uns einfach in das Büro gehen.«

Hanno Gottlieb nickte, sein Gesichtsausdruck blieb indessen mürrisch. Er ging voran die Kellertreppe nach unten und dort in den letzten Raum auf der rechten Seite. Der Raum war mit Holz verkleidet und gemütlich eingerichtet mit einem beigen Sofa und orangen Kissen darauf sowie einer Hi-Fi-Anlage samt Plattenspieler und Standboxen. Am Boden lag ein rot gemusterter Teppich. Ein Regal stand neben dem Computertisch mit Fachliteratur eines Biologen. Hanno Gottlieb setzte sich auf den Schreibtischstuhl und drehte sich hin und her. »Mein Bruder wollte gern in Vaterzeit, das war keine Notlösung wegen des Vorfalls, auch wenn dieser Scheiffele das sicher so dargestellt hat, hab ich recht?«

»Zumindest war die zeitliche Nähe auffallend«, bestätigte Sito.

Gottlieb schüttelte schnaubend den Kopf. »Dieser Affe, ehrlich, und da muss man sich schon bei den Affen entschuldigen, um die es im Übrigen gegangen war.«

»Bitte was?«, fragte Sito.

»Bei den Ungereimtheiten.«

Sito und Goffer tauschten einen verständnislosen Blick. »Ich fürchte, das müssen Sie genauer erklären«, begann Goffer.

»Das dachte ich mir, dass dieser Scheiffele nur den Verdacht in den Raum gestellt hat, mein Bruder hätte sich entschädigen lassen und dann die Klappe gehalten. So war es absolut nicht.«

»Okay«, sagte Sito und setzte sich auf das Sofa. Goffer folgte ihm. »Dann erzählen Sie mal.«

»Das Unternehmen entwickelt, wie Sie sicherlich schon wissen, Medikamente. Für die Entwicklung macht das Unternehmen Tierversuche, das ist nicht schön, aber anscheinend in gewissem Umfang noch immer nicht verzichtbar, wobei sich da die Geister definitiv scheiden. Meine Frau etwa behauptet das Gegenteil, sie ist Ärztin und Mitglied der Organisation Ärzte gegen Tierversuche. Auf jeden Fall forschen auch viele Ärzte und Biologen und weitere Wissenschaftler daran, Tierversuche komplett ersetzbar zu machen, indem sie Zellen künstlich herstellen, um die Versuche durchzuführen. So oder so ähnlich, meine Frau könnte Ihnen das auf jeden Fall besser erklären, ich bin nicht vom Fach. Mein Bruder war gegen Tierversuche, wenn sie sinnlos waren und es Alternativen gab. Das war ein Streitpunkt, denn Sie müssen wissen, dass es billiger war und vermutlich immer noch ist, sich einen Lkw voller Beagles kommen zu lassen, um die Versuchsreihe durchzuführen, als die Zellen dafür entwickeln zu lassen oder andere Alternativen zu nutzen. Mein Bruder hat jedoch genau daran immer wieder gearbeitet und sich bei seinen Vorgesetzten dafür eingesetzt.«

»Beagles sind Hunde, oder?«, hakte Goffer nach.

»Stimmt. Beliebte Versuchstiere wie Mäuse, Kaninchen oder Ratten.«

»Und Affen«, sagte Sito und dachte an die große Demo in Konstanz, als es um einen Lkw voller Versuchsaffen ging. »Ich erinnere mich an den Skandal.«

Gottlieb holte tief Luft. »Es war nicht wirklich ein Skandal, dennoch war der Aufschrei ähnlich groß wie neulich bei der Versuchsanstalt in Hamburg wegen der tierquälerischen Methoden.« Gottlieb rollte auf dem Stuhl hin und her und suchte das Regal mit den Büchern ab. Er holte einen Ordner und reichte ihn Sito. »Hier hat mein Bruder alles dokumentiert. Die Versuche an den Affen beschrieb er als ebenso grausam wie unnötig und forderte das Unternehmen auf, davon abzusehen. Tierschutzorganisationen mischten sich ein und merkten, dass sie einen Fürsprecher innerhalb des Unternehmens hatten, der sie außerdem mit Informationen versorgte über die nächste Lieferung. Die war nicht wirklich geheim, Spionage war das nicht, aber trotzdem ein Grund für eine ernsthafte Auseinandersetzung und eine Abmahnung – und das dann eben doch wegen Spionage. Dann kam wieder eine große Lieferung, und rund fünfhundert Menschen sind vor dem Unternehmen aufgelaufen. Mein Bruder hat sich zu ihnen gesellt. Er hatte zu dem Zeitpunkt bereits beschlossen, das Unternehmen zu verlassen.«

»Aha«, kommentierte Sito, war sich aber sicher, dass noch etwas fehlte.

Gottlieb lächelte. »Dann ist etwas Ungünstiges passiert, was das Fass zum Überlaufen brachte. Es sollten fünfundzwanzig Affen geliefert werden. Die Tierschützer verschafften sich Zutritt zu dem Lkw und zählten vierzig Affen. Die Situation drohte aus dem Ruder zu laufen, sodass die Polizei die Versammlung auflösen musste. Von da an sind die Akten zu diesem Vorfall geschlossen.«

»Nicht Ihr Ernst«, schimpfte Goffer und ließ sich zurückfallen.

Gottlieb zuckte die Schultern. »Offiziell wohl. Aber in Ihrem Haus wird man bestimmt besser Bescheid wissen, oder nicht?«

Sito ignorierte die Anspielung und beschloss, der entsprechenden Abteilung zeitnah einen Besuch abzustatten. »Und was war inoffiziell?«

»Inoffiziell haben mein Bruder und das Unternehmen sich

einvernehmlich getrennt, und mein Bruder ist in Elternzeit gegangen. Die Abfindung belief sich auf eine sechsstellige Summe, aber nicht so hoch, dass man sie als Schweigegeld bezeichnen könnte. Die überschüssigen Affen waren angeblich ein Versehen der Zulieferer, die die Affen zurückgenommen hätten, doch die Tierschützer kämpften erfolgreich dafür, dass wenigstens diesen fünfzehn Affen die Freiheit geschenkt wurde. Sie kamen meines Wissens in ein Auffanglager für Versuchsaffen in Belgien.«

»Und die anderen fünfundzwanzig Affen?«, fragte Goffer.

»Sie starben für die Wissenschaft. Die Überlebensdauer eines Versuchstiers liegt unter einem Jahr, was vielleicht auch ganz gut ist. Das Martyrium ist lang genug. Für nichts und wieder nichts, wie meine Frau sagen würde.« Gottlieb machte eine Pause, dann fügte er hinzu: »Mein Bruder hat einmal gesagt, dass manche Kollegen einfach den Nervenkitzel brauchen, die Versuche an lebendigen Wesen durchzuführen. Er und meine Frau hätten stundenlang darüber philosophieren können. Ich lieber nicht. Auf Alpträume kann ich verzichten.«

»Weshalb haben Sie uns das letzte Mal nicht davon erzählt?«, fragte Goffer.

»Weil das Jahre her ist«, erwiderte Gottlieb lapidar. »Niemand kam zu Schaden. Was sollte das jetzt mit dem Verschwinden der ganzen Familie zu tun haben?«

»Weil jetzt das Medikament auf den Markt kommt, an dem damals geforscht wurde«, sagte Sito ruhig.

Gottlieb machte den Mund auf, dann sackte er in sich zusammen. »Das wusste ich nicht.«

21

Erste Nebelschwaden lagen über der Abzweigung zur Mainau. Bereits jetzt am Nachmittag hatte man das Gefühl, der Abend kündige sich an. Dennoch standen allerlei Fahrzeuge auf dem

Parkplatz, gewiss nutzten etliche Einheimische die Ruhe auf der Blumeninsel, oder sie spazierten einfach so über die Mainau, gingen ohne allzu viele Menschen in das Schmetterlingshaus, aßen Kuchen im Restaurant oder besuchten eine der Sonderausstellungen in der Orangerie. Welche war es doch gleich? Sito wusste es nicht. Die Ampel stand auf Rot, obwohl kein weiteres Auto zu sehen war.

»Immerhin müssen sie hier vorbeigekommen sein«, sagte Goffer.

»Das stimmt. Das Auto der Gottliebs wurde hier gesehen.«

»Dann sind wir also mal gespannt, wohin uns das ausgeschnittene Zeitungsinserat führt.« Goffer stützte den Ellbogen an der Tür auf und legte seinen Kopf in seine Hand. »Ich bin unheimlich müde. Ist wohl die Herbstmüdigkeit.«

»Bestimmt«, sagte Sito.

Als das Navi ihn weiter nach Litzelstetten führte und dort nach links auf den Purren, spürte er ein Ziehen in seiner linken Schläfe. Es war eigenartig, dass diese Narbe sich immer dann meldete, wenn eine andere schmerzende Erinnerung berührt wurde, als wäre sie das Ventil für traurige Gedanken. Wie eine Feder strich diese Erinnerung nun über sein Gesicht und hielt inne an jenem Punkt, der ihn seit seiner Kindheit festhielt. Als das Messer seines Vaters ihn an dieser Stelle getroffen hatte, aus Versehen, und er und sein Vater einander in die Augen geblickt hatten, so fassungslos, da war etwas in ihm auf ewig gebannt worden.

Jetzt fuhr er auf den großen Baum zu, der die Weggabelung markierte, nach rechts würde der Weg sich vom höchsten Punkt oberhalb von Litzelstetten mit der umwerfend schönen Aussicht über den See wieder nach unten schlängeln, hinein in den Wald. Drei Jahre zuvor hatte Sito hier seinen Hund Pollux beerdigt, unweit stand inzwischen ein Waldsofa. Das hätte Pollux gefallen, neben seinem Herrchen dort zu liegen und die Ruhe zu genießen. Pollux, der im Wald an dem Weiher so gern die Enten begrüßt hatte.

»Was ist los? Weshalb hältst du?«, erkundigte sich Goffer und sah sich um.

»Moment«, sagte Sito und stieg aus.

Es war still auf dem Purren zu dieser Jahreszeit, der nahe gelegene Grillplatz wurde nicht mehr benutzt, der Ort gehörte wenigen Wanderern. Hier auf knapp über fünfhundert Metern Höhe schienen Sito die Welt und die Luft reiner zu sein, auch wenn dies nur Einbildung war. Hinter dem Nebel lagen die Mainau und irgendwo die fernen Berge.

»Paul?« Hinter Sito schlug eine Autotür zu. Goffer trat neben ihn. »Was ist los? Hab ich was verpasst?«

»Überlegst du dir auch manchmal, einfach abzuhauen?«

Goffer schnaubte. »Manchmal?«

Sito blickte zur Seite und seufzte. »Vielleicht wollten die Gottliebs einfach nur weg.«

»Komm, Paul, lass uns weiterfahren. Du und ich, wir werden nie abhauen. Das passt einfach nicht zu uns.« Er holte tief Luft. »Irgendwie hat sogar der Nebel was Tröstliches, findest du nicht?«

Sie fuhren weiter, und Sito wunderte sich. Dieses Gebiet kannte er noch gar nicht, obwohl er hier schon oft spazieren war. Wenig später lichtete sich der Wald und öffnete den Blick auf großflächige Wiesen. Sie bogen in eine Allee mit Apfelbäumen ein, die als dunkle Gerippe den Weg säumten, an dessen Ende ein großer Hof zu erkennen war.

»Das muss es sein«, sagte Goffer, und seine Stimme klang belegt. Auf der Wiese neben ihnen standen zwei Pferde. Sie blickten müde auf, dann grasten sie weiter.

Sito fuhr auf den Hof und parkte. Sie stiegen aus und sahen sich um. Etwas fiel scheppernd zu Boden, es folgte wildes Gebell, und Sekunden später kam ein Golden Retriever um die Ecke geschossen und baute sich vor ihnen auf. Doch es war kein böses Bellen, eher ein aufgeregtes. Sito wandte sich dem Hund zu und begrüßte ihn.

»Hallo?«, rief Goffer, dem augenscheinlich nicht so wohl war mit dem Hund. »Ist hier jemand?«

»Wer sind Sie?«

Sito und Goffer fuhren herum. »Was zum Teufel –«, entfuhr es Goffer angesichts des Mannes in der seltsamen weißen Montur mit Haube auf dem Kopf. Auch Sito war im ersten Moment erschrocken, jedoch erkannte er schnell, dass es sich um die Kleidung eines Imkers handelte. Der Mann nahm die Haube ab und wiederholte seine Frage: »Wer sind Sie? Jack, aus, komm her!« Der Hund ließ sofort von Sito und Goffer ab und rannte zu seinem Herrn.

Das Gesicht des Mannes, der jetzt auf sie zukam, war gezeichnet von viel Arbeit im Freien, es zeigte die tiefe, anhaltende Bräune und die Spuren von Wind und Wetter. Und auch wenn seine Schritte rund und dynamisch wirkten, so verriet doch das Gesicht, dass der Mann deutlich über siebzig Jahre sein musste.

»Wir sind von der Polizei«, sagte Sito und zeigte seinen Ausweis. »Ich bin Hauptkommissar Sito, und das ist mein Kollege Hauptkommissar Goffer. Wir hätten ein paar Fragen an Sie. Sie sind doch Herr Heiner Fellhammer, oder?«

Der Mann nickte. »Worum geht es denn?«

»Können wir das vielleicht drinnen besprechen?«

Die Tür wurde geöffnet, und eine Frau kam heraus. Sie war etwa so alt wie der Mann und trocknete sich gerade die Hände an der Schürze ab. Sito und Goffer tauschten einen schnellen Blick, und Sito wusste sofort, dass sie beide das gleiche Déjà-vu hatten.

»Was gibt es denn, Schatz? Was wollen die Herrschaften von dir?«

In der Frage lag weniger Sorge als vielmehr Abneigung, so kam es Sito vor.

»Wir haben nur ein paar Fragen«, sagte er schnell.

»Gut. Gehen wir hinein.« An seine Frau gewandt fügte er hinzu: »Machst du uns Tee?«

Sie nickte und verschwand.

Heiner Fellhammer legte seine Imkerkluft vor der Eingangstür auf die Holzbank und ging ins Haus. Als Sito als Letzter eintreten wollte, sah er im Augenwinkel einen Jungen aus dem Seitenhaus laufen. Der blickte sich um und lief dann eilig am Rande der Wiese in Richtung Mülltonnen, wo er etwas hineinschmiss. Als er auf demselben Weg zurück zum Haus eilte, bemerkte er, dass Sito ihn beobachtet hatte. Er blieb stehen, grinste verlegen, dann legte er den Zeigefinger vor seine Lippen und verschwand in dem kleinen Anbau.

Drinnen war es angenehm warm. Fellhammer ging in die Stube, wo ein großer Tisch stand, auf den seine Frau gerade eine Kanne stellte, die den Duft nach Hibiskus verströmte.

»Bitte, meine Herren.« Sie klang jetzt sehr freundlich und verteilte den dampfenden Tee.

Sito und Goffer setzten sich, nahmen die Tassen entgegen.

»Sie sind Heiner und Gisela Fellhammer?«, fragte Sito.

Die beiden sahen einander an und nickten. Er hatte die Arme auf dem Tisch verschränkt.

Sito reichte ihnen das Inserat. »Sie möchten ein Haus vermieten?«

»Ach, darum geht es«, sagte Gisela Fellhammer und legte ihrem Mann ihre Hand auf den Unterarm. »Schatz, ich dachte, das wäre geklärt?«

»Irgendjemand hat uns einen Streich gespielt«, brummte er. »Wir vermieten nichts.«

»Aha.« Goffer sah sich um. »Zu wievielt leben Sie hier denn? Das ist ja ein großes Gelände.«

»Wir beide, mein Sohn und seine Frau und ihre Kinder. Warum wollen Sie das wissen?«

»Wir haben das Inserat bei einer Familie gefunden, die verschwunden ist«, erklärte Sito, »und wir versuchen jetzt, die letzten Wege der Familie nachzuvollziehen.«

Frau Fellhammer schlug sich eine Hand vor den Mund. »Wie schrecklich«, presste sie hervor. »Eine Familie ist verschwunden? Wann?«

Goffer kratzte sich am Kopf. »Hören Sie denn keine Nachrichten?«

Sie schüttelte den Kopf. »So gut wie nie, in der Tat.« Sie hob verlegen die Schultern und sah zu ihrem Mann. »Wir sind ja schon alt, wir sind zufrieden mit unserem Leben. Zu viel Aufregung können wir nicht mehr gebrauchen.«

»Wir haben die Tageszeitung, die lesen wir hin und wieder, aber zu viele Nachrichten machen einen nur verrückt«, sagte ihr Mann und tätschelte die Hand seiner Frau. »Seit wann ist die Familie denn verschwunden? Hier haben ein paar Leute angerufen wegen der Anzeige, aber seit über einer Woche nicht mehr. Keine Ahnung, wer sich da einen Scherz erlaubt hat.«

Sito sah an der Wand einige Fotos. Er glaubte, den Jungen von vorhin zu erkennen, also stand er auf und stellte sich vor die Fotowand. »Das sind Ihre Enkel?«

Frau Fellhammer stand ebenfalls auf und stellte sich neben Sito. »Genau. Das ist Werner, und das ist Isabell. Sind sie nicht hübsch?«

Sito nickte. »Wo ist Ihre Schwiegertochter?«

Sie deutete auf ein Foto, das ein Brautpaar zeigte. »Das ist unser Sohn. Ludwig mit seiner Frau.«

Sito betrachtete den Mann, der auf dem Foto ungefähr Mitte zwanzig war. Er stand neben seiner Frau und hatte den Arm um ihre Schultern gelegt, dennoch meinte Sito, eine Distanz zwischen den beiden zu erkennen. Das Lächeln wirkte aufgesetzt, als würde es ihn Mühe kosten, dort zu stehen und dem Fotografen zu begegnen, der Kopf war eine Spur zu aufrecht auf den Schultern, ohne jegliche Verspieltheit. Er sah nicht aus wie ein fünfundzwanzigjähriger Bräutigam am Beginn eines glücklichen Lebens. Die Braut hingegen strahlte, den Blick zu ihrem Mann nach oben gerichtet.

»Und hier sind sie mit den Kindern.« Gisela Fellhammer zeigte auf ein anderes Foto, das ihren Sohn mit Familie in einer Bucht zeigte.

Sito ging näher an den Bilderrahmen heran. »Die Schmugglerbucht?«

Sie musste lächeln. »Ja, genau. Die Kleinen mögen die Seestraße so gern, mein Sohn hat immer Geschichten zu den Prachthäusern erzählt, manchmal auch gruselige Sachen von den Piraten, die in der Schmugglerbucht angelegt haben sollen.« Sie blickte verträumt zu den Fotos. »Da, sehen Sie, da ist noch ein Foto von einem der Ausflüge dorthin. Das ist so ein ehemaliges Badehäuschen, glaub ich.«

Sito folgte ihrem Fingerzeig. »Von der Villa Rosenau«, sagte er.

»Die ist längst abgerissen«, kommentierte Goffer vom Tisch.

»Ja, ja, das weiß ich wohl. Irgendwann in den Siebzigern, wenn ich nicht irre«, sagte Gisela Fellhammer. »Ach, und hier ist die Villa Prym im Hintergrund.« Sie lachte. »Ludwig hat den Kindern erzählt, dass dort Elfen wohnen.«

»Wir wissen, dass die verschwundene Familie sich auf den Weg zu ihnen gemacht hat.«

»Wann soll das denn gewesen sein?« Frau Fellhammer blickte fragend zu ihrem Mann.

Der zog die Stirn in Falten und schaute von Goffer zu Sito. »Da waren zwei- oder dreimal Leute da, ja. In den Ferien. Ich hab sie immer gleich weggeschickt.«

»Oh«, machte Frau Fellhammer. »Das wusste ich ja gar nicht.« Sie sah zu Sito und ging zurück an den Tisch. »Das ist aber auch ärgerlich, dass jemand unsere Adresse in so eine Anzeige stellt.«

Sito zog ein Foto heraus, das die Familie Gottlieb zeigte. Er hielt es dem alten Mann vors Gesicht. Der kniff die Augen zusammen, betrachtete es, dann schüttelte er den Kopf. »Ich kann mich nicht erinnern.«

»Die Adresse stand gar nicht in der Anzeige«, erklärte Sito ruhig.

»Nicht? Oh.« Sie blinzelte und sah ängstlich zu ihrem Mann.

»Telefon. Wir haben geredet, die wollten dann Honig, und ich hab ihnen gesagt, wo wir wohnen. So einfach ist das«, antwortete er, ohne zu zögern. »Und Sie? Wie kommen Sie eigentlich auf unsere Adresse?« Seine Stimme klang barsch.

»Wie mein Kollege vorhin schon sagte«, erklärte Goffer, »wir haben das Inserat bei der verschwundenen Familie gefunden und Ihre Adresse ermittelt.«

Sito beobachtete Fellhammer, der sie seinerseits mit verkniffenem Blick musterte. »Verstehe. Wir leben hier ja auch nicht im Verborgenen. Ich hab übrigens das Telefon irgendwann ausgeschaltet für eine Woche, da wird man ja sonst verrückt. Sie wissen ja, was los ist da draußen.«

»Was ist denn los da draußen?«, fragte Sito.

»Na, wegen der Wohnungen«, brummte Fellhammer. »Die rennen einem die Bude ein, würden wir hier etwas vermieten, aber wir, also meine Frau und ich und unser Sohn, wir mögen keine Fremden. Also nicht mehr.«

»Das war mal anders?«, fragte Goffer, und es klang unabsichtlich zynisch. Er räusperte sich, doch Sito sah an Fellhammers Gesicht, dass ihm die Provokation nicht entgangen war.

Heiner Fellhammer blickte auf, die Falten auf seiner Stirn wurden noch energischer. »Ja, Herr Goffer, das war mal anders. Aber die Zeiten haben sich geändert. Die Menschen denken nur noch an sich selbst, daran, wie sie sich Vorteile verschaffen können. Aber was will man erwarten, wenn der Staat sein Volk nichts anderes mehr lehrt als Gewinnmaximierung und Globalismus?«

»Was würden Sie denn stattdessen vorschlagen?«, fragte Goffer.

»Stattdessen? Autarkismus, starke Grenzen, weg von dieser verlogenen ›Wir-sind-eine-Welt‹-Ideologie, ganz einfach.« Er reckte das Kinn, streichelte die Hand seiner Frau und ließ keinen Zweifel an seiner Überzeugung. »Ich mag keine Augenwischerei, keine Doppelmoral, keine Lügen. Heute wird aber nur noch gelogen, und das Volk wird am meisten belogen.«

»Das Volk also. Wer ist denn das Volk?« Goffers Stimme wurde zunehmend gereizt, Sito war kurz davor, ihn zurückzupfeifen, gleichwohl wusste er um die Brisanz dieses Themas. Auch er merkte, wohin sich das Gespräch bewegte: Reichsbürgertendenzen waren nicht zu überhören.

Fellhammers Augenbrauen zogen sich zusammen. Beinahe berührten sie einander über dem Nasenrücken. »Wissen Sie, Herr Goffer, ich weiß, was da in Ihnen tickt. Da springen sofort die ganzen Stereotype an, die in Ihnen eben verankert sind. Wir sind die Guten, die anderen, die Spinner, sind die Verachtenswerten.«

»Ich verachte niemanden«, widersprach Goffer vehement.

»Nur weil es Menschen gibt, die nicht jede Entwicklung frohlockend mitmachen wie diese ganzen blinden Jubler, heißt das nicht, dass Sie die Wahrheit –«

»Schatz, bitte nicht«, unterbrach Gisela Fellhammer ihren Mann.

»Ich denke nicht, dass ich die Wahrheit beanspruche«, sagte Goffer leise, aber bestimmt und wandte sich an Frau Fellhammer. »Haben Sie eine Idee, weshalb jemand so was getan haben könnte? Also das mit der Anzeige«, fragte er, während Sito sich wieder den Fotos widmete.

»Es gibt Menschen, die uns nicht mögen, die unsere Art zu leben einfach nicht tolerieren«, antwortete Fellhammer barsch, und seine Frau nickte betroffen.

»Ihre Art zu leben?« Goffer konnte sich nicht beruhigen.

»Abgeschieden. Für uns und friedlich. Wissen Sie, der Staat denkt immer, die Menschen brauchen ihn, dabei ist es umgekehrt: Der Staat braucht das Volk, ein funktionierendes Volk, sonst ist die ganze Politik nichts wert. Das Volk funktioniert aber schon lange nicht mehr, der ganze natürliche Prozess ist beeinträchtigt. Wir können umgekehrt allerdings sehr gut ohne den Staat, und genau das stört manche Menschen.«

»Wo ist denn Ihr Sohn gerade?«, fragte Sito schnell, bevor Goffer noch etwas erwidern konnte.

»Bei den Bienen«, antwortete Fellhammer wortkarg.

»Stellen Sie selbst Honig her?«, erkundigte sich Sito.

»Wozu hat man sonst Bienen?«

»Zum Zeitvertreib vielleicht«, sagte Sito, dachte aber umgehend an eine andere Parallele.

»Wir machen Honig. Reicht aber nur noch für den Eigenbedarf.« Fellhammers Stimme klang nach wie vor tief und rau. Und er hatte offenkundig keine Lust auf Unterhaltung.

»Und was macht Ihr Sohn da gerade?«, wollte Goffer wissen.

»Varroabekämpfung.«

Sito kramte in seinem Gedächtnis. Er kannte den Begriff, Varroa. Ja, es fiel ihm ein. »Die Varroamilben. Sind viele Völker betroffen?«

Zum ersten Mal hellte sich der Blick von Fellhammer ein wenig auf. »Sie kennen sich aus?«

Sito wiegte den Kopf. »Auskennen ist zu viel gesagt, aber ich habe einen Bericht über die Varroamilbe gesehen, darüber, dass viele Bienenvölker diesem Schädling zum Opfer fallen.«

Fellhammer wirkte etwas lebhafter. »In der Tat. Das war wieder ein schlechter Sommer. Die Bienen finden nicht mehr genug, und dann kommt noch diese Milbe hinzu und zerstört den Rest.« Er hielt kurz inne, dann fuhr er fort: »Wussten Sie, dass ungefähr hundertfünfzigtausend Völker daran zugrunde gehen? Jedes Jahr! Wir haben nur fünfzehn Prozent des sonstigen Ertrages. Es wird immer schwieriger.«

»Das ist bedauerlich«, sagte Sito.

Der alte Mann nickte. In diesem Moment sah er wesentlich älter aus. Sorgenvoll. Seine Wangen waren eingefallen. »Mein Vater hatte schon Bienen. Im Krieg hatten wir immer was Süßes.«

»Im Krieg?«, wunderten sich Goffer und Sito gleichzeitig.

Erstmals huschte ein Lächeln über Fellhammers Gesicht. »Ich bin vierundachtzig«, sagte er mit einer Spur von Stolz.

»Möchten Sie unseren Honig mal versuchen?« Gisela Fellhammer war bereits aufgestanden. Sie wartete die zögerliche Reaktion von Sito und Goffer gar nicht erst ab, sondern lief in die Küche und kam mit einem Teller zurück, auf dem zwei Löffel mit Honig lagen. »Hier, probieren Sie.«

Der Honig schmeckte ausgesprochen cremig, nicht zu süß, mit einer leicht würzigen Note.

»Hm«, machte Goffer, und es klang erstaunt. »Wirklich lecker und ungewöhnlich«, sagte er aufrichtig.

»Das ist der Lavendel«, sagte sie lächelnd und legte ihrem Mann wieder eine Hand auf die Schulter. »Das war eine sehr gute Idee, den dort zu pflanzen«, erklärte sie. Um ihren Mund lag eine eigenartige Mischung aus Anerkennung und Wehmut.

»Wirklich sehr besonders«, gab auch Sito zu. »Ist es hier nicht manchmal sehr einsam?«

Sie zuckte mit den Schultern. »Wir mögen das so. Wir sind hier schon so lange, und auch die Kinder wollten nicht weg. Wir leben hier friedlich zusammen. Das kann man vom Rest der Welt ja nicht immer sagen.«

Sito nickte. »Da haben Sie wohl recht.« Er stand auf. »Würden Sie uns denn informieren, wenn sich noch einmal jemand meldet wegen der Anzeige?«

»Natürlich, aber hilft Ihnen das denn für die Suche nach der verschwundenen Familie?«

Sito sah kurz nach unten, dann schüttelte er den Kopf. »Haben Sie eigentlich Internet hier draußen?«

»Natürlich haben wir Internet«, antwortete Heiner Fellhammer. »Wir leben hier nicht hinter dem Mond. Wir mögen nur unsere Ruhe.«

22

Es war Freitagnachmittag. Marc Busch stand auf der Fähre rüber nach Meersburg. Der Berufsverkehr war noch nicht im Gange, und so war es angenehm leer. Er hatte Karl Zimmermann gefragt, ob er ihn begleiten wolle, immerhin war Nick Sperling ein Mann aus seinem Team, aber Karl hing in einem Chat fest, den er nicht unterbrechen konnte. Seit knapp einem Jahr trafen sie sich auch nach Dienstschluss. Es hatte nach dem letzten großen Fall im vergangenen Herbst angefangen. Eines Abends hatten sie sich auf dem Flur getroffen, er und Karl Zimmermann, und beide keine Lust gehabt, nach Hause zu gehen. Manchmal hasste Busch seine Einsamkeit, vor allem, wenn ihn alte Alpträume heimsuchten, längst vergessene, die sich aus den Tiefen eines anderen, ebenfalls nebligen Herbstes an die Oberfläche gruben. So waren sie das erste Mal in dem Irish Pub gelandet und von da an viele Male, weil Zimmermann das irische Bier so gut schmeckte. Es tat ihnen beiden gut, nicht in eine leere Wohnung zu müssen.

Busch schüttelte den Gedanken ab und sah nach unten in die Gischt, die vor der Fähre hochsprudelte. Er dachte an die Kollegen in Lindau, die vermuteten, einen Hinweis auf den Toten im Rhein bei sich in den Akten zu haben. *Zeit. So viel Zeit, die einfach so vergeht.* Das Wasser, die Wellen, der Wind, die Möwen, die Gischt. Alles immer da.

Hier auf dem See kreuzten die Fähren schon seit beinahe hundert Jahren zwischen Konstanz und Meersburg und sparten den Autofahrern die Umrundung des Bodensees im Westen. Wenngleich die neuen deutlich schneller waren, blieben die älteren im Einsatz; die älteste Fähre war über fünfzig Jahre alt: die »Fontainebleau«, die seit 1970 neben vierzig Fahrzeugen auch sechshundert Menschen transportieren konnte. Die neueren Gefährte sahen mit dem geschwungenen Seitenteil natürlich wesentlich moderner aus. Auch hatten sie die Kapazitäten auf vierundsechzig Autos und siebenhundert Menschen gesteigert.

Busch sah sich um. Auf dem Oberdeck war bei diesem nieseligen, kalten Herbstwetter kaum ein Mensch. Drinnen saßen einige bei einer Tasse Kaffee. Lediglich eine Mutter und ihre zwei Kinder trotzten dem Wind und winkten einer vorbeifahrenden Fähre zu. Sie waren ungefähr auf der Mitte der Überfahrt, in sieben oder acht Minuten würden sie anlegen, und Busch konnte sich auf den Weg nach Lindau machen.

Dass er nun etwas über Nick Sperling erfahren würde, brachte sie hoffentlich einen Schritt weiter. Die Tatsache, dass sie derzeit gleich bei zwei Fällen auf der Stelle traten, schlug ihm aufs Gemüt, und das führte dazu, dass er schlecht schlief.

Der angezeigte »Treffer« war ein bereits zu den Akten im Archiv gelegter Fall eines vermissten Sechsjährigen, an den sich ein Beamter aus Lindau erinnert hatte. Ein Zufall, eine Fügung, denn der Junge war vor vielen Jahren in Memmingen spurlos verschwunden, ein Ort an der Autobahn A 96 auf dem Weg nach München gelegen. So die Info, die seine Kollegen herausgefunden hatten. Noch war nicht erwiesen, dass es sich um ihren Nick Sperling handelte, aber es war ein Anhaltspunkt.

Dr. Samuel Parson hatte ein Röntgenbild des Kiefers von dem Toten an die Lindauer übermittelt, die wiederum ein Röntgenbild des Sechsjährigen vom Zahnarzt hatten. Ein Arzt für forensische Zahnmedizin war unterwegs in die Dienststelle und erwartete Marc Busch, um anhand der Aufnahmen zu sagen, ob das verschwundene Kind von damals nun bei ihnen in Konstanz aufgetaucht war.

Busch wusste, dass das menschliche Gebiss so einzigartig wie ein Fingerabdruck war und die forensische Zahnmedizin bereits auf eine lange Geschichte bis in das Jahr 1881 zurückblicken konnte. Ob zwischen den zu vergleichenden Aufnahmen so viele Jahre liegen durften wie im vorliegenden Fall, das wusste er indessen nicht, daher war er sehr gespannt, was der Arzt gleich berichten würde.

Der Zahnarzt Dr. Horst Meinert war schon vor Ort, als Busch die Polizeidienststelle in Lindau betrat. Der ältere weißhaarige Mann erwartete ihn gemeinsam mit zwei Beamten, die sich als Gregor Behringer und Martin Doldenkamp vorstellten. Sie führten ihn in ein Zimmer im ersten Stock.

»Das war aber eine echte Überraschung. Ihr Anruf, meine ich«, eröffnete Behringer und schenkte Wasser in vier Gläser. Er reichte jedem eines. »Es war dennoch reiner Zufall, dass Martin hier war und wir uns nach Ihrem Anruf unterhalten haben. Er hat sich an den Fall erinnert, sonst hätten wir Sie einfach vergessen.« Er nickte seinem Kollegen zu. »Ich selbst kam vor einem Jahr aus Oberbayern hierher.«

Busch nahm das Glas, trank einen Schluck und zog die Augenbrauen hoch. »Manchmal entscheidet eben der Zufall.« Ihm gefiel das überhaupt nicht, aber es gehörte zum Alltag ihrer Arbeit ebenso wie die Logik. »Weshalb liegt überhaupt ein Gebissabdruck bei den Akten?«

Doldenkamp zuckte die Schultern. »Weise Voraussicht, würde ich mal sagen. War ja merkwürdig genug die ganze Geschichte, und die Großeltern haben Druck gemacht, so erinnere ich mich.«

»Nun haben wir also einen Spezialisten auf dem Gebiet der zahnmedizinischen Forensik gebeten, einen Blick auf die Röntgenbilder von dem Kiefer zu werfen«, sagte Behringer und sah erwartungsvoll zu dem Arzt Dr. Meinert. »Bitte, fangen Sie an.«

Doldenkamp öffnete auf seinem Laptop die entsprechenden Dateien, und wenig später erschienen sie auf dem großen Bildschirm an der Wand.

Busch starrte auf die Bilder, die die Kiefer jeweils von vorn und von der Seite zeigten. Das kleinere Gebiss von dem Kind war links zu sehen, das größere auf der rechten Seite gehörte Nick Sperling. Dr. Meinert stand auf und stellte sich vor die Fotos. »Der Mann ist tot?«, fragte er, ohne den Blick von den Fotos zu nehmen.

»Ja«, antwortete Marc Busch. »Wir haben ihn Anfang der Woche tot aus dem Rhein geborgen.«

»Ein Unfall?«

»Nein. Wir wissen jetzt, dass er zuvor mit einem stumpfen Gegenstand niedergeschlagen wurde. Er wurde vermutlich bewusstlos ins Wasser geworfen und ist dann ertrunken«, erklärte er.

Dr. Meinert brummte vor sich hin und rieb sich seinen weißen Vollbart. Er könnte problemlos im Dezember den Nikolaus spielen, ohne sich verkleiden zu müssen, dachte Busch.

»Ich fürchte, meine Herren, Sie können den Fall des vermissten Kindes schließen.«

»Die Gebisse sind identisch?«, fragte Doldenkamp.

Busch starrte von den Bildern zu Dr. Meinert, dessen Gesicht düster aussah. Er nickte.

»Es ist in diesem Fall sehr einfach. Sehen Sie hier?«, fragte er und zeigte mit dem Finger auf das Gebiss des Kindes. »Ich nehme an, die Röntgenaufnahmen wurden auch aus diesem Grund gemacht. Es fehlen die Anlagen für die Eckzähne. Das gibt es vereinzelt. Man kann das später so korrigieren, dass es nicht auffällt, oder aber mit Zahnlücken leben. Manchmal schließen sich die Lücken, weil das Gebiss das ausgleicht.«

Busch sah, dass die Kollegen nickten und Doldenkamps Stirn sich in Falten legte. Er nahm die kleine Brille ab und rieb sich den Nasenrücken. Irgendetwas stimmt nicht, dachte Busch.

»Nun«, sagte Dr. Meinert, »denselben Defekt haben wir auch hier.« Er zeigte jetzt auf das Gebiss von Nick Sperling. »Es ist eindeutig dasselbe Gebiss. Es gibt aber natürlich weitere Merkmale, ich kann Ihnen das detailliert zusammenstellen. Ein Gebissabdruck ist so exakt wie ein Fingerabdruck.«

Busch atmete deutlich hörbar aus. Sie hatten also den Toten identifiziert und konnten nun in eine neue Richtung ermitteln. Sie hatten neue Anhaltspunkte, es ging endlich einen Schritt weiter. Er sollte erleichtert sein, seine Kollegen in Konstanz informieren, jedoch lag eine eigenartige Schwere in der Luft. Vielleicht, weil sie nun ein Kind den Eltern zurückgeben konnten, weil so viele Jahre des Wartens und Hoffens endgültig vorbei waren. Busch fühlte sich wie ausgebremst, als würde man einen Berg hinabschießen, der dann plötzlich die Richtung nach oben wechselte.

»Okay, dann vielen Dank, Herr Dr. Meinert, für Ihre Einschätzung«, sagte Gregor Behringer, stand auf und ging zu dem Arzt hinüber. Er hielt ihm die Hand entgegen. »Danke, dass Sie so kurzfristig Zeit hatten.«

»Kein Problem. Gern geschehen. Ich hoffe, es hilft Ihnen weiter.« Er sah lächelnd in die Runde und verabschiedete sich mit einem Nicken.

Marc Busch sah ihm nach, dann gab er sich einen Ruck. »Dann

sind wir jetzt also schlauer. Wir haben Ihren vermissten Jungen gefunden. Ich würde mich gern mit seiner Familie unterhalten. Können wir das zeitnah einrichten? Sie müssen ja ohnehin vorbei und die Nachricht überbringen.« Er sah fragend von Behringer zu Doldenkamp, der sich wieder den Nasenrücken rieb.

Seine Stirn zeigte noch mehr Falten, und schließlich schüttelte er den Kopf. »Genau das ist das Problem«, sagte er.

»Ich verstehe nicht.« Busch hob fragend die Arme in die Luft und sah wieder von einem zum anderen. Und dann hörte er eine Weile nur zu und dachte, der Zufall war manchmal ein Teufel. Und der manchmal ein Eichhörnchen.

23

Sito und Goffer saßen für ein frühes Abendessen in der Kantine und studierten die Unterlagen, die Gottlieb zu der Affengeschichte gesammelt und sein Bruder ihnen am Mittag übergeben hatte. Sie überlegten, wen sie kontaktieren sollten, wo es sich nachzuhaken lohnte. Beide glaubten sie Hanno Gottlieb, dass er von der Markteinführung des Medikaments nichts gewusst und deswegen die Geschichte nicht für wichtig gehalten hatte.

»Denkst du, wir haben hier eine Spur?«

Sito zuckte die Schultern.

»Ich meine, denkst du, dass die Geschichte die Entführung einer ganzen Familie rechtfertigt?«

Sito stöberte in seinen Erinnerungen, was reichte, Wut zu entwickeln, und was wiederum ausreichte, um Mordphantasien zu hegen. Ohnmacht gegenüber Skrupellosigkeit gehörte zweifelsohne dazu.

»Paul? Lässt du mich an deinen Gedanken teilhaben?«, fragte Goffer und schob sich eine Gabel mit Nudeln in den Mund.

»Tierschützer fühlen sich unverstanden. Sie verstehen nicht, dass anderen Menschen das Schicksal der Tiere egal ist. Das bereitet bisweilen nicht nur seelische, sondern auch körperliche Schmerzen.« Sito überkam ein kurzer Schwindel.

»Du sprichst aus Erfahrung?«, fragte Goffer vorsichtig.

»Ja«, entgegnete Sito.

Goffer öffnete den Mund, sagte aber nichts, stattdessen fiel sein Blick flüchtig nach unten auf seinen Teller und die Gulaschstücke auf den Nudeln. Er schluckte, sah Sito in die Augen, dann lachte er verlegen. »Okay, verstehe. Ich will wahrscheinlich auch nicht wissen, wie dieses Schwein gestorben ist.«

»Nein, willst du nicht. Das ist das Problem«, sagte Sito und erschrak, wie kalt seine Stimme klang.

Goffer nickte. Er hatte plötzlich keinen Appetit mehr. »Du denkst also, es wäre möglich, dass diese Affengeschichte ihre Spuren hinterlassen hat? Aber Gottlieb war doch auf der Seite der Tierschützer.«

»Stimmt natürlich. Gleichwohl hat er es nicht verhindern können. Ich meinte auch eher die Firmenseite. Wir müssen dort auf jeden Fall nachhaken«, erklärte Sito.

»Sowieso.« Goffer schob das Tablett mit dem Teller von sich weg.

»Jetzt iss schon auf«, sagte Sito, »wegschmeißen macht noch weniger Sinn, als das Fleisch jetzt auch zu essen.«

Goffer verzog das Gesicht. »Na schön, aber schmackhaft ist das nicht mehr.«

Ein paar Minuten war es still, und nur die Gabeln und Messer hinterließen Geräusche wie Narben im Raum.

»Roman hatte recht«, unterbrach Goffer das Schweigen, »mit dem Scheiffele haben wir uns wohl verrannt. Es hätte aber auch zu gut gepasst.«

»Wer weiß.«

Goffer runzelte die Stirn. »Wer weiß? Wieso denkst du, das könnte noch eine Spur werden?«

»Der Scheiffele als Person vielleicht nicht, aber das Thema ist sicher noch nicht erschöpfend behandelt.«

»Dieses Frauen-zurück-an-den-Herd-Ding?« Goffer lachte

auf. »Das ist doch so ein Quatsch, das können die doch nicht ernst meinen. Ich meine, wer soll *die* denn ernst nehmen?«

»Ich weiß nicht, ob wir das so abtun können, Johannes. Ich hab mit Roman auch schon darüber gesprochen. Ich denke, dass wir uns damit auseinandersetzen müssen, je früher, desto besser. Du hast doch den Fellhammer gehört. Er will einfach nur in Frieden leben, das heißt im Umkehrschluss, dass wir alle in seinen Augen nicht in Frieden leben, verstehst du? Die Wahrnehmung ist einfach komplett verrutscht. Wir haben keinen gemeinsamen Erfahrungshorizont mehr. Wir haben bei vielen Themen der letzten Zeit schlicht den Anschluss verloren, die Gefahr viel zu spät als Gefahr erkannt.«

»Wehret den Anfängen?«, fragte Goffer dazwischen.

»Genau. Da das Internet ein wahrer Beschleuniger, ja Brandbeschleuniger für Verschwörungstheorien und krude Ansichten ist, gilt das definitiv.« Sito zerschnitt die letzte Tomatenscheibe auf seinem Teller und legte sie auf den Rest seiner Brotscheibe. »Früher waren Geldgier und Beziehungsdramen die Hauptgründe für Verbrechen. Ich glaube, heute ist empfundenes Unrecht der stärkste Motor. Wir müssen also vor allem jene im Auge behalten, die sich ungerecht behandelt fühlen.«

Sito aß die Reste von seinem Teller und scrollte in der kurzen Pause durch die neuesten internen Nachrichten. »Lass dir von Zimmermann die Akten geben, die er auch für mich zusammengestellt hat. Am besten gleich. Dann sprechen wir uns in zwei Stunden noch einmal, einverstanden?« Sito hatte sich erhoben und sah Goffer abwartend an, bis der nickte. Gerade als er nach seinem Tablett greifen wollte, kam die Nachricht von Busch. Er sei auf dem Rückweg von Lindau. Sito solle alles für eine außerordentliche Sondersitzung veranlassen, das ganz große Programm. Sito blickte verwundert zu Goffer.

»Liest du, was ich lese?«, fragte er.

Goffer nickte. »Was ist da los? Das klingt gar nicht nach Marc.«

Sito wählte die Nummer des Kollegen, doch der wimmelte

ihn ab. Er sei gerade in einem Gespräch mit Karl Zimmermann. »Gut, dann machen wir uns auf den Weg. Was immer es ist, wenn Marc so Druck macht, ist es ernst.«

24

Im Konferenzraum herrschte ein aufgeregtes Durcheinander. Es gab nicht genug Stühle, und so standen schon rund dreißig Personen um den Tisch. Busch winkte von der Stirnseite, wo er Plätze für Sito und Goffer frei gehalten hatte. Roman Enzig saß bereits neben Wint und hob kurz die Hand zum Gruß. Wint tippte sich mit Zeigefinger und Mittelfinger der rechten Hand an die Mütze.

»Was gibt es, Marc?«, fragte Sito.

»Setz dich. Wir haben einen Treffer bei der Suche nach unserem Toten im Rhein. Zunächst einmal hat Parson bestätigt, dass er zwar ertrunken ist, aber davor einen Schlag gegen den Hinterkopf bekommen hat und womöglich bewusstlos war. Die Art des Gegenstands ist noch unklar, aber Parson ist dran, der Gegenstand weist ein auffälliges Muster auf.«

Busch öffnete auf seinem Laptop die neue Datei aus der Rechtsmedizin, und auf dem großen Bildschirm an der Wand erschien die Fotogalerie aus dem Gutachten. »Aber das nur am Rande«, sagte Busch und klickte zu einem anderen Foto. Es zeigte einen kleinen Jungen, der auf seinem Roller stand und breit grinste. Die Schneidezähne in seinem Gesicht fehlten. »Wir haben, nachdem wir so lange keinen Treffer landen konnten, den zeitlichen Rahmen für die Anfragen an die Dienststellen erweitert, und siehe da.« Busch drehte sich um und zeigte auf den Jungen, der übergroß an der Wand im Konferenzzimmer prangte und so fröhlich aussah. »Der Junge ist auf dem Foto sechs Jahre alt. Er ist in Memmingen verschwunden, das liegt auf dem Weg nach München. Ein Beamter aus der Dienststelle Lindau hat sich an den Fall erinnert, daher war ich heute dort.«

Sito wusste nicht, ob er sich freuen sollte, immerhin wusste er, wie es mit dem Jungen, der so herzlich lachte und so glücklich aussah, ausgegangen war. Eine eigenartige Stille lag im Raum, Betroffenheit, die keiner Freude über den Ermittlungserfolg Platz machen wollte. Busch, der sich eben noch mit einem Hauch von Triumph bewegt hatte, schien das im selben Moment zu begreifen. Er fuhr sich durch die Haare und atmete hörbar aus.

»Wann ist er verschwunden?«, fragte Roman Enzig.

Busch räusperte sich. »Vor fünfzehn Jahren.«

Ein Raunen ging durch die Gruppe, und Sito war sich sicher, dass sie alle das Gleiche dachten, die gleiche Ambivalenz spürten wie er. Sie betrachteten das lachende Kind, das vor fünfzehn Jahren verschwunden war, erinnerten sich an die Fotos zuvor, die den erwachsenen Nick Sperling zeigten, der niedergeschlagen und in den Rhein geworfen worden war. Zwischen dem Kinderfoto und dem Toten lag eine lange, unbekannte Geschichte, über die sie noch nichts wussten, deren Ende jedoch bekannt war. Sito schluckte gegen das schmerzhafte Gefühl in seiner Brust an.

»Wir haben also eine Vermisstenanzeige, die zu unserem Opfer passt«, Wint zog seine Mütze etwas tiefer in die Stirn, »und weiter? Dafür dieser Aufmarsch hier? Das ist ein Kind. Die Motive für den Mord werden nicht in diesem Kinderfoto liegen.«

Wint hatte das ausgesprochen, was Sito sofort durch den Kopf geschossen war. Es brachte sie unter Umständen keinen Schritt weiter.

Die Gesichtszüge von Busch hellten sich auf, er stemmte die Hände in die Hüften und nickte vehement. »Oh doch«, sagte er, »es wird nämlich noch besser.«

»Noch besser?«, hakte Wint nach. Seine Stimme klang müde.

»Nicht besser, Heinrich, ihr werdet staunen.«

»Was hast du für uns, Marc?«, hakte Sito mit einem beklemmenden Gefühl nach.

»Ich wollte mit der Familie des Jungen sprechen, aber das geht nicht. Das geht nicht, weil auch die Familie des Jungen verschwunden ist.«

»Was?«, platzten mehrere der Anwesenden gleichzeitig heraus. Stühle wurden gerückt.

Die Luft im Raum fühlte sich an, als könnte man sie greifen, als könnte man sie wegschieben wie einen Vorhang. Sito dachte an das Kinderfoto und die Kinderzimmer bei den Gottliebs. Die Meerschweinchen, ihm war, als könnte er ihr Pfeifen hören. *Sie wären einfach verhungert …* Was passierte mit den Kindern? Misshandlung über so viele Jahre. Er schluckte. Er sah, wie schwer es Busch fiel, und er erkannte, dass auch das noch nicht alles war, was er ihnen zu sagen hatte.

»Das gibt's doch nicht«, murmelte Enzig.

»Doch«, sagte Busch, und seine Gesichtszüge verhärteten sich. »Auch diese Familie ist spurlos verschwunden. Und zwar mit dem Jungen vor fünfzehn Jahren. Die ganze Familie: Vater, Mutter und drei Kinder.«

Teil 3

Hoffnung

1

Als er das erste Mal zu ihr gekommen war, hatte er sich auf das Sofa gesetzt und die Tür offen stehen gelassen. Sie hatte geschlafen, war hochgeschreckt und hatte zunächst gedacht, sie hätte einen Alptraum. Ein Film, surreal, der sich in ihrem Kopf in atemberaubendem Tempo abspielte, der Vergangenheit und Gegenwart gegeneinandertrieb und sie wie einen Spielball hin- und herwarf.

»Was wollen Sie?«, hatte sie gefragt und sich die Bettdecke schützend bis zum Hals nach oben gezogen, inständig hoffend, dass dieses Bild eines Menschen verschwand, ein Trugbild ihrer Sinne war.

Er saß einfach nur da.

»Was wollt ihr von mir?« Ihre Stimme klang wie ein Schlagzeugbesen auf einer Trommel, abgefedert im Klang, verfremdet. »Wo sind meine Kinder?«, flüsterte sie.

Nichts. Er saß stumm auf dem Sofa, die Beine breit, die Arme daraufgestützt, den Blick auf sie gerichtet, jedoch leer.

Sie sah sich um, maß in Gedanken die Entfernung zur offenen Tür, zählte die Schritte, die sie zur Flucht benötigen würde, sah dahinter einen Gang, der ebenfalls grün war, grüne Wände und Böden, ausgeleuchtet von einer Lichtröhre an der Decke, die eigenartig summte. Sie sah sich dorthin stürzen, die Tür hinter sich zuschlagen, den Wächter zum Gefangenen machen und durch den grünen Gang in die Freiheit rennen. Am Ende des Ganges wären eine Wiese und Sonne und Blumen und ihre Kinder und ihr Mann. Sie würden sie dort erwarten, lachend würden sie fragen, wo sie so lange geschlafen habe.

»Denk nicht mal dran«, kam vom Sofa. Seine Stimme klang belegt, als hätte er viel gesprochen. Oder überhaupt nicht, schoss ihr durch den Kopf.

»Bitte, ich flehe Sie an, lassen Sie mich gehen. Lassen Sie mich zu meinen Kindern. Wir haben Ihnen doch nichts getan.« Sie weinte, ließ die Decke fallen und kroch auf allen vieren auf das Sofa zu.

Er bewegte sich nicht.

Sie kroch weiter, bis sie vor ihm saß wie ein Hund. Sie flehte und griff nach seinem Bein.

»Lass das!« Er stieß sie weg.

»Bitte, sagt mir doch endlich, was ihr wollt!«

Sie hob wie zum Gebet die Hände nach oben, betete zu ihrem Gott, der ein Gott des Leides war, frei von Barmherzigkeit und Gnade.

Sein rechtes Augenlid zuckte. Die Nähe war ihm unangenehm.

Was erwartete er von ihr? Abermals bäumte sie sich auf und klammerte sich an seinem Bein fest.

»Lass mich gehen«, bettelte sie.

Er stand auf und schüttelte sein Bein, um sie loszuwerden. Sie kam sich vor wie ein Kind, das sich an das Bein der Mutter klammerte, die es verlassen wollte, und sei es auch nur für eine Stunde. Sie fiel unsanft zu Boden, ihr Ellbogen schmerzte wie auch ihr Kinn. Wortlos verließ er ihr Gefängnis. Fassungslos sah sie, wie die Tür ins Schloss fiel, rappelte sich vom Boden auf und stürzte hinterher. *Vielleicht ist die Tür noch einen Spaltbreit …* Aber die Tür war bereits wieder verschlossen. Sie hämmerte erneut gegen diese Mauer. Sie schrie und fluchte und wünschte ihm den Tod.

Und ganz plötzlich wurde ihr bewusst, dass er der erste Mensch seit Langem war, den sie gesehen hatte, und sie unterbrach ihr Fluchen und Schreien und starrte stumm auf das Grün vor ihren Augen.

»Bitte«, flüsterte sie. »Bitte, komm wieder.« Und sie schreckte vor dieser Bitte zurück, vor sich und ihrer Sehnsucht nach menschlicher Gesellschaft, dass ihr auch dieses Flehen wie ein Verrat vorkam.

Tage vergingen. Ihr Ellbogen war blau, die Schramme am Kinn allmählich verheilt.

Irgendwann wachte sie auf, und dann war er wieder da. Saß dort mitten auf ihrem Sofa – auf *ihrem* Sofa, so dachte sie bereits. Es war ihr Reich hier unten, ihre Einsamkeit, ihre Stille. Ihr Grab. In ihr tobten die Gedanken, Angst, Erleichterung, dass er wiedergekommen war. Helen setzte sich auf, schon weniger erschrocken als beim ersten Mal, und lehnte sich gegen die Mauer. Die Bettdecke ließ sie liegen. Reden. Irgendwann würde er reden.

Eine Weile war es gespenstisch ruhig. Sie hörte seinen Atem. Er saß wie beim letzten Mal mit gespreizten Beinen, die Arme auf die Beine gestützt, mit leerem Blick da. Es roch nach Pfefferminze und nach Aftershave. Er trug eine braune Stoffhose und einen weinroten Pulli. Er war kein hässlicher Mann. Mitte vierzig vielleicht, volles dunkles Haar, das kurz geschnitten war und erste graue Ansätze zeigte. Seine Wangen waren glatt rasiert. Aber seine Augen waren wie dunkle Höhlen.

»Zieh dich aus.«

Es war, als hätte er zu jemand anderem gesprochen, als müsste sie sich nur umsehen zu der anderen Frau, der anderen Person, die im Raum stand. Seine Augen, die so leer auf ihr ruhten wie die Augen eines Blinden, verrieten keine Ungeduld. Überleg dir was, sagte sie sich, unternimm was, bettle, fleh um dein Leben, mach irgendwas. Aber sie war wie gelähmt.

Nichts. Ihr war, als würde sie aus sich heraustreten und die Szene beobachten, dieses Kammerspiel in diesem aus der Zeit geflogenen Raum, nicht das fliegende Klassenzimmer, der fliegende Bunker war das. Durch Raum und Zeit. Unendliche Weiten, etwas lachte schrill in ihr. Ich drehe durch, sagte sich Helen, er hat nichts gesagt. *Er schweigt, wie immer. Ich drehe durch.* Die Frau, die aus ihr herausgetreten war, lachte schrill und winkte ihr zu von der anderen Seite des Raumes. Sie stellte sich neben das Sofa und machte sich auch lustig über den Mann, der sich nicht bewegte, über seinen Mund, der schön gewesen wäre, würde er nicht diese unendliche Traurigkeit in den Winkeln tragen. Depressive Menschen trugen ihre Depression nicht nur als winzige

Zeichen um die Augen, sie trugen sie auch in den Mundwinkeln. Das wusste sie.

Die fremde Frau, die so aussah wie sie selbst, machte den Mann nach, wie er traurig und sehnsüchtig in die Ferne blickte. Sie selbst saß nur zufällig in seiner Blickrichtung, so sagte sie sich.

»Zieh dich aus«, wiederholte er, ohne dass seine Stimme Ungeduld verriet oder gar Wut.

Sie schluckte. Gedanken rasten durch ihren Kopf. *Wird er mich töten?*

»Bitte«, fügte er leise hinzu, und sie erschrak über diesen zaghaften, wehmütigen Klang beinahe noch mehr.

Zitternd stand sie auf. Die Jogginghose war inzwischen viel zu weit, sie hing bereits auf ihren Hüftknochen. Sie strich sie an ihrem Körper hinab und stieg erst mit dem rechten, dann mit dem linken Bein aus der Hose. Anschließend zog sie den Pulli über ihren Kopf. Ihre Haare waren durcheinander. Jetzt trug sie nur noch ein Unterhemd, einen Slip und Socken. Sie stand da, und ihr schwindelte.

Er sagte nichts, sah sie nur an.

Minuten vergingen, in denen nichts passierte.

Schließlich sagte er: »Weiter.«

Es war, als müsste er warten, bis er genügend Mut gesammelt hatte. Sein Zögern gab ihr Hoffnung.

Zuerst zog sie die Socken aus, dann das Unterhemd, ließ es zu Boden fallen. Sie suchte einen Punkt im Raum, auf den sie ihren Blick lenken könnte. Ihre Brüste waren kleiner geworden. Ungelenk schob sie den Slip nach unten und ließ ihn das letzte Stück zu Boden gleiten, um sich nicht bücken zu müssen.

So stand sie nackt in ihrer grünen Kammer, spürte eine seltsame Mischung aus Hitze und Kälte auf ihrer Haut, aus Wut und Angst, und wartete. Es roch erdig und nach Honig. Von irgendwoher kam ein leichter Windzug, so unerwartet, dass sie zusammenzuckte. Lag eine Spur Regen darin? Ein herbstlicher Gruß, durchsetzt mit Nebel oder schon Schnee?

Er sah sie an. Aus denselben leeren Augen, als hätte sich nichts geändert. Schweigend begegneten sich ihre Blicke. Was willst du von mir, wollte sie fragen, doch sie brachte kein Wort heraus, denn sie hatte etwas anderes gesehen, etwas, das ihre Hoffnung mit Füßen trat. Jemand stand in dem Gang zur Freiheit.

»Setz dich hin und pinkle auf den Boden«, sagte er.

Ein Schauer des Ekels überlief sie von ihrem Haaransatz im Nacken nach unten. Jetzt wusste sie, was sie vorhatten. Sie glaubte, die ganze Geschichte zu kennen, alles, was noch passieren würde, und doch war sie nicht in der Lage zu schreien. Ihre Hände begannen zu zittern. Sie sah wieder den Gang vor sich, der in ihrer Traumwelt auf eine Wiese führte, zu ihren Kindern und ihrem Mann. Ihr kleiner Sohn hätte seine rote Kindersonnenbrille auf der Nase und würde Schmetterlingen hinterherjagen. Der größere Bruder würde das Baby auf dem Arm halten. Ihr Mann würde die Arme …

»Los, setz dich in die Hocke.«

Sie sah sich wieder durch den Gang laufen, hörte Vögel singen, sah Kinder einen Schneemann bauen, wusste, dass alles durcheinandergeriet. Schnee und Sommer und Schmetterlinge mit Karotten für unzählige Nasen.

»Ich kann nicht«, flüsterte sie, und ihre Stimme klang wie aus weiter Ferne. Sie erkannte sie selbst nicht wieder.

»Wir haben Zeit«, kam die tiefe Stimme vom Gang.

Ihr linkes Auge zuckte, in ihren Beinen kroch eine merkwürdige Müdigkeit nach oben, leicht knickte ihr linker Fuß zur Seite, sie fürchtete schon zu stürzen und dachte nur einen Satz: Kein Entkommen, hier gibt es kein Entkommen. Sie sah zu dem Mann auf dem Sofa, der sich noch immer nicht bewegt hatte und sie ohne Regung in seinem Gesicht anstarrte. Sie wusste nicht, ob er ihre Nacktheit überhaupt zur Kenntnis nahm. Er starrte einfach nur in ihre Richtung.

»Wo sind meine Kinder?«, fragte sie mit brüchiger Stimme und überlegte, ob sie sich einfach auf ihn stürzen sollte. Sie maß wieder die Entfernung, nicht jene zur Flucht, die hatte sie aufgegeben, aber jene zum Angriff, zur Rache, überlegte, was ihr auf dem Weg dorthin in die Hände kam und ihr als Waffe reichen würde. Sie war keine ein Meter siebzig groß, aber schnell und wendig. Doch sie wusste sofort, dass sie keine Chance hatte, keine Chance gegen zwei Männer. Sie waren größer und stärker.

»Mach schon.«

Sie sah auf den Boden, schob mit dem Fuß ihre Kleidung zur Seite und setzte sich in die Hocke. Sie versuchte sich an einen Waldspaziergang zu erinnern, versuchte zu vergessen, wo sie war.

Nach einer gefühlten Ewigkeit sah sie eine Flüssigkeit zwischen ihren Füßen über den Boden laufen und wusste zunächst nicht, was es war. Der Fleck breitete sich aus, sie schniefte, merkte jetzt erst, dass ihr Tränen über die Wangen liefen. Aus der Demütigung wurde Wut, am liebsten hätte sie laut geschrien. Sie sah auf. Der Gang war leer. Der Mann auf dem Sofa stand auf und wandte sich zum Gehen. Sein Geruch wanderte einmal durch den Raum und streifte ihr Gesicht.

Dann war sie allein, stand auf, lief zur Dusche und wusch sich. Anschließend putzte sie den Boden, sammelte ihre Kleidung ein, zog sich an und ging zu ihrer Matratze. Dort legte sie sich auf den Rücken und starrte an die Decke.

Sie brauchte einen Plan, eine Strategie. Wenn es schon keine für eine Flucht wäre, so doch wenigstens eine zum Überleben.

Und während sie in einen traumlosen Schlaf hinüberglitt, besuchte ein Geräusch ihre Kammer, ein dumpfes, leises Klopfen …

2

»Sie sind jetzt da«, sagte Rosa Eckert und sah unbeholfen auf Sitos Schreibtisch. Seine Sekretärin war längst viel mehr für ihn als nur eine verlässliche Angestellte, die ihn bei der Organisation des Büroalltags unterstützte. Sie war eine Freundin, die ihn mittlerweile gut kannte und auch in schweren Zeiten immer für ihn da gewesen ist. Jetzt stand sie vor ihm, in einer beigen Leinenhose und mit dunkelrosa-weiß gestreiftem Pulli, die Haare mehr grau als dunkelbraun und die schwarzblau gerahmte Brille ein wenig zu auffällig in ihrem Gesicht. Sie war rundlicher geworden, älter auch, und im Moment sah sie so aus, als würde sie gleich anfangen zu weinen.

»Was ist los?«, fragte Sito. »Hast du überhaupt Wochenenddienst?«

Sie wehrte ab. »Wochenende, was heißt das schon? Ich geh doch nicht heim, wenn wir eine Familie suchen. Das weißt du doch.« Sie schniefte, hob entschuldigend die Hand und hielt sich die andere vor die Augen. »Ach, ich weiß auch nicht«, begann sie, zog ein Taschentuch aus der Hosentasche, das nicht mehr frisch war, und schnäuzte hinein. »Die Bergers. Sie haben vor fünfzehn Jahren ihre Tochter verloren, einfach so, von einem Tag auf den anderen waren einfach alle weg. Und jetzt kommen wir und sagen ihnen, dass ihr Enkel noch gelebt hat bis vor einer Woche, aber jetzt ermordet wurde.« Rosa hob beide Arme in die Luft. »Das ist einfach nicht fair.«

Sito stand auf und ging zu ihr. Er legte ihr mitfühlend einen Arm auf die Schulter. »Nein, das ist es nicht.«

Zwei Minuten später traf er auf dem Flur Marc Busch. Sie hatten vereinbart, dass sie gemeinsam mit den Bergers reden wollten. Jetzt standen sie vor der Tür, holten intuitiv beide tief Luft und wussten, dass es ein schweres Gespräch werden würde. »Nach so langer Zeit«, murmelte Busch und schüttelte den Kopf. »Willst du anfangen?«

Sito nickte. Er öffnete die Tür und sah als Erstes die kurzen grauen Haare von Karin Berger und ihren hoffnungsvollen Blick. Das Quietschen der Stühle von dem abrupten Umdrehen der Bergers hing noch in der Luft und erfüllte den Raum mit einer schmerzhaften Erinnerung: ein bitterkalter Winter, eine lila Mütze im Schnee, ein verschwundenes Kind. Eine Mutter, der Sito versprochen hatte, das Kind zurückzubringen. Hoffnung. Sie war manchmal so scharf wie ein Samuraischwert und so vergiftet wie ein Pfeil.

»Endlich sind Sie da. Uns kam die Zeit so ewig vor«, platzte sie heraus. Sie war aufgesprungen und hatte zwei Schritte auf Sito und Busch zugemacht. Ihre Hand schnellte nach vorn, suchte den Kontakt, suchte Halt und Bestätigung. Als Sito ihr seine entgegenhielt, griff sie gierig danach und legte ihre zweite obendrauf. Wieder ein Déjà-vu. Sito schluckte gegen die Flut der Erinnerungen an. »Sie können sich nicht vorstellen, was wir durchgemacht haben seit heute Morgen. Wir möchten bitte alles wissen, alles, was Sie haben. Ich bitte Sie inständig.« Sie sah von einem zum anderen und wollte die Hand von Busch, der ihr seine als Zweiter gereicht hatte, gar nicht mehr loslassen.

Sito sah diese Umklammerung und war froh, dass seine eigene Hand wieder frei war. Herr Berger kam nun auch zu ihnen, sagte aber kein Wort. Stumm gab auch er die Hand, doch wirkte er kraftlos im Vergleich zu seiner Frau.

Sie setzten sich. Rosa brachte eine Kanne mit Tee und verteilte ihn.

»Sie wissen, dass wir Ihren Enkel gefunden haben.«

»Ja.« Karin Bergers Augen füllten sich mit Tränen. Sie waren schon rot, sie würden sich gewiss die nächsten Tage nicht erholen. »Das wissen wir.«

Sito holte tief Luft. »Frau Berger, wir möchten den ganzen Fall noch einmal aufrollen, weil vor knapp zwei Wochen auch hier in Konstanz eine Familie verschwunden ist.«

Sie nickte, schnäuzte sich wieder, dann griff sie nach der Hand ihres Mannes, dessen Blick gedankenverloren auf dem Tisch zwischen ihnen ruhte. »Das wissen wir bereits, das haben Ihre Kollegen uns schon gesagt. Ach Gott, Helmut, sag doch auch mal was.« Sie sah ihn hilfesuchend an und zog an seiner Hand.

Sito und Busch tauschten betroffen einen Blick.

Sie lächelte verlegen. »Es hat ihn sehr mitgenommen, als unsere Tochter einfach so verschwand, und dann heute Morgen, als die Nachricht kam, dass –« Sie presste sich die Hand vor den Mund.

»Das verstehen wir gut«, sagte Sito. »Für uns ist jetzt sehr wichtig, dass Sie uns noch einmal helfen, auch wenn es Ihnen so vorkommt, als würden Sie alles ein zweites Mal erzählen, jeder noch so kleine Hinweis kann uns vielleicht helfen.«

Sito trank einen Schluck von dem Tee, allein um auch den Bergers die Möglichkeit einer kurzen Pause zu geben. Sie nahmen es beide an, Helmut Berger jedoch blieb reserviert, sein Blick mürrisch und in sich gekehrt.

»Was soll das bringen?«, fragte er schließlich, und es klang nicht, als würde er eine Frage stellen. Er stellte die Teetasse zurück und sah Sito durchdringend an. »Wir haben unsere Tochter vor über fünfzehn Jahren das letzte Mal gesehen und sollen jetzt noch einmal –«

»Helmut«, rief Karin Berger aufgebracht aus und boxte ihn in den Arm. »Was redest du da?« Sie wandte sich Sito zu. »Selbstverständlich werden wir Ihnen alle Fragen beantworten, wir werden überhaupt alles tun, um Ihnen zu helfen!«

Helmut Berger riss sich los und sprang auf. »Was soll das bringen? Du glaubst doch nicht allen Ernstes, dass wir sie noch einmal zurückbekommen«, schrie er unerwartet laut. Mit hängenden Armen stand er da, das Gesicht von tiefen Furchen gezeichnet.

»Aber Helmut, vielleicht können wir der Familie jetzt –«

Er wartete den Satz seiner Frau nicht ab, drehte sich um und ging schnellen Schrittes nach draußen.

Sito war sich sicher, dass er auf dem Gang weinen würde und sein Wutausbruch eher eine Flucht gewesen war.

»Bitte entschuldigen Sie meinen Mann«, sagte Karin Berger.

Busch streckte seine Hand über den Tisch und legte sie auf ihre.

»Kein Grund, sich zu entschuldigen. Machen Sie sich bitte keine Gedanken. Wir haben absolut Verständnis für Ihre Situation. Geben Sie ihm einfach Zeit, sich an den Gedanken zu gewöhnen. Wir müssen nicht sofort anfangen. Aber es ehrt Sie, dass

Sie auch an die Gottliebs denken. Die haben auch drei Kinder, und wir sind auf Ihre Mithilfe angewiesen.« Busch streichelte sacht ihre Hand, bis sich ihre Gesichtszüge entspannten.

»Denken Sie denn, dass unsere Tochter auch noch leben könnte? Wie unser Enkel, meine ich. Gibt es noch Hoffnung?«

Sito hatte geahnt, dass diese Frage kommen würde, und sich doch vor ihr gefürchtet. Er spürte, dass Busch ihn hilfesuchend ansah, er spürte aber vor allem jenen Blick von Karin Berger. Die Déjà-vus rannten geradezu, stolperten, sprangen wieder auf. Die Flut der Erinnerungen schwoll an zu einer riesigen Welle, die ihn mitriss und die er so gern losgeworden wäre. Er würde denselben Fehler nicht noch einmal machen. *»Wie konntest du nur«*, hatte Wint ihn damals getadelt.

»Ich will ehrlich sein, Frau Berger, die Chancen, dass wir Ihre Tochter noch lebend finden, sind gering. Die Tatsache, dass wir Ihren Enkel jetzt gefunden haben, muss nicht zwangsläufig bedeuten, dass die ganze Familie so lange irgendwo im Verborgenen überlebt hat, es sei denn –« Er hielt kurz inne und sprach mit gesenkter Stimme weiter: »Es sei denn, sie sind damals freiwillig verschwunden.« Er machte erneut eine Pause und wartete, bis Karin Berger diese Möglichkeit verarbeitet hatte. »Ich denke dennoch, dass es Ihnen und Ihrem Mann helfen würde, wenn Sie endlich wüssten, was passiert ist. Und vielleicht könnten Sie so auch dazu beitragen, das Verschwinden der Gottliebs aufzuklären.«

Karin Berger saß wie versteinert da, dann zuckte erst ihr rechtes Auge, dann ihr Mund. Der Versuch eines schwachen Lächelns misslang, schließlich schluchzte sie laut auf, um sich umgehend wieder eine Hand vor den Mund zu pressen. »Haben Sie Kinder?«, fragte sie.

»Nein«, antwortete Sito, und auch Busch schüttelte den Kopf.

»Ich hatte eine Tochter, und ich weiß seit fünfzehn Jahren nicht, was mit ihr passiert ist, nachdem wir davor nahezu jeden Tag miteinander telefoniert und uns mehrmals die Woche gesehen haben. Sie war einfach weg.« Sie lachte jetzt verzweifelt auf und sah von Sito zu Busch. »Und trotzdem hab ich nie geglaubt, dass sie tot ist. Keinen einzigen Tag habe ich gedacht, dass sie tot ist. Ich spreche mit ihr, stelle mir vor, wie sie jetzt aussieht und wo sie ist. Wie sie ihre Kinder umarmt und an mich denkt. Sie hat immer so gern Gedichte vorgetragen, Rilke am liebsten. Das stelle ich mir vor. Ich stelle mir auch vor, wie es sein wird, wenn wir uns wiedersehen und uns in die Arme fallen. Ich sehe sie nie«, sie hob beide Arme in die Luft, »ich seh sie nicht tot. Ich meine, das würde eine Mutter doch spüren, oder nicht?«

Sito war wie erschlagen von ihrem Redefluss, von ihrer Verzweiflung, die nach all den Jahren nichts an Schmerz eingebüßt hatte. Er wusste, dass draußen ihr Mann weinen und sich vor Trauer womöglich in die Fingerknöchel beißen würde, wie er selbst das auch getan hatte vor vielen Jahren. Busch räusperte sich, sagte aber nichts. Er begann, mit seinem Stift auf seinem Notizbuch kleine Kringel zu malen, eine Übersprungshandlung, eine, die Sito kurz die Luft zum Atmen nahm.

»Oder?«, hakte sie nach. »Ich wüsste doch, wenn meine Tochter tot ist.«

Sie nagelt mich fest, sie ringt mir ein Versprechen ab, das ich nicht geben darf, schoss es Sito durch den Kopf. »Ich weiß es nicht«, flüsterte er.

Jetzt griff sie mit beiden Händen wieder nach Sitos Händen, die er, ohne es zu merken, vor sich auf dem Tisch gefaltet hatte, als wolle er beten. Er spürte ihre faltigen Hände, die sich warm und feucht um seine hüllten.

»Bitte geben Sie die Hoffnung nicht auf. Geben Sie die Hoffnung nicht auf, meine Helen lebend zu finden.«

3

Es gefiel ihr nicht, dass Wint sich Sorgen machte. Christine wusste auch, was er für sie empfand, beides setzte sie unter

Druck und weckte eine innere Unruhe. Sie war froh, zum LKA Stuttgart gekommen zu sein, Unruhe passte derzeit nicht in ihr Leben. Sie wollte auch keine Angst haben vor denen dort draußen. Keine Angst vor Worten, die auf ihrer Facebook-Seite und in E-Mails an sie geschrieben wurden, die sie treffen sollten wie Schüsse aus einer Waffe. Worte, die Frauen verunglimpfen, die sie schwächen sollten, demütigen. Worte, die ihnen klarmachen sollten, dass sie nichts wert seien. Es waren nur Worte, sagte sie sich, Worte, eine Aneinanderreihung von Buchstaben, von sinnlosen Buchstaben, irgendwo in einen Computer getippt, ohne Gesicht, ohne Belang. *Waffen! Es waren trotz allem Waffen!*

Christine hatte mit ihrem Chef gesprochen, der aber hatte das als normalen »Gegenwind« in der Branche abgetan. Gewiss, hatte sie eingeräumt und betont, dass sie sich von solchen Idioten nicht würde einschüchtern lassen. Schließlich hatte sie ihrem Chef vorgeschlagen, die Abteilung »Gewalt gegen Frauen« um ein Spezialteam zu erweitern, in dem auch Digitalforensiker sitzen sollten. Er wollte es sich überlegen. In der Zwischenzeit sollte sie einfach weiterarbeiten und sich nicht um die Kommentare und Mails und Briefe kümmern. »Briefe auch?«, hatte sie gefragt und die lapidare Antwort »Alle abgefangen« erhalten. Sie würden alle von irgendjemandem gehasst, hatte er noch gesagt und ihr jovial zugezwinkert.

Christines Magen krampfte sich zusammen. Sie hatte seit zwei Tagen nichts Richtiges gegessen. Immer wenn sie sich vorgenommen hatte, etwas zu sich zu nehmen, hatte sie einen Blick auf ihren Account geworfen. Die Vergewaltigungsphantasien wurden immer brutaler, und das, obwohl sie dies nach den ersten Nachrichten gar nicht für möglich gehalten hätte. »Pling«, schon wieder ein Kommentar, diesmal von einem User namens KingKong2. Er wollte ihr die Schamlippen mit Sicherheitsnadeln zur Seite stecken und sie dann ordentlich ficken. Das schließlich brauche sie nämlich dringend. Es ging in ähnlichem Ton weiter. Immerhin mal keine Penetration mit stumpfen oder spitzen

Gegenständen, auch kein langsames Töten, kein Verbrennen, kein Ausweiden, dachte sie voll bitterem Zynismus. Aber wenn ihr Chef meinte, dass sie alle eben Gegenwind bekamen, dann war das wohl so und sie nur besonders empfindlich. *Waffen, es sind Waffen, die uns vernichten sollen, die werden nicht auf Männer gerichtet.*

Sie recherchierte seit Tagen, um ihren Vorgesetzten mithilfe der Resultate nachhaltig ins Gewissen zu reden, damit sie hier endlich eine Abteilung aufbauten, die sich ausschließlich mit dieser Art von Kriminalität auseinandersetzen sollte. Auch wenn es mit Worten begann, es gab zahlreiche Hinweise, dass sich dahinter ein ungeheures Gewaltpotenzial verbarg. Es galt, dies ernst zu nehmen. Der Weg von digitaler Gewalt hin zu einer Bedrohung in der realen Welt war nur ein kleiner Schritt, auch dem Umstand geschuldet, dass man heutzutage sehr schnell Informationen sammeln konnte, gerade über Menschen in der Öffentlichkeit. Doxing war dafür der Fachbegriff. Es bedurfte unbedingt mehr Kapazitäten für die Verfolgung digitaler Gewalt gegen Frauen, das Netzwerkdurchsetzungsgesetz war dafür nicht ausreichend, hilfreich wäre auch, wenn die Staatsanwaltschaft direkt ermitteln könnte, ohne dass die betroffenen Frauen Strafantrag stellen mussten.

Christine nickte entschlossen. Sie würde dieses Ziel weiter anstreben. Auch, um für sich selbst Mut zu gewinnen. Dass so viele Männer ein so heftiges Interesse hatten, Frauen zu demütigen und zu erniedrigen, hieß doch vor allem: Frauen waren stark, und diese Männer hatten Angst vor weiblicher Stärke. *Ich werde dieses Ziel erreichen!*

Doch Wint musste irgendwie beruhigt werden, seine Sorge lenkte sie ab von ihrem Ziel. Auf ihrem Schreibtisch stand ein Foto von ihr und Wint. Sie mit ihrem roten Pagenhaarschnitt – heute waren ihre Haare wieder dunkelbraun und schulterlang – und Wint neben ihr mit seinem Dreitagebart und einer grünen Mütze auf dem Kopf. Das Bild war an Silvester entstanden, in Gaienhofen, als sie mit Paul Sito und seiner Freundin Miriam und mit Roman Enzig gefeiert hatten. Im Hintergrund sah man die Bar der »Pension Rosa«. Irgendwie sahen sie ertappt aus, obgleich es nichts gab, bei dem man sie hätte ertappen können. Wint blickte sie an, sie direkt in die Kamera. Sie war einen Kopf kleiner als er, mindestens, und wirkte sehr schmal neben ihm. Zerbrechlich geradezu, dachte sie und wandte den Blick ab von dem Foto.

Gestern erst hatten sie sich auf ein Glas Wein verabredet und waren anschließend noch in der Niederburg spazieren gegangen, jenem ältesten Stadtteil von Konstanz, wo es immer angenehm still zuging. Christine hatte sich bemüht, entspannt zu wirken, um ihn möglichst zu beruhigen. Da hatte sie auch erfahren, dass sein Freund Karl Zimmermann im Internet nach ihren gefährlichsten Gegnern fahndete. »Wirst sehen, wir kriegen die«, hatte Wint gesagt, und sie hatte entgegnet: »Und dann? Dann brummt man ihnen ein Bußgeld auf, und sie machen mit einem neuen Profil weiter.«

Den Blick, den Wint ihr zugeworfen hatte, würde sie nicht vergessen. Eine eiskalte Entschlossenheit hatte darin gelegen, von der sie nicht wusste, ob sie allein der Sorge um sie oder auch dem Frust über den zurückliegenden Fall galt.

Christine setzte sich an ihren Schreibtisch und schloss ihr Profil, um sich auf die Recherchen zu konzentrieren. Eine Nachricht auf ihrem Smartphone: »Bist du daheim?« Wint.

Sie schrieb zurück, dass sie auf dem Weg ins Bett sei.

»Schade. Gute Nacht.«

Sie hatte umgehend ein schlechtes Gewissen, dennoch öffnete sie ihre Dateien und suchte, wie weit sie gekommen war. Anschließend übertrug sie ihre Notizen und setzte ihre Recherche fort. Ihr war inzwischen klar geworden, dass der im Netz organisierte Hass gegen Frauen nicht einfach eine Randerscheinung innerhalb der rechtsradikalen Gesinnung war, sondern ein zentraler Bestandteil einer eigenen Szene: Männerrechtsbewegungen, die ihren Ursprung in den USA der siebziger Jahre nahmen, aber Wurzeln bis an den Beginn des 20. Jahrhunderts hatten. Was in den Siebzigern vor allem mit wirklichen Rechten von Männern begann, nämlich bei Scheidungs- und Sorgerechtsfragen, entwickelte sich bald zu einer Anti-Feminismus-Bewegung, in Deutschland war diese Ausprägung von Beginn an die dominante. Maskulinismus und die Zurückdrängung des Feminismus waren das Ziel. Mit dem Wechsel in das Internetzeitalter erlebte auch diese Szene eine ungeheure Dynamisierung hin zu der sogenannten Manosphere, die radikaleren Gruppierungen wie den Incels den Weg ebnete.

Christine holte sich ein zweites Glas Wein, anders waren diese Recherchen und O-Töne, die sie sich anhörte und las, kaum zu ertragen. Es ging nicht mehr um Sorgerecht, nicht um Geld oder um die Schuldfrage bei Scheidungen, es ging darum, Frauen in der Öffentlichkeit zu diskreditieren und im wahrsten Sinne mundtot zu machen. Um *Silencing*, wie dies international hieß. Einer Studie zufolge zog sich die Hälfte der Frauen tatsächlich aus der Öffentlichkeit zurück, wenn sie Opfer digitaler Gewalt geworden waren. Aus Angst um ihre Familien. Auch ihr hatte man in den sozialen Netzwerken nahegelegt, sie möge doch einfach verschwinden. Sie mochte sich nicht vorstellen, wie der Druck bei Politikerinnen war, wie viele von denen daran scheiterten.

Es gab bereits Bemühungen über das Netzwerkdurchsetzungsgesetz hinaus, der rechtsradikalen wie auch dieser frauenfeindlichen Szene zu begegnen, überhaupt, sich gegen diese Welle in den sozialen Medien zu wehren. Seit Anfang 2020 etwa gab es eine zentrale Meldestelle in Hessen, die Zentralstelle zur Bekämpfung der Internetkriminalität bei der Generalstaatsanwaltschaft Frankfurt, aber Christine wusste auch, dass die Umsetzung allein an der unermesslich großen Zahl an Meldungen scheiterte.

Wenn Wint wüsste! Oder las er inzwischen bei Facebook mit? Dann hatte er zumindest einen Überblick. Christine hielt inne. Es überkam sie eine Welle der Scham, die unerwartet heftig war und die sie nicht begriff. Weshalb beschämte es *sie*, falls Wint diese Beschimpfungen mitlas? Was war das für eine verkehrte Welt? Wie konnten diese widerlichen Worte sie beschmutzen vor Wint? *Weil Waffen nun einmal Narben hinterlassen, hässliche Narben.* Sie schüttelte den Kopf und wischte das Gefühl der Scham mit beiden Händen aus ihrem Gesicht. Wenn Wint wirklich wüsste, was sie allein heute wieder zu lesen bekommen hatte, dann würde er sich vermutlich sofort auf den Weg machen und vor ihrer Tür campieren. Sie musste tatsächlich schmunzeln bei diesem Gedanken – Wint in einem Zelt. Sie drehte sich auf ihrem Stuhl und traf auf ihr Spiegelbild. Das hatte in letzter Zeit Seltenheitswert: sie mit einem Lächeln.

Sie verharrte und betrachtete sich wie eine Fremde, nicht nur ihr Spiegelbild in diesem Moment, es war eher wie ein Film, der an ihr vorbeizog. Sie hatte abgenommen, bewegte sich anders durch die Flure in großen Gebäuden und durch die Reihen zwischen den Regalen im Supermarkt, leiser, um nicht aufzufallen, nachdem ihr Leute geschrieben hatten, sie würden sie im Auge behalten. Sie erschrak über scheppernde Mülltonnen, über das plötzliche Bellen eines Hundes, über Menschen, die eine Spur zu schnell auf sie zukamen, und einmal sogar über den eigenen Schatten. Öfter als früher hielt sie den Blick gesenkt, wenn sie auf der Straße anderen Menschen begegnete.

Die Haare wieder in jenem auffälligen Rot zu färben wie noch vor einem Jahr käme ihr heute unpassend vor. Bei Lichte betrachtet, war sie schon jetzt nur noch die halbe Christine Fané, und manchmal schien es ihr, als würde sie buchstäblich verschwinden. Doch das würde sie nicht zulassen, sie wollte sich nicht geschlagen geben. Es war daher nur konsequent, dass sie sich am Vortag mit den Organisationen »HateAid« und »ichbinhier« in Verbindung gesetzt, ihren Fall geschildert und nach Möglichkeiten gesucht hatte, wie man betroffenen Frauen und ihr selbst helfen könnte. Sie spornte sich an, sie wollte die alte Christine Fané zurück, sie wollte sich selbst zurück, sie wollte …

Ihr Smartphone meldete den Eingang einer Nachricht. Ach, Heinrich, dachte sie seufzend und griff arglos danach.

»Du solltest nicht trinken, wenn du allein bist, du Fotze.« Anonymer Absender.

Christine fiel das Smartphone aus der Hand. Beinahe hätte sie aufgeschrien. Sie sah sich hektisch nach den beiden Fenstern im Raum um und presste sich eine Hand auf den Mund. In Sekundenbruchteilen überlegte sie, von wo aus man sie beobachten könnte, doch es kamen vermutlich etliche Wohnungen in den gegenüberliegenden und benachbarten Häuserreihen in Frage. Sie bewohnte die Eckwohnung, hatte also Nachbarn zu zwei Seiten vis-à-vis der jeweiligen Straße. Die meisten Fenster waren noch beleuchtet. Sie atmete tief durch, dann hob sie ihr Smartphone auf und tippte: »Netter Versuch, aber auch langweilig.«

Sie wartete. Der andere schrieb. *Woher hat er meine Nummer?* Sie entschloss sich zum Angriff. »Wollen wir uns treffen? Oder bist du zu feige?«

Der andere schrieb immer noch. »Solche wie dich sollte man einfach …«

Den Rest zu lesen sparte sie sich, tippte stattdessen »Fick dich selbst, du Versager«, dann stand sie auf und ließ die Rollläden runter. Das miese Gefühl indessen breitete sich von ihrem Nacken abwärts aus und erreichte ihre Kniekehlen. Der aufsteigende Schwindel ließ sie taumeln, bis sie die Hand nach der Wand ausstreckte und sich abstützte.

Ihr Smartphone klingelte. Augenblicklich war ihre Kehle wie zugeschnürt, ihre Hände fingen an zu zittern, und plötzlich hatte sie trotz der Rollläden das Gefühl, beobachtet zu werden. Panik. Schweißausbruch und Schüttelfrost. Wieder klingelte es, der Ton bohrte sich durch sie hindurch. Sie hasste sich für ihre Angst, die Schweißperlen sammelten sich in ihrem Nacken. Vorsichtig blickte sie auf das Display. »Heinrich«, stand dort.

Sie machte zwei schnelle Schritte, nahm den Anruf an und konnte ihr Smartphone kaum in den Händen halten, so sehr zitterte sie. Seine Stimme klang so nah, weich und verheißungsvoll. Sie wollte ihn nicht länger fernhalten und in Sicherheit wiegen. Sie selbst wollte sicher sein, endlich wieder sicher sein. Innere und äußere Sicherheit, ja, das stand ihr doch zu … Und dann fiel wie der Vorhang in einem Theater auf einen Schlag die ganze Anspannung von ihr, und sie weinte. Haltlos ließ sie sich in die warme Stimme von Wint gleiten, obgleich sich in diese neben der Sorge unüberhörbar eine flammende Wut mischte.

4

Hundertdreizehn Personen gehörten nach einem Tag Organisation mit unendlich vielen Telefonaten zu der neu gegründeten Sonderkommission – eine teilweise Zusammenlegung der beiden vorangegangenen Sokos –, die sich fortan um die verschwundene Familie Gottlieb, aber eben auch um die verschwundene Familie von damals kümmern sollte. Diese Familie hieß Schreiner. Sie hatten drei Kinder, eines davon ein beim Verschwinden sechsjähriger Junge, der sich später Nick Sperling nennen und für Karl Zimmermann als V-Mann arbeiten sollte. Er war nur zwanzig Jahre alt geworden. Die Beamten der Sonderkommission hatten mittlerweile die Akten aus Memmingen erhalten, arbeiteten sich durch die Ermittlungsansätze und sahen insbesondere in der Vergeblichkeit deutliche Parallelen zu ihren eigenen Bemühungen.

Simon Jäger und Paul Sito standen etwas abseits und beobachteten die Gruppen, die sich um die Sichtung der Beweise, um die Suche nach Übereinstimmungen und um die Koordinierung der Befragungen kümmerten.

»Jetzt hängen diese Fälle also tatsächlich zusammen«, sagte Jäger.

Sito zog die Augenbrauen hoch. »Anscheinend. Und irgendwie haben wir es doch befürchtet, oder nicht?«

»Hm«, brummte Jäger und sog die Lippen nach innen.

Er sah dadurch älter aus, auch verzweifelter, doch Sito wusste, dass er souverän und vor allem sehr diszipliniert war. Seit seiner Parkinsondiagnose absolvierte er ein eigens auf ihn abgestimmtes

Fitnessprogramm, war medikamentös gut eingestellt und zitterte so selten, dass es nur jemand bemerken konnte, der davon wusste. Wie Sito.

»Haben wir schon irgendeine Theorie?«, fragte Jäger.

Enzig kam zu ihnen. Auch er wirkte sehr müde. Es war der sechste Tag in Folge, den sie mit nur wenig Schlaf und Pausen zwischendurch arbeiteten.

»Und?«, fragte Sito und gab Jägers Frage weiter. »Wie ist deine erste Einschätzung?«

Enzig holte tief Luft, behielt diese einen Moment in seinem Körper, als müsste er für bessere Sauerstoffzufuhr sorgen, dann blies er sie bewusst aus. »Yogaübung von Anna«, erklärte er und wiederholte das Prozedere zweimal.

Sito und Jäger tauschten einen Blick, blieben aber ruhig.

»Der zeitliche Abstand passt auf einen Serientäter, das muss ich euch ja nicht erklären. Wenn wir davon ausgehen, dass die erste Familie vor fünfzehn Jahren auch die ersten Opfer waren, dann würde das ungefähr hinkommen. Allerdings nur, wenn man für einen Moment ausblendet, dass es sich um die Entführung einer ganzen Familie handelt. Es handelt sich also um eine Opfergruppe, so verschieden, wie Opfer nur sein können. Unterschiedliches Geschlecht und Alter. Das Merkwürdige ist überdies, dass eine Person aus dieser ersten Opfergruppe überlebt hat.«

»Bis vor Kurzem«, warf Sito ein. »Wir haben da also unterschiedliche Interpretationsmöglichkeiten«, sagte er. »Darauf willst du hinaus, nicht wahr, Roman?«

Roman Enzig sah seinen Freund an, ein winziges Lächeln huschte über sein Gesicht, dann nickte er. »Genau, Paul. Und das beeinflusst unsere Herangehensweise an den Fall natürlich maßgeblich.«

»Woran denkt ihr?«, fragte Jäger und griff mit der linken nach seiner rechten Hand.

Da war es wieder, dachte Sito, dieses Zittern, wenn der Stress stieg.

»Die Ermordung von Nick Sperling kann mit der Entführung von damals zusammenhängen oder unabhängig davon sein«, antwortete Enzig lapidar.

»Anders ausgedrückt: Wenn Nick seinen Entführern entkommen konnte, sind die anderen vielleicht auch noch am Leben?«

Jäger starrte Sito ungläubig an. »Das würde ja bedeuten, dass irgendwo eine Familie gefangen gehalten wird. Seit fünfzehn Jahren!«

»Genau diesen Fall müssen wir in Betracht ziehen«, antwortete Enzig. »Wobei wir eine Sache berücksichtigen müssen, eigentlich bei allen Fragestellungen, und die betrifft das geringe Alter der Kinder bei ihrem Verschwinden.«

»Du meinst, den Kindern ist die Entführung nicht mehr bewusst?«

»Für die Babys gilt das ja ohnehin. Die Kleinkinder waren drei und vier, auch die vergessen das, ein Problemfall waren tatsächlich die Schulkinder wie etwa jener Jonas Schreiner. Diesem Umstand tragen vielleicht die Verletzungen Rechnung. Die anderen Kinder könnten relativ normal in ein Familienleben integriert worden sein.«

»Was ist mit dem Einwohnermeldeamt? Wie soll man plötzlich neue Kinder erklären?«, fragte Sito.

Enzig starrte Sito an, blinzelte zweimal. »Wurden die Geburtsurkunden der Kinder gefunden? Bei den Schreiners oder den Gottliebs?«, fragte er.

Sito lief zu einem der großen Tische, unterhielt sich mit einer Kollegin und deutete mit dem Daumen nach unten. »Keine Dokumente. Und weiter, Roman?«

»Und weiter heißt das, dass es ein Einfaches wäre, solche Ursprungsdokumente zu fälschen. Wir hatten in der EU lange keine einheitlichen Standards, was Geburtsurkunden angeht.« Enzig hob die Augenbrauen. »Wie hieß es so schön? Geburts- und Abstammungsurkunden sind das schwächste Glied in der Identifikationskette oder so ähnlich.« Er zuckte die Schultern.

»Du fälschst das Ursprungsdokument und kannst regulär einen Pass beantragen.«

Sito nickte. »Die Kinderausweise als gestohlen melden und einfach neue beantragen mit der Geburtsurkunde.«

»Genau«, sagte Enzig, »wobei es mittlerweile einen Barcode gibt, der das verhindern soll.«

»Seit 2018, nicht wahr?«, mischte sich Jäger ein. »Also viel zu spät für die Kinder der Schreiners.« Jäger rieb sich mit beiden Händen über sein Gesicht. »Gibt es kalte Spuren von damals? Vielleicht solche, die jetzt einen Sinn ergeben?«

Enzig schüttelte den Kopf. »Bislang nicht. Wir dürfen einen weiteren Aspekt daher nicht außer Acht lassen. Einen schwerwiegenden, der aber nicht von der Hand zu weisen ist, auch weil der Tote Spuren von jahrelanger Misshandlung trug.«

»Ich weiß«, sagte Sito leise.

Jäger stöhnte. »Es tut mir leid, ich bin etwas kopfleer, bitte helft mir auf die Sprünge.«

»Es verschwinden zwei Familien im Abstand von fünfzehn Jahren. Ein Kind taucht erwachsen wieder auf, wurde aber augenscheinlich misshandelt, und soweit ich weiß, gab es von dem Jungen aus seiner Zeit vor seinem Verschwinden keine entsprechenden Krankenakten, die auf Gewalt schließen lassen. Die Kinder der zweiten Familie sind ungefähr im Alter der ersten.«

Jägers Augen weiteten sich, dann schluckte er. »Dann geht es vielleicht um die Kinder«, sagte er leise und tonlos.

5

Es waren Vorurteile, die jetzt im Raum ausschwärmten und schnell ihr Ziel erreichten. Vorurteile, die Johannes Goffer von Beginn an in sich getragen hatte, gewiss, aber bisweilen entsprach die Realität derart dem Klischee, dass man nach Luft schnappte.

Goffer stand dort neben Busch im Türrahmen und starrte auf den fulminanten Schreibtisch mit einem bodentiefen Fenster im Rücken und Blick auf den Seerhein. Schwarz, glänzend mit Metall, es sah nach USM Haller aus, teuer, kühl, glatt. Er mochte das nicht, hätte aber das Büro eines Vorstandsvorsitzenden just so eingerichtet, kaltes Hochglanzdesign, bei dem man immer lange Ärmel tragen musste, um nicht zu frieren. An einer Wand nahm er Farbkleckse wahr – ein Kandinsky für den Kunstliebhaber ohne eigenen Geschmack. Mirós für die Arztpraxen, Kandinsky für das gehobene Management. Goffer stöhnte innerlich, ihm fiel das Gespräch jetzt schon schwer. Ein kurzer Seitenblick zu Busch zeigte ihm, dass es dem Kollegen ebenso ging.

Sie setzten sich in die beiden schwarzen Freischwinger, die am Schreibtisch standen und warteten. Der Chefsessel war mit Blickrichtung nach draußen, sodass sie nicht sehen konnten, wer dort saß. Toni Garon, hatte die Sekretärin am Empfang gesagt, erwarte sie schon, habe aber nicht viel Zeit für so eine alte Sache, und zu solchen Zeiten ohnehin nicht. Das müssten die Herren von der Polizei schon verstehen, zumal ja bereits Kollegen da gewesen seien.

Ja, hatte Goffer verständnisheuchelnd zugestimmt, allerdings habe die Sachlage sich geändert, und es gehe doch immerhin um einen ehemaligen Mitarbeiter und seine Familie, kleine Kinder. Beinahe hätte er hinzugefügt: »Bitte haben Sie ein Herz«, hatte sich diese Floskel jedoch verkniffen.

Weshalb es eigentlich immer Herren sein müssten, »Herren von der Polizei«, also überhaupt in der heutigen Zeit, hatte die Dame noch zwinkernd gefragt, und Goffer war aufgefallen, dass inzwischen die Kolleginnen tatsächlich sehr rar geworden waren. Er hätte sich das gern anders gewünscht, es würde dem Team gewiss guttun. Vielleicht konnten sie diese Christine Fané nach dem Desaster in Stuttgart doch wieder nach Konstanz locken? Er sollte Sito einmal darauf ansprechen.

Endlich drehte sich der Stuhl um, und Goffer konnte ein leichtes Zucken der Mundwinkel dann doch nicht unterdrücken.

Vor ihnen saß eine Frau. Groß sah sie aus, groß und mittelkräftig mit kinnlangen blonden Haaren. Sie trug einen dunkelgrünen Hosenanzug und eine weiße Bluse darunter mit einem üppigen Kragen, der Goffer direkt ins Auge stach, obgleich er von Mode keine Ahnung hatte. Irgendwie spukte Mozart vor seinem inneren Auge herum.

»Toni Garon?«, fragte Busch, der weniger überrascht wirkte.

Die Frau nickte und lächelte Goffer an. »Sie haben einen Mann erwartet?«

»Äh, na ja, Toni hat mich definitiv in die Irre geführt«, sagte Goffer und grinste.

»Das macht nichts, das passiert nicht nur Ihnen. Ich heiße Antonia, aber das ist mir zu kompliziert. Wie kann ich Ihnen denn helfen? Man sagte mir, Sie seien von der Mordkommission?«

»Gewaltverbrechen«, verbesserte Goffer. »Zunächst aber möchten wir uns bedanken, dass Sie sich am Wochenende für uns Zeit nehmen.«

Garon winkte ab. »Ich kenn kein Wochenende. Sie ja offenbar auch nicht, außerdem ist Samstag ja noch Werktag.«

»Stimmt natürlich. Wir haben Fragen zu einem ehemaligen Mitarbeiter von Ihnen, Herrn Markus Gottlieb.« Goffer konnte sich täuschen, aber er meinte ein Zucken gesehen zu haben am linken Augenlid. »Sie erinnern sich doch noch, oder?«

Garon hob die Augenbrauen. »Wie könnte man den vergessen?«, sagte sie, und es klang nicht wohlwollend. »Er wollte uns anzeigen.«

»Hat er dann aber nicht?«

»Er hat eingesehen, dass er niemandem damit helfen kann. Und das war ihm ja immer das Wichtigste.«

»Nun«, mischte Busch sich ein, »es sah wohl eher so aus, dass die Beweise nicht ausgereicht hätten, oder aber, dass sich die Firma eben nur zu einem Bauernopfer hätte hinreißen lassen.«

»Ein Bauernopfer? So nennen Sie das?« Frau Garon öffnete

ein Kästchen auf dem Tisch, das nach Mahagoni aussah. Zum Vorschein kamen Zigaretten, eine davon zündete sie sich an und zog daran, ohne sich um das im Haus geltende Verbot zu kümmern.

Überlange Zigaretten, noch so ein Klischee, dachte Goffer. Weshalb konnten die Menschen nicht einfach ganz normal sein? Mal ein Bild in den Raum hängen, das ihnen persönlich gefiel und nicht nur einen Eindruck erwecken sollte. »Mögen Sie Kandinsky eigentlich?«, fragte er aufs Geratewohl.

Sie sah überrascht zur Seite. »Bitte was?«

Goffer nickte zu dem Gemälde an der Wand. »Mögen Sie ihn?«

Sie zog die Augenbrauen hoch. »Ich liebe Wassily Kandinsky aus tiefster Seele. Was er bewegt hat mit seinen Kunsttheorien und der Gruppe ›Der Blaue Reiter‹ Anfang des letzten Jahrhunderts, ist außerordentlich. Er hat sich Mitte des Ersten Weltkrieges dafür starkgemacht, dass seine Künstlerkollegen von der Front nach Hause dürfen. Wussten Sie das? Kandinsky hat 1916 erreicht, dass sein Freund Franz Marc die Front verlassen darf. Und was macht der? Er lehnt ab, weil er seine Kameraden nicht im Stich lassen will. Zwei Wochen später war er tot, der Narr. Starb fürs Vaterland und mit ihm die Idee des ›Blauen Reiters‹. Kandinsky ist geflüchtet, erst in die Schweiz, dann nach Russland.«

»Aha«, sagte Goffer unwirsch. »Sie hätten nicht weitergekämpft an Marcs Stelle?«

»Nicht fürs Vaterland«, antwortete Garon, ohne zu zögern. »Wissen Sie, wie einzigartig diese Chance war, die Kandinsky da erarbeitet hat? Es war die klare Aussage, dass Kunst einen gesellschaftlichen Stellenwert hat, der höher einzuschätzen ist als der Kampf an der Front. Und ich denke ebenfalls unabhängig von Nationalitäten und Ländergrenzen, und ja, ein Krieg an der Front fürs Vaterland ist heutzutage absolut sinnentleert. Wir haben andere Fronten, solche, die uns vereinen sollten. Und es wird Sie vielleicht überraschen, weil ich hier in einem protzigen

Büro mit Aussicht sitze, aber ich bin Idealistin durch und durch, wider den äußeren Schein gewissermaßen.«

Goffer zog eine Schnute, dem hatte er nichts entgegenzuhalten.

»Es ist übrigens ein Original. Familienbesitz.«

Goffer schluckte und schielte zu dem Gemälde an der Wand.

»Frau Garon«, nutzte Busch die entstandene Stille, »wann haben Sie Herrn Gottlieb zuletzt gesehen?«

Sie sah überrascht von Goffer zu Busch: »Ist ihm etwas zugestoßen?«

»Also wann?«

»Da muss ich überlegen, ich denke, vor zwei Wochen. Er kam und wollte wieder mit dieser Affengeschichte anfangen.«

»Oh, vor zwei Wochen, sagen Sie?« Busch und Goffer tauschten einen Blick.

»Ja, vor zwei Wochen. Er hat mitbekommen, dass das Medikament jetzt endlich an den Start geht, und wollte noch einmal über diese unsägliche Geschichte sprechen.« Sie drehte sich ein wenig zur Seite, dass sie ihren Besuchern den Rauch nicht direkt ins Gesicht blasen musste.

Goffer fielen ihre stark geschminkten Wangen auf, es gab am unteren Kiefer einen Make-up-Rand, den sie sicher von vorn im Spiegel nicht gesehen hatte. Gleichwohl sah sie sehr attraktiv aus, souverän, eine leichte Tendenz zur Kaltschnäuzigkeit. »Und da haben Sie mit ihm gesprochen?«, fragte er.

»Musste ich ja. Er hat uns gedroht, dass er die Geschichte noch einmal aufwärmen würde. Sehr lästig, kann ich Ihnen sagen. Im Grunde war er ein feiner Mensch, aber er hatte irgendwann angefangen, an Dingen zu rütteln, an denen im Moment einfach keiner rütteln kann.«

»Tierversuche an Affen? Das ist ja jetzt keine Sache, an der man festhalten muss, oder?«, fragte Busch spitz nach. »Überdies wurden doch, soweit ich weiß, wesentlich mehr Tiere verladen als –« Busch machte eine Pause und musterte Garon. »Hat er Sie erpresst?«

Garon lachte laut auf. »Erpresst? Der Gottlieb uns? Quatsch. Der ist so ein linksliberaler Gerechtigkeitsfanatiker, einer, der noch immer glaubt, dass die Welt gerechter wird, wenn nur jeder das will.« Sie schnaubte aus und verdrehte die Augen. »Ich kann gar nicht leugnen, dass ich auch einmal anders dachte als jetzt, aber dieser Gottlieb war in gewisser Weise noch radikal optimistisch. Da macht man sich keine Freunde.«

»Womit macht man sich denn Freunde? Wenn man das Auge der Gerechtigkeit irgendwo in der Grauzone des Rechts erblinden lässt?«, fragte Busch.

Garon sah ihn stumm an, wieder lachte sie lauthals auf und warf dabei den Kopf in den Nacken. Sie hatte ein röhrendes, viel zu dominantes Lachen. »Sie machen mir Spaß«, sagte sie. »Wir sollten aber an dieser Stelle vielleicht erst einmal klären, weshalb Sie überhaupt hier sind.« Sie beugte sich vor und faltete die Hände vor dem Kinn.

»Hat man Sie etwa nicht informiert?«, fragte Goffer erstaunt.

Garon breitete die Hände aus. Eine Rauchfahne schlängelte durch die Luft. »Nein.«

»Herr Gottlieb ist samt seiner Familie verschwunden.«

Sie setzte sich kerzengerade auf und zog wieder die Augenbrauen hoch. »Verschwunden? Und Sie denken, das hat etwas mit seiner Arbeit zu tun?« Sie sah erstaunt von Goffer zu Busch. »Oh, Sie denken, dass wir ihn haben verschwinden lassen wegen dieser Affenstory?« Sie zog den linken Mundwinkel hoch.

In Goffer spulte sich sofort das eintrainierte Programm ab. Gesten dechiffrieren, das hatten sie alle gelernt. Ein Lächeln nur zu einer Seite signalisiert ein Überlegenheitsgefühl, Arroganz. Ja, das passte. »Das Medikament kommt immerhin gerade auf den Markt«, sagte er und suchte ihren Blick.

»Ich bitte Sie, machen Sie sich nicht lächerlich. Tierschutz in allen Ehren, aber wenn man dann Kopfschmerzen hat, greift man auch bedenkenlos ins Regal. Alle wollen immer Frieden auf Erden, aber nur, wenn sie selbst nichts dafür tun müssen.«

»Das ist jetzt aber auch sehr verkürzt, nicht wahr?«, sagte Busch und schlug die Beine übereinander.

In unverkennbar ablehnender Weise, kommentierte Goffer in Gedanken. Das letzte Seminar über Körpersprache war noch nicht allzu lange her.

»Denken Sie, was Sie wollen. Wir wurden nicht erpresst und mussten Gottlieb auch nicht irgendwie ruhigstellen. Er konnte lediglich an unsere Moral appellieren.« Sie legte den Kopf schief und rieb sich das Kinn. »Ich weiß gar nicht mehr so genau, was er wollte. Er bat um ein Gespräch und –« Sie stutzte, beugte sich abrupt vor und drückte einen Knopf auf ihrer Telefonanlage. Ein Summen ertönte, dann eine hohe Frauenstimme. »Michele, schauen Sie doch bitte, ob Herr Anwender da ist. Er soll dann in mein Büro kommen.« Sie lehnte sich zurück in ihren Sessel und wirkte nachdenklich.

»Was ist los?«, fragte Goffer. »Ist Ihnen doch etwas eingefallen?«

»Verschwunden? Mit seiner Familie, sagten Sie?«

»Ja, mit Frau und Kindern«, bestätigte Busch.

»Das ist ja schrecklich. Also, wenn ich darüber nachdenke, dann kommt es mir jetzt beinahe so vor, als hätte er uns provoziert bei seinem Besuch, als wollte er etwas aus uns herauskitzeln, verstehen Sie, was ich meine?«

Goffer nickte. »Sie glauben, er hat das Gespräch aufgezeichnet?«

Magnus Anwender kam wenige Minuten später und bestätigte nach kurzem Zögern, was Toni Garon gerade in den Raum geworfen hatte. Auch er hatte jetzt, mit Abstand betrachtet und vor dem Hintergrund eines Verbrechens, das Gefühl, Markus Gottlieb habe sie aushorchen wollen, obwohl er ihm nicht zutraute, heimlich das Tonbandgerät genützt zu haben. Anwender kratzte sich am Kopf. »Macht uns das verdächtig?«

Beim Verlassen des Gebäudes meinte Goffer, beobachtet zu werden. Die Kameras in den Ecken bewegten sich minimal, doch stetig über ihnen. Das Gebäude war ein Hochsicherheitstrakt.

»Denkst du, Gottlieb wollte doch Geld aus der Sache schlagen? So kurz vor der Freigabe des Medikaments?«, raunte Busch. Auch er schielte immer wieder nach oben. »Das war mir vorhin gar nicht so aufgefallen. Vielleicht sollten wir um das Bildmaterial bitten, das Gottlieb zeigt. Vielleicht.« Busch wischte durch die Luft. »Quatsch, er kannte ja die Situation hier, wie sollte er sich da verraten?«

»Wir müssen noch einmal mit seinem Bruder sprechen. Er wusste bislang am meisten über das stille Engagement von Gottlieb.«

»So still war er vielleicht gar nicht. Sieh mal da.« Busch zeigte in eine Ecke der Empfangshalle, in der auf einem Sockel ein ausgestopfter Affe saß. Ein Schild prangte am Sockel: »Ein Leben für die Wissenschaft«.

Goffer überlief ein eisiger Schauer angesichts dieser Geschmacklosigkeit. »Ich werde nie wieder einfach so Medikamente schlucken«, presste er hervor, dann ging er mit schnellen Schritten auf den Ausgang zu.

6

Es war ihm nicht leichtgefallen, Anna und das Baby auch am Samstag allein zu lassen. Sie hatte erschöpft gewirkt, die Nacht wieder mehr mit Stillen und Singen als mit erholsamem Schlaf verbracht. Doch sie verstand ihn, geradezu vertrieben hatte sie ihn, als er morgens unruhig in der Küche auf und ab gegangen war, hier und da ein Utensil, die Vorratsdosen mit Tee und Kaffee etwa, oder die Kochbücher ordentlich ausrichtend …

Enzig zog sich in sein Büro im Präsidium zurück und versuchte, sich mit den bislang gesammelten Informationen einen Täter vorzustellen. Die Tatsache, dass es eventuell um die Kinder ging, war beängstigend und weckte schreckliche Assoziationen zu jüngsten Fällen sexuellen Missbrauchs von Kindern sowie

Kinderpornografie, die durch die Medien gingen. Es gab bereits Kollegen, die sich mit den Ermittlern in Nordrhein-Westfalen im Austausch befanden. Wieder ging es darum, die Spuren im Netz zu verfolgen und eine mögliche Verbindung hier in den Süden herzustellen.

Es war nicht möglich, so schien es Enzig, irgendeine Ermittlung ohne das Internet zu führen. Es brachte Vorteile, aber auch Nachteile, eröffnete einerseits Welten und verschloss andere, wenn es um die Rückverfolgung der Nutzer ging. Das Wort »Datenschutz« war zu ihrem großen Feind geworden, nicht weil Enzig und die meisten seiner Kolleginnen und Kollegen das Prinzip und die Grundhaltung dahinter nicht begriffen, sondern vielmehr deshalb, weil der Datenschutz viel zu oft über dem Opferschutz stand und dennoch eine Null-Toleranz-Politik propagiert wurde. Augenmaß war nicht gefragt. Die Adressen der Websites wurden von den Anbietern geschützt, Verbrecher zogen sich hinter Fakeprofile zurück.

Für den aktuellen internen Austausch hatten sie außerdem das Problem, dass Karl Zimmermann seine V-Leute nicht verbrennen wollte, und diese Vorsicht betraf auch das Kollegium in den eigenen Reihen aus anderen Polizeidienststellen. Enzig wusste aber, dass Zimmermann das aus seiner Insiderposition im Auge behielt. Am Nachmittag würden sie sich treffen, der interne harte Kern: Karl Zimmermann, Paul Sito, Heinrich Wint, Johannes Goffer, Marc Busch und er selbst. Sie waren Mitwisser, bewegten sich mit Zimmermann zweifelsohne in einer Grauzone, und dennoch hatte Enzig an keinem dieser Leute einen Zweifel. Er wusste, dass Sito es gern gesehen hätte, wäre Christine Fané zu ihnen gestoßen – endlich auch eine Frau im Team –, aber er hatte es auch verstanden, dass Fané die Stelle beim LKA annehmen wollte. Vielleicht kam nun die Wende.

Enzig trat an seine Tafel und begann mit den Notizen. Jahreszahlen, Menschen, die Kinder und ihr Alter. Wie alt wären die Kinder heute? Welche Parallelen gab es sonst noch zwischen den beiden Familien? Das war der wichtigste Punkt. Und die Frage nach dem Motiv. Wenn die Kinder das Motiv waren, was sagte das dann über die Täter aus? Sie wollten eigene Kinder, um sie zu quälen? Oder weil sie selbst keine Kinder haben konnten? So weit war Enzig schon einmal gewesen. Der Kinderwunsch. Was konnte es noch sein? Weibliche Intuition. Was würde Fané sagen?

Enzigs Gedanken schweiften ab. Christine Fané würde sich gut im Team machen. Sie war resolut und ehrgeizig, dabei aber ein Teamplayer und zu hundert Prozent loyal. Auch ihr würde er absolut vertrauen. Sie konnte im richtigen Moment schweigen, eine Eigenschaft, die Enzig sehr schätzte. Fané, die im Moment selbst Probleme mit –

Enzig stutzte. Worum war es da genau gegangen? Enzig öffnete seine Datei, in der er für Sito einige Notizen gemacht hatte. Ja, richtig. Fané wurde gestalkt, digital gemobbt. Sie war Opfer von Hetze im Netz bis hin zu konkreten Bedrohungen. Sito hatte Zimmermann gebeten, Nachforschungen anzustellen, ob sich dahinter eine organisierte Gruppe bewegte und man eingreifen musste.

Enzig scrollte durch seine Notizen und rief mehrere Websites auf. Verschiedene Männerrechtsbewegungen und die sogenannten Incels wurden zunehmend auch in der Realität gewaltbereiter, die Kommunikation und das Auftreten im Netz zeugten davon schon längst. Bis sie 2020 in Deutschland auf den Index gelangt war, bot die Domain WikiMANNia ein Sammelbecken für frauenfeindliche, aber auch rassistische und rechtsradikale Hetze, der Ursprung saß in der Nordtürkei. Verschiedene Sachbücher heizten das Unrechtsempfinden vieler Männer auf, die Frage, wie viel Feminismus eine Gesellschaft vertrage, oder der Aufruf »Rettet unsere Söhne« symbolisierten den verletzten Geist, der sich im Internet ausbreitete wie Feuer auf zu trockenem Boden.

Enzig markierte immer wieder die Überschneidungen zwischen der antifeministischen Bewegung und der Neuen Rechten, zwischen Frauenfeindlichkeit und Rechtsextremismus. Das Problem dabei war – und das leuchtete Enzig komplett ein, auch weil er an Wint sah, wozu es sie trieb –, dass diese Überschneidungen die Menge der Feinde ungeheuer anwachsen ließen, als suchten sich verschiedene Gesinnungen einfach die populären Stimmungen, um sich in ihnen zu verbünden. Um buchstäblich ihre hetzerischen, gewalttätigen und antidemokratischen Kräfte zu bündeln. Und somit hatte Wint doch recht. Alles trug ein und denselben Kern in sich, und der wurde durch ein anderes Phänomen begünstigt: die fehlerhafte Selbstüberschätzung der Demokratie, sie könne tatsächlich jede Dummheit ertragen. »Nein«, sagte Enzig laut in den Raum, »sie kann es nicht, und sie muss es auch gar nicht können. Verdammt!« Er stand auf und holte sich ein Glas Wasser, das er in einem Zug leer trank, dann setzte er sich wieder und versuchte, konzentriert weiterzuarbeiten.

Diese sogenannten Männerrechtsbewegungen sahen im Feminismus die Wurzel allen Übels. Erst mit der Idee, sich selbst verwirklichen zu wollen, sei die Scheidungsrate in die Höhe geschnellt. Diese Frauen machten folglich ganze Familien kaputt, sorgten dafür, dass Söhne allein bei ihren Müttern aufwuchsen und keine gesunden jungen Männer werden konnten. Daher hassten diese Männer erfolgreiche Frauen besonders und nutzten vor allem sexualisierte Gewalt, um solche Frauen fertigzumachen. Und es funktionierte. Enzig wusste nur zu gut, warum: All diese ganzen Frauen bekamen einfach zu wenig Hilfe – sowohl vom Staat als auch von den Gesetzen, erst recht in ihrem Umfeld. Auch Fané stand mehr oder weniger allein da.

Frauen im Fokus.

Enzig spann das in Gedanken einmal weiter. Daniela Gottlieb war Richterin, eine erfolgreiche Frau. Sie stand in der Öffentlichkeit, ihr Mann Markus war Hausmann. Das konnte in einem kranken Gehirn durchaus Hass auslösen. Im Grunde war Daniela Gottlieb von ihrem Profil her prädestiniert dafür, vermeintliches Hassobjekt zu werden.

»Motivvarianten« notierte Enzig auf der wieder weißen Tafel, nachdem er das Bild zuvor fotografiert hatte, und schickte ein Memo an das Team mit wichtigen Fragen, die unbedingt zu klären waren, damit er seine Arbeit weitermachen konnte.

Als er die möglichen Varianten durchgespielt hatte, rief er Paul Sito und Karl Zimmermann an und bat sie, für ein kurzes Brainstorming zu ihm zu kommen. Keine Viertelstunde später saßen sie an Enzigs ovalem Teakholztisch, der vor einem beigen Sofa stand. Die Möbel waren vor einem halben Jahr an die Stelle der alten, durchgesessenen Sitzecke gerückt – dunkles Holz und dunkelgrünes Leder, an manchen Stellen mit Rissen. Ihn hatte das nicht gestört, aber Anna hatte die Vorstellung nicht länger ertragen, dass er in seinem Büro solch abgenutzte Möbel stehen hatte. Sie war Fan der Mid-century-Möbel, Design aus Dänemark, filigrane Möbel in Teakholz.

»Hast du was herausgefunden?«, erkundigte sich Sito. Sein Blick war wie der von Enzig hoffend auf Zimmermann gerichtet.

Der wiegte den Kopf. »Es ist ein wenig verschwommen. Zunächst, ja, Helen Schreiner war auch erfolgreich. Sie war die Managerin in einem Unternehmen bei Memmingen. Die haben dort Pflanzenbedarf verschickt. Ich würde sagen, ein mittelgroßes Unternehmen.«

»Bingo«, sagte Enzig und schlug die rechte Faust in seine linke Handfläche.

Sito sah überrascht zu seinem Freund. »Bingo?«, fragte er.

»Also, Paul, das kommt jetzt überraschend, aber du hast mir doch Material gegeben, wegen Christine, nicht wahr?«

Sito nickte.

»Die Gruppen, die Frauen hassen, die die alte Ordnung zurückwollen und so.«

»Alles Idioten«, kommentierte Zimmermann, beugte sich vor und holte sich einen Keks aus der Schale auf dem Tisch. »Ich darf doch, oder? Hatte heute noch nichts.«

»Selbstverständlich. Bedient euch. Sowohl Helen Schreiner als auch Daniela Gottlieb waren erfolgreiche Frauen. Sie könnten somit beide in den Fokus solcher Gruppierungen geraten sein. Karl, hast du irgendeine Verbindung? Habt ihr im Internet irgendetwas gefunden?«

Zimmermann hob beschwichtigend die Hand. »Immer langsam, Roman. Die Schreiners sind vor fünfzehn Jahren verschwunden, das sind Quantensprünge, was das Internet angeht. Außerdem«, er hustete unerwartet und klopfte sich gegen die Brust, »außerdem ist diese Männergeschichte recht jung. Zumindest hier in Deutschland. Da formiert sie sich gewissermaßen gerade erst, vor allem in Anbetracht unserer Nachbarn überm Teich. Da hat sie zwar eine lange Tradition, aber die Organisation in Internetgruppen geht noch nicht so weit zurück.«

Enzig öffnete leicht den Mund, dann schlug er sich mit der Hand gegen die Stirn. »Verdammt, das hab ich übersehen.«

Sito zog die Augenbrauen hoch. »Was ist los, Roman?«

»Ich bin unkonzentriert. Und ich möchte diese Geschichte aus dem Kopf –« Er brach ab und schlug sich stattdessen mit beiden Handflächen an den Kopf. »Also, Karl, was sagen deine V-Leute in den Gruppen?«

»Ich hab zwei Leute untergebracht. Und zwar schon seit ein paar Wochen.« Er sah von Enzig zu Sito und zog eine Grimasse. »Heinrich hatte mich darum gebeten. Offenbar ist Christine schon länger – also, ihr versteht.«

Sito sah zu Enzig und hob beide Hände. »Hab ich es dir nicht gesagt? Bevor Heinrich mich um Hilfe bittet, hat er längst recherchiert.«

»Er war verzweifelt. Aber das sollte uns jetzt nicht aufhalten, Freunde. Es gibt in Süddeutschland nämlich tatsächlich eine Gruppierung der Incels, die treffen sich auch regelmäßig. Und jetzt kommt es«, Zimmermann machte eine kurze Pause, »unser Nick hatte sich dort auch eingeschleust.«

»Eingeschleust?«, hakte Enzig nach.

»Eingeschleust«, bestätigte Zimmermann und holte sich noch einen Keks.

»Was Roman fragen will«, begann Sito und räusperte sich,

»bist du dir sicher, dass Nick nicht einfach aus Eigeninteresse bei den Incels war?«

Zimmermann setzte sich ruckartig auf. »Spinnt ihr? Ihr glaubt, man könnte mich im Netz täuschen? Ein Doppelspion? Fake im Fake?« Zimmermann lachte auf und winkte ab. »Blödsinn, ehrlich, das ist Blödsinn.« Er schien verärgert, gleichzeitig auch unsicher.

Enzig sah skeptisch zu Sito, doch der bedeutete Zimmermann fortzufahren. »Die Leute treffen sich, sagtest du? Also im realen Leben? Sie treten raus aus ihrer virtuellen Identität?«

Zimmermann saß mit auf die Knie gestütztem Oberkörper da und starrte vor sich auf den Boden. Er schien nachzudenken.

»Karl?«

»Es ist nur, ich hab ihn tatsächlich nicht gekannt. Ich hatte ihn auf Empfehlung, und er war gut und lieferte hilfreiche – Ach, Scheiße, ehrlich. Ich hab diesen Kram so satt, dass die Idioten sich unbemerkt mit so viel Mist vermehren können.«

Enzig atmete laut aus. »Okay, jetzt beruhigen wir uns wieder. Wie war die Reaktion auf das Verschwinden von Nick? Habt ihr die Profile weiterlaufen lassen?«

Zimmermann nickte. »Teilweise. Auf jeden Fall diejenigen, die wir beobachtet haben.«

»Aha, und das heißt?«, fragte Sito.

»Nicht den bei den Incels.«

»Dann aktiviere ihn. Jetzt.«

7

»Es ist eine Weile her, dass wir zusammen unterwegs waren, nicht wahr?«, sagte Sito zu Enzig, als sie auf den großen beigen Sesseln im Eingang des Immobilienbüros an der Marktstätte saßen und auf den Chef, Manuel Hollerbach, warteten. Das Büro befand sich im dritten Stock und hatte bodentiefe Fenster mit Blick über die Freitreppe, die zur Unterführung in Richtung Hafen führte. Miriam hatte dort einmal an einem Kunstprojekt teilgenommen.

»In der Tat. Das Buchprojekt fordert mich gerade sehr, außerdem bin ich doch der Mann für die Hintergrundarbeit.« Enzig zwinkerte.

»Hältst du es wirklich für möglich, dass man eine Familie so lange gefangen hält?«

»Na ja, es gab in der letzten Zeit einige prominente Fälle einer jahrelangen Freiheitsberaubung«, entgegnete Enzig und rückte seine Brille zurecht. Die Sessel, die einen Tulip-Fuß hatten und sehr teuer aussahen, ließen sich drehen. Enzig legte die Hände auf die Armlehnen und drehte sich bedächtig hin und her. »Irgendwie fühle ich mich hier wie ausgesetzt«, sagte er, ohne die Bewegung zu unterbrechen. »Ich kann mir nicht vorstellen, dass die Gottliebs wirklich hierhergekommen sind.«

»Mach das nicht«, sagte Sito. »Mir wird schon schwindlig beim Zusehen.«

Eine Tür wurde geöffnet, und ein großer, kräftiger Mann in einem hellgrauen Anzug kam herein. Breit lächelnd kam er zu ihnen. »Meine Herren, bitte entschuldigen Sie, dass ich Sie warten ließ. Für uns ist der Samstag eigentlich ein Großkampftag, weil da alle Zeit haben für Besichtigungen. Kommen Sie doch mit in mein Büro. Brigitte? Bringst du uns Kaffee?«

Sito hob abwehrend die Hand, und auch Enzig lehnte dankend ab. »Wir möchten Ihnen nur kurz ein paar Fragen stellen«, sagte Sito und folgte Hollerbach in dessen Büro. Der Raum war überraschend karg. Ein großer Glasschreibtisch, ein Bürostuhl in Schwarz, an der Wand Tylko-Regale in Sandfarben, spärlich eingerichtet mit Ordnern und einigen Bildbänden über den Bodensee. An einer Wand hing eine Fotografie des Sees von oben, auf der anderen Seite ein Gemälde von dem Brunnen auf der Marktstätte. In einer Vitrine waren alte Brillen ausgestellt.

Enzig trat an den Schaukasten und betrachtete die antiken Gläser. »Sehr ungewöhnliche Sammlung.«

Hollerbach lachte. »Mein Vater war Augenarzt. Er hätte sich gewünscht, dass ich in seine Fußstapfen trete, aber bei mir hat es nicht gereicht für ein Medizinstudium, das muss ich leider ganz klar zugeben.« Er lachte und bot seinen Besuchern die Sessel gegenüber seinem Schreibtisch an. »Es hat ihn Jahre gekostet, als ich ihm sagte, dass ich genau das hier machen möchte – Immobilien verkaufen. Ich wollte das schon immer.« Er setzte sich und lehnte sich zurück. »Was kann ich denn für Sie tun? Sie sagten am Telefon, es gehe um einen Fall, an dem Sie arbeiten?«

Sito nickte. »Sie haben davon sicher in den Medien gehört. Eine Familie aus Konstanz ist seit den Herbstferien verschwunden. Wir suchen nach ihnen.«

Hollerbach sah verständnislos von einem zum anderen. »Ich verstehe nicht, wie ich Ihnen da weiterhelfen könnte. Also, ich mach es natürlich gern, aber ich weiß grad nicht, wie.«

»Nun, wir haben herausgefunden, dass die Gottliebs umziehen wollten. Sie hatten Ihre Adresse in ihrem Notizbuch, da hatten wir gedacht, dass Sie vielleicht den Auftrag hatten, nach einem neuen Haus für die Familie zu suchen.«

»Hm«, machte Hollerbach und dachte nach. »Moment.« Er stand auf, lief zu einem Regal mit Ordnern und zog einen heraus. Auf seinem Schreibtisch blätterte er darin, drückte den Knopf seines Telefons und bestellte seine Sekretärin zu sich. »Brigitte, haben wir einen Suchauftrag zu einer Familie Gottlieb?«

Sie machte große Augen. »Die verschwundenen Gottliebs etwa?«

Hollerbach nickte. »Deswegen sind die Herren von der Polizei hier. Ich hab hier nichts in meinen Akten, aber wir haben ja auch so neue Kunden, dass die noch keine Akten haben, weil wir noch nicht dazu gekommen sind, etwas für sie zusammenzustellen. Könntest du auf deinem Schreibtisch einmal nachsehen? Und vielleicht auch gleich bei den Kollegen?«

Sie nickte und wollte schon gehen.

»Ach, und Brigitte, schau zur Sicherheit auch alle Termine durch, die wir vor den Herbstferien hatten.«

»Geht klar«, sagte sie und lief mit so großen Schritten nach draußen, wie es ihr enger Rock gerade noch zuließ.

»Vielen Dank«, sagte Enzig. »Sie können sich also nicht erinnern, mit Familie Gottlieb Kontakt gehabt zu haben?«

Hollerbach schüttelte den Kopf. »So ad hoc zumindest nicht. Ich werde auf jeden Fall mal nachdenken. Das ist eine furchtbare Tragödie. Die Familie suchte ein Haus? Hier in Konstanz?« Er stöhnte auf. »Auch das ist eine Tragödie.«

»Ich weiß«, sagte Sito. »Meinen Sie, Ihre Sekretärin könnte uns das Ergebnis ihrer Suche heute Abend noch mitteilen?«

»Aber natürlich. Ich werde ihr sagen, dass sie auch bei der Konkurrenz nachfragen soll.«

»Das wäre außerordentlich nett«, bedankte sich Enzig.

»Kein Problem, wenn ich helfen kann, dann helfe ich gern.«

Sito und Enzig verließen das Haus und liefen über die Marktstätte in Richtung Fischmarkt, vorbei an Eugens Café, wo es immer vegane Gerichte auf der Speisekarte gab. Enzig blieb vor dem Aufsteller stehen. »Wollen wir?«, fragte er.

Sito zuckte mit den Schultern. »Warum nicht?«

Drinnen empfing sie ein aromatischer Duft nach Reis und einer Spur Zitrusfrucht.

»Roman, wie wahrscheinlich ist es, dass wir die Familien noch lebend finden?«

»Das hast du mich schon gefragt, vorhin.«

»Ich weiß, ich formuliere es noch einmal um: Wie realistisch ist das?«

Enzig kaute auf seiner Unterlippe und starrte an Sito vorbei.

»Roman?«

»Wenn du mich als Ermittler fragst, dann würde ich sagen, es ist absolut unrealistisch.«

»Aha. Und wen sollte ich dann lieber fragen?«

Enzig lachte. »Paul, in letzter Zeit zeigst du tatsächlich häufiger Humor, ich hoffe, das ist nicht nur eine Flucht nach vorne. Aber im Grunde hast du den Nagel auf den Kopf getroffen.

Wenn du mich als Menschen und als Familienvater fragst, dann denke ich, dass es immer eine Hoffnung gibt, wobei die für die Eltern eher gering ist.«

»Hm, das dachte ich mir. Letztendlich müssen wir dennoch den unwahrscheinlichsten Fall annehmen und uns damit auseinandersetzen, was passiert, wenn die Täter mitbekommen, dass wir ihnen auf der Spur sind.«

»Wenn ich länger darüber nachdenke, dann würde ich sagen, dass die Kinder noch eine reelle Chance haben. Immerhin hat dieser Jonas auch fünfzehn Jahre überlebt. Weshalb sollten seine Geschwister nicht auch noch am Leben sein?«

Sito nickte. »Das denke ich auch.«

Sie bestellten Kuchen und Tee.

»Erklär mir, was die Incels bewegt.«

»Das ist aber nicht die Theorie, in der es für den Täter um die Kinder geht«, wandte Enzig ein.

»Ich weiß, aber der eine Irrsinn schließt den anderen ja wohl kaum aus, oder?«

»Nein, aber die Frage ist doch, ob wir uns bei der Motivsuche nicht verzetteln.« Vor Enzig landete eine Kaffeecremetorte.

Sito nickte. »Sieht toll aus. Lass es dir schmecken. Wenn ich dich und auch Karl richtig verstanden habe, so gelten einige Männerrechtsbewegungen wie auch die Incels als gewaltbereit. Es gibt bereits etliche Anschläge, die auf Incel-Anhänger zurückgehen, sie stehen damit schon unter Terrorverdacht.«

»Worauf willst du hinaus?«

»Ganz einfach. Das vorliegende Motiv muss nicht direkt auf die Gesinnung hindeuten, die Tat kann auch schlicht eine Ansammlung dessen sein, was sich da in einem Menschen zusammengebraut hat. Oder habe ich das falsch verstanden? Geht es nicht viel eher um den Treibstoff für den Motor zur Gewalt in solchen Foren?«

Enzig kaute noch auf seinem ersten Stück Torte, dann hielt er inne. »Das stimmt. Ja doch, das stimmt genau. Also gut, ich denke, der wichtigste Treibstoff ist das Gefühl, die Ordnung sei verloren gegangen. Das klingt erst einmal harmlos, ist aber schlichtweg auch in den rechtsextremen Ideologien die Basis.« Enzig nahm den nächsten Bissen von seiner Torte und seufzte. »Das ist großartig, bitte nimm dir ein Stück.«

»Mit Unordnung fängt alles an?«, hakte Sito nach.

»Du musst dir vorstellen, dass da Menschen mit ihrem Leben nicht zufrieden sind, nicht mehr zurechtkommen, buchstäblich. Sie spüren, dass sie nicht mitkommen, sie fühlen sich unterlegen, sie sind wütend darüber und haben doch nicht die geistigen Fähigkeiten, sich damit auseinanderzusetzen.«

»Das heißt, wir haben es dort mit einem Haufen ungebildeter Männer zu tun?«

»Nein, so pauschalisieren kann man das sicher nicht. Es gibt auch unter den Rechtsradikalen Menschen mit guter Bildung, Politiker, Wissenschaftler, Ärzte, Lehrer, alles. Ein Gefühl der Kränkung kann man auf jedem Bildungsniveau erleben. Meist fehlt es an Sozialkompetenz, vor allem aber an Moralkompetenz. Es gibt überaus interessante Studien und Konzepte, wie man Moral lehren und lernen kann, ich kann dir da einiges zukommen lassen, denn das trifft auch genau das Thema für mein Buch, die Wege aus der Radikalisierung.«

»Und? Ist Moral lehrbar?«

»Sagen wir mal so, Paul, wenn sie es nicht ist, dann sind wir auf dem direkten Weg in die Hölle. Wir sollten also unbedingt an dieser Idee festhalten und daran glauben. Es fehlt im Moment nur an der breiten Umsetzung, und zwar schon von der Grundschule an.«

»Okay. Die Moral. Ich hatte mit Wint ein ähnliches Gespräch. Moral und Gerechtigkeit und der Verlust der gemeinsamen Basis. Deshalb werden auch Menschen mit Zugang zu Bildung Opfer solch rückwärtsgerichteter Ziele? Ihnen fehlt also einzig der moralische Kompass? Mir fällt das schwer zu verstehen.«

Enzig aß nachdenklich zwei Stücke seiner Torte, bevor er fortfuhr: »Mir fällt das auch schwer zu verstehen, man kann sich eben nur ansatzweise in eine Kränkung hineinfühlen, die man selbst nicht empfindet. Das ist wie mit dem Schmerzempfinden, das lässt sich eben nicht teilen. Fest steht, dass sich auch der Oberarzt, der nicht Chefarzt wird, weil eine Frau ihm den Posten wegschnappt, in seiner Ehre gekränkt fühlen kann. Bittererweise. Der springende Punkt ist, dass ihr Weltbild gehörig angekratzt wird, dass ihre Position in Frage gestellt wird, dass manche Dinge und Weltordnungen einfach nicht mehr selbstverständlich sind. Kurzum: Die Dominanz der Männlichkeit ist angetastet worden. Die moralische Kompetenz könnte just dabei helfen zu erkennen, dass das alte Weltbild schlicht nicht gerecht war und der Mensch als Teil der Gesellschaft sich weiterentwickeln und alte Schwächen überwinden muss.«

»Wie das Verhältnis zwischen Mann und Frau?«

»Exakt. Wir können da etliche Beispiele in der Geschichte finden. Sklaverei war auch nicht gerecht. Überhaupt ist die Welt voller Ungerechtigkeiten, die es zu überwinden gilt, und das ging und geht jeweils nur durch gesellschaftliche Brüche. Das Individuum muss also in der Lage sein, sich in den Gesamtkontext einzuordnen. Auch so eine moralische Fähigkeit. Nun kann man aber jedes Unrechtsempfinden umkehren, indem man gewisse Ordnungen als ›gottgewollt‹ oder ›naturgegeben‹ postuliert. Das ist die Basis sowohl für die Männerrechtsbewegungen als auch die rechtsextremen Gruppierungen. Intelligenz und Bildung schützen dann eben nicht davor, hier antiquierte Einstellungen zu haben. Das Führungspersonal in beiden Gruppierungen ist gewiss gebildet und manipulativ, die breite Masse rennt wie immer hinterher und verfügt weder über die geistigen Fähigkeiten noch die emotionale Distanz, um die Fakten zu überprüfen und zu bemerken, wie sehr man an der Realität vorbeigelenkt wird.«

»Das klingt beinahe so, als wolltest du die Leute verteidigen?«, sagte Sito und aß den letzten Löffel seines Bananen-Nuss-Kuchens.

»Himmel hilf, das will ich keinesfalls. Das war eine eher nüchterne und resignierte Feststellung. Es wird schwer, diejenigen wieder zu sozialisieren. Und ich denke wie Karl, dass diese Gruppierungen auf dem besten Wege sind, terroristische Vereinigungen zu werden. Du sagtest es ja bereits.«

Sito starrte zum Fenster hinaus. Auf der Straße hatten sich zwei Paare getroffen und hielten einen Plausch. Beide hatten sie Hunde dabei, die nun einander gegenübersaßen und den Kopf konsequent zur Seite gedreht hatten, der eine, ein Cockerspaniel, sah direkt zu Sito. »Weißt du, was mir so schwerfällt, Roman? Ich kann mir einfach nicht mehr den Kopf zerbrechen über die Motive solcher Menschen. Und doch habe ich das Gefühl, dass wir permanent mit der Nase darauf gestoßen werden. So als wären es gar keine verschiedenen Gruppierungen, sondern einfach nur eine einzige verdorbene Masse. Verstehst du?« Er schob mit der Gabel Krümel über seinen Teller.

»Ich versteh dich schon, Paul. Im Grunde können wir nur warten, was die Suche nach einer möglichen Verbindung zwischen unserem toten Nick und –« Enzig hielt abrupt inne. Ein Stückchen Torte wölbte seine linke Wange leicht aus.

»Was ist?«, wunderte sich Sito.

»Mir ist gerade ein Gedanke gekommen. Nick, der als Kind entführt wurde, ist Hacker geworden und hat im Untergrund gelebt. Wieso?«

Sito hob die Schultern. »Wie, wieso? Was denkst du?«

»Na ja, wenn man einem Sechsjährigen plausibel machen kann, dass er jetzt in einer neuen Familie lebt und er eine Ausbildung genießt, dann kann er doch ein ganz normales Leben führen.«

»Du vergisst die Narben. Wir wissen, dass er kein normales Leben hatte.«

Enzig winkte ab. »Das meine ich nicht. Natürlich nicht normal in dem Sinne, aber doch zumindest nach außen hin normal. Was jahrelanger Missbrauch mit einem Kind macht, das hat natürlich Folgen, und zwar schwerwiegende, für die Psyche bis hin zu Persönlichkeitsstörungen, das ist klar, aber das meine ich gar nicht, vielmehr die Tatsache, dass Nick aus einem bestimmten Grund so gelebt und gearbeitet hat.« Enzig machte eine Pause, verschränkte die Arme auf dem Tisch und sah Sito durchdringend an. »Er wollte etwas herausfinden.«

Sito starrte ihn an. »Du denkst also, die Familie ist tatsächlich noch irgendwo am Leben, und Nick wusste nur nicht, wo?«

Enzig hob die Hände leicht an. »Hätte er geplaudert, hätte man die anderen getötet. Ein besseres Pfand gibt es wohl nicht.«

8

Staatsanwalt Pierre Ruger eröffnete die Pressekonferenz, Sito saß zu seiner Linken, Polizeipräsident Simon Jäger zu seiner Rechten. Sie hatten sich abgesprochen, welche Informationen an die Presse gehen sollten und welche sie für sich behielten, um später bei Vernehmungen noch die Option »Täterwissen« zu haben. Es gab immer wieder Täter, die sich bei der Befragung gerade dadurch selbst überführten. Die Sache mit den Meerschweinchen war auf jeden Fall ein solcher Trumpf, auch die Tatsache, dass Nick Sperling Verletzungen aufwies, und natürlich der Hinweis darauf, dass Familie Gottlieb nach einem neuen Haus gesucht hatte.

Der Fall hatte großes Interesse geweckt, der Saal im Polizeipräsidium Konstanz war gefüllt, Kameras waren positioniert, Mikrofone aufgestellt. Sito hasste diesen Teil seiner Arbeit regelrecht, ihm war es unangenehm, derart im Blickpunkt zu stehen, taktieren zu müssen, was man berichtete, immer auf der Hut sein zu müssen, um ja nichts Falsches zu sagen, und gleichermaßen zur Zielscheibe zu werden, wenn sie nicht schnell genug waren bei der Aufklärung eines Verbrechens.

»Gehen Sie davon aus, die Familie Schreiner noch lebend zu finden, die vor über fünfzehn Jahren in Bayern verschwand?«, fragte eine Reporterin in der dritten Reihe. Sie stand, hatte ihr Notizbuch aufgeschlagen und die Frage abgelesen. Sie war sichtlich nervös.

Sito sah zur Seite, am Staatsanwalt vorbei zu Jäger, doch der nickte ihm zu und überließ es Sito zu antworten.

»Die Hoffnung sollte einen bis zuletzt begleiten, finden Sie nicht?«, gab Sito zurück und lächelte schwach.

Die Journalistin war nicht zufrieden, sie zog eine Schnute. »Es ging mir weniger um Ihre persönliche Hoffnung als vielmehr um den Ermittlungsansatz. Suchen Sie nach einem Versteck oder nach einem Grab?«

Ein Raunen ging durch den Saal.

»Hören Sie, wir wissen seit gestern von diesem zweiten Fall. Der Fall liegt fünfzehn Jahre zurück, ein Familienmitglied wurde jetzt tot aufgefunden. Daraus schließen wir zwei Dinge: Erstens hat zumindest einer aus der Familie von damals überlebt, zweitens wurde dieses Überleben nun drastisch beendet. Der junge Mann wurde ermordet. Daraus nun irgendwelche Schlüsse zu ziehen, die die anderen Familienmitglieder betreffen, wäre überaus fahrlässig.«

»Sagen Sie mir doch einfach, ob Sie glauben, dass die Familie noch lebt«, beharrte die junge Frau und starrte Sito durchdringend an.

Ein anderer Reporter meldete sich zu Wort. »Stimmen die Gerüchte, dass eine rechtsradikale Internetgruppierung involviert ist?«

»Was?« Ruger rückte auf seinem Stuhl hin und her. »Wo haben Sie das denn her?«, fragte er aufgebracht.

Sito konnte sehen, dass sich Wint ins Publikum gemischt hatte.

»Nun, wir alle wissen, dass noch einige Fragen aus dem letzten Herbst offen sind, also könnte –«

Ruger hob die Hand. »Also bitte, meine Herrschaften, das gehört nun wahrlich nicht hierher. Wir haben hier einen sehr konkreten Fall mit vermissten Personen. Dabei können wir noch nicht einmal sagen, dass es sich um eine Entführung handelt, da es keine Lösegeldforderungen gibt und übrigens auch damals nicht gab. Wir möchten bitte genau bei diesem Thema bleiben.

Und nein, wir haben hier nichts dergleichen. Sie können Ihre waghalsigen Vermutungen schön für sich behalten.«

»Wie sieht es denn mit dem Pharmakonzern aus, wo Herr Gottlieb gearbeitet hat?«

»Und was ist mit den Nachbarn? Gibt es irgendwelche Anhaltspunkte?«

»Kommen Sie denn in dem Mordfall weiter? Sind die Mörder vielleicht auch die Entführer?«

Sito rauchte der Kopf, als sich der Saal endlich leerte. Ruger und Jäger waren als Erste gegangen, und er wusste, dass die beiden ihn noch in Jägers Büro erwarteten, aber er brauchte einen Moment, um sich zu beruhigen. Wint kam zu ihm an den Tisch.

»Du warst das, oder?«, fragte Sito.

Wint kratzte sich an der Mütze. »Was meinst du?«

»Dieser Hinweis auf die rechte Szene, der kam von dir?«

»Und wenn? Die sollen wissen, dass wir sie jagen.«

Sito verdrehte die Augen. »Himmel, Heinrich, du begreifst es nicht. Es ist denen egal, ob wir sie jagen. Es ist denen egal, was wir über sie denken. Die glauben, sie sind im Recht und unangreifbar, und daran wird nichts, was du tust, etwas ändern.« Sito war lauter geworden als beabsichtigt.

»Beruhige dich, Paul. Ich hab gestern mit Christine telefoniert. Sie hat eine Stunde geweint. Weil dieses Arschloch jetzt auch ihre Handynummer kennt.«

Sito hatte seine Unterlagen schon vom Tisch hochgenommen, doch legte er sie jetzt wieder ab. »Ihre Handynummer? Sie wurde angerufen?«

»Angeschrieben. Angeschrieben und beschimpft, übelst. Sie war total fertig.«

»Das tut mir leid, Heinrich, ehrlich, aber ich verstehe nicht, was es hilft, wenn du der Presse Hinweise gibst. Ich denke, das gefährdet eher die Arbeit von Zimmermann, und das kannst du nicht wollen, hab ich recht?« Sito war immer noch aufgewühlt.

»Nein, das denke ich nicht. Ich würde sagen, dass die sich

feiern, wenn sie Erfolg haben im Netz. Ich würde weiter Gerüchte streuen und darauf bauen, dass die V-Leute so etwas mitbekommen.«

»Du benutzt diesen Fall hier, um bei Christine –?«

Wint stutzte. »Äh, nein, aber dass wir hier – Hat Zimmermann nicht mit dir gesprochen?«

Sito schüttelte verwirrt den Kopf. »Ich weiß nicht, wovon du redest.«

9

Auch der Samstag neigte sich bereits der Nacht zu. Alle waren sie geblieben. Die einzelnen Arbeitsgruppen hatten sich auf mehrere Büros verteilt, während im großen Konferenzraum die Ergebnisse aus den Recherchen zu den beiden Familien zusammengetragen und besprochen wurden. Sito und Enzig standen gerade an einem Tisch und ließen sich alle gesammelten Informationen zur Familie Schreiner präsentieren. Busch zeigte an der Wand die Fotos von Helen und Robert Schreiner und ihren Kindern Jonas, Benjamin und der kleinen Johanna, die zum damaligen Zeitpunkt noch ein Baby war. Helen und Robert wirkten sehr glücklich, sie hatte kinnlanges dunkelbraunes Haar, war sehr schlank, hatte aber dennoch ein weiches Gesicht, Robert trug eine kleine, runde Brille, die seinem Gesicht etwas Schalkhaftes verlieh. Sie hatte ein Grübchen beim Lächeln, und sie lächelte auf allen Fotos. Auf einem Foto konnte man einige Tattoos erkennen, eine Vergrößerung hatte ergeben, dass es ein Blumenornament mit den Geburtsdaten der Kinder war. Die Kinder hatten Zahnlücken, Spielsachen im Arm, eine Grimasse im Gesicht. Auf einem Foto hatte sich der kleine Benjamin von oben bis unten mit Tomatensoße bekleckert, sein Bruder verdrehte neben ihm die Augen. Es fiel Sito schwer, diese Fotos zu betrachten, das war am Vortag schon so gewesen, dunkel lag die

Kenntnis über das Ende von Jonas auf diesen Ausflügen in die Vergangenheit.

»Wie schon gesagt war auch Robert Hausmann und die Frau bei der Arbeit. Sie war Chefin in einem Unternehmen, das Zubehör für Gärten verkaufte, neben Pflanzen auch Deko. Wir hatten die Eltern von Helen Schreiner hier, sie haben aber inzwischen auch zwei weiteren Kollegen viel von ihrer Tochter erzählt. Die Protokolle liegen euch vor.« Busch klickte weiter durch die Fotos.

»Hat Robert Schreiner denn auch noch Verwandte? Sind die informiert?«, erkundigte sich Enzig.

Busch schüttelte den Kopf. »Keine Verwandten in Deutschland. Eine Schwester in Amerika, die ist Chemikerin in einem Pharmazieunternehmen in San Diego, das war der letzte Kenntnisstand der Eltern von Helen, aber der Kontakt ist nach ein paar Jahren des gemeinsamen Hoffens abgerissen. Sie haben uns die Nummer von damals gegeben, aber die existiert nicht mehr. Wir haben noch eine E-Mail-Adresse und den Namen des damaligen Unternehmens in San Diego. Wir suchen weiter nach ihr.«

»Auch Pharmazie?«, hakte Sito nach.

»Ja, das ist uns ebenfalls direkt aufgefallen«, antwortete Busch, »daher bemühen wir uns auch um den Kontakt, wobei sich nicht wirklich ein Zusammenhang aufdrängt. Wir waren ja heute dort, Johannes und ich, und haben mit einer Toni Garon aus der Chefetage gesprochen.«

»Aha, und, Johannes, was war dein Eindruck?«, erkundigte sich Sito.

»Keine Spur«, brummte Goffer.

»Ohne Zweifel?«, hakte Sito nach und sah fragend zu Busch.

»Johannes ist immer noch sauer wegen dieser Kandinsky-Geschichte, aber ich gebe ihm recht, ich sehe da auch keine Spur für unseren Fall.«

»Okay«, sagte Sito. »Den Rest erfahre ich vermutlich irgendwann.«

Busch zappte weiter. Sie sahen Urlaubsfotos, Winterbilder,

die Kinder beim Schlittenfahren, Helen mit Bauch, das musste kurz vor der Geburt der kleinen Johanna gewesen sein. »Wir haben mit Freunden gesprochen, die uns Helens Eltern genannt haben, sie alle wollen noch einmal nachdenken, was sie vielleicht noch erzählen können. – Nun aber zur Familie Gottlieb.« Auf dem großen Bildschirm an der Wand erschienen die Fotos der anderen Familie, und sie glichen sich auf erschreckende Weise. War zuvor noch rege Betriebsamkeit zu hören, herrschte auf einen Schlag Stille, nahezu atemlos wirkte die Gruppe um Busch, als würden alle den Augenblick nutzen, innezuhalten und diese so offenkundigen Informationen zu verarbeiten.

Enzig rieb sich mit der Hand über den Mund. Leise sagte er: »Ich denke, wir müssen nicht überlegen, ob die beiden Fälle zusammenhängen, es ist so offensichtlich, dass es schwer würde, das Gegenteil zu beweisen. Die zweite Familie entspricht dem Muster komplett.«

»Roman, du hattest das ja bereits gesagt, die zeitliche Dynamik würde ins Bild passen für eine Wiederholungstat, nicht wahr?«, fragte Sito.

»Der Abstand von fünfzehn Jahren könnte, was die Serie angeht, dafür sprechen, dass wir es hier mit Ersttat und Wiederholung zu tun haben. Wobei wir nicht außer Acht lassen dürfen, dass die Taten schlicht an das Alter der Kinder geknüpft sein können und weniger mit dem Erleben der Tat zu tun haben«, erklärte Enzig. Im Hintergrund wurden Stühle gerückt, Notizbücher ausgepackt, Tablets so gelegt, dass mitgeschrieben werden konnte.

»Wir haben inzwischen auch etliche Hinweise aus der Bevölkerung erhalten, das Auto wurde gesehen, aber das wussten wir schon. An der Ampel zur Mainau war es aufgefallen wegen der Rotphase«, erzählte Busch.

»Weil die Eltern sich geküsst haben«, erinnerte sich Goffer.

»Genau«, bestätigte Busch. »Der Wagen ist aber auch hier gesehen worden.« Er zeigte auf den Bildschirm, und ein Foto von Litzelstetten erschien. »Hier im Ort haben sie in der Bäckerei noch Brezeln eingekauft. Ein Spaziergänger glaubt, ein Auto gesehen zu haben, ist sich aber nicht sicher. Das wäre oben am Purren gewesen.«

Sitos Stirn kräuselte sich. »Womit wir wieder bei der Hofbesichtigung wären. Bei der Familie Fellhammer und ihrem Immobilieninserat.«

»Exakt«, sagte Busch. »Damit wären wir wieder bei den Fellhammers. Danach haben wir keine Hinweise mehr.«

Sito stützte seinen Kopf auf und massierte sich die Schläfen. Seine Narbe meldete sich wieder. Er rief sich die Begegnung mit den Fellhammers in Erinnerung, Goffers Wut über die Ansichten des alten Mannes, die kurze Debatte über den Staat. »Haben wir inzwischen etwas mehr über die Fellhammers?«

»Nicht viel«, sagte Busch kopfschüttelnd. »Sie leben sehr zurückgezogen, aber das habt ihr ja gesehen, nicht wahr?« Er sah von Sito zu Goffer, der sofort nickte.

»Aber lecker Honig«, sagte Goffer und grinste schief.

Sito hatte ebenfalls den Geschmack des Honigs auf der Zunge, ein Streich seines Gehirns. »Die Ernte war dieses Jahr anscheinend schlecht«, sagte er. »Es herrschte eine merkwürdige Atmosphäre bei den Fellhammers.«

Busch blätterte in seinen Notizen und referierte für alle Anwesenden: »Fellhammer senior, das ist der Honigmacher, heißt Heiner, seine Frau Gisela. Sie haben einen Sohn, Ludwig, und die Schwiegertochter Elisabeth dazu. Die wiederum haben zwei Kinder, Werner und Isabell. Sie beliefern in guten Jahren Pensionen und Cafés mit ihrem Honig, aber das ist wohl immer weniger geworden. Gisela arbeitete früher in der Gemeinde, eigentlich war sie Lehrerin, ansonsten haben sie wenig mit den Leuten aus dem Ort zu tun.«

»Aus welchem Grund leben die eigentlich so zurückgezogen?«, fragte eine Kollegin.

Goffer schnaubte voller Unmut: »Der Senior hält die Gesellschaft für verdorben und verlogen. Er will nichts mit den Menschen zu tun haben.«

Sito erinnerte sich an die Begegnung mit dem Jungen, der augenscheinlich heimlich zur Mülltonne gelaufen war. Er ärgerte sich, dass er keinen Blick in die Tonne geworfen hatte.

Die Kollegin zog die Augenbrauen hoch. »Dafür kann es ja viele Gründe geben. Gehören sie einer besonderen Religion an?«

»Eine Sekte?«, fragte Goffer, und der Missmut stand ihm ins Gesicht geschrieben. Er sah zu Sito. »Klang das nach Sekte, was der uns erzählt hat?«

»Wir können das nicht ausschließen, aber der Ansatz war eher ein gesellschaftlicher, denke ich.« Sito überlegte einen Moment, dann wandte er sich an Enzig. »Vorrangig ist aber doch, dass die Annahme eines Serientäters und die Analogien bei den Opfern für eine bewusste Opferauswahl sprechen«, sagte er. »Ergo gab es eine Suche.«

»Wie gesagt, wenn es um die Kinder –« Enzig brach ab und blinzelte einige Male. Sito hatte das schon ein paarmal beobachtet und hoffte inständig, dass sein Freund daraus keinen Tick entwickelte. »Ich verstehe, du willst auf etwas anderes hinaus, und ja, das sollten wir umgehend überprüfen.«

»Es haben mit Sicherheit eine ganze Menge Leute auf die Anzeige hin angerufen, und die Fellhammers müssen am Telefon ja bereits herausgefunden haben, wer passt. Vielleicht ist also diese Suche schon verräterisch.« Sito wandte sich an Busch und Goffer. »Versucht die Interessenten für die Anzeige zu finden.«

Goffer hob die Arme in die Luft. »Wie?« Er sah fragend zu Busch, und der fügte hinzu: »Paul, wenn wir in einer Pressemitteilung diejenigen bitten, sich zu melden, dann ist auch für Fellhammers klar, dass wir sie verdächtigen.«

»Das wird sich nicht vermeiden lassen«, entgegnete Sito.

»Okay, ich dachte nur, wir sollten den Druck nicht zu deutlich aufbauen, aus Sorge um die Vermissten«, wandte Busch ein, winkte dann aber ab. »Kriegen wir erklärt, kein Problem. Andere, die auch auf der Suche nach einem Haus, bla, bla, bla, neue Wege, vielleicht neue Ansätze für die Ermittlung.« Er machte sich Notizen und sprach noch einmal mehr zu sich selbst: »Das bekommen wir hin. Jetzt aber«, Busch tippte auf seinem Laptop, und das Bild von Nick Sperling erschien an der Wand, »kommen wir zu ihm. Unzweifelhaft die Schlüsselfigur unserer beiden Fälle.«

Ein Stuhl quietschte über den Boden, und Karl Zimmermann, der am anderen Ende des Tisches saß, hob die Hand. »Dann bin ich jetzt wohl an der Reihe«, sagte er und ließ – zum Leidwesen Sitos – seine Finger knacken. Busch räusperte sich, und Sito meinte den gleichen Widerwillen in einem Zucken der Kieferknochen zu lesen, den er selbst empfand. »Nick Sperling, der eigentlich einmal Jonas Schreiner hieß«, begann Zimmermann. »Er war sechs Jahre alt, als die Familie verschwand, nicht ganz einundzwanzig, als er ermordet wurde. Dazwischen liegen fünfzehn Jahre, in denen er mehrfach Opfer von Gewalt wurde. Wir finden ihn im Netz in verschiedenen Internetforen.«

Karl Zimmermann suchte an seinem Laptop etwas, und wenig später erschien an der Wand eine Grafik mit unterschiedlichen Namen. »Diese drei«, der Cursor auf dem Bildschirm markierte drei Namen, »sind Profile, die er für mich benutzt hat. Er war in rechtsradikalen Netzwerken unterwegs und versuchte, dort Kontakte zu knüpfen. Diese Aufgabe entstand nach dem letzten Herbst. Den Kontakt zu Jonas vermittelte mir ein Freund.«

Zimmermann machte eine Pause und ließ seinen Blick durch die Runde schweifen. Sito war klar, dass er abwog, immer eine Spur von Restmisstrauen hegend, und das war vielleicht auch kein Fehler. Nach wie vor waren auch in den Reihen der Polizei Menschen mit rechtsradikaler Gesinnung, was für Zimmermann und seine Leute durchaus zu einer Gefahr werden konnte. »Ich hab das überprüft«, sagte er daher wie nebenbei.

Sito ließ es so stehen. »Seit wann ist Jonas schon aktiv? Kannst du dazu eine Einschätzung abgeben?«

Zimmermann wiegte den Kopf. »Das ist sehr schwierig. Aufgefallen ist er in der Szene, als er sich in eine Firma eingehackt hat und bei einem Stromanbieter. Das war vor fünf Jahren. Bis dahin kann ich seine digitalen Spuren zurückverfolgen, für die Zeit davor tappe ich im Dunkeln.«

»Vor fünf Jahren?«, hakte Goffer erstaunt nach. »Da war der Junge gerade mal fünfzehn oder sechzehn Jahre alt.«

»Stimmt, gut gerechnet«, sagte Zimmermann und grinste Goffer an. »Das ist in der Szene ein übliches Einstiegsalter. Die Kids hacken da schon auf höchstem Niveau, so schnell kannst du gar nicht gucken. Nick hatte seit drei Jahren auch diverse Facebook-Profile.«

»Moment, was ich eigentlich sagen wollte«, begann Goffer und hob die Hände fragend in die Luft: »Er muss das ja irgendwo gelernt haben. Nicht jeder Teenager kann sich irgendwo einhacken.«

»Das stimmt, aber das ist nicht ungewöhnlich. Ich war auch –« Er brach ab. »Also, du hast natürlich recht. Er muss das gelernt haben.«

»Moment«, sagte Busch. »Hierzu habe ich vielleicht etwas für euch.« Er blätterte in den Seiten vor sich auf dem Tisch, dann hielt er ein Blatt in die Höhe. »Hier ist es. Das ist das Protokoll von einem der Gespräche mit Helens Eltern.«

»Ja?«, fragte Sito ungeduldig.

»Robert, der Vater von Jonas, war IT-Spezialist in einer Firma, bevor er sich entschloss, Hausmann zu werden. Er kannte sich also sehr gut mit Computern aus. Er wollte sich damals selbstständig machen, wenn das Baby erst einmal größer wäre.«

»Der Vater von Jonas war also IT-Fachmann«, wiederholte Sito leise. »Wenn wir nun davon ausgehen, dass der Vater Jonas darin unterrichtet hat …«

»… dann muss der Vater auch noch eine ganze Zeit lang gelebt haben«, vollendete Enzig den Satz.

10

Wann kam der Punkt, an dem man wahnsinnig wurde? Merkte man das überhaupt, oder war es ein schleichender Übergang? Wachte man eines Tages auf und war eine andere?

Helen lief in ihrem Gefängnis auf und ab, machte ihre täglichen Übungen, Liegestütze, Dehnungen, Yoga. Sie hatte ihre Leistungen deutlich verbessert, das machte sie einerseits zufrieden, andererseits machte es ihr immer wieder schmerzlich bewusst, wie viel Zeit vergangen war. Sie hatte keine Uhr, sie hatte nur ihr Tagebuch, in dem sie ihre Regel dokumentierte und anhand ihrer Schlafphasen versuchte, einen Kalender zu konstruieren. Allerdings war ihr Schlafrhythmus längst gestört, ihr fehlte der Wechsel von Tageslicht zur Dunkelheit, das Schlafhormon Melatonin. Überhaupt wusste Helen, dass das fehlende Sonnenlicht zu einer bösen Falle für sie wurde – Vitamin-D-Mangel, Schlafstörungen, Depressionen. Und doch kämpfte sie beharrlich weiter, hatte die ungefähren Geburtstage ihrer Kinder gefeiert, Weihnachten, Ostern, die Geburtstage ihrer Eltern. Sie baute sich eine Parallelwelt aus ihren Erinnerungen.

Und sie betete jeden Abend, bevor sie zu Bett ging. Sie versuchte, routinierte Abläufe einzuhalten: Gymnastik, Lyrik rezitieren, lesen, Texte auswendig lernen, Gymnastik, kochen. Dinge, die ihren Tag strukturierten und den Punkt, an dem sie unweigerlich wahnsinnig würde, hinausschoben.

Mehrmals hatte sie neue Bücher bekommen, neues Papier, Stifte, Essen und Trinken, Seife.

Manchmal hatte sie überlegt, sich einfach die Pulsadern aufzuschneiden. Das Messer hatte schon auf ihrer Vene am Handgelenk gelegen, doch dann hatte sie an ihre Kinder gedacht, an Jonas, Ben und die kleine Johanna. Wenn es noch einen Funken Hoffnung gab, dass ihre Kinder noch lebten, dann hatte sie nicht das Recht, sich das Leben zu nehmen.

Einmal wurde ihr ein Kinderbuch gebracht, »Jim Knopf und Lukas der Lokomotivführer«. Es war eine Erinnerung an ihre eigene Kindheit. Sie hatte das Buch mit großer Begeisterung gelesen, nachdem es ihre Mutter ihr vorgelesen hatte. Jonas hätte das sehr gefallen. Ob er es gelesen hatte? Lebte er irgendwo? Lebten ihre Kinder bei den Menschen, die sie eingesperrt hatten? Was war passiert? Und weshalb? Ihre Erinnerungen verblassten.

Er besuchte sie unregelmäßig. Nur noch allein. Er sprach so gut wie kein Wort. Sie hatte aufgegeben, ihn etwas zu fragen. Meist saß er einfach auf dem Sofa, wenn sie aufwachte. Er wollte ihr zusehen beim Duschen oder wenn sie auf die Toilette ging. Sie hatte überlegt, ihn zu verführen und dann zu überwältigen. Sie bot sich ihm an, kroch nackt auf allen vieren durch die Kammer auf ihn zu und kauerte vor ihm auf dem Boden. Sie versprach ihm einen Blowjob, wenn er ihr etwas von ihren Kindern erzählen würde. Sie bot an, alles zu tun, was er nur wolle. Doch er saß da wie versteinert, stieß sie sogar weg. Und ließ sie allein zurück. Jedes Mal. Manchmal hoffte sie geradezu, dass er über sie herfiel, dass etwas an ihm sich regte, damit sie wusste, dass man ihn irgendwie erreichen konnte.

Helen dachte viel über ihn nach. Was stimmte nicht mit ihm? Wann wäre ein Punkt erreicht, an dem er Gefühle zeigte? Hatte er kein Mitleid mit ihr? Keine Angst? Vor nichts? Worum ging es bei der ganzen Sache? Wie lange würde sie ihr Gefängnis noch ertragen? Liebte er sie auf diese kranke Weise? Befriedigte es ihn, sie leiden zu sehen?

Es gab hoffnungslose Tage, Tage, an denen sie sich nicht wusch, nichts aß, sich übergab. Dann überzog sie eine unfassbare Leere, die sie schwer zu Boden drückte. Die Last war so unermesslich groß, dass Helen sich mitten im Raum auf den nackten Fußboden legte, das Ohr auf den Boden gepresst, schreiend, strampelnd, um anschließend vor Erschöpfung in eine Starre zu verfallen, die gefühlt stunden-, nein tagelang anhielt. Sie stellte sich vor, einfach liegen zu bleiben, liegen zu bleiben und zu sterben, einfach so. Abzuwarten, bis der Durst, der Hunger sie auszehrten. Einfach zuzusehen, wie sie sukzessive immer schwächer wurde, wie ihre Organe sich verabschiedeten und ihr Herz irgendwann keine Kraft mehr hatte zu schlagen. Sie stellte sich vor, dass ihr Gehirn das Letzte wäre, das funktionieren würde, und ihr ein finales, ein glückliches Bild ihrer Kinder und ihres Mannes schickte. Sie würde einschlafen, für immer, und für immer und ewig dieses letzte Bild in ihren Gedanken tragen und mit diesem Bild eine neue Welt betreten. Eine Welt ohne grüne Betonwände.

Die Neonröhre surrte seit einiger Zeit. Helen versuchte sich vorzustellen, dass es eine Stimme war, die mit ihr sprach. Sie dachte sich eine Sprache aus, antwortete, ahmte das Surren nach.

Irgendwann sprang sie dann immer vom Boden auf, löste sich aus ihrer Starre, rannte die wenigen Meter durch ihr Gefängnis, stopfte alles Mögliche wahllos in sich hinein und duschte dann so lange, bis das Wasser kalt wurde. Eiskalt lief es über ihre Haut, bis sie vor Kälte am ganzen Körper zitterte. Warum brachte man sie nicht einfach um? Warum durfte sie nicht endlich sterben?

Einmal, als sie wieder vor ihm auf den Boden urinieren musste, stand sie auf, lief zu der Küchenzeile und holte sich ein Messer. Er setzte sich ruckartig auf.

»Was soll das?«, fragte er monoton.

Sie lachte wirr, stellte sich mitten in den Raum und hielt sich das Messer an die Kehle. »Ich mach Schluss mit dem ganzen Scheiß hier, einfach so, einfach, um dir die Freude deiner Besuche bei mir zu verderben.« Sie spürte in dem Moment eine ungeheure Kraft, sie sah den Schreck in seinem Gesicht und empfand Genugtuung. Ob sie sich ihm so würde nähern können? Mit dem Messer? Ihn so verletzen, dass sie fliehen konnte? Sogar töten? Könnte sie jemanden erstechen? »Ich bring mich um. Ich kann nicht mehr, und ich will nicht mehr. Ich nehm mich dir einfach weg. Sieh her!«

Er stand auf. Groß und kräftig war er. Mit ruhigen Schritten kam er auf sie zu. *Komm nur, komm nur …*

Sie drückte das Messer in ihren Hals, spürte das warme Blut über ihre Brust rinnen, sie hatte sich tatsächlich verletzt.

»Nicht«, sagte er mit seiner tiefen Stimme, machte plötzlich zwei schnelle Schritte und riss ihr das Messer aus der Hand, bevor sie sich weiter verletzen konnte. Ihr war, als wären sie aus der Zeit gefallen. Sie standen einander gegenüber, er mit dem Messer in der Hand, sie nackt und verletzt. Zwischen ihnen lagen vielleicht zwanzig Zentimeter, nicht mehr. Den Kopf musste sie in den Nacken legen, um ihm ins Gesicht zu sehen. Ihre Blicke trafen sich. Sie spürte seinen Atem warm auf ihrer Haut. *Das Messer, es ist irgendwo zwischen uns.* Nichts passierte, nichts bewegte sich außer ihrem flachen Atem, der sich zwischen ihren Gesichtern vermischte. Helen spürte einen Schweißtropfen unter ihrer Brust, wie er sich mäandernd seinen Weg bahnte über ihren Brustkorb und den Bauch hinab. Sie spürte auch das Rinnsal an ihrem Hals, warm und rot zeichnete es seine Spur. Und dann spürte sie noch etwas, kalt legte es sich auf sie und glitt in gnadenloser Präzision an ihrer linken Körperseite nach oben – das Messer in seiner Hand. Mit der Spitze fuhr er ihre Rippenknochen ab, als würde er sie mit dem Messer streicheln. Zwischen ihren Brüsten zog er es nach oben hin zu ihrer Kehle, und die ganze Zeit hielten sie den Blick. Stich zu, stich einfach zu, dachte Helen. Doch nichts passierte. An ihren Lippen unterbrach er seine Zuwendung und ließ das Messer sinken. Und dann, ohne Ankündigung, ohne dass sie es hätte kommen sehen, holte er aus und schlug ihr so fest ins Gesicht, dass sie umfiel.

»Mach das nie wieder.« Er legte das Messer in die Spüle, drehte sich um und ging.

11

Der Bahnhof von Konstanz, zwischen Altstadt und Seehafen gelegen, war ein beliebtes Postkartenmotiv: Ein schöner Glockenturm ragte dort in die Höhe und erinnerte gemeinsam mit dem Hauptgebäude an den Palazzo Vecchio in Florenz. Seit rund hundertsiebzig Jahren gab es den Bahnhof in Konstanz bereits. Ansonsten war Konstanz mit seiner Halbinsellage, was Bahnreisende anging, eher eine verlorene Wette. Wer etwa aus Bayern anreiste, musste die sehr alte Strecke am See entlang durch Überlingen und Radolfzell nutzen, ein Teil der Bodenseegürtelbahn, die 1900 abgeschlossen worden war. Das kostete im Vergleich zur Fähre von Meersburg nach Konstanz nicht nur eine Dreiviertelstunde mehr Zeit, sondern auch ein wenig Nerven. Die Gleise stammten aus der Zeit der Entstehung der Eisenbahnstrecken rund um den Bodensee, also aus der zweiten Hälfte des 19. Jahrhunderts, die Züge konnten da schon gewaltig in Schieflage geraten. Kurzum, nicht wenige wurden seekrank auf dieser Route, weil im Zugfenster die Horizontlinie hübsch auf und ab schwenkte und man sich vorkam wie in einem Boot.

Sito stand auf dem beinahe menschenleeren Bahnsteig und wartete auf den Zug aus Italien. Fünfeinhalb Stunden brauchte man von Konstanz nach Mailand. Mit knapp fünfzehn Minuten Verspätung würde Miriams Zug nun eintreffen. Samstagabend. Dunkelheit hüllte ihn ein. Er freute sich sehr auf sie, gleichzeitig hatten all die neuen Erkenntnisse zu ihrem aktuellen Fall seine Gedanken fest im Griff. Er wusste, dass er nicht würde schlafen können, und er wusste, dass er auch diese Nacht am Schreibtisch, am Telefon oder sogar im Präsidium verbringen würde. Er wusste aber auch, dass Miriam dafür Verständnis hatte.

Eine Durchsage verkündete die Einfahrt des Zuges. Sito spürte eine unerwartete Nervosität und wunderte sich im Stillen.

Keine Minute später hörte er ihre Stimme. Er drehte sich um, und da rannte sie ihm auch schon entgegen und fiel in seine Arme. Sie küsste ihn, lachte überschwänglich und roch eindeutig und wunderbar nach Sonne.

»Du bringst Wärme mit«, flüsterte er in ihr Ohr und meinte in ihren Haaren noch einen Hauch salziger Meeresluft zu schmecken.

Sie lachte und sah sich demonstrativ um. »Bitter nötig wäre es ja. Du hast nicht erwähnt, dass hier schon Winter ist.«

»Doch, ich hab dich gewarnt.«

»Komm schnell heim, hast du gesagt. Das konnte ich jetzt nicht wirklich als Warnung deuten«, sagte sie zwinkernd.

Sito nahm ihr das Gepäck ab, und gemeinsam liefen sie durch das neogotische Bauwerk hinaus auf den Bahnhofplatz. An der Bushaltestelle gegenüber standen einige Jugendliche mit unterschiedlichen Tüten voller Fast Food. Neben ihnen bellte ein Hund, die Besitzerin zog den Kleinen unsanft weiter, ohne Sito und Miriam eines Blickes zu würdigen.

Miriam legte den Kopf schief. »Hat sich nichts verändert in meiner Abwesenheit.«

»Wie sollte es?«

»Lass uns nach Hause. Ich freu mich auf die Jungs.«

Im Auto summte Miriam eine Melodie, die Sito bekannt vorkam, aber er wusste nicht, woher.

»Euer Fall beschäftigt dich ganz schön, hab ich recht?«, fragte Miriam unvermittelt.

»Weshalb meinst du?«

»Ach, komm, Paul, ich kenn dich ja ein bisschen. Ich hab das am Telefon schon gemerkt. Und dann«, sie strich ihm mit der linken Hand über die Stirn, »dann bekommst du hier immer eine Falte, eine Sorgenfalte, die sonst nicht da ist.«

Er lächelte sie an und legte eine Hand auf ihr Bein. »Schön, dass du wieder da bist.«

»Lügner. Du kommst gut ohne mich klar, bei so einem Fall erst recht. Aber ich bin auch da, um mich zu kümmern.«

»Um mich?«, fragte Sito erstaunt.

»Auch, aber vor allem um Christine. Sie ist wirklich am Ende.«

Sito schluckte gegen die Beklemmung an, die sich in ihm ausbreitete.

»Sie hat mir erzählt, dass Wint eigenhändig recherchiert?«

Sito stöhnte laut auf. »Heinrich ist anstrengend im Moment. Nicht so richtig eigenmächtig, aber verbissen. Er ist mit im Team, aber das ist derzeit nicht hilfreich.«

»Weshalb? Das versteh ich nicht. Wo liegt denn das Problem?«

»Das Problem ist, dass Wint einen persönlichen Rachefeldzug gegen die Rechten führt und diese Kräfte am liebsten in jede Ermittlung involvieren möchte. Man nennt dies subjektive Wahrnehmung und Interpretation. Er sieht, was er sehen will.«

»Heinrich doch nicht«, ereiferte sich Miriam.
Sito sah überrascht zur Seite. »Nein? Wie kommt es, dass du so schnell Partei ergreifst, das sieht dir gar nicht ähnlich.«
»Ich hab mir ein Bild von der Art der Zerstörung gemacht.«
»Du hast was?«
»Ich verfolge Christines Profil. Ich wollte verstehen, worum es geht. Habt ihr das nicht getan?«
Sito saß kerzengerade hinter dem Lenkrad und war auf einen Schlag beschämt. Wint hatte ihn um Hilfe gebeten, und ja, er hatte gesagt, es wäre ernst, aber Sito hatte sich nicht die Zeit genommen und selbst einmal mitgelesen, worum es eigentlich ging. »Nein, bisher noch nicht«, gab er leise zu.
»Eben, das hab ich mir gedacht«, sagte Miriam kühl. »Dieser ganze Hass, der doch ein und derselben Geisteshaltung entstammt, bietet in meinen Augen definitiv genug Potenzial für eine Gewalttat im echten Leben. Ich finde es also logisch, hier eine Verknüpfung –« Sie hielt inne, als sie Konstanz in Allmannsdorf verließen. In ein paar Minuten würden sie nach Egg abbiegen, jenen kleinen Stadtteil von Konstanz, wo auch die Universität lag, allerdings deutlich oberhalb der Gemeinde mit dörflichem Charakter. »Bitte entschuldige, ich wollte nicht rechthaberisch klingen«, sie streichelte seine Hand auf ihrem Oberschenkel, »ich freu mich auf zu Hause.«
Als sie vor dem alten Bauernhaus standen, an dem im Sommer ein herrlicher Blauregen blühte, sagte Sito: »Weißt du, was mich so fertigmacht? Dass es vielleicht Menschen gibt, die seit fünfzehn Jahren auf Rettung warten. Und dann stelle ich mir vor, die geben irgendwann auf und wir kommen zu spät. Vielleicht nur knapp zu spät, aber zu spät. Wie in einem Film. Und jemand beobachtet das und kann nicht eingreifen, kann nicht sagen, bitte halte durch.« Er ließ den Kopf hängen. »Seit wir wissen, dass der Tote aus dem Rhein der Junge von damals ist, habe ich dieses Gefühl: Wir kommen zu spät.«
Er beugte sich hinüber zu Miriam, und sie umarmten einander. »Gut, dass du da bist«, flüsterte er noch einmal. Eine

Minute später standen er und Miriam im Flur, wo ein weißer Schäferhund und ein struppiger Streuner sie schwanzwedelnd und laut bellend begrüßten.

12

Wie eine Katze schlich er ums Haus. In der letzten Zeit waren Dinge passiert, die er nicht verstand. Sein Vater war noch stiller geworden, der Großvater noch fremder.

Er hatte Angst vor all den Gedanken, die da in seinem Kopf waren, ihn nachts hochschrecken ließen. Schweißgebadet. Dann kletterte er aus dem Fenster über den Baum, den er inzwischen erreichte, und hinab in den Garten. In die Kühle der Nacht. Katzenaugen. Er konnte sehen, alles, was er wollte.

Bisweilen verschwand sein Vater, war einfach weg.

Dann war er wieder da und wirkte verändert.

Er sollte auf seine Schwester aufpassen. Das hatte sein großer Bruder ihm gesagt. »Pass auf deine Schwester auf, wenn ich fort bin.«

»Weshalb solltest du fort sein?«, hatte er gefragt.

»Ich werde fort sein irgendwann.«

»Und wiederkommen?«

»Und wiederkommen, kleiner Indianer.«

Ein Kuss auf die Stirn. Das Gespräch war zu einem Ritual geworden – die Bitte, auf die Schwester aufzupassen, das Versprechen wiederzukommen. Doch dann war dieses Irgendwann eingetreten und der Bruder fort, und er war plötzlich der große Indianer.

Erinnerungen kamen und gingen wie das Wasser am Ufer.

Damals unten am See beim Spielen. Eine Burg aus Steinen, die Mutter, die lachte, der Vater, der lachte und doch nicht wirklich lachte.

»Kleiner Indianer«, wie lange hatte er das nicht gehört?

Woher nur kam diese Angst? Angst wovor?

Manchmal wachte er auf und vermisste etwas und wusste wach in seinem Bett liegend nicht, was es war. Phantomschmerz. Das gab es. Man hatte Schmerzen in einem Körperteil, den es nicht mehr gab. Aus Verlegenheit hatte er gelacht, als er das im Fernsehen gehört hatte. Wie sollte das gehen? Schmerzen in einem Fuß, der nicht mehr am Bein hing? Das war verrückt. Doch wenn er wach in seinem Bett lag und durch sein Fenster in die Nacht starrte, dann glaubte er inzwischen, dass es den Phantomschmerz gab und dass er eine Phantom*sehnsucht* empfand. In seinem tiefsten Inneren verbarg sich eine Erinnerung, die er so unfassbar vermisste, dass es wehtat. Unendlich.

Angst. Wovor, kleiner Indianer?

Teil 4

Verzweiflung

1

Sie hatten sich die Nacht zum Sonntag um die Ohren geschlagen und sich dabei mit Kaffee und kalten Essensresten begnügen müssen. Die Getränkekästen sowie der Kühlschrank im Gemeinschaftsraum wurden erst am Montag aufgefüllt, Suppen und Fertiggerichte für die Mikrowelle waren längst aufgebraucht, da die meisten des über hundertköpfigen Teams das Wochenende im Präsidium verbracht hatten, nur abwechselnd waren sie nach Hause gegangen, um ein paar Stunden Schlaf zu finden. Die Chance, wenigstens die Kinder retten zu können, hielt alle bei der Arbeit.

Sito hatte es ebenfalls nicht lange zu Hause ausgehalten und war dann noch vor dem Frühstück zurück ins Präsidium aufgebrochen, die schlafende Miriam mit einem Kuss auf die Stirn und einem kleinen Zettel auf seinem Kopfkissen zurücklassend. Nachdem sie alle wieder auf dem neuesten Stand waren, zog er sich mit Wint, Enzig und Zimmermann in sein Büro zurück. Enzig lehnte an der Fensterbank und hatte die Arme verschränkt. Seine Gesichtsfarbe war noch blasser als üblich, die Augenränder noch weiter in die Wangenknochen gerutscht. Sito hatte das Gefühl, Enzig würde jeden Moment umkippen und einfach einschlafen. Wint hingegen lief nervös auf und ab. Zimmermann tippte auf seinem Laptop. Hatte er eigentlich ein Privatleben?

Sito beobachtete ihn eine Weile, dann fragte er: »Also, wenn ich es richtig verstanden habe, dann haben wir inzwischen tatsächlich mehrere Hinweise auf diese Männerrechtsbewegung. Richtig?«

Zimmermann nickte, setzte an, die Finger der linken Hand knacken zu lassen, wurde aber gerade noch rechtzeitig des kritischen Blicks von Sito gewahr und fuhr sich stattdessen durch die Haare. »Ja und nein. Es sind diffuse Spuren, solche, die man sehen kann, wenn man will. Es ist verworren.« Er schielte zu Wint, der in seiner Bewegung innehielt. »Das hab ich Heinrich auch schon zu erklären versucht.«

»Der Reihe nach, Karl, sodass wir es auch verstehen«, sagte Sito mit einem Blick auf die Uhr.

Karl nickte, dann fing er an zu erzählen. »Ich habe Leute in rechtsradikalen Netzwerken. Seit einem Jahr habe ich mein Netzwerk dort ausgebaut. Seit ungefähr einem halben Jahr sind hier auch die Männerrechtsgruppen unterwegs. Es gibt verschiedene, die sich von Randerscheinungen schrittweise hocharbeiten und die Überschneidungen zur rechtsradikalen Ideologie nutzen, kurzum, der Hass gegen Frauen steigt sichtbar an und bündelt sich.«

»So weit kann ich folgen«, sagte Sito.

»Bei der Gruppe der Incels ist auch Jonas aufgetaucht, nicht abgesprochen, wobei das wie gesagt fließende Übergänge sein können. Es kann durchaus sein, dass er das im Rahmen seiner anderen Aufgaben gemacht hat.«

»Aber du weißt das nicht sicher«, mischte sich Enzig vom Fenster aus ein.

Tiefe Falten legten sich auf Zimmermanns Stirn. »Nein, das kann ich nicht mit Sicherheit sagen. Des Weiteren bat mich Heinrich vor Kurzem, in den Foren genauer zu schauen, ob eure Freundin und Kollegin Christine Fané in das Visier einschlägiger Gruppen geraten ist oder ob sich da nur, in Anführungszeichen, Einzeltäter lautmachen.«

»Und?«, hakten Sito und Enzig gleichzeitig nach.

»Los, sag's ihnen«, stichelte Wint und baute sich vor Zimmermann auf.

Zimmermann stöhnte. »Ja, ist sie. Keine Einzeltäter, dafür organisierte Hetze.«

»Und dein Jonas war mit von der Partie.« Wint richtete den Zeigefinger auf Zimmermann. »Er hat mitgeholfen, sie fertigzumachen.«

»Herrgott noch mal, Heinrich, ich hab es dir doch schon erklärt, wir machen das alle. So wahren wir unsere Identität. Weißt du, wie oft ich schon Scheiße geschrieben hab im Netz?« Zimmermann sah zornig aus.

»Jetzt beruhigt euch mal«, tadelte Sito. »Heinrich, setz dich endlich hin.«

»Hat dieser Jonas je etwas geliefert zu den Incels?«, setzte Wint nach, wobei sich seine Stimme beinahe überschlug.

Zimmermann schüttelte den Kopf.

»Vielleicht war er selbst einer von diesen Idioten, die bei Frauen nichts auf die Reihe kriegen und deshalb alle Frauen verteufeln.« Wint hob beschwichtigend die Hand, da Sito gerade ansetzen wollte. »Schon gut, ich beruhige mich.« Er ließ sich neben Zimmermann auf das Sofa fallen.

»Wichtiger scheint mir, dass zwei andere Namen auftauchen. Einen kennen wir von früher, das ist auch der Grund, weshalb unser Freund hier so ausflippt.« Zimmermann warf Wint einen Blick zu. »Der junge Wertheim ist bei den Hardcorejungs mit vorne dabei und lässt sich für seine Vergewaltigungen feiern, und dann haben wir noch einen Christoph Scheiffele.«

Sito beobachtete Wint, als der Name Wertheim fiel. Dessen Blick schien sich zu verdunkeln.

»Ist der Scheiffele mit unserem Scheiffele verwandt?«, fragte Enzig.

»Ich tippe mal auf den Sohn«, sagte Zimmermann, und Sito bestätigte.

Wint schlug sich mit der Faust in die flache Hand. »Den Alten kann man nur gratulieren zu solch missratenen Söhnen. Ich würde dem so gern –«

»Heinrich, ich weiß, es fällt dir schwer, aber können wir dieses martialische Gerede endlich mal bleiben lassen? Es hilft uns überhaupt nicht, dass du hier mittendrin deinen persönlichen Rachefeldzug führen willst, okay? Wir kümmern uns jetzt um die Familien und später wieder um die andere Sache.«

»Sache?« Wints Augen funkelten. »Hör mal, Paul, du hast mich hier ins Team geholt, um mich unter Kontrolle zu haben, ich bin ja nicht doof. Ich verstehe, dass du dir Sorgen machst, aber wir kämpfen hier gegen ein und dasselbe Übel nun zum zweiten Mal, und ich finde, das reicht. Und nur weil es sich einen anderen

Namen gibt, heißt das nicht, dass es sich um ein anderes Übel handelt.« Er tippte mit dem Zeigefinger auf die Notizen auf dem Tisch vor sich, dann wedelte er durch die Luft. »Alle sind sie Symptom einer kranken Gesellschaft, die es verlernt hat, Moral und Anstand und Menschlichkeit von Grund auf zu vermitteln, aber auch einzufordern von der Gemeinschaft.« Jetzt tippte sich Wint gegen die Brust. »Und ich habe keine Lust, länger dabei zuzusehen, wie diese kranke Brut all das mit Füßen tritt, was uns lieb und teuer ist. Ob nun Nazi, Männerrechtler, Rassist oder Reichsbürger, wer dieser Gesellschaft und der errungenen Freiheit derart ans Bein pinkelt, gehört hier einfach nicht dazu. Punkt.«

Sito sah Wint lange an. »Du hast in allem recht, Heinrich, dennoch wollen wir nicht wie Don Quichote enden. Wir werden das Übel nicht als solches ausrotten, aber wir wollen eine Familie wiederfinden. Können wir uns darauf einigen?« Sito wandte sich Zimmermann zu: »Die sind dort mit ihren Klarnamen unterwegs?«

»Nein, nicht direkt, aber das war jetzt kein Hexenwerk, die Profile zuzuordnen«, erwiderte Zimmermann und grinste schief. »Die Leute sind in der Regel nicht sehr einfallsreich, was ihre Passwörter angeht. Profile sind sehr leicht zu knacken. Ein Facebook-Profil zum Beispiel kann man mit einer Software durchchecken, die liest alle Seiten quer, und bei über neunzig Prozent aller Nutzer kommt das Passwort dort bereits vor, der Name von Haustieren, Geburtstage lieber Menschen und so weiter. Die Nutzer sind da absolut unbedarft und naiv. Später wird es eine Spur komplexer.«

»Okay, also haben wir mit Scheiffele eine Person, die nun zum zweiten Mal unsere Ermittlungen kreuzt?«, fragte Enzig nach. »Weshalb also hast du vorhin gesagt, dass es keine wirklichen Spuren sind?«

Zimmermann hob die Arme neben sich in die Luft, als verstünde er die Frage überhaupt nicht. »Ganz einfach. Die Schreiners sind vor fünfzehn Jahren verschwunden, aber dieser Scheiffele taucht erst in den letzten Jahren sporadisch auf einschlägigen Websites auf. Die Spur passt uns«, er warf Wint einen verstimmten Blick zu, »oder zumindest einigen von uns, einfach gut in den Kram, weil sich sofort dieser ganze rechtsradikale Kontext ebenfalls öffnet. Richtig fundiert scheint mir das nicht zu sein. Und vor allem: Hier liegen keine Motive, hier liegen bestenfalls Beschleuniger der Dynamik.«

Enzig nickte. »Verstehe. Dir ist aber klar, dass die Ideologie nicht so neu ist. Die Tatsache, dass der Scheiffele jetzt erst Spuren im Netz hinterlässt, ist ja kein Indiz dafür, dass er sich erst seit Kurzem dafür interessiert. Was ist mit dem Vater? Wir müssen dem auf jeden Fall nachgehen.«

»Wir konfrontieren ihn damit«, sagte Sito und hörte, dass Wint in die Hände klatschte.

»Vielleicht hat Jonas etwas über die Scheiffeles herausgefunden und wurde deshalb ermordet«, warf Enzig ein.

Sito hatte den linken Arm aufgestützt und legte sich nachdenklich zwei Finger vor den Mund. »Karl, ihr habt doch das Profil von Jonas, das er bei den Incels benutzt hat, wieder aktiviert, oder?«

Zimmermann nickte.

»Und wie war die Resonanz? Also wie reagierten die anderen Teilnehmer darauf, dass Jonas sich wieder beteiligt hat?«

Alle Augen waren auf Zimmermann gerichtet, der kerzengerade dasaß und angestrengt auf seinen Laptop starrte. »Moment«, sagte er und tippte, dann las er. »So wie ich das sehe, gab es keine Auffälligkeit. Es ging nahtlos weiter.«

»Also war keiner von denen erstaunt, dass Jonas wieder aktiv war«, stellte Sito fest und fügte hinzu: »Und die Sache mit dem Treffen läuft ebenfalls?«

»Busch weiß Bescheid«, antwortete Karl. »Heute Abend ist es so weit.«

Sito nickte, dann sah er alle der Reihe nach an. »Okay, beim nächsten Treffen wird also einer von uns dabei sein. Und wenn wir Glück haben, wird es auch um unsere Fälle gehen. Irgendwer wird sich irgendwann für die Taten rühmen wollen, hab ich recht, Karl? Darum geht es doch heutzutage.«

»Im Grunde ja, die Berichterstattung über Terror hat dazu

geführt, dass alles in einem Kontext steht, in einem medial wirksamen Kontext, sonst macht diese ganze Gesinnungsdramaturgie keinen Sinn.«

»Der Sinn entsteht durch die mediale Verarbeitung, ansonsten wären es Taten von Irren.«

»Genau«, sagte Zimmermann und ließ nun doch seine Finger knacken.

»Was bringt uns dann die Suche nach den Hintergründen?«, fragte Enzig müde.

»Das fragst ausgerechnet du?« Sito hatte sich erstaunt umgedreht und sah seinen Freund herausfordernd an. »Es ist, wie Heinrich sagt, wir suchen die Kräfte, die permanent Holz ins Feuer werfen.«

»Hört, hört«, sagte Wint, und seine Stimme war erstaunlich klar. »Das klingt nach Feldzug. Endlich!«

2

Sito lief über den Parkplatz, hinter ihm folgten Goffer und Enzig. Als Sito den Motor startete, fasste Enzig instinktiv an den Haltegriff über der Tür, Goffer stöhnte, sein Ischiasnerv hatte sich beim Einsteigen wieder gemeldet.

»Wie stehen die Chancen?«, fragte er gepresst von der Rückbank und kramte in seiner Jackentasche. »Hat jemand was zu trinken für mich?« Er hielt eine Tablette hoch. »Sonst krieg ich die nicht runter.«

Sito sah in den Rückspiegel. »Leider nicht, aber wir sind ja gleich an der passenden Adresse für deine Probleme.«

»Sehr witzig. Ich bleib doch nicht im Krankenhaus, weil mein Rücken zwickt.«

Sie hatten einen Anruf aus der Städtischen Klinik bekommen, ein Baby war in der Klappe abgegeben worden. Ein Mädchen. Die Einrichtung der Babyklappe in Konstanz war noch recht neu, während die Babyklappe in Singen bereits ihr zehnjähriges Jubiläum feierte. In der Regel war man froh darüber, wenn verzweifelte Mütter von dieser Möglichkeit Gebrauch machten, ungefähr zwanzig Babys landeten in Deutschland pro Jahr in einer solchen beheizten Klappe. In Konstanz war es erst das zweite Baby, daher waren die Schwestern alarmiert. Dass zeitgleich nach einer Familie gesucht wurde, die ebenfalls ein Baby hatte, ließ sie umgehend aufhorchen und entgegen den sonstigen Maßgaben beim Auffinden eines Babys direkt die Polizei informieren.

»Vielleicht haben wir Glück«, murmelte Enzig. »Vielleicht haben wir wenigstens das Baby der Schreiners.«

»Der Gottliebs«, verbesserte Sito.

Enzig sah zur Seite, dann klopfte er sich mit den Fingerknöcheln gegen die Stirn, als wolle er einen Gedanken loswerden. »Klar, logisch, der Gottliebs. Ich bin schon ganz durcheinander.«

»Bei so alten Fällen hat man immer das Gefühl, die Vergangenheit rückt näher, nicht wahr?«, kam es von der Rückbank. »Was ist das denn?«, wunderte sich Goffer und zeigte auf eine gelbe Säule.

»Mobilitätssäule. Kennst du die noch nicht?«

Goffer schüttelte den Kopf. »Was machen die?«

Enzig drehte sich erstaunt um und lachte. »Was ist los? Liest du keine Nachrichten? Konstanz ist Teil eines Projekts zur Verbesserung der Verkehrssituation.«

»Aha. Und das hilft?«

»Klimaneutral bis 2030.« Enzig sah an ihm vorbei aus dem Fenster.

Die Ampel hatte ihre Fahrt gestoppt, und Sito folgte dem Blick Enzigs. Sie standen bei der Evangelischen Pauluskirche, einem schlichten Bau mit Holzverkleidung, den Sito auch von innen mochte. Er hatte dort einmal die Weihnachtsmesse besucht. Die Decke war gewölbt und aus Holz, der Boden heller Marmor und der Blick gelenkt auf ein einfaches Holzkreuz vor einem großen Fenster mit buntem Glas, das Ganze in einem Tor. Insgesamt wirkte der Kirchenraum wie der umgestülpte Bauch eines Schiffs.

Klimaneutralität klang wie eine neue Religion, eine, der ebenfalls Inseln gebaut wurden, Symbolorte wie Mobilitätssäulen.

»Amen«, sagte prompt Goffer in diesem Moment und versuchte erneut, seine Sitzposition zu verbessern.

Kurze Zeit später betraten sie den Eingangsbereich des Krankenhauses, das 2018 noch einmal umfangreich erweitert worden war, und sofort fielen Sito die gelben Streifen am Treppenaufgang und an den Fahrstühlen und die runden Deckenlampen auf. Moderne Architektur wirkte oft wie der Versuch, abstrakte Kunst greifbar zu machen. Im wahrsten Sinne des Wortes »greifbar«. Das war einerseits spannend, andererseits hatte Sito oft den Eindruck, dass Gefühle wie Gemütlichkeit und Wohlfühlen der Ästhetik hintenanstanden. Das Kühl-Moderne schreckte ihn eher ab, auch wenn er damit vielleicht altmodisch war. Immerhin waren gewiss die meisten »Kunden« eines Krankenhauses auch eher altmodisch.

Eine Schwester kam auf sie zu, Schwester Ines, wie ihr Schild verriet. »Sie sind von der Polizei?«, fragte sie, wandte sich aber direkt um und sagte im Gehen: »Folgen Sie mir einfach unauffällig.«

Sito hörte, dass sie lachte. Auf der Säuglingsstation herrschte reges Treiben. Sito beobachtete Enzig, der ja selbst ein Baby zu Hause hatte, der Anblick der vielen Säuglinge weckte offenbar seine Erinnerung, und seine Gesichtszüge wurden weich. Bei Johannes Goffer sah Sito Unsicherheit, als könnte er sich nicht entscheiden, ob Wehmut über einen Mangel im Leben oder Ärger über das Geschrei bei ihm dominierte. Eine Mutter kam ihnen entgegen. Sie schob ein winziges Bettchen und starrte beglückt auf ihr Kind. Sito musste unweigerlich an seine Frau Janina denken, die schwanger gestorben war. Für einen kurzen Moment sah er sie dort mit dem rollbaren kleinen Bettchen.

Die Schwester hielt an einem Zimmer und klopfte. Drinnen erwartete sie eine andere Schwester mit einem Baby im Arm.

»Das ist sie?«, fragte Sito.

Schwester Ines nickte.

»Und vom Alter würde es passen?«

Schwester Ines verdrehte die Augen. »Na, hören Sie mal, würden wir Sie sonst verständigen? Also wenn das hier ein Neugeborenes wäre, doch wohl sicher nicht. Wir sind schließlich nicht doof.« Sie trat an ein Regal und reichte Sito ein kleines Tütchen. »Hier, für einen DNA-Abgleich.«

»Sehr gut, vielen Dank. Auch, dass Sie so schnell reagiert haben. Gibt es denn eine Videoüberwachung von der Babyklappe?«

Schwester Ines stand der Mund offen. »Wollen Sie mich veräppeln?«

Sito schüttelte den Kopf. »Ich weiß sehr wohl, dass die Babyklappe an sich –«

»Es ist wichtig, dass die Mütter darauf vertrauen können, nicht zur Rechenschaft gezogen zu werden. Wir sind wirklich froh, dass das funktioniert, und Sie fragen allen Ernstes nach einer Videoüberwachung?«

»Nein«, sagte Sito nüchtern. »Nicht von der Babyklappe. Insgesamt, vom Gelände. Hören Sie, wenn dieses Baby dasjenige der gesuchten Familie ist, dann war vielleicht der Täter hier. Wir brauchen daher das Material.«

»Das müssen Sie mit dem Chef abklären. Aber ich tippe mal stark auf richterlichen Beschluss.« Sie hatte ihre Nase ein wenig in die Höhe gereckt, und Sito wusste, dass sie an irgendeinen Krimi dachte, den sie im Fernsehen gesehen hatte.

Er hielt das Tütchen hoch, warf noch einen liebevollen Blick auf das Baby, das in den Armen der anderen Schwester eingeschlafen war, und nickte dann Schwester Ines zu. »Ich danke Ihnen für Ihre Mithilfe. Sie hören von uns.«

Auf dem Gang deutete Goffer einen Gruß an und verabschiedete sich in Richtung der Toiletten.

»Lass dir doch endlich eine Spritze geben«, rief Sito ihm nach, doch Goffer tippte sich nur im Gehen gegen die Stirn.

Als sie wenig später alle drei wieder auf dem Parkplatz vor dem Eingangsportal standen, begann es zu nieseln. Es war ein kalter Nieselregen, einer, der sich anfühlte wie kleine Nadelstiche.

»Wenn es das Baby der Gottliebs ist, dann ist vielleicht etwas schiefgelaufen«, sagte Enzig.

Goffer schob sich einen Kaugummi in den Mund. »Immer wenn ich in Krankenhäusern bin, hab ich so einen komischen Geschmack im Mund.«

Enzig nickte. »Kenn ich gut. Bis vor Kurzem hatte ich immer Beklemmungen.«

»Das geht vorbei?«

»Die Geburt meiner dritten Tochter hat das geändert.«

»Himmel, du hast ja schon drei. So weit werd ich nicht mehr kommen«, sagte Goffer. »So, ihr könnt mich hierlassen. Ich hab grad beschlossen, zum Präsidium zurückzulaufen, wenn's recht ist.« Er dehnte leicht seinen Rücken. »Sicher gesünder.«

»Klar, weshalb nicht?« Sito reichte Goffer die Tüte mit der DNA-Probe des Babys. »Dann kannst du die Probe in die KTU bringen. Und unterwegs liegt ein Immobilienbüro«, sagte er und wandte sich schon seinem Wagen zu. »Schau doch rein, laut Hollerbach sind die Kollegen dort rund um die Uhr im Einsatz.«

Goffer grinste Sito an und wartete, bis sich in dessen Gesicht eine Frage abzeichnete. »Zwei Männer, ein Gedanke. Genau das hatte ich vor.«

3

Das Steg 4 war für einen gewöhnlichen Sonntagabend gut besucht und empfing Sito mit angenehmer Wärme, Essensgeruch und hoher Geräuschkulisse. Gleich am Eingang saß eine größere Frauengruppe, die schon angeheitert wirkte und lautstark etwas feierte. Handballerinnen, tippte Sito in Gedanken auf den ersten Blick. Er sah sich suchend im Raum um und entdeckte hinten bei der Theke einen stehenden Mann, der ihm winkte. Hollerbach hatte seinen Anzug gegen Hoodie und Jeans getauscht, eine unerwartete, aber angenehme Überraschung.

»Herr Kommissar, ich hab schon einen Stuhl für Sie organisiert, ist mächtig voll heute.« Er stellte Sito den Stuhl bereit, und Sito setzte sich, die Winterjacke hängte er über die Lehne. »Das ist mein Kollege, von dem ich Ihnen am Telefon erzählt habe.«

Sito reichte dem anderen die Hand, der sich als Wellenbrink vorstellte. Er war Immobilienmakler wie Hollerbach und trug noch immer einen Anzug mit Krawatte. Seine Haare waren glatt nach hinten gekämmt, und seine Haut wirkte wie frisch von einem Kosmetiktermin. Anscheinend hatte Sito ihn etwas zu lange gemustert, denn Hollerbach legte ihm eine Hand auf die Schulter und sagte: »Er ist nicht so schlimm, wie er aussieht. Er kommt lediglich von einem Termin.«

Wellenbrink lachte und hielt sein Glas hoch. »Mach dich nur lustig. Und wenn schon, bin ich eben der eitle Fatzke von uns.« Sie stießen ihre Biergläser aneinander. »Möchten Sie auch eins?«, fragte er Sito.

Sito verneinte. »Die Zeit, sie drängt. Erzählen Sie bitte einfach.«

»Wir haben über Ihren Besuch gestern Nachmittag gesprochen. Also ich hab erzählt, dass Sie da waren, weil doch mein Name bei den Gottliebs aufgetaucht war«, begann Hollerbach und winkte der Kellnerin nach einer weiteren Runde Bier. Er hielt drei Finger in die Luft. Als Sito abwehrend die Hand hob, sagte er schlicht: »Sonst nehm ich Ihres auch noch, kein Problem. Also, ich hab von den Gottliebs erzählt und dass die vielleicht ein Haus suchten, da kommt mein Freund ins Nachdenken.« Er nickte Wellenbrink zu, und der übernahm die Berichterstattung.

»Es ist ewig her, aber mir fiel es wieder ein, als wir drüber gesprochen haben und vor allem, weil doch gestern auch dieser Artikel in der Zeitung war.«

Sito war wie elektrisiert. Er konnte nur den Artikel über die Schreiners meinen. »Ja, und weiter?«

»Sie waren bei mir«, sagte Wellenbrink, nahm das neue Glas von der Kellnerin entgegen und trank einen Schluck.

»Die Schreiners waren bei Ihnen? Wann?«, fragte Sito.

»Also, ich hätte das auch gar nicht mehr gewusst, es war

wirklich nur, weil wir drüber sprachen. Und es ist sicher schon über fünfzehn Jahre her.«

»Und Sie sind sich sicher, dass es die vermisste Familie war?«

»Na ja, das ist jetzt so ein Zufallsding. Es war eine Familie aus dem Unterallgäu. Eltern, drei Kinder, davon ein Baby. Sehr nett. Ich war damals auch frisch Papa geworden, deswegen hab ich mir deren Besuch wohl gemerkt. Das Baby war total ruhig, und ich hab noch gesagt, dass ich mir das auch mal wünschen würde, unsere Tochter war nämlich ein Schreikind, fürchterlich, sag ich Ihnen. Und jetzt ist sie in der Pubertät, und das ist wahrscheinlich noch schlimmer, wenn Sie mich fragen.« Er trank wieder einen großen Schluck. »Aber mich fragt ja keiner.«

Sito spürte, dass sein Atem sich beschleunigte. Die Schreiners hatten also womöglich auch nach einem neuen Zuhause gesucht. Hatten die Eltern von Helen das nicht gewusst? Weshalb nicht? »Und was deutet noch darauf hin, dass es die Schreiners waren? Haben Sie sie auf den Fotos erkannt oder irgendein greifbares Indiz?«

Wellenbrink nickte und trank noch einen Schluck. »Der Mann kam damals in mein Büro und hatte so ein T-Shirt an, das einem Freunde schenken, die einen entweder nicht gut kennen oder ärgern wollen, so ein Shirt mit der Aufschrift ›Bester Papa‹ und dann der Name dazu. Da stand also ›Robert, bester Papa‹ oder so ähnlich, und weil ich auch Robert heiße und auch noch frisch Papa war, kamen wir ins Gespräch. Ich fragte noch, ob er eine Wette verloren hätte, und wir haben sehr gelacht. Es war wohl ein Geschenk der Schwiegereltern. Sie könnten das also sogar nachprüfen, um sicherzugehen. Ich weiß nicht, ob ich mir den Nachnamen auch gemerkt hätte. Aber als jetzt von einer verschwundenen Familie die Rede war, da konnte ich das von der Zeit eben gut einordnen. Und der Vorname passte auch.«

»Konnten Sie der Familie denn etwas vermitteln?«

Wellenbrink sah Sito verwirrt an. »Nein, Sie kennen doch den Wohnungsmarkt. Der war vor fünfzehn Jahren so bescheiden wie jetzt. Und die Schreiners, wenn sie es denn waren, suchten ein Haus mit Garten für die Kinder. Versteh ich ja, aber es können schlicht nicht alle Familien in einem Haus mit Garten wohnen, schon gar nicht hier am Bodensee.«

»Wie sind Sie verblieben?«

»Dass wir weitersuchen und uns melden.«

Sitos Euphorie sackte ein wenig in sich zusammen. »Sie haben die Familie also nur ein Mal gesehen?«

»Das Wichtigste hast du vergessen«, mahnte Hollerbach seinen Freund.

Sito sah von Hollerbach zu Wellenbrink. »Was, Herr Wellenbrink?«

»Ich hab die Familie nicht mehr gesehen, aber ich hab angerufen, weil wie durch ein Wunder ein Objekt aufgetaucht ist. Ein Bauernhaus in Egg.«

Sito schluckte. Vor fünfzehn Jahren war er in ein Bauernhaus in Egg eingezogen. »Mit Blick auf den See«, murmelte er.

»Ja, genau«, bestätigte Wellenbrink. »Jetzt sagen Sie nicht, dass Sie es kennen.«

»Ich wohne darin.«

»Das ist ja ein Ding! Aber bei uns haben Sie das nicht gemietet. Auf jeden Fall habe ich bei dieser Familie angerufen und das Haus angeboten. Sie wollten es sich ansehen, und wir hatten einen Termin für eine Besichtigung.«

»Sie sind nicht gekommen?«, fragte Sito.

»Nein. Wichtiger aber ist, dass sie davor schon eine andere Besichtigung hatten. Das hat mir Robert Schreiner erzählt. Dass es gut passen würde an diesem Tag. Dann hab ich nie wieder etwas gehört, und das Handy war tot.«

4

Marc Busch stand vor dem Spiegel in der Gaststätte und wusch sich die Hände länger als notwendig. Das Wasser war eisig, die

Seife roch alt. Allein, er konnte sich nicht losreißen von der Stille auf der Toilette. Die letzte Stunde gehörte zu jener Zeit, die man lieber vergessen wollte. Dabei saßen sie in einem Lokal mitten in Singen, das er nicht unsympathisch fand. Aber er mochte die Menschen nicht, die dort mit ihm saßen. Zimmermann hatte das eingefädelt. Busch war ausgewählt worden, weil er am jüngsten aussah und am ehesten so wirkte, als könne er mit Frauen nichts anfangen. Was ja auch stimmte, allerdings aus anderen Gründen.

Die anwesenden Männer machten keinen Hehl aus ihrer Einstellung, wobei sie sich weniger in ihrer Opferrolle suhlten als vielmehr prollige Späße über Frauen klopften und ihre Ideen ausbreiteten, wie sie mit den Frauen umgehen würden. Sie redeten sich auf derbe Art in Rage, Busch fiel es schwer mitzuhalten, aber er gab sich alle Mühe. Busch kannte keinen der Männer, die zwischen zweiundzwanzig und fünfzig Jahren alt waren. Einige hatten sich schon einmal getroffen, drei kamen aus Konstanz, einer aus Radolfzell, einer aus Überlingen, die übrigen aus der Region rund um Stuttgart. Normalerweise waren sie noch viel mehr in der Region Süd, hatte der Mann aus Überlingen ihn wissen lassen, aber das schlechte Wetter hatte offenbar einige abgeschreckt. Es war die erste Nacht, in der für die höheren Regionen, die Schwäbische Alb etwa, schon Glatteis angekündigt war.

Busch wusste, dass hier die Stammtischfraktion dieser Gesinnung saß, jene mit großer Klappe. Die anderen würden sich nicht treffen. Er merkte selbst, wie fremd seine Stimme klang und vor allem wie hölzern seine Sprache. Wörter wie »Schlampe« und »Fotze« kamen ihm nur schwer über die Lippen, aber es wurde besser von Bier zu Bier. Schließlich kam ein weiterer Mann zu ihnen an den Tisch. Busch blickte auf und wusste sofort, wen er da vor sich hatte: Christoph Scheiffele. Er war tatsächlich gekommen. Zimmermann hatte ganze Arbeit geleistet.

Scheiffele kannte die meisten am Tisch und erkundigte sich bei Busch, wer er sei. Es entwickelte sich ein offenes und interessiertes Gespräch hinsichtlich Buschs Arbeit in einer Buchhandlung. Busch hatte sich den ganzen Nachmittag auf seine Rolle vorbereitet und gehofft, dass Buchhandlung, zumal in der Abteilung Antiquariat, unverfänglich war. Scheiffele musterte ihn genau, aber nicht argwöhnisch. Er gebrauchte auch nicht so viele Kraftausdrücke. Er hatte sogar eine Frau, die wohl ins Schema passte, weil sie die ihr zugewiesene Rolle annahm. An ein, zwei Stellen machte sich dieser Christoph sogar über seinen Vater lustig, der immer und überall zu streiten anfange.

»Ich hab ihm schon x-mal gesagt, er soll sich auch im Internet austoben. Da wär er gut aufgehoben.«

»Könnt uns ja helfen«, sagte ein dicklicher blonder Mann mit Aknenarben im Gesicht.

»Wie sollte der uns helfen?«, fragte Busch.

»Na, Frauen loswerden. Die müssen einsehen, dass sie nicht so vorlaut sein dürfen«, wiederholte das Narbengesicht.

»Ach, Mensch, na klar, das könnte der bestimmt gut«, sagte Busch lachend.

»Wieso? Kennst du meinen Vater?«, hakte Scheiffele nach, und erstmals war Skepsis in seiner Stimme zu hören.

»Nee«, sagte Busch schnell, »woher? Aber so wie du erzählst, nimmt der kein Blatt vor den Mund, sondern sagt, was er denkt.«

»Und was auch richtig ist.« Der Blonde wieder. Die anderen tranken und prosteten im richtigen Moment ihrer Wahrheit zu.

Busch kannte Stammtischgerede, gleichwohl hatte er hier das Gefühl, in einen Sumpf zu gleiten, der Ekel in ihm weckte.

Es ging noch eine ganze Weile so weiter, sie tranken noch ein Bier, unterhielten sich über die Politik, dass auch hier die Frauen sich einfach permanent in den Vordergrund schoben, ohne dass jemand sie dort haben wollte, besonders schlimm seien die vielen »Schlampen« im Fernsehen, die auf hohen Schuhen und mit großen Titten die männlichen Kollegen verdrängten.

»Widerliche Anbiederei und dann nichts liefern«, sagte der Jüngste in der Runde, Johnny, so nannte er sich, auch im Forum. »Ich finde, dass man Frauen uns Männern zuteilen sollte, jawohl, die sollen nicht so tun, als gäbe es immer Damenwahl, als könnten die überhaupt irgendwas entscheiden. Blöde Fotzen.« Er trank sein Bier leer, winkte der Kellnerin und fasste ihr unverhohlen an den Hintern, als sie vom Tisch wegging.

Sie drehte sich um, hob die Hand und sagte: »Noch einmal, Kleiner, dann hast du meine Hand in deinem hässlichen Gesicht, verstanden?« Sie grinste breit. »Und bevor du was sagst, mein Chef sieht das genauso.«

Er schwieg, doch als sie weg war, beugte er sich vor. »Seht ihr, was ich meine? Die trägt 'nen Minirock, der ist so kurz, dass sie einen zweiten Labello brauchen könnte, und dann darf man sie nicht anfassen.«

Busch klinkte sich in Gedanken aus, er warf hin und wieder ein Wort des Zuspruchs ein, trank und hoffte, dass niemand in dem Laden sich sein Gesicht merkte. Er versuchte gerade so weit zu folgen, dass er an den richtigen Stellen prosten und lachen konnte. Er hatte keine Hoffnung, dass sein Einsatz in dieser Runde ihnen irgendwie helfen würde. Die Männer hatten hässliche Gedanken, aber nicht das Potenzial zu einer Gewalttat.

Plötzlich wurde es ruhig am Tisch. Scheiffeles Gesicht veränderte sich abrupt. »Na, sieh mal einer an«, sagte er, dann legte sich ein breites Grinsen auf sein Gesicht. »Wen haben wir denn da?«

Busch folgte seinem Blick, der in Richtung Tür ging – und spürte einen Adrenalinstoß durch seinen Körper jagen. Mit einem Schlag war er hellwach, denn denjenigen, der dort stand, kannte er.

5

Sie wachte auf. Als Erstes bemerkte sie den Geruch. Sie musste sich nicht umsehen, um zu wissen, dass er auf dem Sofa saß, die Beine breit, die Arme daraufgestützt. Wortlos richtete sie sich auf und lehnte sich an die Wand. Sein Gesicht sah anders aus. Etwas musste geschehen sein, er lächelte. Was ist passiert, überlegte Helen.

»Zieh dich aus«, sagte er.

Nichts hat sich verändert.

Schwerfällig stand sie von ihrem Matratzenlager auf, sie roch nicht gut. Die letzten Tage hatte sie sich kaum aufraffen können zu duschen. Ihre Haare umrahmten strähnig ihr Gesicht. Sie zog sich aus, bemerkte, dass sie fast keine Brust mehr hatte. An der linken Hüfte hatte sie ein Ekzem, sie hatte sich blutig gekratzt.

Er musterte sie, blieb an der roten Stelle hängen, wo noch Reste ihrer Kratzspuren waren. »Was ist los?«, fragte er und deutete auf ihre Hüfte.

Sie zuckte mit den Schultern. In ihr war nur Leere. Sein Lächeln war verschwunden, und schon glaubte sie, dass sie es sich nur eingebildet hatte.

»Wasch dich. Lass den Vorhang offen.«

Seine Stimme verriet wie immer nicht, ob ihn ihr Anblick erregte. Sie fühlte sich kraftlos, zu kraftlos für einen Gedanken, sie konnte nichts fühlen, keine Wut, keine Angst, keine Trauer, keine Sehnsucht. Sie versuchte, sich ihre Kinder vorzustellen, und fand in ihrer Phantasie nur eine graue Mauer. Sie versuchte, sich ihren eigenen Tod vorzustellen, und fand auch dazu nur eine graue Mauer. Alles war grau in ihr, grau und leer wie ein dichter Nebel, der einem die Aussicht raubte.

Sie war einmal mit ihrem Mann Robert in Hopfen am See gewesen. Ein Wochenende in einem schönen Hotel mit Balkon etwas oberhalb des Hopfensees gelegen. Rundherum die Berge, linker Hand Schloss Schwanstein. An einem Morgen war der Nebel so dicht gewesen, dass man nichts mehr von den Bergen, nichts von dem Ort und dem See erkennen konnte. Sie hatten in ein Nebelmeer geblickt. Unheimlich, als wären sie von der Außenwelt abgeschlossen, dort, in ihrem kleinen Hotelzimmer. Robert hatte sie auf dem Balkon von hinten umarmt und auf den Hals geküsst. »Nicht schlimm«, hatte er ihr ins Ohr geflüstert, »wir bleiben einfach immer hier in unserem Zimmer.« Und dann, wie von Geisterhand, hatte der Nebel sich aufzulösen begonnen, erst waren Bergspitzen und ein zartes Leuchten zu sehen, dann Dächer, Häuser, Wasser, schließlich Vögel. Und dann lag ihnen in einer wunderbaren und überwältigenden Leuchtkraft die ganze Welt zu Füßen.

»Erinnerst du dich noch an die Geschichte mit den Königinnen?«

Sie zuckte zusammen. Ohne es zu merken, hatte sie sich abgetrocknet und stand jetzt wieder mitten im Raum nackt vor ihm. Alle Bewegungen geschahen automatisch. Sie dachte nicht darüber nach, folgte seinen Befehlen. »Ja«, sagte sie mechanisch. »Ich erinnere mich.«

»Dass die eine Königin der neuen Königin Platz machen muss«, sagte er und lächelte wieder.

Sie erstarrte. Sie hatte das Gefühl, etwas in ihrem Körper versteife sich. Ihr Mund öffnete sich leicht, doch kam kein Laut über ihre Lippen. Kein Gedanke, nichts bewegte sich in ihr. Ohne dass er es gefordert hatte, ließ sie sich in die Hocke sinken und pinkelte auf den Boden. Sie hörte das vertraute Geräusch, roch ihren Urin, und da wusste sie, dass er gewonnen hatte.

6

Auch wenn es schon auf Mitternacht zuging, hatte Sito nicht warten wollen und umgehend zu einem Treffen im Präsidium gerufen. Dass nach wie vor ohnehin der Großteil des Teams damit beschäftigt war, Parallelen zwischen den Schreiners und den Gottliebs zu finden, führte dazu, dass sie nach kurzer Zeit schon mit einer großen Gruppe im Konferenzraum saßen. Neben Johannes Goffer und Karl Zimmermann hatte sich auch Roman Enzig sogleich auf den Weg gemacht, obwohl Sito sich sicher war, ihn aus dem Tiefschlaf gerissen zu haben. Sito war stolz auf sein Team, darauf, dass er sich auf sie verlassen konnte. Busch hatte geschrieben, dass er sich bereits auf dem Heimweg befand. Sito wusste, dass Busch heute bei einem Treffen der *Männerrechtler* gewesen war. Der Einzige, der noch fehlte und auch nichts von sich hatte hören lassen, war Heinrich Wint. Doch als Sito gerade anfangen wollte, kam auch er und setzte sich im Mantel an den Tisch. Er sah munter aus, als hätte er noch nicht geschlafen, und Sitos erster Gedanke war, dass Wint vermutlich in eigener Sache unterwegs gewesen war.

»Lass hören, ich brenne vor Neugier«, sagte Wint und tippte dabei aufgeregt mit den Fingern auf dem Tisch herum.

»Der Immobilienmakler Hollerbach hat mich angerufen«, eröffnete Sito und berichtete, was der Kollege von Hollerbach ihm gesagt hatte.

»Das gibt's ja nicht«, sagte Enzig. »Aber ganz sicher ist das noch nicht, ich meine, wir müssten bei den Eltern von Helen nachfragen wegen des Shirts, aber dann –«

»Es war recht plausibel, und es müsste schon mit dem Teufel zugehen, wenn das nicht unsere Familie ist«, sagte Sito überzeugt.

Enzig nickte. »Absolut richtig. Dann haben also auch die Schreiners nach einem neuen Zuhause gesucht, und wir haben eine deutliche Parallele.«

»Und der Makler hat nie wieder etwas von ihnen gehört?«, erkundigte sich Wint. Seine Finger waren zur Ruhe gekommen, dafür lag in seinen Augen ein aufgeregtes Funkeln.

»Er hat nie wieder etwas von ihnen gehört«, bestätigte Sito.

»Weshalb konnte er sich an die Absage erinnern?«, fragte Enzig.

»Die ja keine richtige Absage war. Ganz einfach, Häuser sind rar, auch damals sei es schon schwierig gewesen, etwas zu finden. Er hatte da wohl mit viel Glück etwas aufgetan, mein Haus übrigens, und konnte nicht fassen, dass die Leute dann abgesprungen sind. Das passiert eben nicht so oft, wenn man schon sucht«, erklärte Sito. »Herr Wellenbrink war auf jeden Fall glaubwürdig.«

»Okay«, sagte Enzig. »Liegt also der Verdacht nahe, dass die Familien tatsächlich mit der Haussuche geködert werden. Wie lange liegen Anzeigen im Archiv der Zeitung?«

»Gar nicht. Auf jeden Fall keine fünfzehn Jahre, vermute ich.« Sito blies hörbar die Luft aus.

Wint schlug auf den Tisch. »Womit wir wieder bei den irren Fellhammers wären. Ein abgelegener Hof, idyllisch gelegen auf dem Bodanrück.«

Sito musste tief Luft holen, und er sah in den Gesichtern der anderen, dass auch sie einen Moment benötigten, sich der Tragweite dieser Erkenntnisse bewusst zu werden. »Roman, hältst du es für möglich, dass eine Familie in solch unmittelbarer Nähe zu uns gefangen gehalten wurde und niemand davon etwas mitbekommt? Bis zum Tod von Jonas?«

Enzigs linkes Augenlid zuckte hinter seiner Brille. Sito wusste, dass er nach etwas auf dem Tisch suchte, das er ordnen konnte. Prompt griff Enzig nach drei Stiften und richtete sie nebeneinander aus. »Möglich auf jeden Fall, aber –«

»Was ›aber‹?«, polterte Wint dazwischen.

Enzig sah skeptisch zur Seite. »Heinrich, ich muss dir doch nicht erklären, wie der Hase läuft, oder? Wir haben jetzt ein Indiz, das nichts bedeuten muss. Oder meinst du, die Fellhammers geben einfach zu, dass sie auch damals ein Inserat aufgegeben haben?«

»Zumal sie es nicht einmal für das aktuelle Inserat eingeräumt haben«, sagte Sito. »Angeblich wollte man sie ja ärgern. Vielleicht wollte man sie damals –«

Wint war aufgesprungen und stemmte die Hände in die Hüften. »Ihr wollt mir jetzt nicht erklären, wie wir arbeiten, oder?«

Goffer hob beschwichtigend die Arme. »Freunde, immer mit der Ruhe. Lasst uns einfach logisch vorgehen, okay?« Er wartete, bis Wint sich wieder setzte. »Also, die Zeugenaussagen haben ergeben, dass die Gottliebs zuletzt hier gesehen wurden.« Er schickte von seinem Laptop eine Karte an die Wand und zeigte auf zwei markierte Punkte. »Hier hätten wir auch Funkzellen, wenn wir da etwas basteln könnten, und eine Anfrage zur Datenerhebung, also, wir müssten das als staatsanwaltliche Eilanordnung wegen Gefahr doch plausibel vermitteln können, oder nicht?«

»Wie genau willst du das begründen? Du weißt, das ist nicht so einfach. Der Staatsanwalt wird sagen, dass wir überhaupt keine Beweise oder Hinweise auf eine Gefahrenlage haben. Die Kinder wurden nicht ihren Eltern entzogen, die Familie ist gemeinsam gesehen worden.« Sito hielt kurz inne. »Und Jonas ist der beste Beweis, dass die Kinder nicht gefangen gehalten wurden. Jonas konnte seinen Lebensort frei wählen.« Mit einem Seitenblick zu Wint winkte Sito ab. »Prüf das trotzdem. Staatsanwalt Ruger wollte ohnehin ein Gespräch.«

Goffer widmete sich wieder der Karte. »So oder so ergibt sich allerdings ein recht großer Bereich, da wir hier Wald und nicht besiedeltes Gebiet haben.« Er zeigte auf Litzelstetten und das dazugehörige Hinterland, den Bodanrück. »Wir haben hier über hundert Quadratkilometer Natur pur und keinerlei Hinweise, dass die Familie nach Konstanz zurückgekehrt ist. Dort gibt es sogar Hotels, die damit werben, null Verbindung zur Außenwelt haben zu müssen, da gibt es nicht einmal Netz.«

»Und wir haben dort etliche schöne Ausflugsziele«, sagte Enzig. Als alle ihn fragend ansahen, fügte er schnell hinzu: »Die Gottliebs hatten Kinder, es war der letzte Tag vor den Ferien, sie können eines der Ziele angesteuert haben, das Büffelgehege oder das Echotal.«

»Das Echotal?«, fragte Goffer verwundert. »Was soll das sein?«

»Das ist südöstlich von Bodman, für Kinder sehr spektakulär. Überhaupt gibt es da viel zu entdecken. Wir wissen nicht –«

»Aber wir sind uns mittlerweile doch wenigstens einig, dass wir es mit einem Verbrechen zu tun haben, oder nicht?«, insistierte Wint.

»Wir haben einen ähnlich gelagerten Fall von vor fünfzehn

Jahren und einen Toten«, sagte Sito, »und jetzt haben wir vielleicht die Haussuche als weiteren Anhaltspunkt. Was wurde damals unternommen, um die Familie zu finden?«

»Wenig. Ist doch dasselbe Problem wie heute«, brummte Goffer. »Es gab keinerlei Anzeichen von Gewalt. Das Argument, es bestehe eine Gefahr für Leib und Leben, konnte nicht angenommen werden, heißt es in der Akte«, las Goffer vor und zitierte weiter: »Weil Erwachsene bla, bla, bla …«

»Den Aufenthaltsort frei wählen können«, ergänzte Sito. »Und weiter?«

»Die Daten wurden im Informationssystem der Polizei gespeichert. Das ist alles, mehr kann man nicht tun. Denn es besteht ja auch die Möglichkeit, dass die Familie freiwillig abgetaucht ist. So bleibt lediglich ein Datenabgleich aufgrund der gespeicherten Kriterien.«

»Klar, so sind wir auf die Verbindung unseres Toten zu Jonas Schreiner gestoßen«, stellte Enzig fest.

»Exakt. Aber nicht aufgrund der Personendaten bei INPOL, sondern weil sich ein Beamter in Lindau an den alten Fall erinnert hat«, antwortete Goffer. »Letztlich lieferte der Gebissabgleich den Beweis. Ein Glück, dass die Beamten damals die Zahndokumente eines der Kinder archiviert hatten.«

»Ihr habt doch mit den Eltern der Schreiners gesprochen. Wussten die nichts von einem geplanten Umzug? Weshalb haben die das nicht erwähnt?«, fragte Enzig.

»Nein«, sagte Sito und blätterte in der Akte auf dem Tisch, in der ein Protokoll der Gespräche mit den Bergers abgeheftet war. »Wir müssen da noch einmal nachhaken. Das kann Marc morgen Vormittag erledigen. Also bei der Familie von Frau Schreiner, bei ihren Eltern, ihren Freunden und – gab es nicht eine Schwester in Amerika?«

»Schwägerin. Sie ist die Schwester von Robert. Da hab ich gar nichts bislang«, erklärte Goffer. »Die Mühlen drüben mahlen offenbar auch langsam.«

»Roman, du begleitest mich gleich morgen früh zu den Fellhammers. Johannes, kümmerst du dich auch noch um die Familie Fellhammer? Ich will alles über sie wissen, und ruhig aus den letzten zwanzig Jahren.«

Johannes Goffer nickte und packte seinen Laptop zusammen. »Und was machen wir mit dem Pharmaunternehmen? Hat jemand schon den Journalisten von damals angetroffen?« Er blickte in die Runde. »Nein?«

»Der ist aktuell in England unterwegs.«

»In England? Tatsächlich?«, hakte Sito nach.

Die Beamtin, die diese Information aus ihren Unterlagen gekramt hatte, nickte. »Ja, die Zeitung sagte mir, dass der damalige Volontär nun in einem Korrespondenzbüro in England ist. Sie wollten ihn kontaktieren, dass er sich bei uns meldet.«

»Alles klar«, sagte Goffer. »Wir bleiben dran. Mit dem Bruder werden wir also auch noch einmal sprechen.« Als Goffer gerade seine Jacke anzog und schon zum Gehen gewandt war, ging die Tür auf, und Marc Busch stand im Türrahmen und ließ den kalten Wind von draußen herein.

»Ihr seid noch da, das ist gut.« Busch kam mit großen Schritten an den Tisch, aufgewühlt sah er aus. »Paul, Roman, Johannes, Heinrich und Karl.« Er deutete mit dem Kopf zur Tür und ging auch schon nach draußen. Sito sah fragend zu Enzig, der besorgt wirkte. Goffer wartete an der Tür, bis Busch nach draußen gegangen war, mit ähnlich großen Schritten, wie er zuvor den Raum betreten hatte. Er wirkte auch jetzt getrieben. Sie folgten ihm in einen kleineren Raum.

Busch wartete, bis alle saßen, und stützte sich auf den Tisch. Seine Kieferknochen zuckten. »Ich sitze dort in einer Gruppe mit Männern, die das Rad neu erfinden wollen, aber nichts auf die Reihe kriegen, und dann kommt da plötzlich ein Kollege.« Buschs Stimme überschlug sich fast, so aufgelöst war er noch.

»Wie bitte?«, fragte Sito. »Welcher Kollege?« Er sah zu Zimmermann, doch der hob nur abwehrend die rechte Hand und schüttelte den Kopf.

»Ein Kollege aus der Inspektion 4, Rauschgiftabteilung. Er

sitzt inzwischen, glaub ich, in Singen. Der kommt rein und kennt die alle gut. Ich musste abhauen.«

»Hat er dich erkannt?«, fragte Enzig.

»Nein, ich denke nicht, aber versteht ihr? Da war ein Kollege!« Buschs Stimme überschlug sich. »Karl, was ist da los?«

»Kann ich dir ad hoc nichts zu sagen. Ich weiß nichts von einem Kollegen in der Gruppe. Aber dass wir in unseren Reihen auch echte Arschlöcher haben, dürfte dir nicht entgangen sein.«

»Das weiß ich wohl, aber du hast hier ein Treffen eingetütet, und ich bin gleich beim ersten Versuch beinahe aufgeflogen.« Busch stemmte die Hände in die Hüften. »Das versteh ich nicht.«

»Ich auch nicht, Marc, ich auch nicht. War denn der Scheiffele junior da?«

»Ja«, sagte Busch und setzte sich endlich hin.

»Und? Was hast du gehört?«

Busch winkte ab. »Schrecklichen Müll, sorry, ich muss das erst Revue passieren lassen, aber aus dem Müll auch noch brauchbare Fakten herauszuziehen fällt mir im Moment schwer.«

»Wir müssen schlicht auch akzeptieren, dass Idioten nicht gleich Verbrecher sind. Die kriminelle Energie liegt hier nicht –«

Wint schlug mit der flachen Hand auf den Tisch, sodass ein Glas umfiel. Sito sah erschrocken zur Seite.

»Ich kann diese Verharmlosung nicht mehr hören«, rief Wint. »Wir alle wissen, was aus Worten wird, wir alle haben mitbekommen, wie sehr sich der Hass steigern lässt und was dann in die Realität hinüberschwappt. Ich kann nicht akzeptieren, dass wir dieselben Fehler noch einmal machen.« Sein Gesicht war dunkelrot geworden, und er musste husten und nach Luft schnappen.

Busch nickte bedächtig. »Ich werde Notizen machen zu allen Personen, die da waren«, er schielte zu Zimmermann, »auch zu dem Kollegen.«

Mitten in der Nacht fuhr Sito vom Präsidium endlich nach Hause. Er sah, dass das Licht im Wohnzimmer brannte, Miriam wartete also auf ihn. Als er den Schlüssel im Schloss umdrehen wollte, ging die Tür auf, und sie stand vor ihm. Sie umarmte ihn und zog ihn ins Haus. Die Hunde kamen angelaufen und begrüßten ihn stürmisch, jagten dann aber fröhlich wieder ins Wohnzimmer.

So viel Normalität tat Sito beinahe weh. Weshalb kann ich das nicht einfach genießen, fragte er sich, weshalb wohnt jedem Glück die Angst vor der Vergänglichkeit inne? Sie zog ihn aufs Sofa, leise Klaviermusik lief im Hintergrund, auf dem Couchtisch standen zwei Gläser, eines zur Hälfte mit Rotwein gefüllt. Auf dem Etikett las Sito, dass es ein Chianti war, aus Montepulciano. Schön dort, das wusste er, vor allem von Erzählungen.

Die Normalität lief an ihm vorbei wie ein Film, er nahm sie wahr, als geschähe sie nicht ihm, sondern einem anderen. Er glaubte sich weit weg, die Welt lag wie ein hauchdünnes Transparentpapier vor ihm, flüsterte: *Fass mich nicht an, sonst zerreiße ich. Vorsicht, sei immer auf der Hut, das Leben ist nur einen Hauch von der absoluten Zerstörung entfernt.*

»Was ist?« Miriams Atem an seiner Wange. Sie flüsterte. Die Hunde fiepten und warteten, dass er sie streichelte, dass er sich mit Miriam zu ihnen auf den Boden setzte, auf den wollweißen, weichen Teppich. Im Flur sah er plötzlich in einem Flashback seinen weißen Schäferhund liegen, eine große klaffende Wunde in der Flanke, die Zunge auf dem Boden. Er hatte gedacht, er wäre tot. Jetzt hinkte er und war glücklich über seinen Freund Streuner, der auch Narben auf der Seele trug.

Und dann fiel ihm ein, was ihn so verstörte: die Gleichzeitigkeit der Normalität und des Verderbens. Es war nicht der Einbruch des Chaos in die Idylle. Das Chaos war immer da, das Unheil war immer da, selbst der Untergang.

Was einbrach, hin und wieder, beharrlich und doch von einer grausamen Vergeblichkeit begleitet, war das Glück.

Teil 5

Verluste

1

Sie saßen zu dritt in der Küche der Familie Fellhammer, der Duft nach Kuchen zog sich aus der Küche durch die ganze Stube, im Ofen knisterte Holz. Ein Radio spielte alte Schlager und verstärkte den antiquierten Geruch auf diesem Hof. Nicht nostalgisch antiquiert, sondern modrig, als würde eine Kellertür offen stehen. Sito hasste diesen Geruch. In der Zeit, als er mit Janina Häuser angeschaut hatte, waren zwei Besichtigungen für ihn direkt erledigt gewesen, weil es im Eingangsbereich bereits nach Keller gerochen hatte. Er wusste, dass dieser Geruch wie ein Ölfleck auf Stoff oder ein Wasserfleck auf Holz war – unlöschbar.

Sito versuchte, den Geruch wegzudenken, und schob ihn auf den erkalteten Kamin. Er warf einen Blick auf die Balken, die auf seinem Handy den Empfang anzeigten, und war nicht überrascht zu sehen, dass sie beinahe im Niemandsland waren. Frau Fellhammer und ihre Tochter waren anwesend, die Männer seien unterwegs wegen der Bienen, hatte Gisela Fellhammer erklärt, und Tochter Elisabeth hatte ergänzt, dass es die Zeit der Varroa-Bekämpfung sei. Das wusste Sito noch von seinem letzten Besuch.

Kaffee und Tee wurden serviert, Enzig, Wint und Sito setzten sich. Durch Zufall saß Sito auf demselben Stuhl wie beim letzten Mal und hatte so freie Sicht auf die Fotowand. Er starrte auf die Wand und erinnerte sich an die Geschichten, die Gisela Fellhammer beim letzten Mal so stolz erzählt hatte. Irgendetwas störte ihn, aber er wusste nicht, was es war. Mehrmals ließ er seinen Blick über die Fotos schweifen, blieb aber ohne Erkenntnis.

»Frau Fellhammer, wir waren ja schon einmal da. Ist Ihnen noch etwas eingefallen zu der Familie Gottlieb?«

Gisela Fellhammer hob die Hände und machte ein erstauntes Gesicht. »Ich wüsste nicht, was mir da noch einfallen sollte.«

»Wir wissen, dass die Gottliebs am Tag ihres Verschwindens in Litzelstetten waren. Wir wissen außerdem, dass sie eine Anzeige ausgeschnitten hatten, die sie hierher, zu Ihnen, geführt hatte. Seitdem fehlt jede Spur.«

Gisela Fellhammer lachte schrill auf und sah zu ihrer Schwiegertochter, die ungerührt den Kuchen aufschnitt und verteilte. Enzig hatte zwar die Hand gehoben und abgelehnt, aber das schien sie nicht zur Kenntnis genommen zu haben oder schlicht ignorieren zu wollen.

»Wir müssen jedem Hinweis nachgehen«, erklärte Sito.

»Wie lange leben Sie schon hier?«, fragte Enzig.

Wint aß den Kuchen und machte dabei laute Kaugeräusche.

»Schon immer«, sagte Gisela Fellhammer. »Mein Mann ist hier aufgewachsen, sein Vater auch. Wussten Sie, dass es hier in der Gegend sogar ein Kriegerdenkmal gibt?«

Sito schüttelte den Kopf.

»Doch, doch, für Soldaten aus dem Ersten Weltkrieg. Da liegt sein Großvater. Also er liegt da natürlich nicht, aber sein Name steht dort.« Sie sah zufrieden in die Runde und schnitt noch ein Stück Kuchen ab, das sie Wint ungefragt auf den Teller legte. »So lange leben wir schon hier. Also die Familie Fellhammer, ich kam freilich erst hinzu.« Sie lächelte mild. »So wie Elisabeth.«

»Und was war im Zweiten Weltkrieg?«, hakte Enzig nach.

»Sein Vater ist bei den Franzosen gefallen. Mehr weiß ich nicht. Wir haben 61 geheiratet.«

»Wollten Sie nicht mehr Kinder?«, fragte Enzig. »Hier ist doch jede Menge Platz.«

Sito beobachtete die beiden Frauen genau.

»Das ist aber eine sehr ungewöhnliche Frage, Herr – wie war noch Ihr Name?«

»Dr. Roman Enzig.«

»Herr Dr. Enzig. Was sind Sie denn für ein Arzt?«

Elisabeth Fellhammer schien sich unwohl zu fühlen, ihr Blick wanderte immer wieder von ihrer Schwiegermutter zu den ungebetenen Gästen.

»Ich bin Fallanalytiker bei der Polizei. Ich versuche quasi, einen anderen Blick auf einen Fall zu gewinnen.«

»Aha. Und was wollen Sie von mir? Und ja, ich hätte natürlich gern noch mehr Kinder gehabt, aber Gott hatte andere Pläne und Aufgaben für uns, und daher bin ich sehr froh, dass wir Elisabeth hinzugewonnen haben.«

»Und Sie haben zwei Kinder?«, fragte Enzig an Elisabeth Fellhammer gewandt.

»Ja.«

»Wieso gehen Ihre Kinder nicht zur Schule?«

»Wir unterrichten sie selbst. Spricht etwas dagegen?«, entgegnete Elisabeth Fellhammer abwehrend.

»Haben Sie sich mal mit dem Schulsystem befasst?«, fragte Gisela Fellhammer.

»Sozialkontakte sind nicht zu unterschätzen«, sagte Wint, ohne von seinem zweiten Stück Kuchen aufzuschauen. »Man wird sonst ja blöd, wenn man sich nur in seiner eigenen Gedankenblase bewegt, glauben Sie nicht?« Er sah auf und grinste Gisela Fellhammer unverhohlen an.

Sie blinzelte verstört. »Was wollen Sie mir da unterstellen?«

»Wieso unterstellen? Sag, Paul, hab ich was unterstellt?«

Sito warf ihm einen warnenden Blick zu und wandte sich dann gleich wieder an die beiden Frauen. »Hören Sie, wir haben ein Problem mit Ihnen und Ihrer Geschichte. Wir glauben, dass die Gottliebs bei Ihnen waren und danach verschwunden sind. Weshalb?«

»Das herauszufinden ist wohl Ihre Aufgabe.«

»Kennen Sie eine Familie Schreiner?«

Elisabeth Fellhammer verschluckte sich an ihrem Tee und stellte schnell die Tasse hin. Ihre Schwiegermutter warf ihr einen empörten Blick zu. »Mein Gott, Kindchen, was ist denn mit dir los? Und nein, der Name sagt mir überhaupt nichts. Schreiner, sagten Sie? Wer soll das sein?«

»Das ist auch eine Familie, die verschwunden ist«, sagte Enzig.

»Oh Gott, das ist ja furchtbar«, sagte Gisela Fellhammer ohne Tiefe in ihrer Stimme.

»Ja, das ist es, vor allem, weil beide Familien Kinder hatten.« Enzig sah von Gisela Fellhammer zu ihrer Schwiegertochter. »Können Sie sich jemanden vorstellen, der eine Familie entführt und gefangen hält? Über Jahre?«

Es herrschte eisiges Schweigen. Wint sah sich demonstrativ um. »Wäre hier kein schlechter Ort dafür. Kaum Handyempfang, nicht wahr? Keine Gäste, keine Schulkinder, kein Austausch mit anderen Menschen ... ja, in der Tat, wäre ideal.«

»Das ist ja eine Frechheit, was Sie da einfach so in den Raum werfen. Wie kommen Sie denn auf so etwas?«, ereiferte sich Gisela Fellhammer und legte ihre Hand auf die Hand ihrer Schwiegertochter. »Und hören Sie auf, meiner Schwiegertochter Angst zu machen, sie ist zartbesaitet.«

»Wir glauben aber genau das: Die Familien wurden und werden gefangen gehalten.«

»Was lässt Sie denn glauben, dass die Familien noch leben?«, fragte Elisabeth Fellhammer vorsichtig.

»Eben«, pflichtete Gisela Fellhammer ihr bei. »Vielleicht ein tragischer Unglücksfall. Und überhaupt, wenn das die Familie aus der Zeitung ist, dann ist das ja schon Jahre her. Weshalb also belästigen Sie uns damit?«

»Ganz einfach«, sagte Sito und ließ die Ankündigung einen Augenblick in der Luft hängen. »Wir haben einen Sohn der Schreiners gefunden.«

Die Tasse rutschte Elisabeth Fellhammer aus der Hand und fiel scheppernd zu Boden. Ihr Gesicht war aschfahl.

2

»Weshalb haben Sie uns nicht erzählt, dass Ihre Tochter Umzugspläne hatte?« Buschs Stimme klang ärgerlich.

Karin Berger sah erstaunt von Busch zu ihrem Mann, dessen Stirn sich in tiefe Falten legte.

»Wie reden Sie denn mit uns?«, fragte er und beugte sich vor. »Wir kommen hierher, und Sie machen uns die ganze Zeit Vorwürfe?«

Das Gespräch ging schon eine halbe Stunde. Goffer war kurz hinausgegangen, um Kaffee und Tee zu holen. Busch hatte eigentlich Mitleid mit dem alten Ehepaar, gleichzeitig merkte er mehr und mehr, dass sie ihnen einiges verschwiegen hatten. »Hören Sie mal, Sie haben schon damals nicht die Wahrheit gesagt.«

Karin Berger schrie auf und presste sich eine Hand auf den Mund. »Wollen Sie etwa andeuten, dass wir die Schuld daran tragen, dass unser Kind weg ist?«

Busch ließ den Kopf hängen. Nein, genau das hatte er natürlich nicht erreichen wollen. Konfrontationskurs mit Zeugen war nicht hilfreich. »Frau Berger, es tut mir leid, so war das nicht gemeint«, versuchte er zu beschwichtigen. »Es ist nur wichtig, dass Sie absolut ehrlich zu uns sind. Uns interessiert nicht, ob Sie mit ihrer Tochter auch mal gestritten haben. Streitereien sind ganz normal. Sie wurden und werden zu keiner Zeit verdächtigt, etwas mit dem Verschwinden –«

»Entführt wurden sie«, rief sie aufgebracht und kramte in ihrer Handtasche, um wenig später ein Taschentuch hervorzuziehen.

Goffer kam mit einem Tablett herein und stellte es auf den Tisch. Ein wenig Kaffee schwappte über den Rand der Tasse. Er ließ sich in den Stuhl neben Busch fallen und rührte den Zucker in seinen Kaffee.

Mit zitternden Händen griff Karin Berger nach der Teetasse. Tränen liefen über ihr Gesicht. Goffer warf Busch einen fragenden Blick zu.

Dieser fuhr fort: »Sehen Sie, Frau Berger, es ist nicht so einfach. Eine Entführung bedeutet in der Regel, dass die Entführer auch Lösegeld verlangen. Das ist nie passiert, nicht wahr?

Es würde auch bedeuten, dass die Personen sich nicht frei bewegen können. Nun haben wir aber Jonas gefunden, und der konnte sich offenkundig frei bewegen, und zwar schon eine ganze Weile.« Busch seufzte. »Wir wollen hier nichts bewerten, wir wollen einfach Anhaltspunkte für die letzten Wege –«

Wieder ein Aufschluchzen von ihr, dann tupfte sie die Tränen aus ihrem Gesicht.

Busch biss sich auf die Lippen. Sie sollten doch einen Psychologen hinzuziehen, das Nervenkostüm der Bergers wurde immer dünner. Verständlicherweise. Er holte noch einmal tief Luft. »Frau Berger, ich gebe zu, dass die Vermisstenfälle an meinen Nerven und denen meiner Kollegen zerren. Bitte lassen Sie uns das so sachlich wie irgend möglich noch einmal aufschlüsseln. Ihre Tochter hat sich nach einer neuen Heimat umgesehen. Unter anderem, weil die Familie sich auch ein wenig von Ihnen und Ihrem Mann lösen wollte?«

»Er wollte das«, brummte Helmut Berger. »Robert war eifersüchtig, weil er keine Familie hatte und weil er zu Hause rumsaß, während Helen –«

»Bist du von allen guten Geistern verlassen?« Karin Berger warf ihrem Mann einen zornigen Blick zu. »Wie kannst du so etwas sagen?«

Busch stöhnte und rieb sich mit beiden Händen über das Gesicht.

Das Taschentuch knetend, murmelte sie: »Ich weiß nicht, weshalb mein Mann so etwas behauptet. Robert war ein großartiger Familienvater, Helen hat ihm viel zu verdanken. Sie hätte ihren Job sonst gar nicht machen können. Und zu uns war er immer nett.«

»Dann war es deine Schuld«, fauchte ihr Mann.

»Bitte? Was redest du da?« Ihre Augen waren weit aufgerissen.

Ihr Mann streckte die rechte Hand aus und tippte seiner Frau auf die Brust. »Du mit deiner ewigen Bemutterung. Helen hier, Helen da, kochen, Rezepte, jeden Tag ein Anruf, du hast unserer

Tochter nie das Gefühl gegeben, dass sie ein eigenes Leben hat. Sie hatte nur nie den Mut, dir das zu sagen.« Ein kleiner Spuckefaden lief ihm aus dem rechten Mundwinkel, den wütenden Blick auf seine Frau gerichtet, die ihn fassungslos anstarrte.

Goffer und Busch sahen betreten zur Seite.

»Das denkst du von mir? Das hast du all die Jahre gedacht?«, flüsterte sie und sackte noch weiter in sich zusammen. Immer kleiner wurde sie dort in dem Stuhl.

Busch betätigte den Knopf für die Gegensprechanlage: »Rosa, könnten Sie uns vielleicht Dr. Thomas vom psychologischen Dienst vorbeischicken?« Und an die Bergers gewandt, fuhr er fort: »Hören Sie, das Letzte, was wir jetzt brauchen, ist, dass Sie beide sich zerstreiten. Es spielt keine Rolle, weshalb Helen damals nach einem neuen Zuhause gesucht hat, verstehen Sie? Kinder gehen irgendwann ihre eigenen Wege, und das nicht, weil die Eltern etwas falsch machen, sondern weil es einfach so ist. Das ist ganz natürlich. Sie haben so lange miteinander durchgehalten, bitte hören Sie jetzt nicht damit auf.«

Karin Berger wandte sich von ihrem Mann ab und senkte den Blick auf ihre Hände, die jetzt gefaltet auf ihrem Schoß lagen und das Taschentuch verbargen. »Mein Mann hat recht, ich wollte Helen und ihre Familie am liebsten jeden Tag sehen. Wir hatten schon mal ein Kind verloren, ganz klein. Jetzt wollte ich einfach nichts falsch machen und nichts verpassen.« Sie weinte leise los. »Ich habe sie vertrieben.«

3

Die Augen noch zu, nahm sie den neuen Geruch umso stärker wahr. Sie verharrte mit geschlossenen Augen, suchte in ihrem Gedächtnis nach einer Erklärung, atmete durch die Nase ein und wieder aus und wusste, dass es nicht der Geruch von *ihm* war. Ein anderer Mensch. Angst. Der andere Mensch roch nach

Angst. Sie lauschte. War die Welt ferner, wenn sie die Augen geschlossen hielt? Und sie selbst geschützter? War irgendetwas besser in dieser eigenen Finsternis? Wenn man den Tod nicht kommen sah?

Als Letztes hatte er sie an die Bienenkönigin erinnert. Die Königin, die Platz machen musste. An ihre Auslöschung zum Wohle des Volkes. *Totmachen.* Sie hörte noch immer die Stimme des alten Imkers von damals. Sie sah noch immer ihre Söhne mit den großen Augen. Sie fühlte noch immer den kalten Schauer auf ihrem Rücken. Sie atmete noch einmal tief ein, hatte das Gefühl, seit einer Ewigkeit dieser neuen Wahrnehmung nachzuspüren, wusste aber, dass es nur Sekunden gewesen sein konnten. Ich bin nicht allein, schoss ihr plötzlich durch den Kopf, dann riss sie die Augen auf.

An dem Tisch saß eine Frau.

Schnell richtete sich Helen auf. »Wo kommst du her?«, fragte sie und wunderte sich über den Klang ihrer Stimme.

Die andere sah sie verwirrt an, die Haare hingen in Strähnen an ihr herab, das Gesicht war zerkratzt, die Augen tiefrot von zu vielen Tränen. Sie hatte schulterlange mittelblonde Haare und blaue Augen, die im Sonnenlicht gewiss strahlen würden. Hier unten in Helens grünem Raum wirkten sie stumpf. Sie trug eine weiße Bluse, die einige Flecken hatte, und Jeans. Sie war sehr schlank. Helen hatte Mitleid mit der anderen Frau, von der sie dachte, dass sie am Anfang dieser Katastrophe stand – die neue Königin, eine Königin des Schmerzes, des Leids, eine, die als Symbol der ewigen Demütigung diente.

»Wie heißt du?«, fragte sie und griff nach ihrem Oberteil, um es sich überzuziehen. Sie stand auf und zog sich eine schwarze Stoffhose an, dazu dunkelblaue Strümpfe. Sie schlüpfte in Hausschuhe, und alles wirkte wie vertraute Abläufe, die sie von der Neuen trennten. Helen erschrak darüber. Auch über das Gesicht, das die Neue machte, als sie sich dem Tisch näherte: Sie hob beide Hände abwehrend vor ihren Körper. Ein winziger Schrei entwich ihrem Mund.

»Du brauchst keine Angst haben«, sagte Helen. »Ich kann uns Tee machen. Ich heiße Helen Schreiner, und ich werde hier gefangen gehalten.«

Die andere Frau machte große Augen, ließ aber ihre Arme wieder sinken und schlang sie stattdessen um ihren Körper.

»Ich heiße Daniela«, flüsterte sie. »Ich muss zu meinen Kindern.« Sie weinte los.

Helen wusste nicht, was in ihr vorging. Die Tatsache, dass ihr Schicksal sich gerade wiederholte, dass dort eine andere, eine zweite Frau saß, die von ihren Kindern getrennt wurde, raste zwar als Information durch ihren Kopf, riegelte aber gleichzeitig jedes Gefühl in ihr ab. Vielleicht eine Schutzreaktion, überlegte Helen und trat an die Küchenzeile.

»Ich koche uns Tee«, sagte sie mit monotoner Stimme, die in ihren eigenen Ohren unerwartet verbindlich klang. Als wäre eine alte Freundin zu Besuch gekommen, die sie lange nicht gesehen hatte, eine, die Beistand brauchte.

»Ich will keinen Tee«, schrie die andere hysterisch und sprang von ihrem Stuhl auf. »Ich will hier raus.« Sie rannte zur Tür und schlug dagegen. »Lasst mich hier raus!«

Helen stand an der Küchenzeile, hinter ihr rauschte der Wasserkocher. Sie kannte das Gefühl, sie selbst hatte unzählige Male an diese Tür geschlagen und geschrien, geschrien und geweint.

»Komm, trink einen Tee«, sagte sie mit einer Seelenruhe, die ihr selbst Angst machte. Die Frau war eine Fremde und doch so vertraut in ihrer Verzweiflung.

Die andere Frau, Daniela, wandte sich von der Tür ab und kam zurück zum Tisch, mit so schwerfälligen Schritten, als könnte sie jeden Moment zusammenbrechen. Erschöpft sackte sie auf den Stuhl.

Helen brachte die beiden Teetassen. Der Duft nach Pfefferminze breitete sich zwischen ihnen aus. Sie gewährte Daniela ein wenig Abstand und lehnte sich mit ihrer Tasse gegen die Küchenzeile. »Ich habe auch drei Kinder. Ich weiß nicht, wo sie sind. Wir haben ein Haus angesehen und sind dort nie wieder weggekommen.« Helen erzählte ihre Geschichte, als hätte sie sie irgendwo gelesen. Es klang wie der Klappentext von einem Roman.

Daniela sah sie fassungslos an. Sie presste sich die Hand auf den Mund. Die Tränen und das Schluchzen schüttelten ihren Körper. Ihre Bluse wurde nass auf Höhe der Brust, und Helen begriff, dass Daniela offenbar noch gestillt hatte. Sie deutete auf die größer werdende kreisrunde Stelle. »Du hast ein Baby?«

Daniela folgte Helens Blick und sprang erschrocken auf, beide Hände gegen die Brust pressend. »Oh Gott, ich muss zu meinem Baby, oh nein.« Sie rannte wieder zur Tür.

Helen stellte schnell ihre Tasse weg und eilte der anderen hinterher. Bitte nicht, dachte sie, bitte nicht, ich kann dieses verzweifelte Hämmern nicht mehr hören. »Mach das nicht, Daniela, komm, komm zurück zum Tisch und beruhige dich.«

Mit sanftem Druck führte sie Daniela zurück zu ihrem Stuhl. Sie selbst stellte sich wieder an die Küchenzeile zu ihrer Tasse und trank einen Schluck, geduldig abwartend, bis Daniela sich gefasst hatte. »Hast du meine Kinder gesehen?«, fragte sie schließlich. »Sind wir noch auf dem Hof?«

Daniela atmete flach ein und aus. »Ich weiß es nicht.«

»Du weißt nicht, ob wir noch auf dem Hof sind?«

»Ich weiß gar nichts mehr.« Sie klopfte sich mit beiden Händen gegen den Kopf. »Das ist wie ein löchriger Schwamm, ich weiß im Moment gar nichts mehr.«

»Das ist normal, das kommt bestimmt zurück. Willst du ein Handtuch? Für deine Brust, meine ich.« Helen reichte Daniela ein Handtuch, ohne die Antwort abzuwarten.

»Danke«, sagte die Neue und legte es sich unbeholfen über Brust und Bauch.

»Du kannst nachher auch duschen und etwas Frisches anziehen.« Helen fühlte eine eigenartige Leichtigkeit in sich. Da war ein Mensch, eine Frau, der das Gleiche widerfahren war wie ihr. Es war, als sei ihre Einsamkeit, ihr Schicksal in einem Moment wie weggewischt, obwohl es doch direkter greifbar war als jemals zuvor. Helen fühlte sich wie unter Drogen – sie funktionierte in einer schrecklich vernünftigen Weise.

Daniela sah sich hektisch um. »Nein«, rief sie unerwartet laut, sodass Helen zusammenzuckte. »Ich will hier nicht duschen, und ich will keine anderen Klamotten, ich will hier raus.«

»Das wird nicht gehen«, antwortete Helen ruhig und lächelte, als wäre sie selbst die triumphierende Kerkermeisterin.

»Ich versteh das alles nicht. Was wollen die von uns?« Daniela umklammerte die Teetasse und trank einen Schluck.

Helen hob die Schultern. »Ich weiß es nicht.«

Es war eine ganze Weile still. Helen beobachtete Daniela dabei, wie sie sich umsah, wie ihr Blick über das Sofa und das Regal mit den Büchern wanderte, über den Schrank, der eine so unerschöpfliche Zahl an Vorräten verbarg, die Dusche, die Toilette, die Küchenzeile hinter Helen, ein flüchtiger Blick streifte auch sie, verlegen, scheu, um dann abrupt und gierig wieder zur Tür zu springen.

»Ich will einfach nur wieder raus zu meiner Familie«, flüsterte Daniela und sah verzweifelt zu Helen. »Ich bin Richterin am Landgericht, man wird mich vermissen, und man wird nach uns suchen.«

»Das würde ich so gern glauben und hoffen, nichts wünsche ich mir mehr«, sagte Helen. Und dann schwappte so viel Mitleid mit Daniela in ihr hoch, dass sie sich vorstellte, einfach auf sie zuzugehen und sie zu umarmen, doch sie hielt sich zurück. »Es tut mir so leid«, sagte sie stattdessen aus sicherer Entfernung, die Gefühle in ihr in einen kleinen Raum verdrängend.

Daniela starrte Helen an. »Wir kommen hier nicht raus, oder?«

Helen ließ den Kopf hängen.

»Seit wann bist du hier?«, fragte Daniela plötzlich.

Helen erschrak über die Frage. »Ich weiß es nicht. Welches Jahr haben wir?« Sie hatte irgendwann aufgehört, die Monate anhand ihrer Periode zu zählen. Hatte der Zeit zum Schein ihre erbarmungslose Chronologie genommen. Als würden die Monate und Jahre nicht vergehen, wenn sie nicht von ihr aufgeschrieben wurden.

Daniela schluckte. Die Angst vor der Konsequenz, die in der Luft lag wie ein giftiger Qualm, stand ihr ins Gesicht geschrieben.

Als sie die Antwort mühsam hervorpresste, zerbrach etwas in Helen, brach auseinander wie ein Damm, der den anstürmenden Wassermassen nicht mehr standhalten konnte. Sie zogen ihr den Boden unter den Füßen weg. Ihre Knie wurden weich, und hätte sie nicht im letzten Moment nach der Küchenablage gegriffen, wäre sie gefallen.

»Seit fünfzehn Jahren«, sagte sie mit zitternder Stimme. »Ich bin seit fünfzehn Jahren hier.«

Ein Schrei. Erst einer in ihr, ein stummer, dann ein lauter von Daniela, verzweifelter als alle vorangegangenen.

Erst jetzt sah Helen, dass es keinen zweiten Stuhl an dem Tisch gab.

4

Sito saß mit Miriam am Esstisch. Sie hatte Kartoffeln und Gemüse auf dem Backblech mit Rosmarin, Zwiebeln und Knoblauch überbacken. Dazu gab es pürierte Rote Bete und veganen Schnittlauchfrischkäse. Sie tranken guten Rotwein aus der Region, und Sito verdrängte einigermaßen erfolgreich seine bösen Geister, als es plötzlich klingelte. Überrascht sah Miriam auf.

»Jetzt noch Besuch?«

Sito hob die Augenbrauen. »Ich erwarte niemanden.« Er ging zur Tür und kam wenig später mit Heinrich Wint zurück an den Tisch. Miriam stand auf und lief ihm freudig entgegen. Sie umarmten einander.

»Mensch, Miriam«, sagte Wint lachend. »Wenn ich es nicht besser wüsste, würde ich sagen, dass du groß geworden bist.«

Sie knuffte ihn in die Seite. »Sei nicht immer so gemein zu mir, alter Mann. Wie geht es dir? Magst du mit uns essen?«

Sito wartete die Antwort nicht ab, sondern ging in die Küche und holte einen weiteren Teller, Besteck und ein großbauchiges Glas für den Wein.

Wint setzte sich und nahm sich direkt einen großen Löffel Kartoffeln. »Ich komme ja genau richtig, ich hab einen Bärenhunger«, sagte er schon mit vollem Mund.

Sito und Miriam mussten lachen.

»Nicht zu übersehen, Heinrich«, sagte Miriam.

»Entschuldigt«, murmelte Wint kauend. »Ich war nach unserem Besuch bei den Fellhammers ununterbrochen unterwegs. Bin noch nicht zum Essen gekommen heute.«

»Aha.« Sito verteilte gleich noch einmal Kartoffeln mit Gemüse auf alle Teller und reichte die Schüssel mit dem Salat herum. »Wo warst du?«

»Ich bin das Gelände abgefahren, hab mich im Dorf umgehört, war bei diesem Kriegerdenkmal, wo der Großvater draufsteht. Hab mich im Supermarkt rumgetrieben und dann in eine Kneipe an die Theke gesetzt und den Namen fallen lassen. All so was eben, so ganz alte Ermittlungsarbeit. Manuell quasi.« Wint grinste.

»Verstehe. Und? Was denkst du?«

Wint kaute, hielt inne und sah amüsiert auf das Backblech. »Himmel, das wird morgen aber ein einsamer Tag mit der Portion Knoblauch.« Er klopfte sich gegen die Brust und hustete.

»Heinrich, du bist immer einsam«, sagte Miriam und schenkte sich Wein nach.

»Nicht so vorlaut, werd du erst mal – Ach, lassen wir das. Also, ich glaube, das sind Prepper.«

»Wie bitte?« Sito blickte verwundert auf. »Wie kommst du denn darauf?«

»Prepper? Was sind das denn?«, fragte Miriam und sah von einem zum anderen.

»Prepper sind Menschen, die sich auf den Weltuntergang oder

sonst eine Katastrophe vorbereiten. Die sich mit technischen Geräten und mit Vorräten eindecken, die sich sogar medizinisches Grundwissen aneignen, um den Ernstfall zu überleben.« Wint hielt Miriam sein Glas entgegen, damit sie es auffüllen konnte. Sito erhob sich und holte eine weitere Flasche, die er auch sogleich entkorkte.

»Welchen Weltuntergang meinen die denn?«, fragte Miriam.

Wint wischte durch die Luft. »Die Welt geht im Moment ja ständig unter, Umweltkatastrophen, Chemieunfälle, Impfpanik, irgendwelche Chemtrails oder Viren, die die Menschheit ausrotten.« Wint hielt beide Hände in die Höhe. »Irgendwas ist ja immer.«

»Sorry, das klingt jetzt sehr abstrus. Ich weiß, dass permanent irgendwo die Welt untergeht, und wenn ich Nachrichten schaue, dann glaube ich das wirklich. Aber deswegen mache ich keine Pläne. Also, Prepper sind Verschwörungstheoretiker?«, hakte Miriam nach, die das Thema nun doch ernster zu nehmen schien.

»Nicht alle. Manche sind wie gesagt sehr wissenschaftlich unterwegs. Hier in Deutschland – wie könnte es anders sein? – ist die Szene wohl durchsetzt von den Rechten, die okkupieren ja alles, was Potenzial für Nischendenken hat, die Reichsbürger feiern sich dort, und – auch das kommt jetzt nicht überraschend – hier geht die Welt natürlich an den ganzen Migranten zugrunde. Die Islamisierung des Abendlandes wollen die dann halt unter der Erde verleben.« Wint ließ den Wein in seinem Glas sachte hin- und herschwappen und grinste triumphierend. »Ach so, und ja, die Welt geht auch an den Frauen zugrunde, an dem ganzen schrecklichen Feminismus.« Wint ließ seinem Satz ein wenig Raum, in dem er sein Weinglas prostend erhob, bevor er hinzufügte: »Also wenn du mich fragst, diese Rebellenkonformität steigert sich ins grenzenloses Idiotentum.«

Sito musste lachen. »Heinrich, du läufst ja zur Hochform auf.«

»Danke.« Wint leerte sein Glas in einem Zug. »Jetzt wird mir wohler.«

»Gut so. Aber zurück zu deinem Verdacht: Wie kommst du darauf?«

Wint zwinkerte. »Das war nicht schwer. In den Läden vor Ort gehen die so gut wie nicht einkaufen, aber sie sind ja auch keine Selbstversorger, also hab ich ein wenig nachgeforscht und herausgefunden, dass die regelmäßig Großeinkäufe machen. So richtig große Einkäufe mit einem Van. Ich hab das Auto auf dem Hof nicht gesehen, aber das finden wir morgen raus. Und da sie insgesamt als schrullig und zurückgezogen gelten mit einem Hang zur Ausgrenzung, habe ich mal eins und eins zusammengezählt.«

Sito legte die Stirn in Falten. »Deine Kombinationsgabe in allen Ehren, aber das kann nicht alles sein. Dass die Familie einen Hau hat, kann ja nicht ausreichen, um sie jetzt als Reichsbürger oder Prepper auszuweisen. Jetzt rück schon raus mit der Sprache.«

»Klassische Ermittlungsarbeit eben. Mülltonnen durchwühlt. Plastikumhüllungen und Kennzeichnungen von Paletteneinkäufen gefunden, Konserven, Duschgel, Seifen.«

»Okay, das ist in der Tat auffällig.«

»Allerdings auch eine große Packung Mullbinden.«

»Du hast den ganzen Müll durchsucht?«, mischte sich Miriam ein und machte ein angeekeltes Gesicht.

»Kindchen, das gehört dazu«, sagte Wint.

»Du hast jetzt nicht Kindchen zu mir gesagt, oder?« Miriam tippte sich gegen die Stirn. »Du Chauvi. Das erzähl ich Christine.«

Wint machte ein erschrockenes Gesicht und hob die Hand. »Bloß nicht, das ist gar kein gutes Thema«, sagte er, schlagartig ernst geworden. »Bitte entschuldige, das war wirklich«, er kratzte sich am Hals, »blöd war das von mir.«

»Schon gut, ich weiß ja, dass es nicht blöd gemeint war.«

Im Hintergrund piepste etwas, da hob Wint die linke Hand und hielt den Zeigefinger in die Höhe. »Und eine wichtige Sache habe ich auch noch entdeckt.«

»Jetzt bin ich gespannt«, sagte Sito.

»Im Müll war auch eine leere Packung Meerschweinchenfutter.«

Miriam verschränkte die Arme und beugte sich nach vorn auf den Tisch. »Irgendwann wird jemand auf eure Anzeige für die Meerschweinchen reagieren, da bin ich sicher.«

Ohne ein Wort griff Sito zu dem Wein und verteilte ihn auf die drei Gläser. Er erhob seines und hielt es in die Mitte. »Ich hoffe es. Vielleicht erwecken die Tiere noch einmal die Menschlichkeit bei unserem Täter.«

»Nicht beim Täter. Bei dem, der euch zum Täter führt«, sagte Miriam, ließ ihr Glas gegen die der beiden Männer klirren und trank.

5

Der Dienstag hatte mit einem heftigen Regenschauer begonnen. Sito hatte das Fahrrad in der Garage gelassen. Den Spaziergang mit den Hunden hatte er auf später verschoben und damit an Miriam delegiert. Auch Roman Enzig hatte trotz des kurzen Wegs vom Paradies hinüber auf die rechtsrheinische Seite das Auto genutzt, einzig Busch war eisern geblieben und hatte das Fahrrad genommen, saß jetzt aber zitternd mit einem Becher Tee auf der Heizung im Konferenzraum. Es war draußen so regengrau und düster, als wäre noch gar nicht Tag. Polizeipräsident Jäger war gekommen, um sich auf den neuesten Stand bringen zu lassen.

»Bei den Bergers gab es gestern immer mehr Ungereimtheiten, das war wirklich schrecklich«, begann Busch und blies gleichmäßig in seine mit beiden Händen umschlossene Tasse.

»Inwiefern schrecklich?«, fragte Sito. »Haben die sich verdächtig gemacht?«

Busch schüttelte vehement den Kopf. »Nein, überhaupt nicht, oder, Roman? Du hast das Protokoll ja gelesen.« Er sah zu seinem Kollegen, doch auch der verneinte umgehend. »Sie haben sich einfach gegenseitig beschuldigt, es ging aber nur um ganz normale Dinge, doch plötzlich wurden daraus Vorwürfe. Es war schlicht schrecklich, das mit ansehen zu müssen und auch noch dafür verantwortlich zu sein.« Busch nahm einen Schluck. »Die Familie hat wahrlich genug durchgemacht, ich mag mir das gar nicht ausmalen.«

»Verstehe«, sagte Sito. »Aber immerhin wissen wir jetzt, dass die Schreiners ernsthaft wegziehen wollten. Bekommen die Bergers Hilfe vom psychologischen Dienst?«

»Natürlich. Der wird auch nötig sein. Die Eltern wussten nämlich nicht nur von den Umzugsplänen, was ihnen ungeheuer unangenehm war«, erklärte Busch. »Die Mutter von Frau Schreiner wusste auch, dass ihre Tochter sich beruflich verändern wollte, sie hatten Streit deswegen.«

»Das darf nicht wahr sein«, sagte Wint, gefolgt von einem allgemeinen Stöhnen, das durch den Raum ging.

»Verdammt, vielleicht hätte man damals schon andere Spuren finden können«, sagte Sito.

»Ich weiß«, sagte Busch leise. »Frau Berger war auch in Tränen aufgelöst, als ihr das bewusst wurde, aber sie klang glaubwürdig. Sie dachte einfach, dass die Polizei schneller aufgibt, wenn sie von den Plänen der Tochter weiß. Weil sie denkt, die Familie wollte einfach weg und nichts mehr von ihren Verwandten wissen.«

»Das ist zwar aus unserer Sicht absurd, aber in der Stresssituation, in der sich die Bergers nach dem Verschwinden ihrer Tochter befanden, nachvollziehbar«, sagte Enzig.

Der gute alte Enzig, dachte Sito, immer besonnen und bemüht, beide Seiten zu berücksichtigen – ob er sich selbst auch so wohlwollend betrachtete?

»Und was noch?«, erkundigte sich Jäger und blätterte in der Akte, die ihm zugestellt worden war. »Was ist mit diesem Pharmakonzern?«

»Auch noch nicht vom Tisch«, erklärte Sito. »Wir warten auf

eine Rückmeldung von einem Journalisten und auf den Bruder, Hanno Gottlieb. Er will mit uns noch einmal die Ordner wegen dieser Affengeschichte durchgehen. Karl kümmert sich um die Auswertung der Dateien auf dem PC, aber es ist nicht der große Skandal, der eine Firma den Kopf kosten würde. Wir haben zumindest nichts gefunden.« Sito sah flüchtig zur großen Uhr an der Wand. Seit dem letzten Mal waren allerdings nur wenige Minuten vergangen, und Johannes Goffer ließ weiter auf sich warten. Hoffentlich brachte er wenigstens Neuigkeiten über die Fellhammers.

Auch Jäger rieb nervös seine Hände aneinander. Ihn belastete gewiss die nächste Pressekonferenz. Der Fall bewegte die Öffentlichkeit, vor allem weil Kinder betroffen waren und somit über ihnen ganz unweigerlich dieses Damoklesschwert hing, es könnte auch am Bodensee einen Missbrauchsskandal geben, einen Kinderhändlerring, eine unvorstellbare, organisierte Grausamkeit. Alle hatten sie Angst davor.

»Was ist mit dieser Familie in Litzelstetten?«, fragte Jäger.

»Wir haben leider immer noch nichts Konkretes in der Hand«, räumte Sito ein. »Es ist nur ein Verdacht nach einigen Indizien.«

»Die da wären?«, hakte Jäger nach.

»Die Fellhammers waren der letzte nachvollziehbare Kontakt, wobei sie das nicht leugnen«, antwortete Heinrich Wint. »Möglicherweise eben auch von den Schreiners, dafür spricht zumindest die räumliche Nähe der Immobiliensuchenden, also der Suchkriterien und der Auswahl, ihr versteht schon.« Wint räusperte sich, dann fuhr er fort: »Außerdem leben die Fellhammers sehr zurückgezogen, regelrecht außerhalb der Gesellschaft, und tätigen Hamsterkäufe. Wir denken daher, dass sie der Gruppierung der Prepper angehören.«

»Das ist nicht verboten«, sagte Jäger, »sonst wäre auch meine Frau verdächtig.«

»Wir sprechen nicht von Vorräten im alltäglichen Sinne«, erklärte Sito. »Wir sprechen von Vorräten für mehrere Jahre, falls die Erde mal eine Weile stillsteht.«

»Die kaufen in Paletten ein«, sagte Wint nüchtern.

Jäger musterte Wint skeptisch. »In Paletten? Das wissen Sie woher?«

»Müll«, gab Wint schlicht zur Antwort.

Jäger kratzte sich am Ohr. »Vermutlich sollte ich das jetzt einfach so stehen lassen. Okay, bleiben also die Fellhammers. Dann versuchen wir, das dem Staatsanwalt zu erklären. Was würde helfen?«

»Na ja, eine Hausdurchsuchung wäre schon einmal hilfreich.«

»Aufgrund von was?«, erklang eine scharfe Stimme, und wenig später polterte eine schwarz glänzende Aktentasche auf den Tisch. Pierre Ruger, der Staatsanwalt, hatte augenscheinlich bereits einen Teil des Gesprächs mitbekommen. »Was ich so hörte und las, überzeugt mich absolut nicht. Es gibt überhaupt keinen stichhaltigen Beweis.«

Wint gab ein brummendes Geräusch von sich, er und der Staatsanwalt waren schon bei einem früheren Fall ordentlich aneinandergeraten, es wäre jetzt gewiss nicht anders. Sito hoffte, dass er sich dennoch beherrschte. In aller Ruhe erklärte er Ruger die Situation. Der saß zurückgelehnt mit übereinandergeschlagenen Beinen und auf den Knien gefalteten Händen vor ihm und hörte zu. Als Sito endete, zog er nur die Augenbrauen hoch und blickte fragend in die Runde.

»Ihr aller Ernst? Simon? Du weißt, dass ich damit nichts anfangen kann. Das sind vielleicht nur Eigenbrötler, und wir durchsuchen ihr Haus und haben dann ein Verfahren wegen Rechtsbeugung am Hals. Ich sehe da überhaupt keine Handhabe im Moment. Bringen Sie mir irgendetwas Handfestes. Einen Bezug zu den Gottliebs oder den Schreiners, der nicht auf Vermutungen oder irgendwelchen Annahmen beruht. Und«, er hob den rechten Zeigefinger in die Höhe, »bevor Sie sich motiviert fühlen: Das öffentliche Kundtun einer passenden Gesinnung reicht mir da nicht aus. Haben wir uns verstanden?«

Sito holte tief Luft. »Das ist selbstverständlich.«

»Wissen Sie denn, wer die Anzeige für das Haus aufgegeben

hat? Das wäre schon ein brauchbarer Hinweis, jedenfalls wenn es die Fellhammers selbst gewesen wären.«

»Ha, so schlau waren wir auch«, polterte Wint. »Natürlich wissen wir es nicht.« Wint sah Ruger mit funkelnden Augen an.

Ruger hob die Schultern. »Tut mir leid, meine Herren, ich kann im Moment beim besten Willen nicht erkennen, was wir Konkretes zum Vorwurf erheben könnten. Finden Sie einen Bezug zu der Familie, eine Verbindung, außer dass die Gottliebs dort waren, bevor sie verschwanden, irgendetwas Beweisbares.« Ruger erhob sich, zog sein Jackett zurecht und verabschiedete sich, die Akte mit den neuen Erkenntnissen unter den Arm geklemmt.

Als er bereits draußen war, roch Sito noch immer sein Aftershave. Normalerweise kam er mit Ruger gut klar. Der Mann war kompetent und stets sachlich, aber gerade das war mitunter auch Sitos Problem: Meist hatte er das Gefühl, mit einem Apparat zu sprechen, in den man die Fakten eingab, damit der anschließend die rechtlichen Konsequenzen ausspuckte. Nach jahrelanger Auseinandersetzung mit Paragrafen hatte Ruger einfach keinen Zugang mehr zu einer menschlichen, einer intuitiven Perspektive. Sito indessen wünschte sich hin und wieder wenigstens ein trotziges »Vielleicht«.

Busch stöhnte. »Mir ist irgendwie nicht wohl«, sagte er und öffnete seinen obersten Hemdknopf. »Ich mach mal ein Fenster auf, okay?« Er erhob sich und öffnete zwei der großen Fenster zum Hof hin. »Puh, mir geht dieses ewige ›Geht nicht‹ samt der mitgelieferten Belehrung mächtig auf den Senkel.«

»Amen«, sagte Wint und nickte. »Also, was machen wir jetzt?«

»Spielen wir das einmal durch«, begann Enzig, der die ganze Zeit über auf die Notizen vor sich auf dem Tisch gesehen hatte.

Sito machte eine einladende Geste. »Nur zu.«

»Die Fellhammers geben eine Anzeige auf und warten, bis die richtige Familie kommt. Der Triggermoment könnte in der Tat das jeweilige Familienkonzept sein, der Mann als Hausmann, die Frau berufstätig, denn da liegt ja auch eine Parallele.« Enzig hielt einen Moment inne und sah zu Sito. »Vielleicht brauchen sie diese Art von Rechtfertigung, dass sie sich nicht schuldig fühlen, sich vielleicht sogar einbilden, etwas Gutes zu tun.«

»Als Auslöser und Motivation sozusagen? Um sich dem eigenen Moralempfinden entsprechend zu verhalten?«

»Genau«, stimmte Enzig seinem Freund zu. »Ich könnte mir sogar vorstellen, dass es bei den Schreiners eher zufällig entstand, dass sich etwas Angestautes plötzlich entladen hat. Diesmal, bei den Gottliebs, fand das, was auch immer sie genau getan haben, schon in einem Kontext statt, den wir ja ganz klar auch von Fellhammer senior gehört haben. Sie nehmen also die Familien in ihre Gewalt. Fünfzehn Jahre später finden wir eines der Kinder. Tot, ermordet. Was ist mit seinen Geschwistern?«

»Apropos Geschwister«, mischte sich Busch ein. »Das Baby, das gefunden wurde, ist nicht das gesuchte Baby der Gottliebs. Die Mutter kam, sie hat es sich anders überlegt.«

»Okay, dann können wir da schon mal einen Haken setzen.« Enzig nickte, und Sito hätte wetten können, dass sein Freund in Gedanken tatsächlich diesen Punkt auf seinem inneren Flipchart abhakte. Der Profiler schob seine Brille ein wenig nach oben und fuhr fort: »Was also ist mit den Geschwistern von Jonas passiert? Leben sie noch? Wenn die Fellhammers die Täter sind, dann müssen sie die Familie und auch das Auto irgendwo versteckt haben.«

»Das Gelände ist abgelegen und weitläufig genug«, sagte Busch. »Es gäbe dort reichlich Versteckmöglichkeiten.«

»Aber das hieße auch, dass sie die Familie über all die Jahre versteckt halten und auch versorgen mussten. Das setzt schon ein sehr hohes Maß an Sadismus und auch Kaltschnäuzigkeit voraus, oder nicht?«, fragte Sito.

»In der Tat«, stimmte Enzig zu. »Oder eben eine sehr hohe Überzeugung, auch wenn sie in unseren Augen grottenfalsch sein mag.«

Plötzlich sprang Zimmermann von seinem Stuhl auf und lief hektisch auf und ab. »Ich Idiot!« Er schlug sich mit der flachen Hand gegen die Stirn. »Ich bin ja so ein verdammter Idiot.«

»Karl, was ist denn?«, fragte Sito.

Zimmermann blieb stehen und starrte in die Runde. »Nick, also euer Jonas, der Tote aus dem Rhein, mein V-Mann.«

»Was ist mit ihm?«, fragte Sito tonlos.

Zimmermann schüttelte den Kopf, seine Arme hingen schlaff an seinem Körper herab. »Er hat auch eigene Recherchen angestellt. Die habe ich entdeckt, als ich seine Spuren im Netz verfolgte. Wie konnte ich das vergessen? Ich war die ganze Zeit so fokussiert auf Christine und diesen ganzen –« Er war vollkommen aufgelöst.

Sito sah, dass er am Rand der Erschöpfung arbeitete und jetzt am ganzen Körper zu zittern begann. »Karl, setz dich und beruhige dich. Worüber hat Jonas recherchiert?«

Wie erschlagen sank Zimmermann auf den Stuhl. Hilflos hob er die Arme. »Über Bunker. Er hat über vergessene Bunker hier im Bodenseeraum recherchiert.«

6

Sie saßen nebeneinander auf der Matratze und hielten sich an den Händen. Stundenlang hatten sie geredet, Helen und Daniela, sie hatten zusammen geweint, einander von ihren Kindern und Männern erzählt, ihre Sorgen geteilt, was mit ihnen geschehen war, ihre Angst davor, was noch geschehen sollte. Mal hatte Helen Daniela, dann Daniela Helen Mut zugesprochen. Schon so lange halte sie, Helen, aus, da könne und dürfe sie jetzt doch nicht aufgeben.

Helen hatte Daniela von den Bienen erzählt, von der Königin, die weichen müsse, wenn die neue kommt, damit das Volk gerettet wurde. Sie hatte ihr auch erzählt, was sie machen musste, wenn *er* kam. Daniela war ganz blass geworden und hatte sich eine Hand auf den Mund gepresst. Ob er sie nie vergewaltigt habe. Nein, hatte Helen schnell geantwortet und ebenso schnell gestanden, dass sie versucht hatte, ihn zu verführen, mehrmals, in einem verzweifelten Anflug, ihre Situation irgendwie retten zu können. Außerdem habe sie Blackouts, Zeiten, in denen sie sich wie in einem Dämmerzustand fühle und von denen sie nicht wisse, was da mit ihr passiere. Dann hatte sie von dem Moment erzählt, als ihr klar wurde, dass sie nun als alte Königin der neuen weichen musste.

Helen hegte keinen Zweifel, dass man sie demnächst umbringen würde, und statt Erleichterung zu spüren, war in ihr stattdessen ein geradezu widernatürlicher Überlebenswille gewachsen. Alles in ihr kämpfte um dieses Leben, das doch seit Ewigkeiten überhaupt kein Leben war.

Daniela sagte, dass sie das nicht zulassen würde, sie müssten jetzt zusammenstehen. Sie flehte Helen sogar regelrecht an, sie nicht alleinzulassen. Sie sei zwar eigentlich eine starke Frau, doch niemals hätte sie die Kraft, sich wie Helen gegen die Angst vor der Einsamkeit und dieser Unendlichkeit zu stemmen.

Einsamkeit, Angst, Trotz, Wut – all das kannte Helen so gut. Seit so vielen Jahren, und sie wusste, dass es für Daniela ungleich schwerer werden würde, da sie im Gegensatz zu Helen keinerlei Hoffnung haben konnte. Daniela wusste von Beginn an, worauf es hinauslief. Jenseits dieses trotzigen, sinnentleerten Überlebenswillens wuchs allerdings schleichend eine andere Kraft in Helen. Stolz. Es war, als schaufelte ein kleiner Geist immer eine winzige Menge von der einen Seite der Waage auf die andere – bedächtig und doch unnachgiebig. Und so legte Helen eines Morgens die Hand auf Danielas Arm und sagte: »Ich werde nicht zulassen, dass sie mich töten.«

In Danielas Gesicht machte sich Erleichterung breit, um gleich einem Ausdruck tiefen Entsetzens zu weichen.

Denn Helen fügte leise hinzu: »Ich werde mich selbst umbringen.«

7

Lustlos stocherte Sito in dem Salat herum. Wint saß ihm schweigend gegenüber und löffelte einen Joghurt aus einem Becher, der längst leer sein müsste. Mit am Tisch saßen noch Roman Enzig und Marc Busch, letzterer wieder mit einer Tasse Tee, die er mit beiden Händen umfasst hielt. Er sah fiebrig aus.

Draußen indessen hatte sich die Ansicht verbessert. Der Regen hatte endlich aufgehört, sodass der Dienstag doch noch zu einem Tag wurde. Sogar die Sonne kam ein wenig zum Vorschein. Nach der zu erwartenden Abfuhr von Staatsanwalt Ruger hatten sie beschlossen, sich an die Kinder der Fellhammers, Werner und Isabell, zu heften, was nicht einfach war, denn sie nahmen so gut wie nie am normalen Alltag in Litzelstetten teil. Also waren Beamte dort in der Umgebung getarnt als Hundespaziergänger unterwegs und hofften, die Kinder zu treffen. Ein Pärchen war dem Schild mit dem Honigangebot gefolgt, auch Gemüse und Eier versprach der Hof Fellhammer, sodass sie ein paar Optionen hatten, dort aufzutauchen. Im Sommer wäre es ungleich leichter gewesen, im Winter war das Angebot stark beschränkt. Irgendwann jedoch würden sie die Kinder gewiss antreffen.

»Bunker also«, murmelte Wint plötzlich und nickte vehement. »Das passt perfekt zu den Vorräten.« Er wirkte mit einem Schlag wie elektrisiert. »Das könnte doch auch sonst passen, oder? Roman, was meinst du? Theoretisch reicht es doch, wenn ein Elternteil eingesperrt ist, dann funktionieren die anderen ohnehin. Auch über Jahre, vor allem, wenn keiner weiß, wo dieser Scheißbunker sich befindet.«

»Ich gebe dir recht«, sagte Enzig. »In allem.«

Wint schlug sich mit der rechten Faust in die linke Hand. »Die könnten das echt durchgezogen haben. Vielleicht leben also die Gottliebs irgendwo da draußen und Mutter oder Vater unter der Erde.«

Sitos Kieferknochen mahlten, ihm war, als kaute er auf irgendwelchen noch nicht greifbaren Gedanken herum. Seit Tagen irrten sie durch seinen Kopf und verbargen sich immer dann, wenn er danach fassen wollte, sie waren wie Schatten.

Unvermittelt stand Goffer bei ihnen am Tisch und setzte sich ungelenk auf den Stuhl neben Sito.

»Lass hören, Johannes«, forderte Sito. »Ich hoffe, du hast was Neues.«

»Ich fand die Bunkergeschichte schon mal nicht schlecht«, sagte Goffer und sah sich auf dem Tisch nach Essbarem um. »Könnte ich deinen Kuchen haben, Roman?«

»Klar.« Enzig reichte Goffer seinen Teller.

Während er aß, begann Goffer zu erzählen. »Also, die Fellhammers sind ein Familienbetrieb in der fünften Generation. Der Hof reicht zurück bis 1872 und wurde früher landwirtschaftlich genutzt, so richtig mit Kühen und Schweinen. Der Großvater fiel im Ersten Weltkrieg, das haben wir ja von dieser Geschichte mit dem Kriegerdenkmal, ihr erinnert euch, der Stolz der Frau, ach, egal. Der Vater fiel angeblich im Zweiten Weltkrieg in Frankreich. Ein wenig dubios, die einen sagen, er sei gefallen, die anderen schweigen, und wieder andere sagen, er sei sogar heimgekehrt, aber ob das so gut gewesen sei – Auf jeden Fall schon lange tot. Jetzt haben wir Heiner und Gisela Fellhammer und ihren Sohn Ludwig mit dessen Frau Elisabeth. Die haben wir kennengelernt.« Goffer machte eine Pause und sah zu Busch. »Sag mal, bist du das? Klappern deine Zähne?«

»Entschuldigt, es war echt irre kalt heut Morgen.«

»Also, Heinrich hat vorhin ja schon seine Vermutungen –«

»Keine Vermutungen«, korrigierte Wint. »Erkenntnisse.«

»Gut, Erkenntnisse. Die Fellhammers haben sich komplett zurückgezogen vor ungefähr zwanzig Jahren. Im Ort konnten sich einige erinnern, dass sie davor immerhin sporadisch am Dorfleben teilgenommen haben, ganz klassisch mit Kirchgängen am Sonntag, Stammtischbesuchen in dem Wirtshaus, ebenfalls ganz klassisch war Heiner auch im Schützenverein, außerdem arbeitete Gisela Fellhammer in der Gemeinde und in der Grundschule. Doch richtig gesellig seien die Männer der Familie nie gewesen. Der Vater von Heiner außerdem ein überzeugter Nazi, so ein ganz aufrechter, der im Dorf auch ein großes Wort geschwungen haben soll.« Goffer räusperte sich. »Ich vermute mal ganz stark, damit hängt auch die etwas verschrobene Erinnerung an den Typen zusammen.«

»Wie meinst du das denn?«, fragte Enzig.

»Pff, ganz einfach, als gefallener Soldat lässt sich ein Altnazi besser erinnern, oder hab ich nicht recht?«

Sito schielte zu Wint, doch der verzog keine Miene.

»Elisabeth kam zu ungefähr der Zeit, als sich die Fellhammers zurückzogen, neu in die Familie. Sie arbeitet von zu Hause aus, erledigt Näharbeiten für eine Schneiderei, die sie abholt und fertig wieder in den Ort bringt, und irgendwelche Schreibarbeiten, Beipackzettel überarbeiten, irgendwie so etwas. Senior und Junior Fellhammer haben heute auch keinen landwirtschaftlichen Betrieb mehr. Die Familie hat anscheinend Ländereien verkauft, sodass sie wohl wirklich nicht mehr arbeiten müssen.«

»Vielleicht sind sich die Leute einfach selbst genug?«, fragte Busch.

»Für sich können sie das ja gern entscheiden, aber da sind noch die Kinder«, gab Goffer zu bedenken.

Die Kinder, dachte Sito und erinnerte sich an die Fotowand, an der ihn etwas gestört hatte. In seinem Kopf reihten sich die Fotos nebeneinander, zeigten lachende Kindergesichter, wurden lebendig – und plötzlich war da ein Foto, das sich in seiner Erinnerung verhakte, ein Foto von einem Kind, das ihn anlachte.

»Ich finde es schon eine sehr egoistische Entscheidung, drei Kinder so komplett abgeschieden von der Außenwelt aufwachsen zu lassen«, sagte Goffer in seine Gedanken hinein.

Sito zuckte zusammen. »Wieso drei?«, fragten er und Enzig gleichzeitig.

Goffer sah verwundert von Sito zu Enzig, blinzelte zweimal und starrte dann wieder auf seine Unterlagen. »Hier steht, die Fellhammers haben drei Kinder.«

Und ganz plötzlich fiel Sito ein, was ihn die ganze Zeit beschäftigt hatte. »Die Fotowand«, sagte er tonlos. »Die ist verändert worden. Da hingen mal andere Fotos.«

8

Marc Busch las noch einmal in dem Protokoll zu seinem Gespräch mit Helen Schreiners Eltern. Er empfand Mitleid für das Ehepaar, das sich während der Befragung mehr und mehr in Zweifel und gegenseitige Vorwürfe verstrickt hatte. Je deutlicher Busch betont hatte, dass man ihnen überhaupt keinen Vorwurf mache, sondern einfach nur nach Hinweisen suche, wertfrei, desto vehementer wurden die beiden untereinander. Busch vermutete, dass sich zu viel Frust und Trauer und auch Wut angesammelt und nur auf ein Ventil gewartet hatten.

Er blätterte weiter in den Akten auf seinem Tisch. Als Nächstes kamen die Befragungen zu Robert Schreiner, die Suche nach der Schwester, die Anfrage an die Polizei in San Diego um Ermittlungshilfe. Es dauerte. Bislang kamen sie hier nicht weiter. Die Akte zu den Gottliebs war bereits deutlich gewachsen, die Befragungen im Pharmakonzern, Hanno Gottlieb, der Bruder, die Eheleute Scheiffele mit ihren Rechtsstreitigkeiten, deren Sohn und seine Aktivitäten im Netz. Aber keine von diesen Personen hatte an jenem Freitag die Möglichkeit gehabt, die Gottliebs zu entführen, alle hatten sie Alibis. Leute aus ihrem Team hatten die Aktivitäten aller Beteiligten im Netz geprüft und waren auf einige Abgründe gestoßen, vor allem Wilbert und sein Sohn Christoph hatten sich immer wieder weit aus dem virtuellen Fenster gelehnt, sich an frauen- und demokratiefeindlicher Hetzerei beteiligt. Auch waren sie auf etliche Züge der Verschwörungstheoretiker aufgesprungen. Aber wie hatte Wint neulich so schön gesagt?, überlegte Busch und lehnte sich zurück. *»Frauenfeindlichkeit an sich ist zwar kein Verbrechen.*

Sie entspringt jedoch der gleichen Wurzel wie Rassismus und das nationalsozialistische Gedankengut – das Gefühl, selbst mehr wert zu sein als andere, und der Glaube an das Recht, diese Überlegenheit einfordern zu dürfen.«

Ja, dachte Busch, alles beginnt mit einer Kränkung, einer tief empfundenen Kränkung, und aus der Kränkung wird Wut. Und genau dieser Weg von Kränkung zu Wut wurde im Internet gebündelt und zielgerichtet gesteigert.

Busch riss sich von seinen Gedanken los und konzentrierte sich wieder auf die Unterlagen auf seinem Schreibtisch. Zwischen den beiden Akten zu den Familien lag eine weitere, die ursprünglich »Niklas Sperling« hieß, doch mittlerweile stand dort »Jonas«. Busch schluckte. Es war kein Zufall, dass diese Akte in der Mitte auf seinem Tisch lag. Sie war Dreh- und Angelpunkt. Er schlug sie auf und begann zu lesen. Vor acht Tagen hatten sie den Toten geborgen. Zeugenaussagen bestätigten, dass er sich regelmäßig auf dem FH-Gelände aufgehalten hatte und mit ein paar Computerfreaks zusammen »abhing«, so hatten das die anderen Studenten gesagt. Sie hatten ihn als höflich und nett, aber auch als Einzelgänger bezeichnet, der nicht viel sprach. Alle kannten ihn nur als Nick. Es waren mehr Aussagen hinzugekommen in den vergangenen acht Tagen, unter anderem war er in der Nacht, bevor er aus dem Rhein geborgen wurde, tatsächlich auf der Rheinbrücke gesehen worden. Zwei Zeugen hatten sich unabhängig voneinander dazu in der letzen Zeit gemeldet. Sie hatten keinen Streit beobachtet, lediglich zwei Personen gesehen, die sich unterhalten und länger als gewöhnlich angesichts der Temperaturen auf der Brücke aufgehalten hätten. Nur daher war es den Zeugen in Erinnerung geblieben.

Busch überflog die beiden Aussagen, die inhaltlich stimmig und daher glaubwürdig waren. Eine Studentin gab außerdem an, dass sie Nick einmal sogar in der Stadt getroffen habe, auf ein Eis. Sie habe ihn gemocht, aber er sei zu schüchtern gewesen. Bei ihm zu Hause war sie nie, aber er hatte ihr erzählt, dass er in Wollmatingen wohne. Nein, so geheimnisvoll sei er gar nicht gewesen, das könne sie nicht behaupten, eher in sich gekehrt, reserviert und irgendwie verbissen in etwas, das er nicht teilen wollte.

Busch vernachlässigte die Aussagen weiterer Studenten und kam zu jenem Vermieter Maierhofer, der sich etwas verspätet gemeldet und die Ermittler auf den Namen »Niklas Sperling« gebracht hatte. Busch kämpfte gegen die Müdigkeit, doch plötzlich ging ein Ruck durch ihn. Er blätterte zurück und las die Aussage noch einmal von Beginn an. Am Rand stand eine Notiz: »Phantombild der Frau anfragen«.

Busch saß kerzengerade auf seinem Stuhl und starrte mit offenem Mund auf die Randnotiz. Eine Frau. Bei Niklas Sperling war eine Frau gewesen, und der Vermieter war davon ausgegangen, dass es die Geliebte von Niklas Sperling gewesen war, und das, obwohl sie deutlich älter gewesen sei. Busch rieb sich über den Mund, dann blätterte er wieder hektisch durch die Akten, fand aber keinen weiteren Hinweis auf eine Frau und erst recht nicht auf ein Phantombild. Umgehend rief er bei dem Polizeizeichner an und bestellte anschließend auch Herrn Maierhofer ins Präsidium. Der war etwas ungehalten, da immer noch die persönlichen Gegenstände von Niklas bei ihm waren und die Polizei die Wohnung noch nicht freigegeben hatte. Busch versprach, Kollegen vorbeizuschicken und dann alsbald die Freigabe zu erteilen.

Hatte Niklas eine Beziehung geführt? War das möglich? Busch rief bei den Kollegen an, die ursprünglich nur in der »Soko Nick« gearbeitet und die Befragungen durchgeführt hatten, ob sich noch jemand an eine Frau erinnerte. Es dauerte eine gute Stunde, dann hatte Busch Gewissheit, und damit erschienen auch die unabhängigen Aussagen zweier Zeugen plötzlich in einem ganz anderen Licht: dass Jonas sich nachts mit jemandem auf der Rheinbrücke unterhalten habe – und dass die zweite Gestalt kleiner als Jonas gewesen sei.

9

Wint tobte auf dem Beifahrersitz. Sito versuchte, ruhig zu bleiben, ließ das Seitenfenster herunter in der Hoffnung, dass die frische Herbstluft seinen Freund etwas besänftigen würde, doch Wint war wie ein Vulkan, der Rauch spuckte. Schweigend. Und das war vielleicht das Allerschlimmste, er kochte innerlich.

»Heinrich?«, begann Sito vorsichtig. »Wollen wir eine Runde drehen? Wir kommen gleich bei mir daheim vorbei, dann könnten wir die Hunde –«

»Ja.« Wints Antwort kam gepresst, sein Mund schloss sich umgehend wieder fest um die Lava in ihm.

Sie kamen an der Abzweigung zur Mainau vorbei, sahen die Busse und Autos, und Sito erinnerte sich, dass auch die Gottliebs hier vorbeigefahren waren. Ihr Team hatte einige Indizien, die auf den Verbleib der Familie hindeuteten, aber keine Beweise. Sie waren auf gut Glück noch einmal zu den Fellhammers gefahren und hatten sie zu den Fotos und dem dritten Kind befragt. Hatten sie konfrontiert mit ihrem Verdacht, dass die beiden Familien dort bei ihnen verschwunden seien.

Gleich zum Angriff übergehen, diese Taktik hatte Sito mit den Kollegen am Mittag abgestimmt. Sie hatten vehement diskutiert, vor allem Enzig hatte zur Vorsicht gemahnt, weil man nicht wisse, was das in den Fellhammers auslöse, sollten sie tatsächlich die Täter oder zumindest beteiligt sein. Immerhin gehe es doch im Besonderen darum, Schaden zu begrenzen und die Vermissten zu finden. Andererseits, das hatte Enzig auch eingeräumt, müsse Bewegung in den Fall kommen. Die Verdächtigen aus der Reserve zu locken könne dabei helfen.

Fellhammer senior jedoch war vorbereitet gewesen, hatte sich gewappnet gegen die Vorwürfe. Er hatte einen Anwalt konsultiert, wohl schon nach dem Gespräch, das Sito, Enzig und Wint mit den Frauen geführt hatten. Diesen Anwalt hatte Fellhammer in ihrer Anwesenheit angerufen, der daraufhin im Polizeipräsidium Druck gemacht hatte, sodass Sito und sein Team zurückgepfiffen wurden und sie nun eine Verfügung anhängen hatten, laut der sie sich den Fellhammers nicht mehr nähern durften. Der Vorwurf: Schikane aufgrund der anderen Lebensweise der Fellhammers. Als Wint das gehört hatte, war das Fass übergelaufen, und Sito hatte Mühe gehabt, ihn zum Auto zurückzubugsieren.

»Diskriminierung! Mir vorzuwerfen«, hatte Wint gebrüllt und die Faust erhoben. Es war genau das passiert, was Ruger prophezeit hatte, vermutlich ärgerte gerade das Wint ungeheuer.

Mit den Hunden liefen sie wenig später vorbei an den Unisportanlagen über die Mainaustraße in Richtung der Blumeninsel. Sito war hier schon oft gewandert, in den unterschiedlichsten Stimmungen, selten zuvor hatte er sich so leer gefühlt, obwohl ihm unzählige Erinnerungen begegneten.

»Ich sage dir, die Familien waren dort. Der Fellhammer hat die gekidnappt«, begann Wint und kickte einen Stein vom Weg. Die Hunde rannten fröhlich vor ihnen her.

»Ich weiß, Heinrich, der Verdacht liegt wirklich nahe. Aber wir haben nur eine Indizienkette, dazu kommen noch unsere Antipathie und gleichzeitig das Fehlen weiterer Ermittlungsansätze. Wir müssen uns etwas einfallen lassen.«

Wint blieb stehen und hielt Sito am Arm fest. »Du meinst, wir brauchen einfach Glück.«

»Aber nein, natürlich nicht Glück. Uns wird etwas einfallen, Heinrich. Komm, lass uns rüber auf die Mainau.«

Wint sah zur Seite zum Schwedenkreuz und zur Brücke, die die drittgrößte Insel im Bodensee mit dem Festland verband. Es war Nachmittag, in einer Stunde würde der Park schließen, und schon jetzt pilgerten die um diese Jahreszeit ohnehin weniger gewordenen Besucher zurück zum Parkplatz.

»Weshalb?«, fragte Wint.

»Es beruhigt. Einfach am Ufer sitzen. Ich kenne da einen richtig guten Platz.«

»Es ist eiskalt.«

Sie liefen den Menschen entgegen, Sito zeigte seine Jahreskarte, und der Pförtner ließ sie einfach so durch. Er kannte Sito, und er war nicht kleinlich.

Kurz hinter der Brücke bogen sie bereits nach rechts vom Weg ab und gingen zum Ufer nach unten. Zeus und Streuner tobten am Wasser entlang, ausgelassen, friedvoll, glücklich. Und Sito gewann den Eindruck, dass gerade Ahnungslosigkeit mehr und mehr die Voraussetzung für Glück war.

»Beneidenswert«, murmelte Wint und klang tatsächlich ruhiger. Die Sonne, die seit mittags immer wieder einmal zum Vorschein gekommen war, mischte sich in die verschiedenen Schichten der aufsteigenden Dunkelheit. Blau, grau, orange und golden spiegelte sich der Himmel im See, lag vor ihnen wie ein lebendiges Aquarell.

Sito zeigte auf einen umgestürzten Baum, und sie setzten sich. Vor sich das Gemälde, das der Abend für sie zeichnete, die andere Uferseite mit Egg und darüber der Universität im Blick. Es war nicht weit weg, dennoch wirkte es hier tatsächlich wie ein fernes Bild, wie eine Erinnerung, die alsbald verschwinden würde.

Sito atmete tief ein und aus. Es roch nach Wasser und Regen und feuchtem Holz. Dann und wann bemerkte er den Geruch von Zeus, wenn er gerade einmal wieder vorbeirannte. Wassertropfen spritzten zu ihnen, ein Vogel sang ein einsames Lied.

»Glaubst du, die Familien leben noch?«, fragte Wint leise.

»Ich weiß es nicht.«

»Aber du denkst doch auch, dass die Fellhammers damit zu tun haben, oder?«

»Ja«, sagte Sito und bückte sich, um einen Stein aufzuheben. »Sieh mal«, sagte er und hielt den Stein in die Höhe.

»Es rennt«, stellte Wint fest. »Ein Pferd, das davonrennt.«

Sito schmunzelte. »Haben wir also dasselbe gesehen.« Er steckte den Stein in seine Manteltasche. »So kalt ist es doch nicht.«

»Paul, wenn Jonas so viele Jahre überlebt hat und in seiner Freizeit nach Bunkern hier am Bodensee gesucht hat, dann ist es wohl nicht allzu weit hergeholt, wenn wir den Rest der Familie in einem Bunker suchen müssen, oder irre ich?«

»Ich hab das schon abgeklärt. Man genehmigt uns keine Durchsuchung des Geländes, es gibt keine Anhaltspunkte. Karl aber sucht nach den Bunkern, Johannes befragt Historiker.«

»Wenn wir dennoch an unserer Theorie festhalten, dass die Fellhammers –« Wint stutzte. »Es sind die Kinder der jungen Fellhammer, nicht wahr? Es muss doch jemanden geben, der die Schwangerschaften mitbekommen hat. Die können doch nicht ganz außen vor gelebt haben.«

»Heinrich, die Kinder sind gemeldet, die Befreiung von der Schule ist offiziell. Wir finden das alles nicht in Ordnung, aber es ist, wie Ruger gesagt hat, kein Verbrechen, anders und merkwürdig zu sein. Wir bekommen so nicht einmal eine DNA-Probe.«

»Es ist Kindswohlgefährdung, so wie die leben, basta.«

Sie schwiegen und beobachteten das Lichtspiel am Horizont. Die Baumreihen dahinter wurden immer dunkler, Wind kam auf. Plötzlich begann Heinrich Wint zu summen, das war neu. Sito erkannte den fünften ungarischen Tanz von Brahms.

Er dachte an die beiden Frauen, die einte, dass sie eine Familie und gleichzeitig Erfolg im Berufsleben haben wollten und dass sie tatsächlich Männer gefunden hatten, die sich um die Kinder und den Haushalt kümmerten. Wie stand er selbst zu diesem Modell des Zusammenlebens? Busch war verzweifelt angesichts der antiquierten Ansichten in der Männerrunde und in den Chats, die er seitdem zur Wahrung seiner virtuellen Identität verfolgte. Wie dachte er, Paul Sito, darüber? Weshalb hatten die Menschen das Bedürfnis, immer alles zu ordnen und zu erklären, weshalb verloren alle die Fähigkeit zur Anpassung und Veränderung? Woher zum Teufel kam die Angst vor Frauen?

»Christine hat sich krankschreiben lassen«, sagte Wint mitten in sein Summen.

Sito blickte erschrocken zur Seite. »Wann und weshalb?«

»Pff«, machte Wint. »Weshalb? Das fragst du noch? Weil sie Angst hat, das Haus zu verlassen, weil sie permanent bedroht und beleidigt wird, weil es so schlimm geworden ist, dass sie einfach nicht mehr kann.«

»Das wusste ich nicht. Tut mir leid. Sie kann jederzeit – Aber das hat Miriam ihr sicher gesagt. Was ist mit ihrem Chef?«

»Sagt, das wär normaler Gegenwind.«

»Bitte was?«

»Gegenwind, wenn man halt mal unbequem ist.« Wint verdrehte die Augen, und Sito sah ihm seine Verzweiflung an. Er war nicht nur ob ihres Rauswurfs bei den Fellhammers so wütend. »Weißt du, was das Schlimmste ist?«

»Was?« Sito schob die Hand in seine Manteltasche und legte die Finger um den Stein, ein schöner Stein für seinen Schreibtisch, ein fliehendes Pferd.

»Ich merke immer mehr, dass die Dinge aus dem Ruder laufen, ohne dass ich etwas tun kann. Die Dinge sind einfach schneller. Das Böse ist einfach schneller. Früher hatten wir mit Fällen zu tun, die hatten eine kurze, reale Vorgeschichte und führten dann zu einem Verbrechen. Alles real, alles sichtbar, alles nachvollziehbar. Und was ist heute?«

Er sah Sito in die Augen, doch Sito wusste, dass es keine Frage an ihn war. Also schwieg er und wartete, bis Wint fortfuhr.

»Heute treffen sich Menschen aus Einsamkeit oder Verzweiflung im Internet und stellen fest, dass sie aus ähnlichen Gründen einsam und verzweifelt sind, und dann entsteht da nicht etwa Mutzuspruch, sondern Wut, die sich potenziert. Und daraus entstehen dann Fälle. Das sind die Fälle der Zukunft: aus der Anonymität, als Ventil für das eigene Versagen. Wir kämpfen nicht für unser Recht oder die Gerechtigkeit, wir kämpfen wirklich nur gegen Windmühlen.«

Er sah über das Wasser zu dem goldenen Streifen hin, der sich durch das Grau des Himmels zog und nicht vergehen wollte. »Und irgendwo sind die Geschwister von Jonas, irgendwo ist die Familie Gottlieb, irgendwo da draußen unter der Erde, vermutlich in einem Bunker, und wir können nichts tun.«

Sito wusste nicht, was er sagen sollte. Zu seiner Erleichterung klingelte sein Smartphone. Marc Busch. Er erkundigte sich, wie es gelaufen war und ob sie schon auf dem Weg zurück ins Präsidium seien.

»Nein, wir sind mit den Hunden auf der Mainau. Es war eine Pleite. Der große Sohn hat angeblich das Haus verlassen, um auf eigenen Füßen zu stehen, was die Eltern ihm übel genommen hätten, daher hätten sie das Foto weggehängt. Hilft uns leider –« Er hielt mitten im Satz inne. »Wo warst *du* eigentlich, wenn du von dem Theater nichts mitbekommen hast?«

»Ich war mit dem Polizeizeichner beschäftigt. Warte, ich schick dir ein Foto.«

Sito starrte auf das Display, dann zeigte er Wint das Bild und stellte Busch auf Lautsprecher.

»Und?«, fragte Wint. »Das ist Elisabeth Fellhammer, oder? Was soll mit der sein?«

Busch antwortete ihm. »Sie war angeblich die Geliebte von unserem Jonas.«

10

Miriam winkte ihn herein und hielt den Zeigefinger an die Lippen, dann deutete sie nach hinten ins Arbeitszimmer. Die beiden Hunde kamen angerannt und begrüßten Sito.

»Seit wann ist er da?«, flüsterte Sito und zog seinen Mantel aus.

Miriam sah auf ihre Uhr. »Zehn Minuten vielleicht.«

»Okay.« Sito kratzte sich an der Stirn, dann folgte er ihr ins Arbeitszimmer. Er war wie elektrisiert, als er den jungen Mann dort stehen sah. Er erkannte ihn sofort. Leicht in den Knien gebeugt, zur rechten Seite eingeknickt, die Haare wirr, lächelnd. In der linken Hand hielt er ein Salatblatt, das er dem kleinen braunen Meerschweinchen anbot. Zeus und Streuner saßen neben Sito. Geduldig, abwartend, irgendwie respektvoll.

Miriam hatte ihn angerufen, als er gerade dabei gewesen war, Wint zu verabschieden. Jemand hätte sich gemeldet wegen der Annonce mit den Meerschweinchen und wollte vorbeikommen, am besten sofort. Und nun standen sie da, und Sito war von der Versunkenheit des anderen eigentümlich berührt.

»Hallo«, sagte er freundlich.

Der junge Mann sah sich erschrocken um. »Oh, ich hab Sie gar nicht kommen hören, Entschuldigung.«

Sito hob beschwichtigend die Hand. »Alles gut, ich bin noch nicht lange hier.« Er stellte sich neben den Jungen. »Die sind sehr süß, nicht wahr, Werner?«

Der andere gluckste. »Oh ja, sind sie.« Zärtlich streichelte er die Tiere.

»Kommst du wegen der Anzeige?«

Werner Fellhammer nickte. »Aber ich darf keine Tiere im Haus halten.«

»Okay. Weshalb kommst du dann?«, fragte Sito mit ruhiger Stimme.

»Ich, also ich wollte nur sehen, ob es ihnen gut geht.« Er trat nervös von einem Bein auf das andere und sah sich verlegen im Raum um. »Schön hier. Und so liebe Hunde. Ich mag Hunde.« Wie auf ein Stichwort kam Zeus angelaufen und setzte sich zu ihnen.

Sito staunte wie schon mehrfach über das gute Gespür seines Hundes, der ihn so oft es ging begleitete und schon mehr als einmal bei Befragungen oder beim Überbringen schlechter Nachrichten *vermittelt* hatte durch seine ruhige und besonnene Art. »Ja«, sagte er und kraulte Zeus zwischen den Ohren. »Er ist sehr lieb, obwohl er schon so viel mitgemacht hat.«

Erstaunt sah der Junge auf. »Was ist ihm denn passiert?«

»Er wurde niedergestochen und humpelt seitdem. Ich hatte damals so eine Angst, ihn zu verlieren.«

»Das verstehe ich.«

»Magst du etwas trinken, Werner? Ich fürchte nur, dass es deinen Eltern nicht recht ist, wenn sie wüssten, dass du hier bist.«

»Was? Woher –« Er sah sich erschrocken um. »Wieso wissen Sie von meinen Eltern? Und überhaupt, wieso kennen Sie meinen Namen?«

»Du bist doch Werner Fellhammer, oder?«

Ein stummes, misstrauisches Nicken.

»Ich war bei deinen Eltern und Großeltern, erinnerst du dich? Du warst dort. Wir haben uns gesehen. Ich sollte nicht verraten, dass du etwas in den Mülleimer geworfen hast.« Sito machte die Geste von Werner Fellhammer nach, als dieser über den Hof gerannt war und Sito bedeutet hatte zu schweigen.

Das Gesicht von Werner verfinsterte sich. »Ich geh jetzt besser. Wir sollen nicht mit Fremden reden. Die sind nicht gut für uns.«

»Immerhin hast du die Anzeige gefunden für die Meerschweinchen, das freut mich.«

»Da sind Leute mit einem Hund gekommen. Denen hat unser Hof gefallen, und dann haben die von den Meerschweinchen erzählt und mir die Zeitung gezeigt und – Ich soll nicht so viel reden.«

»Ich fände es gut, wenn wir miteinander reden. Reden kann uns allen sehr helfen.« Sito wartete einen Augenblick und lächelte Werner an. Er hoffte, der Junge würde seinen Argwohn wieder ablegen. »Hast du diese Meerschweinchen denn schon einmal versorgt?«

Werner verschränkte die Arme und zog einen Schmollmund. Er wirkte wie ein kleines Kind, dabei war er achtzehn Jahre alt. Wäre er in der Lage, in ein Haus einzubrechen?

»Ich will jetzt gehen«, sagte er trotzig.

»Möchtest du wiederkommen und die Meerschweinchen besuchen?«, fragte Sito.

Ein kurzes Aufflackern in seinem Blick, dann schüttelte er hektisch den Kopf. »Ich will jetzt bitte gehen«, wiederholte er und wandte sich zur Tür.

Sito trat zur Seite und ließ ihn vorbei, Miriam begleitete ihn zum Ausgang. Als sie zurückkam, saß Sito am Esstisch und telefonierte mit der kriminaltechnischen Abteilung. »Hört mal, könnt ihr eine Nachtschicht einlegen? Ich bring euch gleich ein Salatblatt, okay?«

11

Als Sito am nächsten Tag ins Präsidium kam, hatte er schon die entscheidende Information in der Tasche. Im Konferenzraum herrschte reges Treiben. Wint, Busch, Goffer und Zimmermann waren bereits vor Ort, Jäger und Ruger unterhielten sich im Büro des Polizeipräsidenten, wurden aber ebenfalls jeden Moment erwartet. Nur Roman Enzig fehlte. Er saß in seinem Büro und versuchte, ein Täterprofil zu erstellen mit den Informationen, die ihm über Fellhammer senior zur Verfügung standen. Sie würden es später bei der Vernehmung brauchen.

»Karl, wie weit bist du mit der Suche nach den Bunkern?«, fragte Sito.

»Nichts Neues, tut mir leid. Die Bunker hier am See, die man kennt, dienten nur der Lagerung von Waffen und Munition, damit man Nachschub hatte. Da ist nichts Geheimnisvolles, keine Geheimwaffen, kein unterirdischer Wohnraum. Die Region spielte im Zweiten Weltkrieg einfach keine große Rolle, ergo gibt es hier auch nicht allzu viele Untersuchungen. Ich such weiter nach den Wegen von Jonas im Netz.«

»Und die DNA-Spuren waren eindeutig?«, fragte Goffer. »Das ist unglaublich. Jetzt muss Ruger doch zustimmen.«

»Sag das nicht«, brummte Wint.

Sito sah überrascht zur Seite. »Was ist los? Weißt du etwas, das wir nicht wissen? Immerhin haben wir heute Nacht den Beweis dafür erhalten, dass derjenige, der die Meerschweinchen im Haus der Gottliebs gefüttert hat, blutsverwandt ersten Grades mit Jonas ist. Bleiben die Eltern und die Geschwister«, sagte Sito und hob fragend die Hände. »Was ist los, Heinrich?

Wir wissen damit auch, dass noch jemand von den Schreiners lebt! Das sind doch erst einmal gute Nachrichten.«

Wint schloss für einen Moment die Augen. »Ich hab ein wirklich mieses Gefühl.«

»Wenn jetzt noch die Fingerabdrücke vom Salatblatt – Wieso, Heinrich?«, fragte Sito leise, dann setzte er sich. Irgendetwas stimmte nicht mit seinem Freund.

»Ich bin mir sicher, dass die Fellhammers keine eigenbrötlerischen Spinner sind, dafür ist das alles zu gut organisiert. Ich bin mir auch sicher, dass sie Jonas beseitigt haben, weil er etwas herausgefunden hat. Und ich bin mir sicher, dass sie nicht allein handeln. Nur weil Karl keine entsprechenden Spuren der Fellhammers im Netz gefunden hat, die auf eine Gruppe hindeuten, heißt das nicht, dass sie tatsächlich nicht vernetzt sind.« Wint holte tief Luft. »Meine Erfahrung sagt mir, wer ein zweites Mal eine ganze Familie verschwinden lässt, der hat Freunde und einen sicheren Plan.«

Busch rückte auf seinem Stuhl hin und her und sah Karl Zimmermann durchdringend an. »Hast du was zu dem Kollegen, der bei dem Treffen aufgetaucht ist?«

Zimmermann fuhr sich durch die Haare und ließ den Kopf hängen. Sito sah, dass er am Ende seiner Kräfte war. »Ich kann nicht alles machen, ich kann ohnehin bald gar nicht mehr«, stöhnte Karl prompt, und es klang eine Spur hysterisch.

»Beruhige dich, Karl, niemand macht dir einen Vorwurf. Alles der Reihe –«

Die Tür ging auf, und Jäger und Ruger kamen herein, beide machten einen angespannten Eindruck. Bei Jäger merkte Sito sofort die Unruhe in den Händen, bei Ruger machte sich Stress immer am Gang bemerkbar.

»Wer hat sich um die Kinder gekümmert?«, fragte Jäger ohne Umschweife.

»Das waren meine Leute«, sagte Goffer.

»Die Fellhammers fühlen sich massiv belästigt. Ihr Sohn, Werner Fellhammer, leidet am Asperger-Syndrom und schläft schlecht. Irgendwer habe ihm einen Spleen von wegen Meerschweinchen in den Kopf gesetzt – auch deine Idee, Johannes?«

»Das war meine Idee«, sagte Sito schnell. »Er war gestern übrigens bei mir. Werner Fellhammer. Wir wollten sichergehen, dass die Anzeige ihn auch erreicht.«

Jäger stutzte. »Das sind die Neuigkeiten, von denen du gesprochen hast? Man könnte das als Falle interpretieren, das ist dir klar, oder?«

»Werner Fellhammer war bei mir, weil er die Meerschweinchen füttern wollte. Ich habe daraufhin die Spurensicherung gebeten, die DNA-Proben aus dem Haus der Gottliebs am Meerschweinchenkäfig mit jenen von Jonas zu vergleichen. Es gibt eine Übereinstimmung. Die beiden sind verwandt.«

»Aber dass Werner im Haus der Gottliebs war, beweist das nicht, oder? Das heißt also, wir brauchen eine DNA-Probe von Werner Fellhammer, um nachzuweisen, dass er auch der Bruder von Jonas und damit der vermisste Sohn der Familie Schreiner ist«, folgerte Jäger und verschränkte die Arme. »Und genau das ist das Problem: Um eine DNA-Probe zu verlangen, haben wir zu wenig Beweise. Und jetzt auch noch mächtig Ärger wegen eures Vorgehens.«

»Ich weiß«, sagte Sito. »Ich habe lediglich ein Salatblatt in meiner Wohnung mit Spuren von Werner sicherstellen können, damit konnten die Kollegen aber noch nichts anfangen. Sobald –«

Weiter kam Sito nicht, denn Enzig kam in den Raum gestürmt. Er sah aufgewühlt aus, die Haare zerzaust, rote Flecken im Gesicht.

»Die Fellhammers waren gerade bei mir. Sie haben eine Aussage gemacht.«

Wints Faust landete geräuschvoll auf dem Tisch, und Sito ahnte, dass ihr Fall womöglich gleich in sich zusammenbrechen würde. »Was?«, presste er hervor.

Enzig legte ein Blatt Papier auf den Tisch und klopfte darauf. »Hier ist eine notariell beglaubigte Sorgerechtsverfügung für die drei Kinder, unterschrieben von Helen und Robert Schreiner.«

12

Die Bienen flogen nur noch spärlich. Er war fertig mit dem Einfüttern und hoffte inständig, dass die Tiere wieder zu Kräften kamen, gleichwohl wusste er, dass es an der Zeit für das Umweiseln war: Die alte Königin musste den Stock verlassen, und eine neue sollte eingesetzt werden. Er hatte sie bereits. Sie befand sich in einem kleinen Käfig und war bereit für ihr neues Volk. Was ließ ihn zögern? Weshalb war gerade diese Königin in Stock Nummer 5 etwas Besonderes?

Vielleicht weil sie ihn erinnerte, und Erinnerung war nicht immer gut. Erinnerung war immer auch ein Überprüfen der Gegenwart – passte die Erinnerung in die Zeit jetzt? Ist der Lauf der Dinge die konsequente Entwicklung der erinnerten Zeit zur Gegenwart?

Er war alt geworden, sein Sohn nicht der Sohn, den er sich gewünscht hatte. Das Leben war anders geworden, als er sich das gedacht hatte. Die Bienen brachten weniger Ernte, obgleich sie mehr arbeiteten. Die Welt bot ihnen weniger Nahrung, dafür mehr Gift, sogar hier am Bodensee hatten sich die Zeiten verändert. Langsamer als sonst wo, gewiss, dennoch verändert. Dabei kämpften etliche Bauerninitiativen um mehr Pflanzenvielfalt, um einen besseren Lebensraum für die Bienen. Manchmal hatte er das Gefühl, dass die Bienen müde wurden, sie arbeiteten fleißiger als zuvor, aber sie waren wie Sisyphus, sie schienen des Lebens müde und ihrer selbst ob ihrer Aufgabe darin.

Das war Unsinn, das wusste er. Vielleicht galten diese Gedanken eher seinem eigenen Leben. Er gehörte einfach nicht mehr in diese Welt, das machte ihn traurig und wütend zugleich, vor allem, weil er kein Erbe weitergeben konnte, sein Sohn war ein Versager.

Wütend stampfte er auf den Boden. Ein Versager, ein Nichtsnutz, einer, der im Krieg heulend davongelaufen wäre. Er war kein Mann und war auch keiner geworden, trotz aller Bemühungen.

Wieso wollten alle das Rad neu erfinden? Weshalb bastelte der Mensch an Naturgesetzen, an den einfachsten Dingen, die das Leben bestimmten? Weshalb mischten sich Völker und Religionen und Rassen und jetzt auch noch Geschlechter? Weshalb durfte nichts normal bleiben, was jahrhundertelang normal gewesen war? Ihm war richtiggehend schlecht.

Sein Vater war aus dem Krieg heimgekehrt, geschlagen, gedemütigt in französischer Gefangenschaft, um dann hier am Bodensee wieder den Franzosen gegenüberzustehen. Die waren zwangsuntergebracht worden drüben in Egg. Das hatte den Vater noch mehr gedemütigt. Wütend war er gewesen, wütend und ungerecht. Die Mutter hatte er geschlagen, ihn auch, den Sohn, der es ja so gut gehabt hätte, während er im Krieg … Pah, er schnaubte laut aus. So viel Wut überall und Schläge, bis er irgendwann besoffen in der Scheune gelegen hatte. Er war von der Leiter gefallen, welch ein jämmerlicher Anblick. Der Tod hatte noch ein paar Tage auf sich warten lassen, aber einen Arzt hatte man nicht geholt, das wäre zu peinlich gewesen. Lieber hatte man an dem Gerücht gearbeitet, dass der Vater im Krieg geblieben war, ein stolzer Soldat, der im Krieg gefallen war. Hatte keiner gemerkt. Und er war froh, dass er keinen Vater mehr hatte, der prügelte, sondern stattdessen einen Helden als Vater, zu dem er aufschauen konnte.

Wieder trat er heftig mit dem Fuß auf. Alle Menschen waren falsch, alles um ihn herum war falsch, nichts konnte mehr richtig werden. Und so war es schon beim Vater seines Vaters gewesen. Auch der war aus dem Krieg heimgekehrt, aus dem Ersten Weltkrieg. Zwei Generationen Kriegsheimkehrer und ihre Kinder, zwei Generationen Untergang und Demütigung, Lebenslügen und Lebensabscheu.

Ja, gefallen seien die Vorfahren, so erzählte er immer, weil es besser klang. Er hingegen war einfach nur am Leben, die Gnade der späten Geburt. Aber sein Leben war ebenfalls Krieg, erst der Krieg des Heimkehrers gegen alles Lebenswerte, dann der Krieg der Moderne, der um ihn herum zu wüten begann und alles in Frage stellen wollte. Es war keine Wertediskussion, die da anbrach, es war eine Wertezersetzung. Hitler hatte seine Fehleinschätzungen, die Juden zu vernichten – eine Riesendummheit, denn mit all dieser Manneskraft, wer weiß, wie der Krieg ... So hatte sein Vater gesagt. Eine Fehleinschätzung, gewiss, hatte er gedacht. Die Zeiten, sie ändern sich. Aussperren, die Welt aussperren, das Neue, das Fremde, Mauern bauen, Grenzen aufziehen. Grenzen, sie waren elementar. Sie boten Schutz. Die grenzenlose Welt war eine Welt ohne Schutz. Er hasste das, je grenzenloser seine Welt, desto unkontrollierbarer, desto unübersichtlicher, desto chaotischer. Eine Weile hatte er den einzigen Ausweg aus dem Chaos in der Welt im Rückzug gesehen. Er hatte zu dieser Zeit das Gefühl gehabt, völlig allein zu sein auf dieser Welt, als würden alle um ihn herum weiterleben, nur er in einen Strudel zurückfallen, ohne Möglichkeit, diese Spirale nach unten aufzuhalten. Seine Frau verstand ihn nur zum Teil, sie arbeitete in dieser anderen Welt, hatte auch Kontakte im Dorf. Sie lachte sogar bisweilen mit den anderen Menschen, die er einfach nicht verstand. Über Dinge, die er nicht verstand.

Allein. Schlimmer als das körperliche Alleinsein in einem Wald oder auf hoher See war doch das Gefühl, geistig allein zu sein. Wenn man glaubte, dass es keinen anderen Menschen auf der riesigen Welt gab, der genauso dachte, genau das Gleiche durchmachte wie man selbst. Hoffnungslos war das, zum Verzweifeln.

Die Bienen waren seine Rettung. Der Vater hätte ihm alles beibringen können, so aber musste er Bücher studieren. Das Jahr war strukturiert in Pflichten mit den Bienen. Fürsorge. Als Ersatz für den Lauf des Lebens, dafür, dass keine Enkel kommen wollten. Und plötzlich öffnete sich sein Horizont für eine neue Welt, eine, die man gestalten und strukturieren konnte, eine, die Ordnung im vermeintlichen Chaos versprach. Bienen, ganze Völker, strenge Regeln und gute Erträge. Gestärkt wagte er daraufhin einen weiteren, wesentlich mutigeren Blick auf die neue Zeit.

Er ließ sich alles erklären, wie die Welt da draußen funktionierte, Computer und Handys und das Internet. Zu seiner Überraschung fand er dort eine Welt vor, in der er plötzlich nicht mehr allein dastand. Weil da noch andere waren, die sich so einsam fühlten wie er, so haltlos, so abgehängt von einer Welt, die sie nicht verstanden und für die sie kein Verständnis hatten. Es war wie eine Offenbarung. Er war gar nicht der Einzige, er war einer von vielen, und vielleicht waren sie irgendwann genug, die Dinge wieder zu drehen, das Ruder herumzureißen, die Ordnung der Welt wiederherzustellen. Wie in einem Bienenstock. Wenn die Ameisensäure die Varroamilbe ausgerottet hatte, wenn die Bienen eine neue Königin hatten, wenn dem Volk ein Ort zur Verfügung stand, wo es in Frieden und mit ausreichend Nahrung leben konnte. Wenn das Chaos beseitigt war.

Milben. Sie brachten mit dem Chaos den Untergang. Wie bei den Menschen. Er musste auf der Hut sein, die Milben bekämpfen, für Nahrung sorgen, den Kindern die rechten Dinge mit auf den Weg geben, den Hof vererben, das Volk stärken, die Überschaubarkeit der Welt garantieren. Die Säure in das Volk einbringen, die Königin austauschen.

In dem kleinen Käfig in seiner Hand regte sich etwas. Es wurde Zeit.

Er musste nicht lange im Stock suchen, um die alte Königin zu finden, er separierte sie und setzte die neue Königin in ihrem Käfig ein. Während sie sich durch den Käfig nach außen fraß, konnte ihr neues Volk sie kennenlernen, aber nicht sofort töten.

Die alte Königin lag vor ihm auf dem Boden, groß und schön und glänzend. Sie krabbelte los, ein wenig verwirrt und verlassen, doch mutig, ja, anmutig, elegant, stolz. Er hob den Fuß, zögerte nur eine Sekunde, dann trat er zu.

13

Sito saß mit Enzig und Wint in seinem Büro und starrte vor sich hin. Die Fellhammers hatten ein Geständnis abgelegt. Sie hätten die Schreiners damals kennengelernt und sie sofort gemocht. Sie hätten Zeit zusammen verbracht, aber auch gespürt, dass die Schreiners unglücklich waren, also die Eltern. Helen habe sehr rastlos gewirkt, unstet, auf der Suche nach etwas Neuem in ihrem Leben, auch mit dem Baby sei sie überhaupt nicht gut klargekommen, sie habe es der jungen Elisabeth mehrmals förmlich aufgedrängt, damit die es beruhige. Es habe ihnen, Heiner und Gisela, im Herzen wehgetan, da ihre Schwiegertochter Elisabeth keine eigenen Kinder habe bekommen können und das zu ungefähr dieser Zeit erfahren habe. Die Fellhammers hätten aber dazu geraten, die Hoffnung nicht aufzugeben und sich wenigstens als Pflegefamilie anzubieten.

»Ich hab das irgendwie geahnt«, murmelte Wint.

»Ich weiß«, sagte Sito, »das sagtest du bereits. Kommen die damit durch, Roman?«

Enzig kaute auf dem Knöchel seines rechten Daumens. »Die Frage ist: Womit müssen sie durchkommen? Die Fellhammers haben Urkunden gefälscht, als sie ihre Kinder umbenannt haben.«

»Wie haben die das eigentlich begründet?«, fragte Wint und strich sich über seinen Dreitagebart.

»Es tat ihnen so leid, dass die Kinder von ihren Eltern verlassen worden waren.«

»Und die Fellhammers erwarten tatsächlich, dass wir diesen Mist glauben? Dass die Schreiners sich aus dem Staub gemacht und ihre Kinder zurückgelassen haben?«

»Es wären nicht die ersten Eltern, die das tun. Immerhin wussten die Fellhammers von den Streitigkeiten zwischen Helen Schreiner und deren Eltern. Sie wussten auch von den Plänen, sich beruflich neu zu orientieren. Sie wussten private Details, die von Helen Schreiners Eltern inzwischen bestätigt worden sind, und sie haben diese notariell beglaubigte Urkunde.« Enzig hob die Hand. »Bevor ihr fragt: Dieser Notar ist inzwischen verstorben. Herzinfarkt.«

»Wie praktisch«, kommentierte Wint.

»Nein, ganz und gar nicht, Heinrich. Sollte dieser Notar mit in diese Sache verstrickt gewesen sein, dann brauchen die Fellhammers dieses Mal ja einen neuen Notar. Theoretisch wären sie wenigstens wegen Urkundenfälschung dran, wäre diese nicht …«

»… verjährt«, vollendete Sito den Satz des Profilers, der umgehend nickte.

»Die haben sich natürlich verdächtig gemacht, allein durch den Zeitpunkt, zu dem sie mit ihrem Geständnis rausgerückt sind. Sie wissen, was wir vermuten, und liefern jetzt proaktiv vermeintliche Gegenbeweise, wobei die ja eben auch dafür reichen, die damalige Straftat zu vertuschen. Ruger ist noch in Klausur und bespricht sich mit dem Ermittlungsrichter.«

»Was steht denn überhaupt noch im Raum?«, fragte Sito.

»Kindesentziehung, Freiheitsberaubung«, sagte Enzig mit belegter Stimme.

Wint kratzte sich an der Stirn. »Na ja, auch Entführung verjährt irgendwann, hab ich recht? Außerdem geht es doch wohl nicht darum, dass die Kinder sich nicht frei bewegen dürfen, da ist Jonas ja das beste Beispiel. Überhaupt scheint fraglich, ob ihr Handeln jemals den Tatbestand der Entführung umfasst hat.« Wint hob die Hände. »Ich hab's euch gesagt, ich hab's euch die ganze Zeit gesagt.«

»Bitte, Heinrich, das bringt uns nicht weiter.« Sito rieb sich die Hände. »Ist nur mir kalt?«

»Was ein Desaster«, jammerte Busch. »Aber im Grunde

sind das doch alles Fakten über die Schreiners, die man herausfinden kann, vor allem, wenn man Druck ausübt. Wer weiß, vielleicht haben die einen Elternteil eingesperrt und den anderen zwangsintegriert und ausgequetscht. Oder jetzt erst für dieses Gespräch.«

»Schon möglich, aber es bleibt dabei, wir haben keine Beweise dafür. Ich denke, die Chancen gehen gegen null für eine Durchsuchung«, erklärte Enzig.

»Moment!« Wint beugte sich nach vorn auf den Tisch. »Wir wissen doch jetzt, dass die Fellhammers Jonas misshandelt haben, oder nicht?«

Enzig nickte. »Wissen wir. Von Fellhammer selbst. Ich musste ihn nicht erst damit konfrontieren. Er hat eingeräumt, dass ihm die Hutschnur –«

»Bitte was?«, rief Wint aufgebracht. »Die Hutschnur?«

»Heinrich, bitte.« Sitos Stimme vibrierte.

Wint sah von Sito zu Enzig und klopfte sich dann mit beiden Handflächen gegen die Stirn.

»Ich habe Ruger meine Einschätzung mitgeteilt«, fuhr Enzig fort. »Ich glaube, die Fellhammers haben beide Familien entführt. Ich glaube außerdem, dass Fellhammer senior als das Oberhaupt der Familie alle Fäden in der Hand hält und ein massives Problem hat, sich anzupassen. Zu dieser Anpassungsstörung kommt eine Impulskontrollstörung.«

»Ich dachte, er wäre überaus kontrolliert?«, wunderte sich Sito.

»Das stimmt schon. Ich sehe aber auch die Anstrengung dahinter. Seine Kontrolle ist zwanghaft. Er wirkt aus der Zeit gefallen, gleichzeitig hat er Angst vor der Welt, organisiert den Ausstieg im Falle einer Katastrophe, hält seine Familie zusammen und schirmt sie gegen die Außenwelt ab. Die Begegnungen mit den Menschen aus dem Dorf und aus der Umgebung zeichnen einen Sturkopf mit klaren Prinzipien, militant und antistaatlich. Man könnte ihn den Reichsbürgern zuordnen, die den aktuellen Staat nicht akzeptieren. Mir scheint auch, dass er mit seinem

Sohn unzufrieden ist, das kaschiert er mit dieser übertriebenen Nähe und Gleichschaltung, als wäre der Sohn sein direkter und vor allem adäquater Nachfolger. Dem ist aber ganz offensichtlich nicht so. Und da war wieder diese aufgesetzte Kontrolliertheit. Die Selbstbeherrschung, so hat er sich selbst analysiert, sei ihm bei Jonas nicht immer gelungen, wofür er sich schäme, das räumte er ein. Sein Vater habe dieses Problem auch schon –«

»Pah«, rief Wint aufgebracht. »Der fährt die Nummer? Schläge durch den eigenen Vater? Ich dachte, der wäre ein Kriegsheld!«

Enzig ließ sich nicht abbringen. »Er habe da an sich gearbeitet. Jonas sei schwierig gewesen.«

»Was ist eigentlich mit Jonas?«, fragte Wint, der die Hände auf dem Tisch mittlerweile gefaltet hatte, als müsse er sich ebenfalls im Zaum halten. Sofort formulierte er seine Frage um: »Ich meinte, was geben die Fellhammers vor, von Jonas' Verbleib zu wissen?«

»Praktischerweise wollte der zu seinen leiblichen Eltern«, antwortete Enzig und zog die Lippen nach innen. »Sie waren schockiert, als wir ihnen von seinem Tod erzählten.«

Wint schüttelte den Kopf. »Nicht dein Ernst. Und? Glaubhaft?«

Enzig senkte kurz den Blick. »Auch wenn du das nicht hören willst, muss ich leider an dieser Stelle einräumen, dass ihre Überraschung glaubhaft wirkte.«

»Pff«, machte Wint, aber es klang eher hilflos als wütend.

»Roman, was, denkst du, bewirkt dieser Stress in Heiner Fellhammer?«, fragte Sito.

»Ich weiß, worauf du hinauswillst. Heiner Fellhammer ist jedoch vor allem ein Soziopath, der seine emotionale Seite abgespaltet hat, vielleicht auch als Folge dieser Impulsivität, die er an sich beobachtet hat und die er in den Griff bekommen wollte. Das habe ich ihm abgenommen. Es passt auch nur schwer in sein Weltbild, sich selbst nicht im Griff zu haben, ergo muss er sich da sehr bewusst mit auseinandergesetzt haben. Ich gehe davon aus, dass er selbst das tatsächlich schon mit seinem Vater erlebt hat. Willkürliche Ausraster. Je mehr jemand versucht, sich zu kontrollieren, desto abgekapselter werden die Empfindungen. Kurzum: Ich denke, dass er das komplett ausklammern kann und keinen Stress empfindet. Er wirkte absolut ruhig, konnte Bedauern äußern, Mitleid mit den vermissten Gottliebs, hatte aber keinerlei körperliche Reaktion. Er saß während des gesamten Geständnisses völlig ruhig da, hielt die Hand seiner Frau, die ebenfalls gefasst wirkte. Du kannst dir das Video ansehen, da ist nichts, was auch nur im Ansatz verraten würde, dass er etwas Unrechtes getan hat.« Enzig fuhr sich mit der Hand über den Nacken. »Und genau das ist unser Problem.«

»Haben die auch nicht aus ihrer Sicht, nicht wahr?«, fragte Wint barsch dazwischen. »Was Unrechtes getan, meine ich.«

»So ist es, Heinrich«, bestätigte Enzig. »Er hat freilich darauf verzichtet, dies eigens zu erwähnen, aber ich denke, dass seine Agenda darin bestand, den Kindern seine Werte zu vermitteln. Die er für die einzig wahren hält. Ich denke, dass er ursprünglich seine Familie erweitern wollte.«

»Was bedeutet das für die Gottliebs?«, fragte Sito.

Enzig starrte Sito an, dann senkte er den Blick. »Dass er sie ermorden würde, ohne mit der Wimper zu zucken.«

Ruger kam zu ihnen und setzte sich zu Sito auf das Sofa. Er schenkte sich Kaffee ein und lehnte sich zurück. Nach zwei Schlucken und so viel Schweigen im Raum wie selten in dieser Konstellation sagte Ruger mit einer für ihn ungewohnt sanften Stimme: »Sie haben den Durchsuchungsbeschluss. Die Indizien reichen uns. Wir sehen Gefahr im Verzug, da das Mädchen von damals noch leben könnte und minderjährig ist, eines der drei vermissten Kinder aber bereits ermordet wurde. Außerdem wurde die Familie Gottlieb ebenfalls dort in der Nähe gesehen, das ist Grundlage genug.« Ruger setzte sich aufrecht hin, zog an seinem Krawattenknoten, um ihn zu lockern, und sah einmal der Reihe nach allen in die Augen. »Wir sind nicht einmal in einer Grauzone damit, wir sind in einer Hellgrauzone, verstehen

Sie? Ich bitte Sie, finden Sie etwas, was diese Herrschaften zu Entführern macht.« Er atmete hörbar aus. »Am besten schon, bevor Sie dort morgen Vormittag alles auf den Kopf stellen.«

14

Sito und Wint gingen mit Enzig in dessen Büro und arbeiteten mit ihm gemeinsam am Flipchart. Sito hatte diese Arbeitsmethode in letzter Zeit häufiger auch für sich entdeckt. Zettel, Magnete, Fotos, immer wieder konnte man den Fall neu zusammensetzen. Sie stellten zwei Stellwände dazu und bestückten sie mit weiteren Informationen.

Sito heftete gerade ein Foto der Meerschweinchen an die Tafel, als er innehielt. Er lief hinüber zum Tisch und blätterte in seinen Unterlagen, dann holte er sein Smartphone, wählte eine Nummer und legte das auf Lautsprecher gestellte Telefon auf den Tisch.

»Polizeiinspektion Lindau, Behringer, guten Tag.«

»Hallo, Herr Behringer. Hier Sito von der Mordkommission Konstanz. Mein Kollege Marc Busch war bei Ihnen. Es geht um den Vermisstenfall Schreiner und um den toten Jonas Schreiner.«

»Ja, bin im Bilde. Was kann ich für Sie tun?«

»Hatte die Familie Schreiner Haustiere?«

Enzigs Stift brach in der Mitte durch, als Sito seine Frage gestellt hatte. Das passierte Enzig nicht zum ersten Mal. Sie hörten, dass am anderen Ende in Lindau geblättert wurde. »Hier steht nichts, tut mir leid. Vielleicht wissen die Eltern von Frau Schreiner etwas.«

Sito verabschiedete sich, legte auf und wählte umgehend die nächste Nummer. Eine Minute später hatten sie die Bestätigung: Die Familie Schreiner hatte Meerschweinchen, deren Fürsorge Helens Eltern nach dem Verschwinden der Familie übernommen hatten.

»Roman, können die Tiere eine Erinnerung geweckt haben bei Werner?«

»Selbstverständlich, das wäre sogar plausibel. Immerhin war er erst drei, als er seinen Eltern entrissen wurde, wirkliche Erinnerungen wird er nicht mehr haben. Aber es gibt Trigger-Erlebnisse.«

»Das könnte auch der Grund gewesen sein, weshalb es mit Jonas schwerer war, der war sechs Jahre alt, vielleicht aufmüpfig, weil er seine Eltern vermisst hat«, überlegte Sito.

Enzig nickte. »Das ist möglich und sogar wahrscheinlich, allerdings gingen wir ja auch davon aus, dass der Vater ihm vielleicht den Weg in die Computerwelt eröffnet hat, oder nicht?«

Die Frage blieb im Raum hängen.

»Ich denke, der Weg führt über die Schwiegertochter«, begann Enzig. »Sie war angefasst, als wir erzählten, dass wir den ältesten Sohn der Schreiners gefunden haben.«

Sito nickte vor sich hin. »Elisabeth Fellhammer. Du hast gelesen, dass wir ein Phantombild haben, das auf sie passt?«

Enzig schüttelte den Kopf. »In welchem Zusammenhang?«

»Niklas Sperling alias Jonas. Sie hat ihn in Wollmatingen besucht. Der Vermieter glaubt, sie war seine Geliebte.«

Enzig saß wie versteinert da. »Das ist nun ein anderer Ansatz als der, den ich – Die Mutter soll die Geliebte –«

»Sie war ja nicht die richtige Mutter, und Jonas war ein hübscher junger Mann geworden. Vielleicht war das auch der Grund, dass er ausgezogen ist«, mutmaßte Sito. »Wäre sicher spannend, wenn wir die komplette Familie damit konfrontieren könnten.«

Es war schlagartig ruhig im Raum, eine lange Minute schwiegen sie, bis Enzig schließlich sagte: »Das gefällt mir nicht, das gefällt mir überhaupt nicht. Das gibt dem Fall eine ganz neue, also dem Mordfall –«

»Wir werden morgen hoffentlich Gelegenheit haben, das nachzuholen. Irgendwann macht einer von ihnen einen Fehler. Vor allem können sie aktuell keinen Plan haben, was mit den

Gottliebs passieren soll. Sie haben auf jeden Fall jede Menge zu verbergen und jede Menge Druck.«

Wint schlug wieder mit der Faust in seine linke flache Hand, eine Geste, die sich anscheinend als Gewohnheit einpendelte. »Mann, wir müssen hier nicht fachsimpeln, was wird und wo die Gründe liegen, begreift ihr nicht, worum es geht?«

Sito und Enzig tauschten einen Blick. »Worauf willst du hinaus?«, fragte Sito.

Wint sprang auf und zeigte in eine unbestimmte Richtung. »Die beiden Eltern oder Mütter sind dort irgendwo unter der Erde, wir haben keinen Schimmer, wo. Denen geht vielleicht die Luft aus oder das Essen oder sonst was, vielleicht auch einfach die Hoffnung, und wir können nur ein Gelände durchsuchen, das die Fellhammers sicher nicht als Versteck für mehrere Menschen nutzen. Und wisst ihr, was noch viel schlimmer ist? Wir können nur zusehen und irgendwann die Toten bergen, denn wenn wir jetzt die Durchsuchung durchziehen und nichts finden, dann ist der Fall für uns toter als tot und jegliche Planungen für die anderen Kinder der Fellhammers obsolet.« Wint stemmte die Hände in die Hüften und sah Enzig durchdringend an. »Hab ich nicht recht, Roman?«

Enzig presste sich die rechte Faust gegen den Mund. Wieder sah es so aus, als würde er auf seine Knöchel beißen.

»Hab ich nicht recht?«, hakte Wint unerbittlich nach.

»Roman?«, sagte Sito ruhig und legte seinem Freund eine Hand auf die Schulter.

Enzig ließ die Hand sinken. »Ich fürchte, er hat recht, Paul.«

15

Seit Tagen starrte Christine Fané entweder an die Decke oder in den Fernseher. Ihre Krankschreibung lief Ende der Woche aus, und sie konnte sich nicht vorstellen, wie es dann weiterging.

Offiziell hatte sie eine Grippe, doch sowohl ihr Vorgesetzter als auch ein Kollege wussten, dass sie gar nicht krank war. Als ihr Chef ihr geraten hatte, sich ein paar Tage krankschreiben zu lassen, hatte sie sich innerlich zunächst gewehrt, doch dann war sie eingebrochen und erleichtert gewesen über dieses Angebot, sich in ihre Höhle zurückziehen zu können. Eine Flucht nach innen.

Es war ihr gleichgültig, wie er über sie dachte, der Vorgesetzte, der gesagt hatte, das sei normaler Gegenwind, der nichts von sexualisierter digitaler Gewalt hören wollte oder diese als »Schattenseite des Internets« bagatellisierte.

Christine hatte recherchiert und von Konstanz mittlerweile auch die Bestätigung, dass sie ins Visier einer mit den Incels sympathisierenden Männerrechtsgruppierung geraten war. Heinrich mahnte zur Vorsicht, sie wusste auch, dass einer der Männer, die sie beschimpften und bedrohten, ein V-Mann von Karl Zimmermann war. Es beruhigte sie nicht. Im Gegenteil, sie fühlte sich ihres Grundvertrauens beraubt, als hätte man ihr ein für alle Mal klargemacht, dass sie sich auf nichts verlassen, dass sie niemandem vertrauen sollte. Am wenigsten sich selbst, denn wenn es darauf ankam, dann war sie chancenlos gegen einen Mann, der es darauf anlegte, sie zu verletzen.

Die Incels waren gewaltbereit, Extremisten, die Terror gegen Frauen organisierten und an die männliche Überlegenheit appellierten. Frauen, die nicht in ihr Weltbild passten, gehörten ausradiert oder so lange gedemütigt, bis sie sich freiwillig zurückzogen. Es gab bereits Attentate, die auf Incels und ähnliche Männerrechtsbewegungen zurückzuführen waren, das große Problem schien die Vernetzung verschiedener Gruppierungen zu sein – Antifeminismus, Rassismus, Rechtsradikalismus.

Die Recherchen hatten ihr geholfen, sich selbst als Fall zu betrachten, Distanz zwischen sich und ihre Angst zu bringen. Angst. An jedem Tag wurde eine Frau Opfer eines Mordversuches, jeder dritte Versuch gelang. Weit über hundert Frauen wurden jedes Jahr in Deutschland ermordet. Meist einfach deshalb, weil sie Frauen waren. Femizide nannte man das inzwischen auch öffentlich.

Wie sollte sie weiterhin als Kommissarin arbeiten, wenn sie solch ein Opfer ihrer eigenen Angst war? Weshalb flößte ihr diese virtuelle Bedrohung überhaupt eine solche Furcht ein? War es diese ständige Präsenz, diese Unausweichlichkeit oder die Unsichtbarkeit des Gegners, der immer und überall sein konnte? War es diese radikale Bereitschaft, zu verletzen und zu zerstören?

Christine stand vor dem Spiegel in ihrem kleinen Badezimmer. Sie hatte wieder ihre alte Frisur, als Zeichen, dass sie nicht aufgeben würde. Ihr kinnlanger Pagenkopf rahmte ihr zierliches Gesicht, und das Rot ihrer Haare ließ ihre Haut noch blasser erscheinen. Ein wenig zu spitz das Kinn und die Nase. »Hexe« hatte sie einer beschimpft, *»WHITEMAN«*, und dass man sie am besten verbrennen sollte – *#saeuberung* …

Ihre Recherchen und eigenen Erfahrungen hatte sie dokumentiert und an die Abteilung für Cybercrime überstellt. Man bot ihr Begleitschutz für den Weg von der Wohnung zur Arbeit. Begleitschutz für ihre Angst. So stand sie in ihrem Badezimmer, die Lampe an der Decke surrte leise, ihr Spiegelbild blickte sie hilfesuchend an, sie, die so stolz und ehrgeizig und souverän den Fall mit Wint gemeistert hatte; die diese Stelle in Stuttgart mit großen Zielen angetreten und das Angebot aus Konstanz abgelehnt hatte. Sito würde anders mit der Bedrohungslage umgehen, da war sie sicher.

Wut keimte in ihr, Wut und Enttäuschung. Sie hätte sich gewünscht, dass das ganze Team geschlossen hinter ihr stand und sich in der Öffentlichkeit positionierte. Man stand hinter ihr, das schon, aber in Zeiten des digitalen Krieges wäre eine mediale Geste wichtig gewesen.

Christine sah, dass sich zwischen ihren Augen Falten bildeten, Zornesfalten. Sie hatte keine Lust mehr, sich einzusperren, sie würde sich ihren Feinden stellen. Sie hatte eine Waffe, sie war ausgebildet, sie war stark. Sie würde sich nicht länger verstecken und zusehen, wie die Angst immer größer wurde in den vier Wänden, die sie ihr Zuhause nannte.

Christine verließ eine Viertelstunde später ihre Wohnung im dritten Stock des Mehrfamilienhauses. Sie hatte das Holster mit ihrer Dienstwaffe angelegt und eine Taschenlampe sowie Pfefferspray in ihrer Handtasche.

Es war ein ganz normaler Mittwoch, achtzehn Uhr fünfzehn und bereits dunkel. Sie wollte zu dem Supermarkt laufen, der nur dreihundert Meter entfernt war, ein Weg, den sie die vergangenen Tage nicht zu gehen gewagt hatte, nachdem ein Anrufer ihr unmissverständlich zu verstehen gegeben hatte, dass er sie beobachtete. Sie war vorbereitet, spielte in Gedanken durch, wie sie reagieren musste, wenn zwischen den parkenden Autos oder den bereitgestellten Mülltonnen ein Mann hervorspringen und sie attackieren würde. Sie spielte es durch, ihre Muskeln waren angespannt, die Oberschenkel schmerzten bereits nach dieser kurzen Strecke.

Sie lauschte auf jedes Geräusch, sah an der Bushaltestelle ein Pärchen und eine alte Frau, war beruhigt. Sie sah auch zwei Radler und einen Mann mit Hund. Sie war nicht allein, man würde ihr zur Not auch helfen. Überall waren Fenster und dahinter Wohnungen und Menschen, die das Abendessen vorbereiteten. Es war ein ganz normaler Tag. Ein ganz normaler Mittwoch, so beteten ihre Gedanken mantraartig, um sie zu beruhigen.

Sie lief weiter, und mit der Zeit wurden ihre Schritte weicher. Sie entspannte sich, atmete gleichmäßig, dachte an Wint, der jetzt gern bei ihr wäre, dachte daran, dass er ein guter Freund war und so gern mehr für sie wäre. Sie dachte an Miriam und Paul, an Roman Enzig und seine kleine Familie und daran, dass sie vielleicht auch einmal eine Familie wollen würde, und …

Ein Schlag traf sie mit voller Wucht im Gesicht. Der Schatten, der sich kurz davor aus einem Hauseingang gelöst hatte, war ihrem wachsamen Auge zwar nicht entgangen, aber der Schlag war so unmittelbar gefolgt und unbarmherzig ausgeführt worden, dass sie nicht einmal die Hand hatte heben können.

Sie ging zu Boden, sah im Fallen noch das Pärchen an der Bushaltestelle und die alte Frau mit Einkaufstüten im Licht der Laterne.

Es begann zu regnen. Die Regentropfen rieselten durch das Licht und bedeckten ihre Wange. Sie lag auf dem Gehweg, rang nach Atem, sah Beine und hörte heftiges Atmen. Sie wollte nach der Waffe tasten, doch traf sie ein Schuh im Magen und raubte ihr die Luft. Ein weiterer Tritt traf sie von hinten, und sie hörte ihren Brustkorb knacken. Sie japste nach Luft, wollte sich hochstemmen, bloß weg vom Boden, wollte schreien und brachte nur brabbelnde Geräusche hervor. Sie schmeckte Blut in ihrem Mund.

Sie traten nach ihr, beschimpften sie, bespuckten sie. Niemand kam ihr zu Hilfe.

Sie dachte an das Pärchen an der Bushaltestelle, die alte Frau mit den Tüten, sah in Gedanken die Radler vor sich und all die Familien, die hinter den Fenstern standen und in Sicherheit waren. Ein Hund bellte irgendwo, und jetzt spürte sie das Blut in ihrem Gesicht. Wieder knackste ein Knochen, und ein höllischer Schmerz fuhr durch ihre Schulter. Sie wollte ihr Gesicht schützen, aber sie konnte sich nicht rühren. Einer saß auf ihr, zwang sie, ihn anzusehen, grinste ihr frech ins Gesicht, roch nach Bier und modrigen Klamotten. Er sah sie an, und sie blickte trotzig zurück. Er holte mit der Faust aus und hielt sie über ihrem Kopf. »Du bist es nicht einmal mehr wert, von mir gefickt zu werden, du Abschaum.«

Das Letzte, was Christine hörte, war der Schrei einer Frau irgendwo aus der Ferne und ein Hund, der aufgeregt bellte, während Reifen quietschten; das Letzte, was sie sah, war das Gesicht ihres Angreifers, dieser hasserfüllte Blick, die Faust neben seinem Gesicht; das Letzte, was sie spürte, war ein Schmerz neben ihrem Mund, als wäre ihr Kopf zersprungen; das Letzte, was sie dachte: Wint darf nichts davon erfahren.

16

»Man könnte fast glauben, die Fellhammers hätten Informationen aus dem Präsidium«, polterte Wint. Er stand mitten in Sitos Wohnzimmer, während Miriam in der Küche für sie kochte. Auch dieser Mittwoch dauerte schon wieder eine gefühlte Ewigkeit.

»Ich weiß, dass es so aussieht«, entgegnete Sito. »Die Durchsuchung für morgen ist bereits abgesagt.« Enzig, der neben ihm saß, blickte nicht einmal von der Arbeit auf, die er sich mitgebracht hatte.

Sie hatten nach diesem Nachmittag alle nicht nach Hause gehen wollen. Enzig hatte mit Anna telefoniert und sie vertröstet, Wint hatte versucht, Christine Fané zu erreichen, aber erfolglos, doch auch er hatte es weder im Präsidium ausgehalten noch die Vorstellung ertragen, nach Hause zu gehen. Also saßen sie alle bei Sito in dessen Haus in Egg, hörten das Pfeifen der Meerschweinchen, das Grummeln der Hunde, das Scheppern der Töpfe in der Küche. Miriam wollte keine Hilfe, hatte sie gesagt, doch jetzt hatte Sito ein schlechtes Gewissen. Sie war seit ein paar Tagen wieder da, und er hatte noch überhaupt keine Zeit für sie gehabt. Das Gefühl, zu spät zu kommen, das ihn seit Beginn dieses Falls begleitet hatte, war zu einem kalten Klumpen in seinem Magen angewachsen. Er kannte das Gefühl, er war schon einmal zu spät gekommen …

»Roman, sag doch auch mal was.« Wint hatte die Hände in die Hüften gestemmt und ließ jetzt den Kopf sinken. Zeus kam angelaufen und stupste ihn ans Bein.

Sito wusste, dass Wint kurz davor war durchzudrehen. Er sah seinem Freund sowohl die Verzweiflung als auch die Wut an. Sie hatten den ganzen Nachmittag fieberhaft nach weiteren Beweisen gesucht, doch die Fellhammers waren ihnen zuvorgekommen. Denn sie hatten ihrerseits weitere vermeintliche Beweise geliefert, die ihre Geschichte untermauerten, unter anderem auch Fotografien, die sie mit den Schreiners zeigten, Familienbilder fürs Poesiealbum. Es gab sogar einen Brief der Schreiners aus China, wo sie angeblich ihr neues Glück gefunden hatten. Der Brief war nachweislich von Robert Schreiner geschrieben und trug einen Poststempel jüngeren Datums.

Nichts schien auf ein Verbrechen hinzudeuten außer der Tatsache, dass sie die Kinder mit gefälschten Dokumenten als ihre eigenen hatten aufwachsen lassen. Gisela Fellhammer hatte diese Möglichkeit durch ihre Tätigkeit im Amt genutzt. Diesen Fehler bereuten sie zwar, behaupteten sie, sie hätten aber nicht in böswilliger Absicht gehandelt, sondern im Sinne der Kinder. Dass ihre ideologischen Ansichten nicht Teil der Bewertung dieser Tatsache sein dürften, hofften sie doch sehr. Das sei ansonsten nicht ihre Vorstellung von Gerechtigkeit.

Gerechtigkeit, hatte Sito gedacht, welch überstrapazierter Begriff in diesem Fall. Er erinnerte sich an sein Gespräch mit Wint an der Seepromenade. Montag vor einer Woche. Sie hatten noch keinen Toten aus dem Rhein gefischt und nichts von den beiden Familien gewusst. Gerechtigkeit war schon damals ihr Thema gewesen; als hätte Wint geahnt, was sie alsbald beschäftigen würde.

»Das beweist lediglich, dass die Fellhammers sehr strategisch planen und Freunde haben, die ihnen helfen. So einen Brief kann man problemlos fingieren«, wetterte Wint. »Außerdem ist China just eines jener Länder, die nicht mit Interpol kooperieren, hab ich recht? Wir könnten kein Fahndungsersuchen stellen, oder?«

Enzig nahm seine Brille ab und betrachtete resigniert seine Gläser. »Nein, können wir nicht. Könnten wir, aber macht keinen Sinn.« Er deutete mit seiner Brille auf seinen Laptop. »Uns bleiben nur die Aufnahmen.«

Den ganzen Nachmittag hatten sie die Fellhammers getrennt voneinander befragt. Den Vorwurf, Elisabeth habe eine Affäre mit ihrem Pflegesohn Jonas gehabt, bestritten alle vehement. Enzig sah sich dennoch seit geraumer Zeit die Aufnahmen der Befragungen wieder und wieder an, als hoffte er, einen Hinweis zu finden, einen winzigen Hinweis auf den Verbleib der beiden Familien. Plötzlich sagte er: »Ich fürchte, dass wir auch den folgenden Fall in Erwägung ziehen müssen: Die Gottliebs waren nicht für die Fellhammers.«

»Nicht für die Fellhammers?«, fragte Wint.

»Vielleicht ein Netzwerk. Wegen der Kinder. Das ist nicht neu, vielleicht hier nur mit anderer Motivation.«

»Ich scheiß auf die Motivation«, schimpfte Wint.

»Wir alle, Heinrich, wir alle, aber wir können nur mit dem weiterarbeiten, was wir im Moment haben«, sagte Enzig ruhig.

Wint kam um den Tisch gelaufen und setzte sich neben ihn. »Und?«, fragte er, wobei er sich auf Enzigs Stuhl abstützte, um sich weiter zu ihm beugen zu können. »Was entdeckt?«

Enzig verzog den Mundwinkel. »Nichts Gutes. Es bleibt dabei, die Fellhammers sind emotional abgekapselt. Hier«, er deutete auf das Bild, das er gerade eingefroren hatte und das Heiner Fellhammer zeigte, »hier ist eine winzige Regung zu erkennen an den Augen, allerdings ging es hier um seinen Vater. Nichts, wenn es um die Familien geht.«

Sitos Smartphone klingelte. Es war Karl Zimmermann. Sito ging ran, hörte zu – und spürte, wie der Boden unter seinen Füßen in Bewegung geriet. Er sah zu Wint, sah dessen verbissenen Blick, schluckte seine Betroffenheit herunter und entschied, dem Rat Zimmermanns zu folgen und Wint nichts von Christine Fané zu erzählen. Von diesem Überfall auf sie, der Zimmermann beim Erzählen ins Stocken geraten ließ. Sito hatte Mühe, ruhig weiterzuatmen.

Als er gerade auflegen wollte, sagte Zimmermann, dass es ihm unfassbar leidtäte, dass sie nicht zugeschlagen hätten, bevor es zu diesem Gewaltakt gekommen war, dass der Weg, die bösen Kräfte im Internet mit ihren eigenen Waffen zu schlagen, eben nicht immer aufging, dass sie nur mit Glück weiterkamen und nicht mehr mit Strategie, dass er kurz davor sei aufzugeben. Und dann sagte er: »In dem Forum einer Männerrechtsbewegung wird die Bezwingung von Christine gefeiert und dokumentiert, und im Verlauf dieses Chats ist plötzlich jemand aufgetaucht, der von Bienen erzählt hat. Eine seltsame Analogie, Paul, mit einer schlechten Königin würde ein Volk aggressiv und krank, und dann würde nur eins helfen, die Königin auszutauschen gegen eine neue und die alte zu töten.« Zimmermann hustete am anderen Ende. »Ich hab schon wirklich viel Schlimmes gelesen, aber, ich weiß auch nicht, die Art und Weise, diese Beherrschtheit, mit der dieser Typ das schrieb, diese Nüchternheit, sie jagte mir einen eisigen Schauer über den Rücken, wenn du verstehst, was ich meine.«

Wint und auch Enzig waren aufmerksam geworden, weil Sito schon so lange nur schweigend mit dem Telefon am Ohr dagestanden hatte.

»Was ist?«, fragte Enzig alarmiert.

Sito hob die Hand.

»Es ging um Bienen? Kannst du ihn zuordnen?«

»Ich bin schon dran. Ich weiß, was du denkst und was du hoffst. Ist Wint bei dir?«

»Ja.«

»Sag ihm nichts. Nicht heute Abend, ich hab ein wirklich schlechtes Gefühl. Diese alte Bienenkönigin, die getötet werden muss. Was, wenn das Helen Schreiner ist?«

Sito legte auf und zögerte. Er hatte nur die wenigen Schritte bis zum Tisch Zeit, sich zu überlegen, was er Wint und Enzig erzählen sollte.

»Was ist los, Paul?«, fragte Enzig.

Sito setzte sich, er hoffte, dass Miriam gleich mit dem Essen kam, wusste, dass diese Hoffnung eine hilflose war. »Das war Karl. In einem Chat, den er beobachtet, tauchte jemand auf, der von Bienen erzählt hat.«

»Von Bienen?«, fragte Wint ungläubig und machte ein verständnisloses Gesicht. »Was soll das?«

Enzig hingegen starrte Sito mit offenem Mund an.

»Was ist?«, fragte Wint konsterniert. »Hab ich was verpasst?«

»Fellhammer senior hat Bienen«, sagte Sito und sah gebannt zu Enzig, der plötzlich fieberhaft auf seinem Laptop herumklickte.

»Ich weiß, dass der Alte Bienen züchtet, aber was soll das jetzt hier?«, schimpfte Wint.

»Hier ist es«, rief Enzig plötzlich und drehte den Laptop so, dass auch Sito die Aufnahme sehen konnte. »Ich habe Heiner Fellhammer nach seinen Bienenvölkern gefragt, ich wollte sehen, wie er spricht, wenn es um etwas geht, das ihm am Herzen liegt.«

Sito, Wint und Enzig verfolgten die Aufnahme von Heiner Fellhammer, der von seiner Leidenschaft, den Bienen, erzählte, wie schwierig es sei, die Völker gesund zu halten, mit welchen Herausforderungen ein Imker heutzutage zu kämpfen habe und wie viel Wissen er sich habe aneignen müssen. Allein den richtigen Zeitpunkt für das Umweiseln zu erkennen sei eine Kunst. »Seht es euch selbst an«, sagte Enzig und startete das Video.

»Sie entnehmen dem Volk die Königin und schenken ihm eine neue, eine gesunde, eine, die das Volk wieder erstarken lässt. Das fasziniert mich, aus dem Chaos wieder eine Ordnung entstehen zu lassen.«

»Fällt Ihnen das nicht schwer, Herr Fellhammer?«

»Es geht um das Volk. Man muss Opfer bringen für ein gesundes Volk.«

Enzig stoppte die Aufnahme. »Das Umweiseln bezeichnet genau diesen Vorgang, den Austausch der Königinnen, wobei die alte Königin getötet wird.«

»Herrgott, das hab ich doch gleich gesagt, dass der alte Fellhammer aus der Ecke der Schwachköpfe kommt. Für den ist die Welt ein Bienenvolk, das genauer Hierarchien bedarf. Komisch nur, dass er nicht das Matriarchat anstrebt.«

Enzig schüttelte vehement den Kopf. »Das ist symbolisch mit den Bienen, es geht nicht um die Geschlechterverteilung, sondern um die strikte Einhaltung der natürlichen Ordnung. In der Natur wird die Königin, wenn sie zu schwach ist, ebenfalls getötet – und zwar von der neuen Königin.«

Sito und Wint tauschten einen Blick und sahen dann entsetzt zu Enzig.

»Und du meinst, dass die beiden Frauen unserer vermissten Familien jetzt irgendwo in einem Bunker sitzen und sich gegenseitig an die Gurgel gehen?«, fragte Wint.

»Wenn man bedenkt, dass Helen Schreiner vielleicht seit fünfzehn Jahren eingesperrt irgendwo vor sich hin vegetiert und plötzlich mit einer weiteren Frau konfrontiert wird? Möglich ist alles. Ich habe keine Ahnung, wie man so etwas verarbeitet, und vor allem, was ihr alles widerfahren ist in der Zeit.«

Wint ließ sich in den Stuhl zurücksinken. »Ich glaub eh nicht, dass die noch leben. Es sei denn, die Fellhammers sind nicht nur verrückt, sondern auch Sadisten und haben mit den Eltern ihren langen grausamen Spaß.« Unvermittelt setzte er sich auf, kramte in seiner Jackentasche und fingerte sein Smartphone heraus. Er wählte, und Sito wusste genau, wen er zu erreichen versuchte. »Mailbox«, sagte er, »verdammt, das kann doch nicht sein.«

»Das Essen ist fertig, kann mir jemand beim Tragen helfen?« Miriam stand in dem Übergang vom Flur zum Wohnzimmer. Sito nickte, und auch Enzig stand direkt auf. Nur Wint war noch mit seinem Smartphone beschäftigt. Er würde es ohnehin zeitnah herausfinden, besser, Sito überbrachte ihm selbst die schlechten Nachrichten. Sito holte tief Luft und wollte gerade anfangen zu erzählen, als es an der Tür klingelte.

»Erwartet ihr noch jemanden?«, fragte Enzig überrascht.

Miriam ging zur Tür, Sito und Enzig liefen ihr nach. Die Hunde blieben schwanzwedelnd neben ihr, als die Tür aufging. Vor ihnen stand Werner Fellhammer, eine Packung Meerschweinchenfutter in der Hand.

»Hier, Ihre war ja fast leer«, sagte er und lächelte arglos.

Sito war so perplex, dass er einen Moment brauchte, um sich zu sammeln.

»Wer ist denn da?«, rief Wint vom Tisch und fügte hinzu: »Ich kann Christine nicht erreichen, ich ruf jetzt bei der Polizei an und schicke jemanden zu ihr.«

Sito wollte Wint bremsen und war doch wie gebannt.

»Oh, Sie haben Besuch, das tut mir leid«, sagte Werner. »Ich wollte nur, also, hier das Futter wollte ich vorbeibringen und fragen, ob ich vielleicht – Ich würd sie halt gern noch einmal sehen, bevor –«

»Bevor was?« Wint war aufgestanden und kam in den Flur gelaufen. »Hoppla, na das nenne ich eine Überraschung.« Er stemmte die Hände in die Hüften und baute sich neben Sito auf, und Sito war im ersten Moment erleichtert, dass Wint so von seinem Anruf bei der Polizei in Stuttgart wegen Christine Fané abgelenkt war. Doch als er seinen Freund musterte, kam ihm ein anderer Gedanke, der ihn noch mehr beunruhigte.

»Na, bevor die Tiere vermittelt werden. Sie sagten doch, dass Sie neue Besitzer suchen, oder nicht?« Werner sah Sito fragend an.

»Ja, das stimmt, Werner. Komm, du kannst gern zu ihnen. Wissen deine Eltern, dass du da bist?«

Werner grinste verlegen. »Nee, aber die wären nicht böse. Die waren heute ja auch den ganzen Tag bei Ihnen. Die haben gesagt, dass alles gut wird und ich mir keine Sorgen machen müsse.«

»So, haben sie das?«, fragte Wint mürrisch, und Sito griff besänftigend nach seinem Arm. »Vielleicht sollten wir uns einmal –« Sito drückte fester, und Wint schluckte den Rest des Satzes hinunter.

»Wieso meinst du, dass die nicht böse wären?«, fragte Sito.

Werner stellte sich aufrecht hin. »Wir sind gute Kinder, gut erzogen und aufrechte Menschen, das war unserer Oma ganz wichtig. Wir reden nicht schlecht von anderen. Wir wollen auch nur in Frieden leben.«

»Das verstehe ich. Man redet nicht schlecht von denen, die sich um einen kümmern, nicht wahr?«, fragte Sito.

»Nein, nichts Schlechtes.«

»Du kannst die Meerschweinchen natürlich besuchen. Du weißt ja, wo sie stehen.« Sito nickte in Richtung seines Arbeitszimmers, und Werner setzte sich lächelnd in Bewegung. Sein

Schritt war leicht federnd. Ein winziges Symptom bei Asperger-Patienten – sie traten oft nur auf dem vorderen Fußbereich auf.

Sito ging ihm leise nach und stellte sich zu ihm. Die anderen folgten, blieben aber im Flur. »Du kannst gut mit Tieren umgehen. Hattest du schon einmal eigene Meerschweinchen?«

»Manchmal träume ich davon.«

Sito schielte zu Enzig, der ihm ein Zeichen machte fortzufahren. Erinnerungen zu wecken. »Auch von deinem Bruder Jonas?«

Werner sah verwirrt auf. »Jonas? Wer soll das sein?«

»Aber du hast einen Bruder, oder nicht?«

»Ich hatte, aber der hieß nicht Jonas.«

»Was ist mit ihm?«

»Weg. Wir reden nicht von ihm.« Werner zwinkerte nervös, dann widmete er sich den Tieren. Sito sah wieder zu Enzig, doch der machte mit der Hand ein beschwichtigendes Zeichen.

»Wir lassen dich ein wenig allein mit den beiden, okay?«

»Oh ja«, antwortete Werner strahlend und setzte sich vor den Käfig.

Sito zog sich mit Miriam, Enzig und Wint zurück ins Esszimmer.

»Das war zu viel«, flüsterte Enzig, »du hättest bei den Tieren bleiben sollen.«

»Weiß ich, es hat sich nur mit dem Träumen angeboten, verflixt.« Sito rieb sich mit beiden Händen über das Gesicht.

»Gib ihm ein wenig Zeit bei den Tieren, vielleicht finden wir gleich noch einmal –«

»Ich geh dann mal«, kam es vom Flur. Werner stand da und hatte die Hand zum Gruß gehoben. Sito stand auf, aber Werner war schon an der Tür und sagte: »Ich muss mich beeilen, wär vielleicht doch nicht so gut, wenn meine Eltern erfahren, dass ich hier war. Machen Sie es gut.« Und weg war er.

Sito wunderte sich, dass Werner so schnell gegangen war, mehr noch darüber, wie er sich verabschiedet hatte. Es hatte ganz anders geklungen als die Sätze davor. Werner hatte ganz anders geklungen. Behutsam schloss er die Haustür und schickte die Hunde ins Esszimmer. Als er zurück an den Tisch kam, hatte Miriam alles gedeckt und das Essen bereits verteilt. Sito setzte sich dazu.

»Komischer Kauz«, stellte Miriam fest. Aus dem Arbeitszimmer ertönte wildes Pfeifen.

»Er hat Asperger«, stellte Enzig fest und begann zu essen.

»Er klang verändert, viel klarer als zuvor, ich weiß nicht, was gerade in ihm vorging. Hast du das gehört, Roman? Wie er sich – Himmel, was ist denn mit den Pfeifern los?«

Miriam lachte. »Die sind immer hungrig, die verputzen sicherlich das Doppelte ihres Körpergewichtes, jeden Tag.«

Sito stand auf und lief hinüber ins Arbeitszimmer. Aber die Meerschweinchen hatten keinen Hunger. Sie waren bestens versorgt worden. Sie beschwerten sich. Über etwas, das in ihrem Käfig lag. Ein Brief. Sito griff in den Käfig und holte ihn heraus. Langsam faltete er ihn auf, dann musste er sich setzen.

17

»Selbst Missbrauchsopfer schützen ihre Peiniger, hängen an ihnen, weinen um sie. Das klingt grausam, ist auch grausam für uns Ermittler, aber es ist eine Tatsache«, dozierte Enzig, kaute in seinen Sprechpausen aber immer wieder auf seinen Fingerknöcheln herum. Eine Stelle, das konnte Sito sehen, war bereits blutig.

Wint saß, das Gesicht in den Händen verborgen, am Tisch. Sito hatte ihm erzählt, was mit Christine Fané passiert war, doch der erwartete Wutausbruch war ausgeblieben. Bei Heinrich überwog die Verzweiflung. Christine Fané lag im Krankenhaus und wurde operiert, so viel wussten die Kollegen, aber weitere Auskünfte durfte ihm niemand erteilen. Er saß da, in sich zusammengesunken, und zitterte. So hatte Sito seinen Freund noch nie gesehen.

»Werner wollte seine Eltern und Großeltern nicht verraten, so viel habe ich verstanden, aber er hat uns dennoch diesen Beweis zugespielt. Weshalb?«, fragte Sito.

Enzig rückte seine Brille zurecht. »Weißt du, ich glaube tatsächlich, dass er etwas für die Meerschweinchen machen wollte. Vielleicht hat er die Hoffnung, dass wir sie auf diese Weise gut vermitteln können, an ihr altes Zuhause.«

»Bitte was? Du meinst, er weiß nicht, was da vor sich geht?«

Enzig zuckte mit den Schultern. »Möglich wäre das auf jeden Fall. Er weiß, dass etwas nicht stimmt, immerhin war er ja auch dort. Vielleicht musste sein Vater oder Großvater … Himmel, gab es etwas in den Unterlagen, dass die Gottliebs irgendein Medikament benötigen?« Er beugte sich vor und tippte sich durch seine Dateien. »Ja, zum Teufel, hier steht es. Der Mann hat Asthma. Die waren im Haus, um die Medikamente zu holen, weil sie die Gottliebs noch brauchen.«

»Und Werner ist seinem Vater oder Großvater gefolgt und hat dann die Meerschweinchen entdeckt«, folgerte Sito.

»Vielleicht haben sie tatsächlich eine Erinnerung geweckt«, mutmaßte Enzig und klappte seine Unterlagen zusammen.

Wint stand abrupt auf. »Ich geh da jetzt hin«, sagte er.

»Wohin? Zu Christine?«, fragte Sito.

»Ich denke, Heinrich fährt nach Litzelstetten zu den Fellhammers«, sagte Miriam ruhig.

Sito sah erschrocken von Miriam zu Wint. »Heinrich, was redest du da? Wir haben neue Beweise, wir können damit zu Ruger, auf der Stelle.« Sito griff nach dem Brief und hielt ihn Wint entgegen. »Hier ist eine weitere Sorgerechtsvollmacht, die angeblich die Gottliebs geschrieben haben, und dieser Notar«, er tippte auf den Namen, »der lebt noch. Wir können das ganze Netz ausheben, alle, die da mit drinstecken. Die Fellhammers haben tatsächlich geglaubt, dass sie mit der Nummer noch einmal durchkommen. Damit kriegen wir sie dran.« Sito stellte sich Heinrich in den Weg.

»Und dann? Suchen wir den kompletten Bodanrück nach einem Bunker ab?«, fragte Wint und lächelte schwach. »Macht euch doch nichts vor.«

»Heinrich, das hier ändert alles. Von mir aus fahren wir heut Nacht noch zu Ruger und –« Er streckte die Hände nach seinem Freund aus.

Wint trat einen Schritt auf Sito zu und schob dessen Arme zur Seite. »Falsch. Ich werde *jetzt* zu den Fellhammers fahren, sie mit den neuen Fakten konfrontieren und dann dafür sorgen, dass sie mir das Versteck verraten. Egal, wer.« Wint legte sein Holster an und prüfte die Waffe. »Und ihr bleibt hier und wartet, bis ich euch anrufe. Ich schicke einen offiziellen Notruf an die Dienststelle. Ihr wusstet von nichts und habt hier einfach den Abend verbracht und zusammen gearbeitet.«

Sito sah sich hilfesuchend nach Miriam und Enzig um. Dann packte er Wints Arm.

»Heinrich, bitte, wir haben das Recht auf unserer Seite. Wir haben Beweise«, versuchte es nun auch Enzig.

»Das Recht, das Recht.« Wint wedelte durch die Luft und lachte müde. »Das Recht wird uns erklären, dass wir morgen im Laufe des Tages über einen Durchsuchungsbeschluss verhandeln können nach Prüfung der neuen Beweise. Und dann sind wir dort und finden nichts, und in der Zwischenzeit verschwindet die Familie für immer. Da siegt zwar das Recht, aber wofür?« Den Zeigefinger der rechten Hand nach oben gestreckt, erklärte er: »Da mach ich nicht mehr mit, hört ihr?« Er tippte sich gegen die Brust. »Ich hatte das schon einmal, Paul, ich hatte einen Entführer vor mir sitzen, der nicht verraten wollte, wo er das Kind hingebracht hatte. Wir haben uns abgewechselt mit den Verhören, wir haben uns beraten, die Köpfe zermartert, überlegt, wie wir Druck machen könnten, um das Kind zu retten. Ich habe nachts davon geträumt, den Entführer zu verprügeln, ihn zu foltern, und ich weiß, dass es nicht nur mir so ging.«

Wint rieb sich mit beiden Händen über das Gesicht und blieb

einen Augenblick mit verborgenen Augen stehen. Sito konnte sehen, dass er wankte.

»Wie ist es ausgegangen?«, fragte Miriam leise.

»Wir kamen zu spät«, sagte Wint hinter seinen vorgehaltenen Händen. Er ließ die Hände sinken und sah einem nach dem anderen ins Gesicht. »Das Kind lag tot auf einem Sofa, am Boden davor lag noch sein Teddy.«

Miriam legte sich eine Hand vor den Mund.

Die Worte »zu spät« bohrten sich durch Sito hindurch. Er musste sich auf eine Stuhllehne stützen. »Heinrich, ich weiß, dass du aufgewühlt bist, auch wegen Christine, von dem ganzen Fall, aber wir wollen doch an das Gute glauben, wir wollen doch die Hoffnung nicht verlieren, ich bitte dich, mach dich nicht unglücklich.«

Wint sah ihn an. »Ich mache mich unglücklich, wenn ich hier sitze und warte.«

Sito sah die wohldurchdachte Überzeugung, die Berechnung, eine Haltung fern von Übereifer, er sah auch, dass Miriam Heinrich zunickte.

»Ich versteh ihn«, flüsterte sie.

Sito sah sie an. »Das ist jetzt nicht hilfreich, Miriam.«

»Ich weiß, aber solltet ihr nicht alles dafür tun, die Familien zu retten? Wen interessiert denn im Moment –«

Sito hielt die Hand hoch. »Sag es nicht, okay? Sag es bitte nicht. Ich will die Familien auch retten, aber ich will keine Gesetze brechen.« Sito spürte, dass Enzig ihn ansah, zweifelnd.

»Paul, ich glaube, wir alle wissen, wozu du bereit bist und wo deine Werte und Überzeugungen liegen«, sagte Enzig ruhig, dann wandte er sich an Wint. »Es ist unsere einzige Chance.«

Sito war fassungslos – und wusste, dass Enzig recht hatte. »Ich will nicht, dass du das machst, Heinrich. Ich gehe.«

»Was? Nein!«, ereiferte sich Miriam. »Hier geht es nicht um einen Heldenmarsch, um den gewetteifert wird.«

»Paul«, sagte Wint und lächelte. »Ich weiß, du machst dir Sorgen, ich weiß, dass du immer für alle die Kohlen aus dem

Feuer holen würdest, und ich weiß, dass du der geborene Märtyrer bist, wirklich, das weiß ich, aber das hier mache ich, und niemand wird mich aufhalten.« Er stand am Tisch, steckte sein Handy ein, dann grüßte er mit zwei Fingern an der Stirn.

Enzig erhob sich und legte Wint eine Hand auf die Schulter. »Rette sie!«

Wint nickte und lief zur Tür. Unbarmherzig blies der Novemberwind durch das Wohnzimmer. Zeus fiepte erschrocken auf. Dann war nur noch Stille.

18

Der Anruf vom Präsidium kam gegen drei Uhr in der Nacht. Miriam war auf dem Sofa eingeschlafen, eine Hand hing nach unten und lag auf Zeus, der im Schlaf mehrfach geweint hatte. Streuner hatte sich in ein Körbchen auf dem Flur zurückgezogen. Auch er fand keine Ruhe in dieser Nacht, als spürte er die Unruhe seiner Menschen.

Sito und Enzig hatten stumm gegessen, Miriam nur wenige Löffel, dann hatten sie gemeinsam den Tisch abgeräumt. Die Zeit kam Sito unwirklich vor, als passiere sie nicht ihnen, als wären sie in einer Schleife gefangen und müssten daraus befreit werden. Sie sprachen nicht über das, was Wint vorhatte. Sito wusste, dass es im Raum keine zweite Meinung gab.

Johannes Goffer hatte sich gemeldet und nach dem Stand gefragt, und Sito hatte pflichtgemäß den Brief an das Team weitergeleitet, den Werner zurückgelassen hatte. Marc Busch rief ebenfalls an, erfreut, dass sie damit einen wichtigen Beweis hatten, und versprach, umgehend trotz der späten Stunde mit Ruger zu telefonieren. Sito wusste, wie das Gespräch ausgehen würde, und so war er nicht überrascht, dass Marc ihm kurze Zeit später am Telefon erklärte, Ruger habe ihn auf den nächsten Morgen vertröstet mit der Bemerkung, dass die Fellhammers keinen Hehl daraus gemacht hatten, gern als Pflegefamilie zu fungieren, was auch im Fall der Gottliebs passen würde. Auch dieser Beweis rann ihnen buchstäblich wie Sand durch die Finger. Das Telefon hatte auf Lautsprecher gestellt auf dem Tisch gelegen. Sito spürte die vielsagenden Blicke von Miriam und Enzig auf sich ruhen.

»Du hast Angst, dass es schon zu spät ist, nicht wahr?«, hatte Miriam gefragt.

»Ich denke, es ist allerhöchste Zeit, und es ist wichtig, die Fellhammers zur Kapitulation zu bewegen, bevor der Beschluss zur Durchsuchung greift. Ich glaube nicht, dass wir sonst noch eine Chance haben.« Enzig hatte ungewöhnlich ruhig gewirkt und seine Waffe angelegt, als wäre gerade das Alltag für ihn. Das war ein ungewohntes Bild für Sito. Schlagartig wurde ihm bewusst, dass Enzig sich wohl am meisten entwickelt hatte von ihnen in den vergangenen drei Jahren.

Nach dem Anruf vom Präsidium starrten sie wie gebannt auf ihre Smartphones. Eine Schießerei auf dem Hof der Fellhammers, ein Notruf, die Kollegen rückten aus, Johannes Goffer war bereits unterwegs.

»Teufel noch mal«, hatte Goffer ins Telefon gebrüllt, »da tut sich was. Der Alte ist bestimmt durchgedreht.« Und Sito konnte nicht umhin, dabei an Wint zu denken. Der aber blieb ihnen die versprochene Nachricht schuldig.

»Wo steckt er, verdammt?«, presste Sito hervor. Hinter ihm regte sich Miriam. Als er zu ihr sah, setzte sie sich kerzengerade auf.

»Heinrich? Hat er sich gemeldet?«

»Noch nicht«, sagte Enzig. »Aber das Präsidium. Wir fahren jetzt los.«

Miriam sprang auf und rannte zu Sito. Sie umarmte und küsste ihn. Der Geschmack von Abschied begleitete Sito in die Nacht. Er folgte Enzig nach draußen, die Hunde bellten einmal kurz, doch das Geräusch drang wie aus weiter Ferne an Sitos Ohr. Er hatte das Gefühl, die Welt sei in Watte gepackt. Die Nacht empfing sie mit noch mehr Kälte als erwartet – als wäre der Herbst über Nacht dem Winter zum Opfer gefallen.

Enzig hielt das Smartphone in der Hand und starrte darauf. Nichts. Die Stille war erdrückend. Auf der Mainaustraße hörten sie die Sirenen der Polizeiwagen. Sito rief bei Busch an und fragte, ob er schon wisse, was passiert sei, doch sein Kollege war aus dem Schlaf geholt worden und gerade erst in Petershausen losgefahren. Sie fuhren an der Mainau vorbei, und Sito erinnerte sich an seinen Ausflug mit Heinrich, an ihre Gespräche über Gerechtigkeit und ihre Ohnmacht. Sito spürte einen Kloß im Hals, gegen den er verzweifelt ankämpfen musste, um nicht zu ersticken. Sie bogen nach Litzelstetten ab und wenig später hinauf zum Purren. Der Weg schlängelte sich nach oben durch die Nacht, die Sirenen begleiteten ihren Weg, drängelten schrill durch die Dunkelheit.

Der Hof lag hell erleuchtet da. Es waren bereits Krankenwagen und ein Polizeiwagen vor Ort, eine Streife, die die Order hatte zu warten, bis Verstärkung dort sei. Keine Spur von Heinrich Wint.

»Wo steckt er, Himmel noch mal, wo steckt er?«, sagte Sito leise.

»Lass uns hoffen, dass er drinnen und wohlauf ist.«

Sito stieg aus, traf auf weitere Beamte, Johannes Goffer kam ebenfalls auf ihn zugelaufen.

»Was ist passiert?«, fragte Sito im Laufschritt.

»Eine Schießerei«, antwortete Goffer. »Eine der Frauen hat uns angerufen. ›Er bringt uns alle um‹, hat sie gesagt.«

»Wer?«, fragte Enzig.

»Bestimmt dieser alte Sack von Fellhammer. Der wusste, dass wir ihn drankriegen.« Goffer bekreuzigte sich im Laufen. »Machen wir uns auf ein Blutbad gefasst.«

Sito und Enzig tauschten einen Blick, dann waren sie an der Haustür, die offen stand, und Sito konnte nur denken: Was, wenn Heinrich dort liegt – tot?

Mit gezogenen Waffen traten sie ein.

»Hier ist die Polizei«, rief Goffer. »Wo sind Sie? Frau Fellhammer?«

Sito sah in die Stube. Niemand saß an dem Tisch. Sie liefen durch den Flur, da kam ihnen Elisabeth Fellhammer entgegengerannt.

»Im Wohnzimmer«, stammelte sie und weinte hysterisch los.

»Was ist passiert?«, fragte Goffer und zog sie zur Seite, damit die anderen weiter voranrücken konnten.

Im Türrahmen zum Wohnzimmer blieben sie stehen. Auf einem Sessel saß Heiner Fellhammer, er hatte mehrere blutende Verletzungen und ein großes Loch auf der rechten Seite seines Kopfes neben der Schläfe. In seiner rechten Hand, die neben ihm auf dem Sitz ruhte, lag eine Waffe. Ist er nicht Linkshänder, schoss es Sito durch den Kopf, panisch sah er sich nach Wint um. Auf dem Sofa daneben saß seine Frau Gisela. Den Blick leer auf ihren Mann gerichtet, wippte sie vor und zurück. Sito schritt zu Heiner Fellhammer und prüfte den Puls. Zu Enzig gewandt, schüttelte er den Kopf.

Enzig lief inzwischen zu der alten Frau auf dem Sofa, sie wirkte apathisch und in sich zusammengesunken. Er beugte sich zu ihr und versuchte ihren Blick einzufangen: »Was ist passiert, Frau Fellhammer?«

»Er ist tot. Alle sind tot. Tot sind sie«, stammelte sie und wippte noch vehementer. Ihr Gesicht verzerrte sich zu einer hässlichen Fratze.

»Was redet die da?« Goffer war im Raum, offenbar war er Elisabeth Fellhammer an Kollegen losgeworden. »Schickt einen Arzt rein«, rief er in den Flur. »Besser zwei.« Er betrachtete Heiner Fellhammer. »Ist der tot?«

Sito nickte.

»Was zum Henker ist hier passiert?« Goffer stemmte die Hände in die Hüften und blickte sich um. »Also wenn ich es nicht besser wüsste, würde ich sagen, dass jemand vor uns hier war und für Ordnung –« Er kaute auf etwas, dann spuckte er auf den Boden. »Potzblitz, wo ist eigentlich Heinrich?«

In diesem Moment klingelte Sitos Smartphone. Enzig machte einen Satz auf ihn zu. Sito hielt das Smartphone sichtbar nach vorn. »Eine Nachricht mit Geodaten von Heinrichs Handy. Wir sollen sofort dorthin.«

19

Die Einsatzgruppe war noch größer geworden, inzwischen war auch die Hundestaffel vor Ort. Zur Sicherheit waren weitere Krankenwagen bestellt. Die Blaulichter erhellten die unwirkliche Nacht, durch die Sito und seine Kollegen jetzt rannten. Es ging durch ein hügeliges Waldstück, Zweige schlugen ihnen ins Gesicht, Enzig stolperte einmal, rappelte sich aber sofort wieder hoch. Sito versuchte, Heinrich zu erreichen, aber er bekam keine Verbindung zu ihm. Ihnen blieben nur die Koordinaten des Standortes, die dieser zuvor geschickt hatte.

»Wohin gehen wir?«, brüllte Goffer.

Nach etwa einer halben Stunde querfeldein sahen sie Licht. Es kam aus der Erde. Eine grüne Metalltür, am Tag gewiss gut verborgen von den Zweigen der Bäume, stand offen. Treppen führten nach unten in einen Gang.

»Heinrich?«, rief Sito und wartete einen Moment.

»Kann das eine Falle sein?«, raunte Goffer neben ihm. »Vielleicht hat jemand Heinrichs Handy …«

»Wir haben keine Wahl«, sagte Sito und lief bereits die Treppe nach unten. Mehrmals rief er nach seinem Freund. Das beklemmende Gefühl in ihm wurde immer stärker, er konnte kaum noch atmen.

»Heinrich!«, schrie jetzt auch Enzig, und auch seine Stimme verriet größte Verzweiflung. Sie rannten den Gang entlang, der ihnen endlos erschien. Ein Labyrinth, allein ein ferner Lichtschein wies ihnen den Weg.

»Was verdammt ist das hier?«, fluchte Goffer.

Es gab etliche Seitengänge, die unbeleuchtet waren, Metalltüren, die verschlossen waren, flackernde und surrende Lampen. Und dann endlich erreichten sie das Ende des Tunnels, wo ein Raum sich öffnete – das Licht am Ende des Tunnels.

Als Erstes sah Sito ein Bücherregal und ein Sofa davor. Auf dem Sofa saß Ludwig Fellhammer, nach vorn auf die Beine gestützt, reglos. Das Hemd an seiner linken Schulter war blutdurchtränkt. Wint stand an der Wand, vielleicht zwei Meter von Fellhammer entfernt, die Waffe auf ihn gerichtet. In der Mitte saß eine Frau, in der Hocke, nackt. An der anderen Wand befand sich eine Matratze, dort lag eine zweite Frau, leblos.

Sito, Enzig und Goffer standen am Eingang, Enzig zitterte am ganzen Körper, Goffer begann zu schnauben und musste sich am Türrahmen festhalten. Für einen Moment dachte Sito, die Welt falle um ihn herum zusammen. Hinter sich hörte er die ankommenden Kollegen, doch auch sie waren für einen Moment wie eingefroren. Die Frau, die in der Mitte des Raumes hockte, nahm keinerlei Notiz von ihnen, sie starrte einfach zum Sofa. Als stünde die Zeit still, verharrte sie dort in ihrer Nacktheit, als ein Objekt der Betrachtung. Sito hatte Mühe, dieses Bild einzuordnen. Zwei Frauen. Lebte die Frau auf der Matratze? Standen sie nun vor Helen Schreiner und Daniela Gottlieb? Was passierte da gerade? Er rief sich die Fotos in Erinnerung, die er von den Frauen kannte. Die Haarfarbe, Größe, Gestalt … fünfzehn Jahre. Die Fotos von Helen waren fünfzehn Jahre alt. Und ganz plötzlich schoss eine Erinnerung aus weiter Ferne hervor – Tattoos auf dem Arm von Helen Schreiner, Blumen und Geburtsdaten. Blumen und Zahlen, ein Ornament, ein sichtbarer Beweis. Die Erkenntnis überkam ihn wie eine riesige glühende Welle. Gegen dieses überwältigende Gefühl anschluckend, machte Sito einen Schritt in den Raum. »Frau Schreiner«, sagte er leise. »Wir sind von der Polizei. Es ist vorbei. Wir holen Sie jetzt hier raus.« Er drehte sich zur Seite. »Und Frau Gottlieb? Das sind Sie auf der Matratze, richtig? Haben Sie das gehört? Wir holen Sie jetzt hier raus.« Sito sah zu Wint. »Nimm die Waffe runter, Heinrich.«

Wint schüttelte den Kopf.

Sito konnte sehen, dass auch Wint zitterte. Er stand so unter Adrenalin, dass er nicht antworten konnte. Wieder schüttelte er den Kopf und machte noch einen Schritt auf Fellhammer zu. Der rührte sich nicht.

Sito hob die Hand und ging auf Wint zu. »Heinrich, bitte, gib mir deine Waffe. Die Kollegen kümmern sich um Fellhammer.«

Inzwischen waren Enzig und Goffer mit weiteren Beamten sowie einem Arzt und zwei Sanitätern in den Raum getreten. Behutsam näherten sie sich der Frau auf der Matratze, die sich langsam aufrichtete. Es war tatsächlich Daniela Gottlieb.

Helen Schreiner indessen saß immer noch nackt in der Mitte des Raumes. Sie hatte jeden Annäherungsversuch schreiend abgewiesen. »Verschwindet«, brüllte sie auch jetzt wieder, »ihr könnt mich nicht holen, lasst mich!« Sie fixierte Fellhammer, grinste und rief: »Sieh her, ich pisse ein letztes Mal für dich.«

Fassungslos wurden Sito und seine Kollegen Zeugen, wie Helen Schreiner auf den Boden urinierte.

Sito war wie gelähmt. Helen aber sprang mit einer solchen Energie auf, dass der Sanitäter erschrocken zurückwich. Sito wollte noch die Hand heben und etwas rufen, aber die Worte blieben ihm im Hals stecken. Sie griff nach der Waffe in Wints Hand und entriss sie ihm mühelos.

Sie bringt sich um, schoss es Sito durch den Kopf, es war alles umsonst. Sie bringt sich um, sie ist wahnsinnig geworden.

Doch Helen war nicht wahnsinnig geworden. Sie hob die Waffe, zielte und schoss, ohne zu zögern, auf Fellhammer. Sie traf ihn im Bauch. Er fiel vom Sofa ohne einen einzigen Ton.

Für einen Augenblick war alles still. Reglos standen sie alle in dem Raum, als hätte jemand die Zeit angehalten. Nur das Blut unter Fellhammer floss und breitete sich auf dem Boden aus. Unvermittelt folgte ein Schrei von Helen, und dann endlich war ein erlösendes Weinen von ihr zu hören. Sie sank in sich zusammen.

Goffer sprang zu ihr und nahm ihr die Waffe ab, anschließend legte er ihr eine Decke über und führte sie mit einem Arzt nach draußen.

Wint stand mit offenem Mund da und starrte erst Helen hinterher, dann zu Fellhammer, der am Boden von einem der Sanitäter versorgt wurde, schließlich zu Sito. Sie hielten den Blick, hielten sich aneinander fest, warteten, bis Ruhe einkehrte. Im Hinausgehen legte Enzig Sito eine Hand auf die Schulter. »Ihr kommt dann nach«, flüsterte er, und Sito nickte, ohne den Blick von Wint zu lassen. Dann waren sie allein.

Wint stolperte zwei Schritte rückwärts, bis er mit dem Rücken an die Wand stieß, dort ließ er sich auf den Boden sinken. Sito setzte sich neben ihn. »Wir haben sie gefunden. Wir haben sie tatsächlich gefunden«, sagte er, doch es fiel ihm schwer, seinem Freund in die Augen zu sehen.

Wint würgte, er beugte sich zur Seite, würgte wieder, hustete aber nur und sank dann zurück an die Wand. »Sie saß da einfach …« Er schüttelte sich. »Ich meine, wir kamen in den Raum, Fellhammer setzte sich auf das Sofa, und ich wollte ihr erklären, dass wir sie retten.« Wint rieb sich mit den Händen über das Gesicht, als wollte er die Bilder wegwischen. »Sie ist aufgestanden, stumm und mit totem Blick, und hat sich ausgezogen, stellte sich mitten in den Raum. Ich hab ihr gesagt, dass sie das nicht tun müsse, dass ich gekommen bin, um sie zu retten. Sie hat das nicht begriffen. Sie hat sich in die Hocke gesetzt und gewartet. Ich wusste nicht, was ich tun sollte. Diese Demütigung. Ich wollte nicht dabei sein. Dann hat sie das getan, obwohl ihr schon da wart.«

Wint lehnte den Kopf an die Wand und starrte an die Decke. »Ich verstehe das nicht. Wieso hat sie das getan?«

Sito hob die Schultern. »Das jetzt war ihr letzter Trumpf. Ihr Zeichen, dass er sie nicht hat bezwingen können.« Sito sah sich im Raum um, sah die Dusche, die Toilette und die Küchenzeile mit dem kleinen Tisch davor. Er betrachtete den Vorratsschrank und die Bücherregale, dann deutete er auf den Tisch. »Nur ein Stuhl«, stellte er fest.

Heinrich nickte. »Sie sollte nicht mehr lange leben.«

»Es war vielleicht wirklich unsere einzige Chance«, sagte Sito leise, und endlich drehte er sich zu Wint. »Es war *ihre* einzige Chance.«

»Fünfzehn Jahre. Fünfzehn Jahre war Helen Schreiner hier eingesperrt. Sie muss eine sehr starke Frau sein. Ich hätte mich umgebracht.«

Sito stand auf und reichte Wint die Hand, um ihm aufzuhelfen. »Ich hoffe, das ist eine Gerechtigkeit, die uns Frieden schenkt«, sagte er, während er Wint auf die Beine zog.

Wint sah ihn an, plötzlich atmete er heftig und stoßweise, schließlich stieß er Sito zur Seite, rannte zur Küchenzeile und übergab sich in die Spüle.

20

Das Wohnhaus der Fellhammers war hell erleuchtet, als Sito und Wint zurückkamen. Staatsanwalt Ruger war anwesend und sprach gerade mit Johannes Goffer. Auch der Polizeipräsident, Simon Jäger, war eingetroffen sowie der diensthabende Ermittlungsrichter. Weitere Beamten hatten mit der Hilfe von Elisabeth Fellhammer die Kinder der Gottliebs gefunden. Sie waren inzwischen zusammen mit ihrer Mutter Daniela unterwegs ins Krankenhaus. Sie waren alle wohlauf. Helen Schreiner lag auf einer Trage und wurde medizinisch versorgt. Bei ihr standen Werner und Isabell, ihre großen Kinder, die sie seit fünfzehn Jahren zum ersten Mal sah. Werner hielt die Hand seiner Mutter, fortwährend liefen Tränen über ihre Wangen. Sito sah, dass auch Kollegen weinten, zwei hatten die Hände vor dem Gesicht, und Enzig musste sich auf dem Tisch abstützen.

Er selbst wusste nicht, was er fühlen sollte, alles in ihm wirkte wie hinter Glas – ab und an kam ein Windstoß, und es klirrte, brach aber nicht. Er dachte an Jonas, von dessen Tod sie Helen

Schreiner würden erzählen müssen, er dachte an die Kinder, die nun eine neue Familie bekamen, noch einmal, und er dachte an Heinrich Wint, der einen Menschen getötet hatte, um die Familien zu retten. Sein Freund war weiß wie die Wand, die Wangen eingefallen. In diesem Moment kamen sie an dem Toten vorbei. Wint blieb stehen, starrte Heiner Fellhammer an, schien zu zögern.

»Heinrich«, sagte Sito leise. »Komm mit.«

Wint hob die Hand, abwehrend, wie Sito dachte, doch die Hand wanderte weiter nach oben, hin zu seinem Kopf, der Mütze, und schob diese nach unten. Vereinzelt lagen graue Haarbüschel wild durcheinander.

Schließlich wurde Helen Schreiner nach draußen gefahren. Der Arzt fragte die beiden Kinder, ob sie mitkommen wollten, doch Werner schüttelte den Kopf. Enzig stieß sich vom Tisch ab und erklärte dem Arzt, dass er mit den Kindern nachkäme.

Sito beobachtete das alles, sah auch, dass Goffer wieder auf etwas herumkaute, erinnerte sich, dass er sich so das Rauchen abgewöhnen wollte. Worauf kaute er? Er spuckte es irgendwann auf den Boden.

Die Kinder liefen vom Wohnzimmer in den Flur, Werner schob seine Schwester vor sich her in Richtung der Treppe. Sito ging ihnen nach, leise, auch Enzig folgte ihnen. Sito hörte den Atem von Roman Enzig, bemüht ruhig und doch zu schnell. Oben liefen die Kinder auf leisen Sohlen in ihr Zimmer, Werner packte ein paar Sachen in eine Tasche und stellte seiner Schwester ebenfalls eine Reisetasche auf das Bett. Sie war rosa mit bunten Blumen darauf. Isabell reagierte kaum, sie tat einfach, was ihr Bruder ihr sagte, packte Stofftiere und ein Kleid in die Tasche, ein besticktes Kissen und Wollsocken.

Sito kam sich vor wie ein Voyeur, aber weder Werner noch Isabell nahmen von ihm oder Enzig Notiz. Aus einem inneren Impuls heraus machte er einen Schritt in den Raum, wollte seine Hilfe anbieten, die Schockstarre durchbrechen, doch Enzig hielt ihn zurück.

»Lass sie«, flüsterte er.

Werner schloss den Reißverschluss seiner Tasche, dann den bei Isabell, die sich auf ihr Bett gesetzt hatte. Er streckte ihr die Hand entgegen, sie legte ihre in seine.

»Komm«, sagte er leise. »Wir gehen heim.«

Sito musste schlucken. Er und Enzig traten zur Seite und ließen die Kinder ihr Kinderzimmer verlassen, in dem sie fünfzehn Jahre verbracht hatten.

Unten im Wohnzimmer schien die Zeit stehen geblieben zu sein. Gisela Fellhammer saß weiterhin auf dem Sofa, ein Arzt kümmerte sich um sie, doch drang er nicht zu ihr vor. Sie wippte noch immer und starrte auf ihren toten Mann, bei dem die Spurensicherung beschäftigt war. Sitos Blick glitt weiter durch den Raum und blieb bei Heinrich Wint hängen, der sich ein wenig zurückgezogen hatte und inzwischen im Türrahmen stand. Verloren wirkte er, keine Spur der Erleichterung über die Rettung der Frauen und Kinder, überhaupt keine Spur einer Empfindung. Die Mütze hielt er in der Hand.

Ruger trat zu ihm und fasste nach seinem Arm.

»Herr Wint? Sie waren als Erster hier? Was ist hier passiert?«, erkundigte sich der Staatsanwalt.

Wints Stirn kräuselte sich, seine Augen bewegten sich plötzlich unruhig im Raum umher, dann ging ein Ruck durch ihn. »Paul?«, rief er, und Sito zuckte beinahe zusammen, weil Wints Stimme so unerwartet vehement bei ihm ankam. »Paul, komm doch mal bitte.«

»Was ist?« Sito lief zu ihnen.

»Herr Wint, lenken Sie jetzt nicht ab, was ist hier vorgefallen? Hat Herr Fellhammer auf Sie geschossen? Weshalb waren Sie überhaupt hier, mitten in der Nacht?«

Wint griff nach Sitos Arm, und Sito begriff, dass er sich getäuscht hatte. Sein Freund Heinrich war längst wieder mitten in diesem Fall, er war nicht paralysiert, er kämpfte auch nicht mit einem schlechten Gewissen. Sito sah ihm in die Augen und erkannte, dass Wint fieberhaft überlegte, und im selben Moment wusste er, worum es ging.

»Wo sind die Männer?«, presste Wint hervor.

»Herr Wint, könnten wir bitte –«, versuchte es Ruger erneut, doch Wint stieß ihn zur Seite und stürmte zum Sofa. Er packte Gisela Fellhammer an den Schultern und schüttelte sie. Der Arzt war zur Seite gesprungen, Ruger und Sito kamen hinterher und versuchten, Wint zu beruhigen, doch der ließ nicht von der alten Frau ab. Die schrie hysterisch, und Wint wiederholte immer wieder: »Wo sind die Männer?«

Plötzlich wurde es schlagartig ruhig. Gisela Fellhammer schrie nicht mehr. Wint hatte sie vom Sofa hochgezogen, und sie hatte aufgehört, sich zu wehren. Sie hing in seinen Armen und sah ihn ganz ruhig an, dann lachte sie.

»Das wusste nur mein Mann. Und den haben Sie auf dem Gewissen.«

21

Sie schlug die Augen auf. Keine grünen Wände. Schnell schloss sie die Augen wieder und versuchte, ihren Atem zu kontrollieren. War sie tot? Hatte er sie umgebracht, war er ihr zuvorgekommen? Oder hatte sie es doch selbst getan?

Aus weiter Ferne drang eine Stimme an ihr Ohr, eine männliche Stimme, die sie bei ihrem Namen nannte. Helen Schreiner.

»Frau Schreiner, können Sie mich verstehen? Sie sind in Sicherheit. Ich bin Paul Sito von der Mordkommission Konstanz. Und das ist mein Kollege Dr. Roman Enzig. Wir würden Ihnen gern ein paar Fragen stellen.«

Stille. Vorsichtig öffnete sie wieder die Augen. Weiß. Eine weiße Decke, ein dünner Schlauch, der in eine Flasche mündete, und die Flasche hing an einem Metallständer. Sie kannte so ein Gerät. In Gedanken tastete sie ihren Körper ab. War sie verletzt? Der dünne Schlauch endete in einer Kanüle in ihrem Handrücken. Sie griff danach, spürte eine Hand auf ihrem Arm.

»Bleiben Sie ganz ruhig, Frau Schreiner. Es ist alles gut. Sie sind in einem Krankenhaus. Wir haben Sie aus dem Bunker befreit. Es ist Donnerstagnachmittag. Draußen sind Ihre Kinder, und auch Ihre Eltern sind da«, wiederholte der Mann, der sich als Hauptkommissar Sito vorgestellt hatte. Neben ihm stand ein großer, hagerer Mann, dessen linkes Augenlid zuckte.

Helen sortierte ihre Gedanken, die in einer zähflüssigen Masse zu hängen schienen. Wenn das alles nur ein Trick war? Wenn man sie hier jetzt umzubringen versuchte? Mit diesem Gift in ihrem Handrücken?

Ein weiterer Mann in einem weißen Kittel kam aus der unwirklichen weißen Welt, trat an ihr Bett und legte ihr seine blasse Hand auf den Arm. »Frau Schreiner, es ist alles in Ordnung. Sie sind in einem Krankenhaus. Wir stabilisieren lediglich Ihren Kreislauf. Schauen Sie, wer hier ist.«

Kinder, hatte der Mann gesagt. Ja, sie hatte Kinder in irgendeiner Zeit, die nicht mehr da war. Zwei kleine Jungs und ein Baby. Drei Kinder hatte sie. Das stimmte. Und Eltern. Auch ihre Eltern sollten da sein. Waren sie alle tot?

Der Mann in dem weißen Kittel trat zur Seite. »Hier sind Werner und Isabell«, sagte der Mann.

Ein großer Junge und ein Mädchen standen Hand in Hand und doch verloren im Raum. Kinder, meine Kinder, dachte Helen, aber sie hatten andere Namen. Sie sollten Ben und Johanna heißen, *ihre* Kinder. Dahinter stand ein älteres Ehepaar, sie die Hand auf den Mund gepresst, er unschlüssig, sein rechter Arm zuckte mehrmals, konnte sich dennoch nicht zu einem Winken durchringen. Leicht gebeugt und gestützt auf einen Stock stand er da. Eltern, das sind meine Eltern, dachte Helen.

»Frau Schreiner, meinen Sie, Sie könnten uns ein paar Fragen beantworten? Es wäre wirklich wichtig«, sagte wieder dieser Kommissar Sito.

Seine Stimme kam ihr bekannt vor. Sie hatte ihn schon einmal gesehen, irgendwann. Sie kramte in ihrem Gedächtnis, aber alles darin schien hin und her zu wabern – wie schmelzende

Marshmallows. Schemenhaft tauchte der Bunker auf mit seinen grünen Wänden. Dann der alte Mann mit der Waffe, der plötzlich hereingestürmt war mit Ludwig Fellhammer. Da hatte sie gedacht, dass er gekommen war, sie zu ermorden, und hatte das getan, was sie in den vergangenen fünfzehn Jahren schon so oft getan hatte. Es war wie ein Ritual – Ludwig setzte sich auf das Sofa, befahl ihr, sich auszuziehen und sich in die Mitte des Raumes zu stellen. Irgendwann hatte sie es einfach so getan. Als einmal der Alte zugesehen hatte, hatte sie sich eingebildet, dass er enttäuscht von seinem Sohn war. Wieso? Was hatte er erwartet? Dass Ludwig sie schlug oder vergewaltigte? Der unbekannte alte Mann mit der Waffe aber hatte nicht sie, sondern Ludwig bedroht. Und dann war sie einfach ungebeten aufgestanden, hatte sich ausgezogen und sich nackt in die Mitte ihres Gefängnisses in die Hocke gesetzt.

»Was tun Sie da?«, hatte der fremde Mann gefragt. »Ziehen Sie sich an. Sie sind jetzt gerettet.«

Gerettet, hatte sie gedacht und das Wort in ihrem Mund geknetet, bis nichts mehr übrig war …

»Frau Schreiner, wir müssen mit Ihnen über Ihren Mann reden«, sagte der große Mann mit dem zuckenden Augenlid hinter der Brille, der neben dem Kommissar an ihrem Bett stand.

Mein Mann, dachte Helen, Robert, mein Mann. *Wie er wohl aussieht? Ist er tot?* Sie biss sich auf die Lippen, schielte wieder zu ihren Kindern und ihren Eltern, fühlte, dass ihr Herz schneller schlug.

Der Arzt drückte ihren Arm. »Ganz ruhig, Helen, es ist alles gut. Wir haben Zeit. Sie sind hier in Sicherheit.« Er bat ihre Familie, draußen zu warten. Ihre Eltern winkten ihr zu, auch ihr Vater, aber mit weniger Kraft, so schien ihr. Auch Werner hob die Hand zum Gruß und führte Isabell an der Hand nach draußen, eine Isabell, die doch eigentlich Johanna hieß.

Sie sah, dass die Männer an ihrem Bett ungeduldig wurden. Der größere räusperte sich, der andere sah sie einfach an. Sie erinnerte sich an ihn, daran, dass auch er in den Bunker gekommen war. Ja, er war dort gewesen, in ihrem Gefängnis. Sie erinnerte sich an seinen Blick, seine warmen Augen, gütig sahen sie aus, und doch trugen sie ein Geheimnis, so schien ihr, ein Geheimnis, das ihn zeichnete. Gekennzeichnet wie sie, auf ewig. Dunkle Augen vor grünem Grund, wie Löcher in die Vergangenheit.

Der Arzt schüttelte den Kopf und winkte den Männern, ihm nach draußen zu folgen. Helen hörte ihn sagen, dass sie sich gedulden müssten, dass sie, Helen, noch in einem Schockzustand über ihre Rettung sei, dass sie das erst einmal verarbeiten müsse, Vertrauen aufbauen. Aber sie hätten wichtige Fragen, ihren Mann … Dann fiel die Tür zu, und Helen hörte nichts mehr.

Sie lag da und starrte an die Decke. Alles weiß. Die Wände weiß, durchsetzt von einem Bild, das eine Blumenwiese zeigte. Eine Panoramaaufnahme, vielleicht vierzig Zentimeter hoch und über einen Meter breit. Eine Wiese, in die man lachend rennen könnte, das Surren der Bienen im Ohr, den Duft der Blumen in der Nase. Einfach rennen, die lachenden Kinder hinter sich, rennen, Fangen spielen, sich fallen lassen. Sonne auf der Haut spüren und riechen. Auf dem Rücken liegen, die Hände zur Seite ausgestreckt, kitzelnde Grashalme am Hals und an den Beinen, an jeder Hand die Finger der Kinder …

Wo war Jonas? Sie hatte drei Kinder gehabt. Helen wollte sich aufrichten, doch sie sank zurück. Ihr Körper fühlte sich ungeheuer schwer an. Sie sah wieder zu dem Foto von der Blumenwiese. Sie roch den Duft, fühlte die Wärme, hörte … das Surren der Bienen. Die Bienen. Wenn eine Königin nicht mehr gut für ihr Volk war, dann wurde sie aussortiert und ersetzt. Jonas, der fragte, was mit der alten Königin denn passierte, und der alte Fellhammer, der antwortete, dass man sie tötete, und dabei ihr, Helen, ins Gesicht starrte. Er hatte sie getötet, über all die Jahre hatte er sie zu töten versucht. Schleichend, beharrlich, unbarmherzig.

Das Surren war in ihrem Kopf und wollte nicht verschwinden. Sie können nichts dafür, sagte sie sich, die Bienen können nichts dafür. Haut ab, sagte Helen in Gedanken, dann wirklich: »Haut ab!« Sie wischte mit der Hand durch die Luft und wusste doch, dass da nichts war. Sie schloss die Augen und versuchte, das Bild von der Blumenwiese zu vertreiben, doch es war in ihrem Kopf. Die Bienen, sie surrten um sie herum, verfolgten sie, verhöhnten sie, umzingelten sie, während sie sich mitten in dem Bunker entkleidete und auf den Boden pinkelte und Ludwig ihr dabei zusah. Die Demütigung war irgendwann zur Gewohnheit geworden, ein Teil ihres Seins, etwas, das fehlte, wenn er sie nicht besuchte.

Das Surren der Bienen. Helen presste sich die Hände gegen die Ohren, doch das Geräusch war in ihr. Ein Schmerz begann sich auszubreiten, von ihrem Kopf über den Hals zu ihrem Brustkorb. Sie presste noch stärker mit den Händen gegen ihre Ohren, doch das Surren wurde lauter. Der Schmerz wanderte durch ihre Arme, ihren Bauch, die Beine nach unten, bis er von ihrem ganzen Körper Besitz ergriffen hatte und sie nur mehr Schmerz war – und dann, so plötzlich, dass Helen für einen Moment glaubte, ihr Herz hätte aufgehört zu schlagen, mischte sich ein weiteres Geräusch in dieses übermächtige Surren. Ein Klopfen, leise, wie aus weiter Ferne. Es klopfte und hallte von den grünen Wänden ihres Gefängnisses wider. Es war zurück. Klopfen. Grüne Wände. Das Geräusch. Sie erinnerte sich. An dieses Klopfen.

Und dann schrie sie. So laut, so befreiend, nach diesem Kommissar, um Hilfe …

Epilog

Miriam kam mit einem weiteren Tablett aus der Küche ins Esszimmer. Sie hatten den Gartentisch dazugestellt, weiße Tischdecken aufgelegt, und dennoch wurde der Platz auf dem Tisch eng für die vielen Speisen, die dort standen. Jeder hatte etwas mitgebracht für diesen Sonntagsbrunch. Marc Busch hatte von seinem Lieblingsbäcker Brötchen besorgt, Johannes Goffer verschiedene Käse, Anna und Roman Enzig hatten gebacken – Käsekuchen, Apfelkuchen und Vanillekipferl, worüber alle lächelten, um sich dann doch umgehend darüber herzumachen, und immerhin war Weihnachten inzwischen auch schon etwas näher gerückt. Miriam und Paul hatten Aufstriche gemacht und Maria und Samuel Parson eine große Schüssel Obstsalat. Die Hunde tänzelten aufgeregt um den Tisch herum, bis endlich alle saßen. Doch die Ruhe hielt nicht lange, denn es klingelte.

Sito lief zur Tür und öffnete: Vor ihm standen Karl Zimmermann und Christine Fané. Sie an Krücken und mit deutlichen Spuren von dem Überfall im Gesicht, aber lächelnd. Miriam drängte an Sito vorbei und umarmte die Freundin herzlich.

»Ich bin so froh, dich zu sehen.«

»Kommt rein«, sagte Sito und sah sich suchend um. »Wo ist Heinrich? Wollte er nicht mit euch kommen?«

»Er war gar nicht da«, sagte Karl.

Sito blieb noch einen Moment am Ausgang stehen und starrte die Straße entlang. Stand dort nicht jemand?

Im Hintergrund hörte er seine Freunde, die Christine begrüßten. Sie war vor wenigen Tagen aus dem Krankenhaus entlassen worden, hatte ihre Wohnung in Stuttgart gekündigt und hatte die Versetzung nach Konstanz beantragt. Sie wollte dort mit Karl Zimmermann an ihren Projekten arbeiten. Ein Antrag an Simon Jäger und an das Innenministerium war bereits gestellt, die Chancen standen gewiss gut.

Gedankenverloren ging Sito ebenfalls ins Esszimmer zurück. Er setzte sich an den Tisch, hörte den Gesprächen zu, sah die ausgelassene Stimmung, die Fröhlichkeit, das Lachen von Miriam, die ihm gerade eine Kusshand zuwarf, das Baby in den Armen von Roman, der es zärtlich wiegte, das Kleinkind bei Samuel auf den Beinen, das eine Brezel in den Händen hielt und gluckste. Johannes und Karl scherzten mit Marc und Christine.

Auf dem Teller vor ihm lag ein halbes Brötchen, seit einer halben Stunde unangerührt. Die Narbe an seiner Schläfe zwickte ihn wieder, ein untrügliches Zeichen für seine Unruhe, also stand er auf, räusperte sich und sagte, er wolle kurz mit den Hunden raus. Enzig fragte, ob er ihn begleiten solle, doch Sito lehnte ab, und so ließen sie ihn ziehen.

Trotz der Sonne war es eisig kalt draußen, der November war zu Ende, der Winter hatte sich schon einmal mit Schnee gezeigt. In einigen Gärten blinkte bereits die Weihnachtsbeleuchtung an den blattlosen Bäumen.

Es war still auf den Straßen hinunter zum See. Sito genoss die Ruhe und war froh, dass seine Freunde sein Bedürfnis nach etwas Abstand akzeptiert hatten. Oder hatten sie es gar nicht gemerkt?

»Ich wusste, dass du früher oder später flüchtest.« Heinrich Wint saß trotz der Kälte auf einer Bank und blickte auf den See hinaus.

»Zeus, Streuner, los, kommt her«, rief Sito und setzte sich zu seinem Freund auf die Bank. »Wie lange wartest du schon?«

»Eine Stunde vielleicht.«

»Warst du das vorhin auf der Straße?«

»Klar, ich wollte Christine kurz sehen, wenigstens aus der Ferne.«

Sito musterte seinen Freund. Er hatte abgenommen, so wirkte es zumindest im Gesicht.

»Weshalb nur aus der Ferne? Wieso kommst du nicht einfach rein? Zu uns? Alle freuen sich, dich zu sehen.«

Wint sah zur Seite und grinste Sito an. »Und du? Wieso bist

du nicht drinnen im Warmen bei unseren Freunden am reich gedeckten Tisch?«

Sito ließ den Kopf hängen. Er wusste, weshalb, und wollte es doch nicht aussprechen.

»Eben«, sagte Wint.

»Wieso hast du nicht gleich erzählt, was passiert ist? Du hättest dir die vielen Befragungen sparen können«, sagte Sito und beobachtete seine Hunde. Eigentlich kannte er die Antwort.

»Weißt du, was ich noch weniger ertragen konnte als meine eigene Gewaltbereitschaft?«

Sito wusste es.

»Diesen abgrundtiefen Hass von diesem Mann. Als er gemerkt hat, dass es mir ernst war, hat er auf seinen Sohn geschossen, den Einzigen, der auch noch gewusst hatte, wo die Bunker sind, und sich dann selbst erschossen. Einfach so, eiskalt, aus reiner boshafter Berechnung.« Wint starrte Sito an und wartete, bis dieser ihm in die Augen sah. »Verstehst du? Es war reines Glück, dass er das Herz seines Sohnes verfehlt hat und der dann bereit war, uns zu helfen.«

»Das weiß ich, Heinrich«, sagte Sito und sah zu den Hunden, die ungeduldig vor der Bank auf und ab liefen. »Komm, lass uns ein paar Schritte gehen, zum Sitzen ist es längst zu kalt.«

Sie gingen eine Weile schweigend nebeneinanderher, Sito hörte nur ihrer beider Atem und die Pfoten der Hunde. Einmal schrie ein Vogel.

»Sind die Familien wieder vereint?«, fragte Wint in die Stille.

»Ja. Bis auf Jonas haben alle überlebt, und auch Jonas könnte noch leben, wäre es nicht zu diesem Zwischenfall auf der Brücke gekommen.«

»Elisabeth hat gestanden?«

»Sie und Jonas hatten seit einiger Zeit eine Affäre, das fing schon an, als Jonas noch bei den Fellhammers lebte.«

Wint blies die Luft hörbar aus, eine kleine Atemwolke bildete sich vor seinem Gesicht. »Und dann? Wollte Jonas nicht mehr, und sie hat zugeschlagen?«

»Sie haben sich gestritten, er ist rückwärts gestolpert und mit dem Kopf gegen das Geländer gestoßen, nicht schlimm, er sei nur kurz benommen gewesen. Sie hat uns die Stelle gezeigt.«

»Aha. Und dann?«

»Sind sie gemeinsam über die Brücke und der Streit ging weiter. Wir haben einige Zeugenaussagen, die das inzwischen auch bestätigen. Busch war als Erster darauf gestoßen, weil eine Zeugin sagte, dass es eine zweite Person auf der Brücke gab, aber kein Handgemenge und dass diese zweite Person kleiner gewesen sei.« Sito hielt an und wartete, bis Wint ihm in die Augen blickte. »Jonas war wohl irgendwann so wütend über Elisabeths Drängen, dass er über das Geländer stieg und sprang, nur um sie endlich loszuwerden. Er wollte sich nicht das Leben nehmen, er wollte einfach seine Ruhe.«

»Es war also einfach Pech, dass er ums Leben kam«, konstatierte Wint.

Sito nickte schwach. Anschließend sah er an Wint vorbei über den See, auf dem sich Nebelschwaden sammelten. Die blasse Sonne schien dahinter zu verschwimmen. »Man hat den beiden Jungs damals erzählt, die Eltern hätten sie bei den Fellhammers gelassen. Ben hat sich irgendwann gefügt, aber Jonas war schwieriger. Der Großvater hat ihn immer wieder geschlagen, um ihn zu bändigen wie früher den eigenen Sohn. Als Maßnahme, um den Sohn härter zu machen.«

»Ich hätte ihn einfach –« Wints Gesicht war durchzogen von tiefen Falten. Abscheu lag in seinem Blick.

»Irgendwann war Jonas misstrauisch geworden, vielleicht hat er auch etwas belauscht oder beobachtet. Schließlich hat er begonnen zu recherchieren. Über Bunker. So ist er in das Team von Karl gelangt.«

»Und so fügt sich ein Puzzleteil in das andere.«

»Ohne seinen Tod hätten wir die Familien nie gefunden, Heinrich.«

»Ich weiß das, Paul, ich weiß das wohl. Die Fälle hängen als Taten zwar nicht zusammen, aber sie führten zu einem gemeinsamen Ergebnis und haben denselben Ursprung. Das nennt man Ironie des Schicksals, nicht wahr?«

»Sei nicht zynisch. Gisela Fellhammer schweigt noch immer beharrlich, sie gibt dir die Schuld am Tod ihres Mannes. Elisabeth aber spricht mit uns, sie wirkt irgendwie auch erleichtert, wenngleich sie damals maßgeblich beteiligt war. Der Kinderwunsch sei einfach übermächtig gewesen und diese Helen ohnehin keine gute Mutter.«

»Indoktriniert von der Ideologie des Alten also.«

»Das weiß sie jetzt. Sie hat uns auch erzählt, dass ihr Schwiegervater Helen loswerden wollte. Ich denke nicht, dass sie noch leben würde. Nicht ohne deinen Einsatz.«

»Das Leben ihres Sohnes für –« Wint brach ab. Er stellte sich neben Sito und betrachtete ebenfalls das Lichtspiel über dem See. »Was für eine verkorkste Familie. Und ich nehme mal an, wir haben keine verbrecherischen Kontakte aufgedeckt? Keine Organisation, keine Verschwörung dahinter?«

»Abwarten. Elisabeth ist immerhin kooperativ. Und wir haben ja immer noch Fellhammer junior.«

Wint drehte sich überrascht zur Seite. »Ludwig Fellhammer hat es also tatsächlich überlebt? Obwohl er zwei Schüsse abbekommen hat?«

»Ja, hat er. Erstaunlich gut sogar. Der Schuss seines Vaters hat das Herz nur knapp verfehlt, reiner Zufall. Helen hat ihn in den Bauch getroffen, aber offenbar hatte er auch dabei Glück. Hat man dir das nicht mitgeteilt?«

»Nein. Interessiert mich auch nicht. Den wollte keiner haben da oben. Oder da unten.« Wint kickte einige Steine über den Weg. »Das ist erschreckend, ich hab mich in ein paar Dingen so grundlegend geirrt.«

»Was meinst du, Heinrich?«

»Na, wir dachten doch, dass der Vater noch einige Zeit mit Jonas verbracht hat, dass er ihm das Wissen über Computer vermittelt hat. Und ich war mir sicher, dass da ein großer Plan dahinterstecken muss. Diese Verkommenheit, da braucht es doch einen Nährboden für.« Er hob ratlos die Hände. »Das kann doch alles nicht wahr sein.«

»Geduld, Heinrich. Wir wissen noch nicht, was sie mit den Kindern der Gottliebs vorhatten, angeblich wollten sie nur die kleineren behalten, der größere sollte –«

Wint unterbrach Sito: »Kurzum: Es gibt keine Hintermänner.« Er schnaubte laut. »Man könnte also sogar sagen, dass ich mich gründlich verrannt habe. Wieder eine Niederlage auf ganzer Linie.«

»Wie kannst du das sagen, Heinrich?« Sito griff nach Wints Arm. »Wir haben zwei Familien gerettet. Wir haben den Todesfall Jonas aufgeklärt, wir haben einen gefährlichen Mann ausgeschaltet.«

»Wie geht es den beiden Männern eigentlich?«

Sito wiegte den Kopf. »Markus Gottlieb so weit ganz okay, wie es aussieht. Robert Schreiner ist sehr in sich gekehrt. Diese jahrelange Demütigung, diese Zermürbung. Er wirkt wie ein gebrochener, vorzeitig gealterter Mann.«

»Verständlich. Helen hat das wirklich bewundernswert überstanden.«

»Du hast sie noch einmal gesehen?«, fragte Sito überrascht.

Ein Lächeln huschte über Wints Gesicht. »Ja, wir haben uns getroffen. Sie wollte sich bedanken.« Er stemmte die Hände in die Hüften und sah Sito an. »Sie ist eine bemerkenswerte Frau. Sie wird es schaffen, die Familie wieder zu vereinen. Sie hat auch Kontakt zu Karl aufgenommen, um zu erfahren, was ihr Sohn Jonas alles gearbeitet hat. Nur von ihrem Mann hat sie nicht viel erzählt.«

»Sie bekommen jede erdenkliche Hilfe.«

»Das wird kaum reichen. Es ist wie mit diesem ganzen Fall – zu wissen, dass man am Zufall hängt«, Wint schüttelte den Kopf, »es schnürt mir noch immer die Kehle zu. Jonas musste sterben, der alte Fellhammer danebenschießen, damit wir die Frauen finden, und es brauchte dieses Unwetter, damit Robert kurzfristig in einen anderen Bunker verlegt wurde und Klopfzeichen an Helen schicken konnte. Ist das nicht grausam? Wie habt ihr den anderen Bunker eigentlich ausfindig gemacht?«

»Nachdem Helen uns von den Klopfgeräuschen erzählt hat, hatten wir ja berechtigte Hoffnungen und einen Anhaltspunkt für die weitere Suche. Wobei es dann noch ein paar Tage gedauert hat, bis die Metalldetektoren die anderen Stahltüren aufgespürt haben. Bislang haben wir drei gefunden, aber das Gebiet wird noch abgesucht. Wir wollen sichergehen, dass nicht –«

»Es gab also noch weitere.« Wint kratzte sich am Kopf. »Weshalb hat der alte Fellhammer Helen und Robert Schreiner eigentlich am Leben gelassen?«

Sito rieb sich die Hände gegen die Kälte. »Wir wissen es noch nicht. Aber mir scheint, auch das hat mit Kontrolle zu tun, Genugtuung durch die Demütigung, durch fortwährende Machtausübung. Der alte Fellhammer war ein Sadist, das wird immer offensichtlicher, und seine Frau stand ihm in nichts nach. Vielleicht sollte ihr Sohn Ludwig etwas lernen.«

Wint lachte schrill auf. »Vielleicht wollte der auch nur testen, wie lange man es im Bunker aushält.« Sein Lachen verklang. »Ich kann das alles nicht feiern, Paul, als Sieg, meine ich.«

»Solltest du aber. Und – das hab ich noch nicht erzählt – die drei Männer, die Christine überfallen haben, sind ebenfalls verhaftet worden, da hat Zimmermann ganze Arbeit geleistet. Er hat auch dafür gesorgt, dass der Kollege, der bei dem Treffen der Incels aufgetaucht ist, aus dem Dienst ausgeschieden ist, und alle, die sich dort beteiligt haben und deren Adresse er ausfindig machen konnte, werden überprüft. Ich finde, wir haben eine ganze Menge erreicht und sind noch nicht damit durch.«

»Ach, Paul«, begann Wint, »wir bekämpfen immer nur die Folgen, nie die Ursachen von Gewalt, und so werden wir immer mutige, aber sehr unbedeutende Don Quichotes bleiben.« Er legte Sito eine Hand auf die Schulter. »Geh zurück zu deinen Freunden.«

»Es sind *unsere* Freunde, Heinrich. Komm doch bitte mit.«

»Natürlich sind es *unsere* Freunde. Ich brauch einfach noch ein wenig Zeit. Für mich. Ich muss darüber nachdenken, was ich dort draußen auf dem Hof tun wollte. Was da alles in meinem Kopf war. Ich wollte eine ganz große Verschwörung aufdecken, diesen ganzen Hass im Netz in eine einzige große Tat von mir in der Wirklichkeit bündeln. Ich hab gedacht, dann hätte ich Frieden.« Er lachte wieder schrill und vergeblich, und in dieses Lachen mischte sich ein Vogelruf. Wint hob die Schultern. »Der Hass ist immer noch da. Und die Tat, die ist ebenfalls da, auch wenn ich sie nicht begangen habe, verstehst du?«

Sito nickte. Er verstand so gut, so viel besser, als Wint ahnen konnte. Die Tat, die er selbst begangen hatte, damals für seine Frau, dieser zweite Schuss, den er abgegeben hatte, diese Tat begleitete ihn seitdem Tag und Nacht.

Sie umarmten einander, alles war ganz ruhig um sie herum, als hätte der Nebel jetzt auch die letzten Vogelrufe verschluckt. Wint löste die Umarmung als Erster, dann sahen sie einander an, und Wint nickte dem Freund zu.

»Mach's gut und pass auf dich auf.«

Er drehte sich um und lief den Weg weiter in Richtung Mainau. Sito sah ihm nach, wie er immer kleiner und grauer wurde und allmählich in den Nebelschwaden verschwand. Schließlich pfiff er. »Zeus, Streuner, kommt mit, wir gehen heim.«

Danksagung

Während ich bei meinem letzten Roman zuversichtlich auf das Ende der Pandemie blickte, ereilte mich beim Schreiben dieses Buches bereits die nächste Katastrophe – ein Krieg in Europa. Die Zeiten bleiben schwierig, immer drängender die Fragen nach der Bedeutung der Kunst in Zeiten der Krise. Kann Kunst etwas bewegen? Gemälde, Skulpturen, Musik, Bücher? Sollen sie zur Beruhigung und für das Seelenheil sein? Für die Schönheit? Sollen sie aufwühlen und zum Nachdenken anregen? Getrieben von den drängenden Fragen der Zeit flüchte ich in die Natur, sammle befriedende Aussichten und schreibe mich in meinen Büchern durch die Themen, an denen ich einfach nicht vorbeikomme, froh darüber, sie mir von der Seele schreiben zu können. Umso wichtiger wird für mich die Tatsache, auch weiterhin schreiben zu können und zu dürfen.

Mein Dank geht daher an alle, die mir auch dieses Buch und meine Arbeit ermöglicht haben. An das ganze Team von Emons, an alle im Verlag, die mich durch dieses Buch begleitet haben. Ebenfalls danke ich meinem Lektor Lothar Strüh, der mir nun bereits zum sechsten Mal für die Korrekturarbeit zur Seite stand. Ich schätze die Zusammenarbeit, diese konstruktive Art und Weise der Kritik, diesen stets ermutigenden, respektvollen und offenen wie klaren Umgang sehr, wie er in den letzten Jahren gewachsen ist – mit mir und meinem Schreiben. Lothar Strüh stellt stets die richtigen und wichtigen Fragen an meine Romane und Figuren. Auch danke ich Wolfgang Kastello, der nicht zum ersten Mal ein guter Ratgeber war – dieses Mal als leidenschaftlicher Fachmann in allen Fragen rund um die Bienen.

Von Herzen danken möchte ich meiner Familie, der ich von einer neuen Idee so lange erzähle, bis ich den ganzen Roman vor Augen habe. Sie sind Quell der Ruhe und auch der Kreativität. Ich danke Euch für Eure Geduld und das Gefühl der Geborgenheit.

Was bleibt: Ich bin dankbar für die Zeit, die war, die uns in ihrer Erinnerung am Laufen hält; die Zeit, die ist, weil sie im engsten Kreis noch immer Glück bedeutet, und – Idealistin und Utopistin, die ich nun einmal bin – ich hoffe auf eine Zeit, die sein wird und die Krisen unserer Gegenwart überwindet.

Danke an alle, die meine Figuren begleiten und mit ihnen hoffen.

Hoffnung ist wie Träumen: Es ist das Glück, das uns immer bleibt …

Hoffen wir gemeinsam weiter.

Tina Schlegel
DIE DUNKLE SEITE DES SEES
Der 2. Fall für Paul Sito
Broschur, 368 Seiten
ISBN 978-3-7408-0078-9

»Rasant und sehr spannend. Ein anspruchsvoller Pageturner mit furiosem Finale.« Bodensee Edition

»Der komplexe Fall bringt unvorhersehbare Wendungen, aufgrund derer man das Buch bald nicht mehr weglegen kann. Das packende Finale macht Schlegels zweites Buch zu einem gelungenen Bodenseekrimi.« Südkurier

www.emons-verlag.de

Tina Schlegel
DER WOLF VOM BODENSEE
Der 3. Fall für Paul Sito
Broschur, 336 Seiten
ISBN 978-3-7408-0470-1

Die Halbinsel Höri versinkt im Schnee, ihre Bewohner sind in einer weißen Falle gefangen. Kommissar Sito wollte hier eigentlich ein paar ruhige Tage verbringen, doch da versetzt ein Wolf die Menschen in Angst. Die Lage spitzt sich zu, als eine Schriftstellerin ermordet aufgefunden wird – inmitten zahlloser Manuskriptseiten, auf denen immer wieder ein Name steht: Sito. Als am Neujahrstag auch noch ein Kind verschwindet, gerät Sito in einen Strudel aus Lügen und Gewalt. Und die Jagd auf den Wolf beginnt …

Tina Schlegel
STILL SCHWEIGT DER SEE
Der 4. Fall für Paul Sito
Broschur, 320 Seiten
ISBN 978-3-7408-0936-2

Bewaffnete Männer überfallen die Universität Konstanz und nehmen fünfzig Geiseln. Ihre Forderung: Eine Vergewaltigungsserie soll endlich aufgeklärt werden. Als ein Bus mit einer Bombe auftaucht, droht die Lage zu eskalieren. Und alles wird live in den sozialen Netzwerken übertragen. Hauptkommissar Paul Sito und seinen Kollegen bleiben nur wenige Stunden, um eine Katastrophe zu verhindern.

www.emons-verlag.de

Tina Schlegel
GEWITTERSEE
Der 1. Fall für Cora Merlin
Broschur, 304 Seiten
ISBN 978-3-7408-0677-4

Kommissarin Cora Merlin steckt in einer Zwickmühle. Eigentlich möchte sie ihre Lindauer Altstadtwohnung mit Blick auf den See und die Schweizer Berge nicht verlassen, doch beruflich tritt sie auf der Stelle. Als eine einbalsamierte Frauenleiche gefunden wird, die wie die Figur in einem berühmten Gemälde drapiert wurde, stürzt sich Cora in die Ermittlungen – und gerät mitten in einen Fall von international organisiertem Kunstraub und zwischen die Fronten besessener Sammler, die alles tun, um eines der größten Rätsel der Kunstgeschichte zu lösen. Geht einer von ihnen dafür auch über Leichen?

www.emons-verlag.de

Tina Schlegel
SO KALT DER SEE
Der 2. Fall für Cora Merlin
Broschur, 400 Seiten
ISBN 978-3-7408-1335-2

Kommissarin Cora Merlin ist auf dem Weg in die Polizeidirektion Lindau, als die Fahrerin im Auto nebenan ihre Aufmerksamkeit erregt: Ihre Lippen formen das Wort »Hilfe«. Cora folgt dem Wagen und wird wenig später Zeugin einer Hinrichtung. Es beginnt die Jagd nach einem Täter, der einen verstörenden Plan verfolgt. Gnadenlos hetzt er Cora und ihr Team von einem Tatort zum nächsten – und in eine tödliche Falle.